ハヤカワ・ミステリ文庫

〈HM525-1〉

ミセス・ワンのティーハウスと謎の死体

ジェス・Q・スタント
唐木田みゆき訳

早川書房

9138

VERA WONG'S UNSOLICITED ADVICE
FOR MURDERERS
by
Jesse Sutanto

Translated by
Miyuki Karakida
First published 2025 in Japan by
HAYAKAWA PUBLISHING, INC.
This book is published in Japan by
arrangement with
JILL GRINBERG LITERARY MANAGEMENT LLC.
through JAPAN UNI AGENCY, INC., TOKYO.

ヴェラの元祖、ママへ

ミセス・ワンのティーハウスと謎の死体

登場人物

ヴェラ・ワン・チュウチュウ……ティーハウスのオーナー
ティリー（ティルバート）………ヴェラの息子
ジンロン…………………………ヴェラの亡夫
アレックス………………………ティーハウスの常連
ジュリア…………………………夫に捨てられた女性
マーシャル………………………ジュリアの夫
エマ………………………………マーシャルとジュリアの娘
ウィニフレッド…………………パティスリーのオーナー
リキ・ヘルワント………………自称レポーター
アディ……………………………リキの弟
サナ・シン………………………自称ポッドキャスター
セレナ・グレイ…………………サンフランシスコ市警察の巡査
オリヴァー………………………マーシャルの兄
プリヤ・M・シン………………サナの母。作家

1　ヴェラ

ヴェラ・ワン・チュウチュウは六十歳の豚だが、ほんとうは雄鶏に生まれるべきだった。もちろんこれは中国の十二支の話（十二支の「亥」は中国では「豚」になる）。ヴェラ・ワンは人間の女性なのでどうぞご心配なく、というより、雄鶏もこの人には太刀打ちできない。毎朝四時半きっかりに、ロールカーテンが勢いよくあがるようにヴェラのまぶたが開く。そして上半身がマットレスからすっと離れる。近ごろは体を起こすとあちこちの関節がぽきぽき鳴るのはいなめないが、それでも寝起きでのんびりするのはヴェラにとってあるまじきことだ。やわらかい厚手の靴下に包まれた足をすばやく動かすと、前の晩に軍隊並みの正確さでそろえておいたベッド脇のスリッパがすぐに見つかる。わずかな合間に息子へメッセージを送り、母親より先に起きていないようではだめだと言って聞かせる。なんといっても若い者には獲得すべき手つかずの世界がある。朝寝坊は幼児とヨーロッパ人だけがするものだ、とヴェラは信じている。

手早く顔を洗ってから、ヴェラは朝の身なりを整える。大きすぎるロゴが左胸全体にかかっているラルフローレンのポロシャツ(といっても、寄る年波と重力のせいで、ロゴがかかっているのは胸の上半分だが)、そしてスウェットパンツ。袖をぐいと伸ばし、アームカバーとのあいだに少しも肌が出ないように調節する。だいぶ昔、ヴェラがこわいもの知らずの若い女だったときは、袖のことなどおかまいなしに歩きまわるのはしょっちゅうで、二の腕まわりに日焼けの帯を作ったものだ。あのころはほんとうに無鉄砲で、きわどいことをして要らぬ危険を冒したものだった。

袖をちゃんとしてから鏡に向かってうなずくと、きびきびとキッチンへ向かい、一パイントの常温の水を飲み干す。冷水は動脈中の脂肪を固まらせて心臓の疾患を起こす、とヴェラは信じている。ドアの前で整形外科医推奨のスニーカーを履いてべっ甲縁のサングラスをかけてから、いよいよ最後に——これが一番大事だろう——サンバイザーをかぶる。特大サイズなので、シミや皺の原因となる太陽光線はヴェラの顔にひと筋だって届きようがない。そのあと、後ろを振り返らずにヴェラはさっそうと外の世界へ出ていく。

ここまでこなすのに目覚まし時計の助けはいっさいいない。ヴェラは本来雄鶏になるべきだったが、そうではなく、豚だ。たぶん、そこからすべてのトラブルがはじまる。

中国古星術によれば、豚は頑張り屋で思いやりがあり、誠意ある助言がほしいときには頼っていい相手だ。残念ながらヴェラに誠意ある助言を求める者はめったにおらず、それは誠意のない助言についても同じだ。つねに彼女に助言を求めるべき人間がひとりいるけれど――息子のティルバートだ――ぜったいに求めてこない。なぜなのかヴェラにはよくわからない。自分の親が生きていたころ、ヴェラは必要がなくてもたびたび親もとへ行って相談を持ちかけたものだが、それは息子とちがって自分が親孝行で、親は相談されることで頼りにされている気分になるとわかっていたからだ。まあ、そんなことはどうでもいい。ヴェラは頑張り屋の母親なので、度を過ぎていようがティリーに必要なアドバイスは与える。これまでの彼女のメッセージはつぎのとおりだ。

送信　今日　午前四時三十一分
ティリー、起きてる？　午前四時三十一分だからだいぶ遅いわね。あたしが若いときはおじいちゃんとおばあちゃんのために毎朝四時起きで朝ごはんをこしらえたものよ。起きなさい（チィ・ライ）！　この日をつかめ！　いまを楽しめ（カルペ・ディエム）！　ではまた、母さん（マーマ）より。

送信　昨日　午後七時四十五分
ティリー、気づいたんだけど、@NotChloeBennet のこの娘がなんとおまえのふたつのティックトック動画に「いいね」を押してるわよ！　おまえを好きみたいだね。プロフィールを見たらずいぶんふくれっ面だけど、いい嫁になると思う。先週母親を連れてネイルサロンへ行ってる。てことは孝行娘よ。彼女にそっとDMをスライドしたらどうかしらね。ではまた、マーマより。

〝DMをスライドする〟という言いまわしを使ったことで、ヴェラの気分は格別にあがる。ヴェラはどんな流行にも食い下がってついていく。自分より若い世代に後れをとるのをよしとしない。だから変てこに聞こえることばに出会うたびにグーグルで調べ、その意味を小さな手帳に書きとめている。

送信　昨日　午後五時一分
ティリー、五時よ。もう夕ごはんを食べたんならいいけど。おまえの叔父さんのリンは毎晩七時に夕食をとっていて、三十歳より前に亡くなったのよ。いま夕ごはんを食べたほうがいい。ではまた、マーマより。

じつは、これには返信が来た。

ティリー…リン叔父さんが亡くなったのはバスにはねられたからだよ。それから、ティリーって呼ぶのはやめてくれって言ったじゃないか。ぼくはバートで通ってるんだ。

ヴェラ…年配の人間に口答えしてはだめ。そんな子に育てた覚えはないわよ。だいたいティリーのどこがいけないの？　いい名前じゃないの。おまえの父さん（バーバ）とあたしが考え抜いてつけたんだから大事にしなきゃだめじゃない。

ティリーからさらに長い沈黙がつづく。まあいい。いまはわがまま息子にかまう暇はない。なぜならヴェラは朝のウォーキングをはじめるところであり、ウォーキングはお遊びではない。まずはストレッチだ。この歳になると、関節が硬いとか手足がよく伸びないとか愚痴をこぼす者が多いが、ヴェラは深くしゃがむスクワットをそれほど苦労せずにこなしてから、指先がスニーカーにつくまで腰を曲げる。ティリーは十代の思春期のころ、ヴェラが毎日ストレッチをするのを大げさなほど恥ずかしがった。お願いだから歩道じゃなくて家の中でこっそりやってくれと言ったものだが、きちんとストレッチをおこなうには新鮮な空気が欠かせない。それはともかく、母親が隣近所に模範を示しているのをティリーは誇りに思うべきだ。

筋肉がじゅうぶんにあたたまったので、ヴェラはウォーキングの体勢をとる。顎をあげて胸を張り、腕が体と直角になるまで肘をあげる。それから、北朝鮮の軍事パレードの兵士さながらの意気込みで、こぶしを胸の前方へ振りあげて歩き出す。ヴェラの朝のウォーキングは血気盛んとしか言いようがない。本人は闘志満々の将軍であり、あくまでも効率を重視して数キロメートルを制覇していく。行く手をさえぎる愚か者は（サングラスとサンバイザーに隠れている）鋭い目でにらまれるが、それでもヴェラは敏捷性と反射神経をためすチャンスとして通行人をよけるのを楽しんでいる。

昨年の誕生日、ティリーから歩数を計測できるサムスンのスマートウォッチをプレゼントされたが、そんなものは必要ないとヴェラは思っている。なぜなら、いつものルートを何歩で歩けるか正確に知っているからだ。自宅があるトレントン・ストリートとパシフィック・アベニューの角から歩きはじめ、小さな食料雑貨店や土産物店がいっせいに開店準備をしているワシントン・ストリートの一画まで三千百十二歩だ。ヴェラに手を振って声をかける店主もいるが、彼女が朝のウォーキング中に立ち話できないのはみんな知っている。それでもヴェラは完璧な礼節を身に付けているので、標準中国語で細やかな挨拶をする。たとえば「まあ、おいしそうなメロンですね、ミスター・ホン！」とか「ようやくあたたかいお天気になりましたね、シスター・ザオ！」と言いながら、さっと通り過ぎる。
速度を少し落とすのは、二年前ワシントン・ストリートに出現した、膿みただれた吹き出物みたいなカフェの店先だ。オーナーはチャイナタウンに住んでもいない生意気なミレニアル世代。ヴェラは口をゆがめて冷笑しつつ歩き去るが、そのカフェには毎朝かならず無言の呪いをかけている。店の名前にも腹が立つ。〈カフェ〉だ。客が混乱する様子が目に浮かぶ。〝どこへ行く？〈カフェ〉だね。そうか、どこの？〈カフェ〉だってば！だからどのカフェだよ〟そんな店名ならとっくにつぶれて当たり前だ。ところがどうして、あらゆる理屈に反してその店は破綻するどころか大繁盛し、近隣のもともとあった店から客を奪っている。ひっそりした自分のティーハウスにすわっているとき、たびたびヴェラの心は〈カフェ〉へとさまよい、非の打ちどころのないすばらしいお茶が台無しになる。まさに〈カフェ〉とその恐ろしく不健康な売り物は――コーヒー、おえっ――サンフランシスコ人を、いや、人類をだめにする。

　ブッシュ・ストリートにあるチャイナタウンのドラゴンゲートに着くと、ヴェラは角を曲がってストックトン・ストリートをウォウ・ヘイ・ユエンまで歩く。そこでは太極拳のグループがいつもの体操をはじめるところだ。夫のジンロンは発作を起こすまで毎日ここへ来ていた。いっしょにやろうとヴェラをよく誘ったものだが、太極拳のどこがいいのかヴェラにはわからなかった。動きがゆっくりでたしかな手応えがない。いわばヨガと同じような効能で、たいしたものじゃない。ジンロンが太極拳を終えるたびにヴェラは夫の脈を測り、脈拍数が八十を超えたことは一度もなかった。やる意味すらないではないか。それでも、ウォウ・ヘイ・ユエンの中を通って太極拳の人々に手を振り、ゆっくり動く一団にジンロンがいないのを見ると、胸の奥のかすかな震えを無視する。ばかな女ね、もちろんジンロンはここにいない。家のリビングの銀の壺にちゃんとおさまってる。それだけのこと。

ヴェラはウォーキングを終えるとかならず、親指を手首の内側に当ててまず心拍数を測る。一分間に九十二回というまずまずの数字に満足しながら疲れた脚で自分の店へはいり、暗いティーハウスの奥にある階段をあがって我が家にもどる。元気づけに冷たいシャワーを浴びてから、粥とピータンと豆腐乳というバランスのいい朝食をとる。それからようやくよたよたと階段をおりると、あわただしく片付けて店を開ける準備をする。

ティリーは十代のとき、〈ヴェラ・ウォンの世界に名だたるティーハウス〉という店名の不正確な点をあげるのが大好きだった。

「だいたいさ、だれも知らないんだから〝世界に名だたる〟ってのはちがうだろ」目玉をぐるりとまわして息子は言った。

ヴェラは舌打ちをしたが、言い返すより早くジンロンが口をはさんだ。「そんなことはない。中国にいたころ、おまえの母親はお茶にかけてはかなり有名だったんだよ。母さんのお茶を味わうために、大勢の客が遠路はるばるやってきたもんだ」

「ふーん」どう見てもティリーは納得していない。すばやくつぎの攻撃にかかる。「それに、なぜ〝ヴェラ・ウォン〟なのさ。ほんとは〝ヴェラ・ワン〟なのに」

「ああそうか」ジンロンはそう言ってヴェラをほれぼれと見る。「それはな、おまえの母さんがとびきり賢くて機転が利くからさ。ヴェラ・ウォン（ファッションデザイナーで同名のブランドがある）は超のつく有名人で、白人にも名が知られているからな。だから母さんが言うには、有名人にあやかったほうがいいってことだよ」

「そういうのを不当表示っていうんだよ、父さん（バーバ）」ティリーが嚙みついた。「訴えられるかもね！」息子はそう言ってから、ヴェラが思うには、とても意地悪な口調でつけ加えた。「もしみんながこのティーハウスを知っていたらの話だよ。だけど、だれもこの店があることを知らないから問題ないね」

ジンロンは笑ってティリーの背中を軽く叩くだけだった。「こいつめ、法律をよく知ってるじゃないか。おまえはロースクールに行きそうだな、そうだろ？」

あのころはジンロンがいてヴェラとティリーのあいだにはいってくれたので、いまよりずっとうまくいっていた。ジンロンが死んだあと、母と息子の関係がぐらつき、ゆっくりだけど否応なくほぼ絶縁状態へと向かっている。ティリーはやはりロースクールに進学した。いまではエンバカデロ付近の洒落た法律事務所で働くジュニア・アソシエイト弁護士だ。オフィスがすごい高層階にあるから、夜になればベイブリッジを通る車のライトのきらめきが見える。いや、これについてはヴェラがほんとうに知っているわけではない。ティリーはオフィスへ招いてくれそうもないけれど、ティリーがオフィスの窓からながめる景色を想像するのは好きだ。

ティリーのことを考えるのはやめなさい。ヴェラは自分を叱りながら、最後の椅子をテーブルから持ちあげて床に置く。正面ドアへ行き、札をひっくり返して**閉店**を**開店**にすると、カウンターの奥へ引っこんで自分用のスツールにすわって客を待つ。〈ヴェラ・ウォンの世界に名だたるティーハウス〉の営業開始だ。

2 ヴェラ

ティリーはヴェラのティーハウスを〝世界に名だたる〟とするのは少し大げさだと言ったが、正直言ってその指摘はまちがいではなかった。たしかに、昔広州でティーハウスを開いていたときは上客が絶えず来店し、ときには地元以外からもヴェラ特製のブレンド茶の評判を聞きつけて訪れる客がいたものだ。けれども、ここカリフォルニア州のサンフランシスコではゼロからはじめるしかなかった。そして最盛期の〈ヴェラ・ウォンの世界に名だたるティーハウス〉は、〈ラッキー・ランドリー〉と〈ウィニフレッド・パティスリー〉にはさまれたぱっとしない立地条件にもかかわらず、ふつう以上に多くの常連客を惹きつけた。とはいえ中心となる顧客層はおもに年配の移民だったので、年を経るにつれて顧客の安定した流れは細く途切れがちになり、流れはしずくに変わり、いまヴェラが当てにできる客はアレックスしかいない。

いつもの朝と同じく、けさもヴェラは大型の台帳を棚から出してカウンターにそっと置いた。老眼鏡をかけて台帳に目を通していくが、小さな手書き文字を読もうとして眉毛があがる。

五月二十三日――ウツボグサ、干したスイカの皮、クコの実
五月二十二日――羅漢果（らかんか）、特上のツバメの巣、氷砂糖
五月二十一日――香りのいい煎り麦、菊、冬瓜（とうがん）の皮の砂糖漬け
五月二十日――金木犀（きんもくせい）のつぼみ、烏龍茶（ウーロン）

とっておきの客に調合した茶のリストを見直していると、ヴェラの口の端にかすかな笑みが浮かぶ。彼は香り高い煎り麦のお茶をことのほか愛でていた。たしかにあのスモーキーな風味は、菊が持つヴァニラ香と冬瓜の皮の砂糖漬けの甘味にみごとに調和する。きょうは何にしようか。ヴェラは眼鏡をはずしてスツールから立ち上がり、カウンター奥にしつらえた床から天井までの棚をあらためてながめる。

ヴェラの茶葉専用棚は驚くべき代物だ。正確に言うと全部で百八十八の小さな抽斗（ひきだし）があり、そのひとつひとつに中国のみずみずしい丘陵から取り寄せた高品質の材料が詰まっている。たしかにティリーが例のとがめるような口調で以前指摘したように、材料の多くが

長年使われずに賞味期限切れになっているのかもしれない。おそらく天池茶が飲みごろの年を過ぎていて、ずっとほったらかしだった少なくとも二十種類の材料とともに捨てるしかないのは、ヴェラだってまっさきに認めるが、処分するのは春になって魔法の抽斗の大掃除をするときでもいいだろう。客が少ないから、だれも要り用としない材料のことはわざわざ考えなかっただけだ。

とにかく、目の前の問題に取り組もう。ヴェラは顎を二度軽く叩いて考え、それから小さな脚立にあがって抽斗をひとつあける。ナツメ――赤いドライデーツとしても知られている。ほのかに甘く、これに合うのは――あら、あたしったら何を考えてるの？　ナツメは体をとても火照らせる。アレックスは〝陽〟がとても強くて熱をためやすい体質だから、どんなにおいしくてもナツメを与えてはいけない。ヴェラは脚立からおり、カウンターに二ダースほど並んだ、より一般向きのものに目を向ける。ああ、そうそう、この前ミセス・オングの店で大袋の緑豆を買ったのだった。これならだいじょうぶ。そこで、小さなエメラルド色の豆をすくって昔ながらの中国式天秤に載せると、〈ラブ・イズ・ブラインド〉シーズン2に登場するシャイナよろしく目をすがめ、アレックスと気の毒な奥さんリリーのために天秤が完璧なバランスを保つまで量を加減する。正しい分量をはかってから、それを小さなメッシュ袋に移す。そこに氷砂糖ふたつと結んだパンダンリーフ（熱帯アジアではポピュラーな植物。香りが良く「東洋のヴァニラ」といわれる）を入れ、紐を引いて袋を閉じる。これでよし。それを水に入れて十五分間煮出すだけで、アレックスとリリーは火照った体を冷やしてくれるおいしくて健康によい飲み物を堪能できる。

時計のような規則正しさで正面ドアの鈴が鳴ると同時にアレックスが来店する。その鈴の音にヴェラはいつも笑みを浮かべる。こんな時代にわずかに残っている本物の紳士アレックスを好ましく思う。

「ニイ・ハオ、アレックス」ヴェラは声をかける。

「ザオ・アン・ハオ」アレックスが返す。いつもの疲れた笑みを浮かべながら、お気に入りの窓際の席へとゆっくり進む。

「いらっしゃい。いつものでいい?」ヴェラは標準中国語で話しかけながら、丸みのあるやかんに水を満たして火にかける。アレックスはヴェラがブレンドする特製の薬草茶をいつもよろこんで持ち帰るけれど、朝のお茶はポット一杯のティエグァンインと決めている。ティエグァンインは鉄観音とも言い、福建省産の烏龍茶の一種だが、味はまったくちがう。はじめに口をつけたときはかなり苦いが、飲んだあとに至福の甘味が残り、それがさわやかで心地よい。とっておきのお茶のひとつなので、ヴェラは気を配ってていねいに淹れる。

やかんの湯が沸くと、小さな陶製の茶壺（チャーフー）（中国茶専用のポット）ひとつとショットグラスの半分のサイズの茶杯（チャーペイ）ふたつを取り出す。それをシンクの隣にある茶盤（チャーパン）に並べてから、沸騰した湯を茶器全部にかけ、茶杯も茶壺も火傷するほど熱くする。茶器をすばやく盆に移し、ティエグァンインをすくって小さな茶壺へ入れてから熱湯をたっぷり注ぐ。それからその一煎目を捨てるが、これは熱湯で茶葉の雑味を取り除くためであり、もう一度熱い湯を茶壺に満たしてからアレックスのテーブルへその盆を運ぶ。

アレックスはヴェラが盆を置くのを見て微笑み、茶杯ふたつに茶を注ぐ。火傷しないように茶杯の縁だけをさわって繊細な手つきで持ちあげ、少し口に含む。深々と息を吸って、軽くまばたきをしながら目を閉じ、至福の表情を浮かべる。「うーむ、きみのようにお茶を淹れられる人はほかにいないね。リリーがとても来たがっているよ」

気の毒なリリー。ヴェラがこう思うのは百万回目だ。最低でも日に二、三回はアレックスのことを考えるけれど、そんなときヴェラは小さなため息をついて胸の奥でつぶやく。気の毒なリリー。リリーは一年前にアルツハイマー病と診断されてから急に症状が進み、いまでは家から出られないほど悪化している。アレックスは愛する妻の世話を他人にまかせるのを拒み、世捨て人のような暮らしを選んだ。思い切って外出するのは、リリーがまだ眠っているあいだにヴェラの店に立ち寄るほんの十分間だけだ。ヴェラとのおしゃべりでうっかり時間を忘れないように、タイマーまでセットしている。食料品の買い出しにも行けない。息子のひとりが――孝行息子が――週に一度買い物をして、日曜日ごとに品物を玄関先に置いていく。ヴェラがけさの話題に選ぶのはこの息子だ。アレックスはとりわけ疲れているみたいだから、息子の話をすれば気が晴れるだろう。

「ところで、ファーチャイは元気にしてる？」ファーチャイとは〝財を成す〟という意味の偉大な名前で、そのおかげでアレックスの息子はたくさんの幸運に恵まれた。たいしたものだ。ティリーも中国の名前で通せばいいのにと思う。

案の定、アレックスの目尻に笑い皺が寄る。「ああ、すばらしく元気だよ。あの子は神様たちからほんとうに気に入られてるんだな。このところずいぶんと意気盛んでね。ビジネスが順調に進んでいるらしい」

「そりゃあそうでしょうとも」ヴェラは重々しくうなずきながら、お茶に口をつける。「だって、あなたとリリーが親なら息子さんが成功しないはずないもの」アレックスをおだてているわけではない。多くの中国人年配者と同じく、どんな人間も成功の大部分は親の苦労と犠牲のおかげだとヴェラは固く信じている。

けれども、ヴェラはまずいことを言ったらしい。アレックスの笑みがしぼみ、目線がさがる。「そんな気持ちになれたらいいんだが、もうひとりの息子のジエンチャンのほうがね」ジエンチャンは〝強さと安定〟を意味するが、アレックスのもう一人の息子についてヴェラが知るかぎりでは、その息子が強くて安定しているとはとても言えない。

「それはお気の毒に。つらい気持ちはよくわかるわ」ヴェラはこの手の会話でしょっちゅうティリーのことで愚痴をこぼし、息子たちが親を失望させる方法に際限はないので、ヴェラとアレックスのあいだには友情の強い絆が結ばれている。「けさ起きたとき、ミンジンもちゃんと起こしてあげようと思ってメッセージを送ったんだけど、まだ返信が来ないのよ。大きくなった息子に毎朝メッセージを送る、そんな心配りができる母親がほかにいる？　なのにあの子は感謝したと思う？」

アレックスが苦笑して首を横に振る。「ちかごろの若い者は、われわれが子供たちのために多くの犠牲を払ってきたことがわかってない。わたしの若いころは、自分より先に親が起きてるのに平気でいるなんてありえなかった。そう、かならず両親より早く起きて父親の靴をみがいたものだ。そのおかげで、バーバが汚れた靴で仕事へ出かけたことは一度もなかった」

「そう、そのとおり！」ヴェラは高らかに声をあげ、正義の力が胸にみなぎる。「あたしが言わんとするのはまさにそれよ。あたしは毎朝両親のためにあたたかい朝食を作ったものよ。はん！　若い世代ってのは、自分たちが持ってるもののありがたみがわからないのね」

「リリーは息子たちを甘やかしてばかりだったがね」アレックスの目つきがやさしくなる。「彼女はこう言ったよ。息子たちはふつうのアメリカの子供らしくふるまってるのであって、われわれが望んだのはそういうことじゃないのか、とね」

ヴェラはほっと息を吐く。「それにも一理あるわね」

ふたりそろって茶杯を物憂げに見つめる。

「それで、リリーの具合はどう？」もうじき半年経つのにいい返事を聞いたためしがないので、こんな質問はしたくないけれど、それでも訊かなくてはいけない気がする。

アレックスの肩が落ちる。「相変わらずだよ」

つまり、理性がもどることはめったにない。いまでは目が覚めているときはたいていアレックスにつらく当たって寄せつけず、夫に会わせろと要求する。アレックスは生気を奪われていた。いまの彼にとって、ファーチャイのこととヴェラとの短いティータイムだけがよろこびの源泉だ。それでもあっけなく時が過ぎてタイマーが鳴り、アレックスが残ったお茶を飲み干す。ヴェラは急いでカウンターへ行き、彼のために作っておいたお茶の包みを手に取る。

「これはね」そう言ってメッシュの小袋をアレックスの手に握らせる。「緑豆とパンダンリーフよ。十五分煮出してね。香りが強いほうが好みなら二十分でもいいかも」

「こんなことまでしてもらっては」アレックスはことわろうとするが、最近は無駄な抵抗だとわかっているので、たいした押し問答はせずにポケットにおさめる。リリーの具合がまだ悪くなかったころは、アレックスはお茶の代金を払うと言ってたっぷり五分はヴェラと揉めたものだが、近ごろは時間が足りない。

ヴェラは老朽化したアパートメントへアレックスが帰っていくのを見守る。総戸数十戸の時代遅れの建物で、住人は全員高齢化している。チャイナタウンの大半がこんなふうにゆっくりと衰えていく。ヴェラの心にあった悲しみの種が育ち、しだいに重くなっていまでは太刀打ちできない。なぜなら、ティリーがまちがっていると言いたいところだけれど、自分のティーハウスが〝世界に名だたる〟とはほど遠いのを、ヴェラは心の底で知っているからだ。ほんとうはその反対だ。それに、一日の最初で最後の客を見送ることが毎日少しずつヴェラを弱らせる。このあとの午前中がどうなるか、もうわかっている。時はゆっくり溶けて午後になり、そのまま耐えがたい静けさの中で五時になると、ヴェラはスツールから正面ドアまでのろのろ歩いて**開店**の札をひっくり返して**閉店**に変える。そして、この日こう自問するのは十回を超えるだろう。なんの意味があるの？

現実を認めよう。店は何年も利益を生んでいない。営業をつづけていられるのは、ヴェラとジンロンが七年前に負債を全額返済し、いまは月々の電気代などを払うだけですんでいるからだ。それでも、重いローンから解放されたとはいえ、店をつづけるにはそれなりの費用がかかるので、貯金が少しずつ減っているのは毎日気になっている。そのうち、どうやりくりしても店をつづけるだけの蓄えが尽き、そのときが〈ヴェラ・ウォンの世界に名だたるティーハウス〉の最後だ。

その日、ヴェラは果てしない孤独の重みに耐えられず、一時間早く店じまいをする。がたつく階段をあがって自宅へ行くが、足取りがどうにも重い。くよくよするたちではないけれど、朝のウォーキングでは元気いっぱいでもかならず孤独に追いつかれる。ベッドへ行く前にティリーへリマインダーを送る。遅くまで起きていると前立腺癌になるから早く寝なさい、こんなの常識よ、と。返信は当てにしない。来ないのはわかっている。ようやく眠りにつきかけたとき、このまま死ねたらとぼんやり考え、ついに自分の番が来たのならいいのにと思う。

翌朝、ヴェラの目がいつもどおりにぱっと開き、かくて新しい一日がはじまる。いつまでも自分を憐れむのは無駄のきわみ、戦って抑え込むべき二十四時間が目の前にあるではないか。朝用の例の服装になってサンバイザーをしっかりかぶると、ヴェラは勇んで階段をおりて自分の店まで行くが、そこで彼女にしてはめずらしくショックでことばを失う。

というのも、〈ヴェラ・ウォンの世界に名だたるティーハウス〉の真ん中に死体がころがっていたからだ。

3　ジュリア

夫に去られて困るのは、翌日さびしくなるからではなく、何もかもどうしていいのかわからないと気づかされるからだ。請求書。車の運転。家の手入れ。ジュリアは自分を——自分たちを——捨てたマーシャルを憎んでいるが、いまのところ、ジュリアがほかのだれより憎んでいるのはジュリアだ。

午前十一時のサンフランシスコはすがすがしく、そばで二歳半の娘が遊んでいて、ジュリアは昼食に作るものすら決められない。なぜならこの十年間、昼食の献立はマーシャルが決めていたからだ。

ツナメルトサンドがいいな、と言われればツナメルトサンドを用意した。ミートボールサンドにしようか。すると彼女はさっそく取りかかり、ミートボールも一から作った。

夫が出張で不在の日も夫の好物ばかり作るのは、じつを言うと、ジュリアは自分の好物が何かわからないからだ。マーシャルが大好きなものならなんでも彼女の好物だ。年が経つにつれ、マーシャルが好きだから自分も好きだと思うようになった。だって、彼が微笑んで〝これおいしいね〟と言うのを見て幸福ホルモンがいっぱい出たから、自分もそれが好きだと思いこんだ。結婚していればそういうものでしょ？　ほかの人間が好きなものを好きになるでしょ？

けれどもきのうの晩、結婚して十年、つき合ってからだと十四年になるが、マーシャルは藪から棒に、〝うまいこといった〟からきみの〝残念な尻〟ともとうとうお別れだと言った。言っとくけど、とジュリアはエマがとくに手こずっているレゴのピースをはめてやりながらこう思う。わたしのお尻は残念なんかじゃない。ずっといい形を保ってるんですからね。そして、いきなり恥ずかしげもなく浮かんできたのがこんなばかげた考えだったので、目に熱い涙がこみあげる。いまさらだれが人のお尻を気にするの？　だけどね。押し殺したむせび泣きがか細くなる。とてもいいお尻なのはほんとうよ。

携帯電話を百万回チェックするが、電話もメッセージも来ていない。呼び出し音が鳴るのをジュリアはずっと待ちつづけ、電話がまだ機能しているか、Ｗｉ‐Ｆｉもモバイルもまだつながっているかを数分ごとに確認する。そんなとき玄関のベルが鳴り、ぎくりとして電話をつかむ。

作りかけの精巧なレゴのお城からエマが顔をあげる。「マミー、ドアが鳴ってる」

「え？」耳障りな音は玄関のベルであって電話の音ではないとわかるまでいっときかかるが、ひとたび気づけば希望と恐怖がひとしくこみあげ、それが張り詰めた胸の中でせめぎ合う。息をするのが突然むずかしくなる。立ちあがって無理に深呼吸し、縮こまった胸郭を押し広げる。息はできる。だいじょうぶ。万事うまくいく。

もしかして、マーシャルなんていないほうがいい？

まさか、そんなはずない。彼は家族の面倒を見た。あれもこれも面倒を見た。

玄関へ行くまでに言うべきことばを思いつかないけれど、別にかまわない。ジュリアの口数が少ないのをまわりは知っているようだ。彼女の話に勝手に割りこむか完全に無視するかのどちらかだ。それにはもう慣れた。とにかく、やってきたのは隣に住むリンダにちがいなく、クッキーのおすそ分けを口実に昨夜の騒ぎの正体を知りたいのだろう。ジュリアは玄関ドアのそばに並んだばかでかいゴミ袋をよけて通るしかない。このゴミをいつかどうにかしなくては。

ところがドアをあけると、リンダとはだいぶちがう相手がいる。目の前に立っているのはふたりの警察官で――黒人女性とアジア系の男性――どちらもとても奇妙な表情を浮かべている。一応微笑んでいるけれど、申しわけなさそうな暗い笑みだ。ジュリアの胃が締めつけられる。いい知らせを伝えるときの笑みではない。だれかの人生がめちゃくちゃになるとわかっているときの笑みだ。ジュリアは一瞬、ふたりの鼻先でドアをすばやく閉めてデッドボルト錠をかけたくなる。でも、もちろんそんなことはしない。素直で聞き分けがいいのがジュリアの取り柄だ。かいがいしくて従順なのもジュリアの取り柄だ。ほかに取り柄がないんだよ、と頭の中でマーシャルのささやきが聞こえる。マーシャルのその声は本物よりも格段に意地が悪い。

「おはようございます、奥さん」アジア系の警察官が言う。「わたしはハー巡査、こちらはグレイ巡査です。ジュリア・チェンさんですか？」

とりあえずジュリアは形だけうなずく。

「お邪魔してもよろしいでしょうか」グレイ巡査が言う。

〝だめ〟とジュリアは叫びたい。相手にしたらろくなことにならない、それだけはたしかだ。けれども脳を無視して頭がふたたびこくりと動く。

「では」ハー巡査がそう言うやいなやふたりは中へはいり、そしてゴミ袋に気づく。「ちょっとした春の大掃除ですか？」

ジュリアの胃が激しく捻じれ、吐きそうになる。警察官たちのすぐそばのゴミ袋から、マーシャルのプレイステーションがはみ出しているのが見える。ほぼ新品だ。春の大掃除。

というより、夫がもどらないのを知っているから彼の私物を全部まとめた。そして急いで体の向きを変えたので、エマを突き飛ばしそうになる。いままでジュリアはぼそぼそと答える。そして急いで体の向きを変えたので、
「そんなところです」ジュリアはぼそぼそと答える。そして急いで体の向きを変えたので、エマを突き飛ばしそうになる。いままでジュリアの右脚に小さなコアラさながらしがみついていたのに気づきもしなかった。「ごめんねベイビー」かがんでエマを抱きあげる。幼い娘が日に日に重たくなっていることにジュリアはいつも驚かされる。背が伸びて体つきもしっかりし、どんなこともできそうだ。「だいじょうぶよ」エマにささやきながら、警察官たちをリビングルームへ案内する。「だいじょうぶだから」エマよりもほんとうは自分自身に向かって繰り返す。

グレイ巡査が微笑む。「こんにちは、おじょうちゃん。お名前は？」

ジュリアは返事を待たず、娘の代わりに答える。「エマです」エマは知らない人にはぜったい話しかけない。近所の人にもめったに反応しない。この通りの住人とはエマが生まれてからずっと知り合いなのに。それもマーシャルがいろいろかかえる大きらいなことのひとつだ。まあ、〝大きらい〟は言い過ぎかもしれない。いや、そうとも言い切れない。だって昨夜出ていくときに、自分の娘のほうを振り返りもしなかったのだから。

「なんてかわいらしい名前でしょう。おじょうちゃんにぴったりね」グレイ巡査が言う。「歳はいくつ？」

ジュリアはいろいろな人に何度も言われたが、たいていの子供は出会っただれにでもよろこんで自分の歳を告げるらしい。けれどもエマはちがう。エマはジュリアの肩に顔をうずめ、警察官たちを見ようともしないので、こんどは困ったような笑みがジュリアに向けられる。ジュリアの脳裏にマーシャルのことばが響く。あの子の態度にはまったく困ったもんだ。どうしてふつうの子供とちがうんだよ。

ジュリアはぐっと唾を飲み込み、警察官たちにソファにすわるように身振りで促す。そのソファは分不相応なほど高級品で、骨組みが硬い木材、座面は本革張り。もちろん、マーシャルが選んだもののひとつだ。彼はかならず一番高価な品を選んではなんでもクレジットカードで支払い、金はまた手にはいるんだから、これからの快適な暮らしに投資しない手はないだろう、と彼女に向かって言い切る。彼はこの〝投資〟ということばが大好きで、散財をするときはかならずそのことばを使う。

ジュリア自身はソファのそばの肘掛椅子にすわり、エマを腰から膝の上に移して抱く。遅ればせながら、警察官たちに何か飲む物を、せめて水ぐらい出したほうがいいと気づく。けれども膝に乗せたエマが重いうえ、少しの時間でも必要以上に居すわられたくない。ゆうべはほとんど眠れなかった。あんなことのあとで眠れるわけがない。だから、いまは疲れてへとへとだ。

用があるならさっさとすませてしまいたいという彼女の思いを察したかのごとく、ハー巡査が咳払いをすると、少し身を乗り出す。「マーシャル・チェンはあなたの夫ですか？」

「いっしょに遊べるお部屋はあるかしら」グレイ巡査が口をはさみ、じっと見つめているエマに微笑みかける。

ジュリアと離れ離れになると思ったエマが、体を寄せて小さな顔がつぶれるほどジュリアの胸に押しつけ、激しくいやいやをする。ジュリアはエマをしっかりと抱く。「だいじょうぶ、この子はここにいさせます」

「ほんとうですか？　じつは、申しあげづらいことを伝えにきたのですが」

ジュリアはうなずき、エマの背後で両手をきつく握り合わせて手の震えを抑える。エマの髪のにおいを吸いこむと、子供らしいきれいな汗とやさしくて甘い香りがする。乱れがちな息をなんとか肺に送りこみ、むせび泣きはこらえるしかない。さあ、いよいよだ。

どちらの警察官もうなずくが、ジュリアの判断に賛成していないのは明らかだ。別にかまわない。ジュリアは賛成されないのには慣れっこだ。それに、グレイ巡査がエマをかわいいのなんのと思っても、エマをわかっていることにはならない。だれひとりエマのことはわからない。人は〝極端な引っ込み思案〟とか〝非常に無口〟という言い方をする。エマだけをだれかといっしょに部屋に置き去りにするなど、ジュリアには想像もつかない。エマはひどいヒステリーを起こすだろうし、それでグレイ巡査がパニックを起こして、ジュリアの子供はどこかおかしいと思うだろう。エマがどこかおかしいと人から思われるのが、ジュリアはいやでたまらない。

「まあいいでしょう」ハー巡査がもう一度咳払いをする。「お気の毒ですが、けさ、チャイナタウンのティーハウスでご主人が亡くなっているのが発見されました」

ジュリアにとってあまりにも耳慣れないことばなので、言われたことを頭の中で処理できない。ようやく情報を消化しはじめたとき、その話の最も奇妙な部分を脳がとらえる。

「ティーハウス？」

ハー巡査がうなずく。「そうです」そしてメモ帳を見る。「〈ヴェラ・ウォンの世界に名だたるティーハウス〉という店です」

「服飾デザイナーがどうしてティーハウスを経営してるんですか？」でも考えてみれば、女優のエヴァ・ロンゴリアだってレストランをいくつも所有しているのだから、訊くだけ愚かだろう。

グレイ巡査が首を横に振る。「ちがうんです。店のオーナーは、ほんとうはヴェラ・ワンという人でして」

なぜか巡査の言い様がジュリアの暗い脳内回路へ深く分け入って脳みそをくすぐる。このときジュリアはありえない最悪のことをしでかす。声をあげて笑ったのだ。それは一秒にも満たなかったが、一瞬、警察官たちの目つきが鋭くなるのがわかり、ジュリアは自分で自分をひっぱたきたくなる。マーシャルが何度も同じ気持ちになったのはまちがいないけれど、だれが彼を責められよう。まさにこれがジュリアのだめなところで、夫は毎日がまんするしかない。というか、がまんするしかなかった。だってもう死んでいるんでしょう？　もう妻にがまんしなくていい。また笑い出しそうになるが、どうにかして不謹慎な高ぶりを抑えこむ。

「どういうことでしょう」ジュリアは沈んだ声を絞り出す。

グレイ巡査は冷ややかで疑り深そうな顔のままだ。「きょうの午前五時前後、ご主人はそのティーハウスのオーナー、ミズ・ヴェラ・ワンによって発見されました。昨夜その店に侵入したのちに死亡したもようです」

何を言われているのか理解に苦しむ。「どうやって——その、死因はなんですか？」

「まだ検視結果を待っているところですが、ご主人のかばんにＭＤＭＡの袋があったので、薬物の過剰摂取かもしれません」ハー巡査が言う。

「ＭＤＭＡ？」この人はまだ英語で話してるのかしら？

「エクスタシーとかモリーとかEと言えばピンとくるんじゃないですか？」

ジュリアの脳がそうしたことばを受けつけない。

「ご主人が頻繁にMDMAを使用していたのはご存じですか？」ハー巡査が言う。でもその口調によれば、こう言いたいのは明らかだ。ご主人が頻繁にＭＤＭＡを使用していたのをあなたが知らないわけがないでしょう。

「遺体にはいくつかの傷もありました」とグレイ巡査。「頬に痣が一カ所、もう片方の頬に擦過傷。それについて何かご存じじゃありませんか？」

ジュリアがぼんやり首を横に振ると、振ったせいで頭がずきずきと痛む。そういえば、マーシャルが出ていくときに押しのけられて壁に頭をぶつけたのだった。唇を噛んで、今この瞬間に何がなんでも集中する。痛そうな様子を見せてはいけない。マーシャルにやられたのを悟られてはいけない。

この人たちは信じてくれるだろうか。ジュリアにはわからない。信じてくれるかくれないか、それって大事なこと？　あの人は死んでる。マーシャルは死んでる。

考えていたことがまるでエマの頭に浸みこんでいったかのように、幼い娘がジュリアの膝でぐずりはじめ、丸々とした小さな手でジュリアの胸をまさぐる。「おっぱい」エマがせがむ。

ジュリアの頬が熱くなり、警察官たちとまともに目を合わせられない。けれどもジュリアは自分を叱咤する。いいかげんにしなさい。二歳児がまだ母乳を飲んでいるのをとがめられる心配なんかしてる場合じゃない。十年連れ添った夫の死を知らされたばかりなのに、授乳のことなんてだれが気にするの？　それでも彼女はエマの腕をやさしくきちんとつかむと、自分の胸から離す。「あとでね」無駄とわかっていても穏やかに言う。

思ったとおり、エマの声が大きくなる。「おっぱい！」とせがむ。「おっぱい！」ジュリアは困ったあげくに恥ずかしくなる。いまだにお乳をほしがるのもまずいが、せめてちゃんとした言い方はできないのだろうか。できる。ふたりきりのとき、エマはおとなと同じようにまとまったことばを話す。「ミルクをくださいな、マミー」「マミー、テントウムシだよ。どうして黒い点々があるの？」「ブランコって大好き。もっと押してよ、マミー！」ちゃんとつながったことばはだれかが来たとたんに消える。もちろんジュリアは、わが子を恥ずかしいと思ったことをあとからいつも恥じる。なんてひどい母親だろう。そして、なんてひどい妻だろう。まぎれもなく夫が死んだというのに、幼い子供のことばに文句をつけるとは。

「おっぱい！」いまやボリューム最大の叫び声がジュリアの耳元で割れんばかりに響く。ジュリアがびくりとして身を引いたので、その急な動きにエマはびっくりする。一瞬きょとんとし、目を見開いてジュリアを見あげる。それから口の端が捻じ曲がる。

「ごめんね、スウィーティ――」

もう遅い。エマの口が大きく開くと、そこからつんざくような泣き声が出てくる。泣くときだけは、エマはおとなしくないし恥ずかしがってもいない。

どちらの巡査もこの家から逃げ出したくてたまらないようだ。

「すみませんが、きょうはちょっとつごうが悪いので」ジュリアは言う。でもこんな言い草はおかしいんじゃない？　配偶者の死亡について話そうとしている警察官に言うことばじゃない。そうでしょ？　まっとうな言い方なんてわかるわけない。わかるのは、自分が後ろめたそうに見えること。後ろめたい思いで、裏表のない人間ならなんと言うか、まるで裏表がある人間のように考えている。でもあいにく自分は純真無垢ではない。隠したいことが山ほどあり、警察官たちを追い出す口実になったので、エマが金切り声を張りあげてよかったと心のどこかで思っている。エマの重さにうめきながら、ジュリアは立ちあがる。

「けっこうですよ。何か心当たりがあれば連絡をください」騒音の中で聞いてもらうために、グレイ巡査は叫ぶしかない。名刺を取り出してコーヒーテーブルに置くと、彼女と相棒は真っ直ぐ玄関へ向かう。揺るぎない目的のある歩き方にジュリアは目をとめる。最後にこんなにきびきびと歩いたのがいつだったか思い出せない。いまでは肩を丸めて歩き、いつもひどくうなだれてエマの頭のてっぺんばかり見ている。

　ドアの前でグレイ巡査が立ち止まり、ジュリアと向き合う。ふたりの目が合い、グレイ巡査のまなざしにたいそう同情がこもっているのでジュリアは泣きそうになる。けれども巡査の視線がゴミ袋へ移り、その表情が険しくなるのをジュリアは肝を冷やしながら見守る。この期に及んでシルクのネクタイといっしょのプレイステーションに気づかないはずがない。マーシャルのものが詰まったゴミ袋だと巡査はわかっているにちがいない。ジュリアが夫の死を予見していたかのごとく、それはドアのそばに並んでいる。グレイ巡査は何か言うが、エマの泣き声に掻き消されて聞こえない。そこでこう叫ぶ。「また連絡します」

　ジュリアはふたりが踵（きびす）を返して歩き去るまで待たずにドアを閉め、急いでソファへもどってエマにお乳を飲ませる。エマの頰に涙がぽとりと落ちるまで、自分が泣いていたのさえ気づかない。そのあとは、嗚咽（おえつ）で全身が震えるのを止めたくても止まらない。

4 ヴェラ

現在午後八時五十五分、ヴェラのいつもの就寝時刻が過ぎてもうじき半時間が経つ。八時半になっても眠れなかったのはひさしぶりだ。ヴェラは毎晩すぐに眠りに落ちる。なかなか寝つけない人間というものをまったく理解できない。ヴェラにとって睡眠とは、人生におけるほかのおおかたのこと同様、訓練と意志の問題だ。毎晩保湿クリームをたっぷり塗りながら、そろそろ休む時間よとわが身に教えてやり、体がその教えにそむいたことは一度もない。

でも今夜はちがう。今夜のヴェラは暗い部屋に横になり、気づけば毛布のへりを親指と人差し指でそわそわと丸めている。無理やり深呼吸をして、夜だから脳はシャットダウンしなさいと念じるのはこれで六度目だ。不機嫌な十代の若者よろしく脳は彼女を無視し、断固として眠らない。

時計の赤い数字が午後九時を示すと、ヴェラは自分の意識を組み伏せようとするのをあきらめ、起きあがる。腹立ちまぎれのため息をついてから、寝室を出てキッチンへ行く。キッチンの明かりをつけ、突然のまぶしさに顔をしかめる。ようやく目が慣れると、少しうろうろしてからノンカフェインのおいしい菊花茶を淹れる。したくをしながら愚かな自分をたしなめる。自分の小さな店に死体があったぐらいでどうして眠れなくなるの。こだわりすぎ、要はそういうこと。

だけどね、と小さな声が割りこんでくる。死体のせいじゃないでしょう。原因はほかにある。

ヴェラはため息をつく。鋭い洞察をする自分の頭がときどきいやになる。やかんの湯が沸いたのでマグに湯を注ぎ、乾燥した菊の花がふんわり開くのを見守ったあと、ダイニングテーブルへと移動する。腰をおろし、テーブルの中ほどにあるティッシュボックスを何げなく見る。ふいに、今朝の記憶で頭がいっぱいになる。

警察が到着するまで、ヴェラは割合冷静だ。まあたしかに胸の鼓動は少し速くなっているけれど、死んだ男はヴェラがいる場所からちょうど二歩離れた場所に横たわっているので、これぐらいならがまんできそうだ。彼女は警察官たちのために準備をした。茶壺（チャーフー）三つ分の湯を沸かし、それぞれの茶壺にはロンジン茶（龍井茶。中国の緑茶を代表する銘茶）とイチョウの葉を調合した茶葉を少量入れてある。その組み合わせは頭が冴えることで有名だから、警察官がここで最高の仕事をするのはまちがいない。もしかしたら、ヴェラの不思議なお茶をひと口飲んだとたんに頭がよく働きだすことに感激して、その警察署が御贔屓（ごひいき）さんになるかもしれない。もしかしたら、評判がほかの管区にまで広がり、そのうちベイエリアじゅうの警察署から殺到する定期注文をさばくことになるかもしれない。

店も少し片付けた。もちろん、遺体の周辺も。ヴェラは〈ＣＳＩ：科学捜査班〉を観ているので、犯人のＤＮＡを少しでも保存するために遺体そのものにふれてはいけないのは知っているけれど、警察官が大挙して店にやってくるなら少しぐらいこぎれいにしないわけにはいかない。二階の部屋へ行ってとっておきの美しい花瓶を持ってくる。若いころはなかなか器量よしだったとわかるように、二十代の自分をおさめた大昔の額入り写真も忘れてはいけない。正面ドアの割れたガラス片を掃き取るところだったが、考えてみればこれは証拠だ。ヴェラはこの犯行現場に鼻高々だ。警察官がこれほど気の利いたすばらしい現場に出くわすのははじめてにちがいない。

警察が来ると、ヴェラは淹れたてのお茶の盆を持ってドアの前で挨拶するが、警察官が脇へ押しやって——もちろんそっとだけれど、それでも——こう告げる。「おばあさん、邪魔にならない場所にいてくださいね」

「でも——」ヴェラが気を取り直すちょっとの間に、三人の警察官が狭い店内へずかずかとはいる。「お茶を用意したんです。これを飲んで捜査をはじめたらいいですよ。ロンジン茶とイチョウの葉を煎じたもので、頭がすっきりすることで有名なお茶ですから」

子供を相手にするかのようにヴェラを押しやった最初の警察官が、ろくに目もくれずに言う。「おばあさん、われわれはここで飲食しません。グレイ。ちょっといいか」別の警察官に手招きし、ヴェラのほうへ首を傾ける。

親切そうでティリーと同年代に見える黒人のグレイ巡査が、ヴェラのほうへ歩いてくる。慇懃（いんぎん）な笑みを浮かべている。「おばあさん、ちょっと外へ出てもらってもいいですか？調書を取らなくてはいけないので」

「あら、それはどうかしらね」ヴェラはすばやく言う。「あたしはここにいて、お仲間のかたたちが何ひとつ見落とさないようにしなくては」

「これはいったい——」最初の警察官がぼそりと言う。「ちょっとおばあさん、亡くなった人をだれが線で囲ったんですか？」

「ああ、それはね」ヴェラは誇らしさに胸をふくらませる。店主がとても協力的で才覚のある人間だと警察は気づいたようだ。「あたしです。みなさんの手間をはぶいてあげましたよ」犯行現場でふつうは何がおこなわれるか、ヴェラは知っていた。警察なら遺体のまわりにテープで線を引くところだが、あいにくテープが足りなかったので油性マジックで代用するしかなかった。ものすごく慎重に線を引き、マジックの先と遺体の間隔は約一センチメートル空くように描いたから、遺体にはふれなかった。自分で言うのもなんだが、正確かつ明瞭なすばらしい出来栄えだ。テープから油性マジックに変えるよう提案するべきかもしれない。

けれども、警察官たちに感心した様子はない。それどころか、かなり腹を立てているようだ。「外へ連れていけ」最初の警察官が咆える。

「おばあさん、いっしょに来てください」グレイ巡査にうながされてヴェラは眉をひそめるが、言われたとおりにする。

出ていくときに、ヴェラは最初の警察官のほうへ振り返って大声で言う。「わたしは何ひとつ動かしてませんよ、おまわりさん。何もかもこの人が殺害されたときのままですから」

グレイ巡査の片方の眉があがる。「殺害？　どうして殺人だと思うんですか？」

ヴェラはグレイ巡査に向かって深く息を吐く。どうしてこの人はわかりきった質問をするのだろう。「だってほら……オーラを感じるでしょ？　すごく悪いオーラを。ああ、あなたの世代では〝バイブス〟って言うのかもね」

「被害者に……悪いバイブスがあったから、と言うんですか？」とグレイ巡査。

グレイ巡査が信じていないのをヴェラは感じ取る。自分の第六感に頼らずどうして警察官がつとまるのだろう。だからこそ、この人たちにはこのお茶が必要だ。グレイ巡査にお茶のいい香りをかいでもらいたくて、盆を高く持ちあげる。「さあ、このお茶をどうぞ。あなたには必要よ。頭がすっきりして記憶力がよくなるから」

「おばあさん」グレイ巡査がため息をつく。「わたしたちにお茶を飲ませようとするのはやめてください。そのお盆を置いてわたしといっしょに外へ行くんです。さあ早く」

ヴェラはびっくりする。冗談じゃない、自分はグレイ巡査の母親と言っても通る年齢だ。グレイ巡査は年配者にこんな口のきき方をするべきではない。それでも相手は警察官で、ヴェラとしても、法にしたがうとかそういったことは必要だと思っている。でも抵抗のしるしに盆は持って出る。自分自身のティーハウスから追い払われているのが信じられない。自分の店で人が死んだのだから、捜査状況を逐一知らせてもらい、死にいたった原因について様々な仮説を提供する権利が当然あるはずだ。（いま気に入っている仮説はこうだ。その男と仮の殺人犯は寝しなの一杯を求めてヴェラの店へ来たが、店が閉まっているとわかってひどく落胆したあまり、どちらかがどちらかを衝動的に殺した。ほら、車の運転中にキレて殺し合いになることもあるんだから、お茶のことでキレて何が悪いの？）

外に出ると、ほかの警察官がひとりも見当たらないので、ヴェラは驚くとともに失望する。CSIのチームはどこ？　大きくて扱いづらいカメラを手にした防護服姿の鑑識官はどこ？　あざやかな黄色と黒の立ち入り禁止テープは？　殺された被害者を見たくて押し寄せた物見高い群衆は？　刑事のふりをして隙あらば現場にはいりこもうとする野心満々の若いレポーターは？

　いやいや、この通りがいつもと変わらず静かでもあいにく例外があって、それは――うぇっ――ウィニフレッドだ。いまも自分のケーキ店から顔をのぞかせている。ヴェラがウィニフレッドの店を〝ケーキ店〟と言うたびに、ウィニフレッドはすばやく正す。

「パティスリーだよ」ウィニフレッドはつんとすまして言う。「あたしがフランス人じゃないから店をパティスリーと呼んじゃいけないって言う人間は差別主義者だよ、ヴェラ」

「フランス人じゃないって理由で言ってるんじゃないのよ、ウィニフレッド。売ってるのがフランスの菓子（パティスリー）じゃないからよ。ケーキ店で売ってるのは中国の菓子でしょ」

「フランスの影響を受けた菓子もたくさんあるんだから！」

「里芋饅頭（タロ・バン）を〝プティ・パン・オ・タロ〟と呼んだところでフランスの影響を受けたことにはならないわね」

　それはともかく、いまウィニフレッドが明らかにフランス風ではないケーキ店から見守っているが、その頭に何がよぎっているかヴェラはお見通しだ。はは！　まあ好きなだけ不思議がったらいい。あの男が殺される場所に選んだのはヴェラのティーハウスであって、ウィニフレッドのえせパティスリーではなかったってこと。

「おばあさん？」

ヴェラはグレイ巡査に質問されたと気づくまでいっときかかる。「はい？」

「何があったのか正確に話してもらえませんかと言ったんです。遺体を発見する前のことからはじめましょうか」

「ええ、いいですとも」これならいつでも答えられる。「まず、けさはいつもどおり四時半に起きました。目覚まし時計なんて使いませんよ。毎朝四時半きっかりに目が覚めますからね。修練の賜物ですよ。あなたは毎朝何時に起きるの？」

グレイ巡査が少しのあいだ目を閉じる。「おばあさん、わたしのことはいいんです。つづけてください」

「ふふん」ヴェラは鼻で笑う。「若い人たちはいつも遅くまで寝ているけれど、それってとても体に悪いんですよ」

「つまり起床した……」そんなにいらいらしなくてもいいのにとヴェラが思うぐらい、グレイ巡査はもどかしそうに手を振って言う。

「起きて歯を磨いたりしたあとキッチンへ行って、まずはじめに水を大きなグラスに一杯飲みました。毎朝そうします。腎臓がきれいになりますからね。それから――」

「なるほど、水を一杯飲んで、それから……？」

「サンバイザーをかぶりましたよ――あのね、カリフォルニアの日差しはとても強いから、日焼け止めクリームだけじゃだめ。たとえSPF90のやつでもね。サンバイザーをかぶらなきゃ。わかった？　太陽光線から皮膚を守らないと癌になるわよ」

「はい、日よけ帽を着用。そういうことですね？」

「それから下へおりていって、死体を見たのはそのときね」

「亡くなったかたの身元をご存じですか？」グレイ巡査のペンがメモ帳の上で止まる。

ヴェラはかぶりを振る。「見かけたことは一度もありませんよ。でも顔の様子からして、三十代前半か、もっと上かもしれない。アジア系の人は肌がなめらかでしょ。まあ、三十代後半ってとこかもね」

グレイ巡査がひと言も書きとめないので、ヴェラはとてもがっかりする。

「いまのを書かないの？」

その質問をグレイ巡査は無視する。「つまり、亡くなったかたを知らない」これは書きとめる。被害者にまつわるヴェラの見識ではなく、ヴェラの知識不足を。「遺体を見て何か気づいたことはありますか？」

「そうね、あるわよ」こうなったらヴェラは役に立ちたくて破れかぶれだ。

グレイ巡査が耳をそばだてる。

「まず、死んでいたってこと」ヴェラはもったいぶって言う。

グレイ巡査が拍子抜けする。「ええ、まあ……そうですね。わかりました。ほかには？」

「死体はそのままにしてありますよ。警察はDNAや指紋など調べたいでしょうから、わたしはさわってません」ヴェラは少し得意げに言う。そして首を伸ばしてあからさまに周囲をながめる。「DNAと言えば、CSIチームはどこにいるのかしら」

グレイ巡査の口もとが引き締まり、一本の線になる。「残念ながら、実際の捜査はあんなふうじゃないんですよ、おばあさん。まったくもう、ああいう番組にはうんざり」小声で言う。「いまは上司が犯罪の証拠を探しているところで、それが見つかれば科学捜査班が呼ばれます」

「なんですって？」ヴェラはまたもやびっくりする。テレビでいろいろ見たせいで、てっきり防護服姿のプロフェッショナルが大勢来るものと思っていた。「そんな、犯罪の証拠ならはっきりしてるでしょうに」

「はあ？」

両手でお茶の盆を持っていて指さすことができないので、ヴェラは頭を正面ドアのほうへくいっと向ける。「ほら、殺人犯がガラスを割ったのよ！」

グレイ巡査がゆっくりとうなずく。「証拠かもしれませんが、すぐに結論に飛びつくのはお勧めできませんね。ガラスが割れた原因はほかにいくつも考えられます。この事件に関係することでほかに思いつくことはありますか？」

「ドラッグはどうなの？」ヴェラは思わず口走る。

グレイ巡査がヴェラをじっと見る。「ドラッグ？　どういうことでしょう。おばあさん、被害者にさわりましたか？　所持品を探ったんですか？」

気をつけて、慎重に。ヴェラは白状してしまいたい気持ちを抑えて言う。「もちろんそんなことしませんよ。ドラッグを持っていそうな男だと思っただけでしょうに。わかるのよ、ろくな人間じゃないって」

グレイ巡査の目がすっと細くなり、ヴェラは年長者に叱られている子供になった気分だ。いやいや、こんな心境はほんとうにひさしぶりで、気持ちのいいものではない。

「ドラッグのことはこちらで調べますから」

腹の底から湧きあがる疑念をヴェラは押しとどめる。ティーハウスをのぞくと、ふたりの警察官が店内をあちらこちらと調べているのが汚れた窓越しに見える。ふたりとも、慎重に刷毛を使った指紋採取も、見栄えのする捜査活動もしていないので、ヴェラはいっそうがっかりする。無線で応援を呼ぶべきでは？　近ごろの若い人たちは何ひとつまともにできないのでは？　全部やってあげなきゃだめなのでは？

もちろんその答は断固として〝イエス〟だ。だからこそ、ヴェラはため息交じりにかぶりを振る。「そうね」グレイ巡査に言う。「あとはとくにありませんよ」

警察が引きあげたあとも、そして監察医が遺体を回収して運び去ったずっとあとも、ヴェラは不穏な静けさがただようティーハウスの中で、遺体があった場所を見ている。割れたガラス以外、そこに死人が横たわっていた痕跡は何もない。ヴェラがおおいに気を利かせて描いた線はたしかに残っているが、ほかは何もない。血の一滴さえも。

遺体の回収にきた監察医はたいして驚きもしなかった。監察医のチームもヴェラのお茶をことわったが、ヴェラは下っ端のひとりをどうにか追い詰めてあわれなその若造を脅したところ、自分たちはこれから遺体をモルグへ運ぶが、いまのところは心臓発作と思われ、犯罪がらみではなさそうだと言う。

「犯罪がらみじゃないって？」ヴェラは咆えかかった。「どう見ても殺人じゃないの！」

「ああ、いや、そうは思いませんが——いやその——そうは見えないっていうか。いずれにしてもですね――あのう――確定はできないんですよ――そのう――もっと調べないと」そう言って若造は逃げていった。

いやはやまったく。殺人犯を見つけるのも含め、全部自分でやるしかなさそうだ。もっとも、ヴェラは手をつけてもらえなかったロンジンとイチョウのお茶を飲みながら、自分が公平とはいえないのを認める。なんといっても頭の働きが俊敏になるお茶を毎日飲んでいるのだから、ほかの人間が自分より機転が利かないのはしかたのないこと。

まあそうね、死んだ男の固く握られたこぶしからあるものを取ったというのは、ちょっとしたズルかもしれない。

でもかまわない。それもこのお茶みたいなもの。

いま、ヴェラはキッチンにすわり、ティッシュボックスに隠しておいたものを取り出す。それは黒光りしたUSBメモリーだ。いったい何に取り憑かれて死んだ男の手からあんなふうに取ってしまったんだろう。そのままにしておけば警察官が見つけ、そうなれば警察はもっと本腰を入れただろうに。

でもね、とヴェラは自分に言いわけをする。警察官がどれほど役立たずかはだれもが知っている。きょうの連中ときたら、ほんとうにおざなりでやる気がない。どうせ何もしないのはわかっている。いや、まあ、ほんとうのところはわからない。でも、自分が連中よりましな仕事ができるのはたしかだ。なぜなら、時間を持て余した疑り深い中国人の母親ほど悪事を嗅ぎ分けられる者はいないのだから。ジンロンが亡くなり、ティリーは離れて暮らして何をしているのかわからないいま、ヴェラに時間以外の何があるだろう。

そう、USBメモリーを取ったのは正しかった。そしてもちろん、殺人犯はそのUSBメモリーがほしくてもどってくる。じつは、ヴェラは地元紙に早急に死亡記事を出すつもりだ。ティックトックとX（旧ツイッター）にも投稿する。犯人はかならず見ている。死亡直後に記事が出るのは妙だと気づく。それがメッセージだとわかる。そうやって犯人が現れると、ヴェラが待ちかまえているというわけだ。

ヴェラ・ワンの殺人事件簿

被害者　マーシャル・チェン　二十九歳
死因　不明
不審な痕跡
　1　左頬の痣（だれかに殴られた？）
　2　右頬の擦過傷（だれかに引っ掻かれた？）
　3　握っていたUSBメモリー（中身は?!　もしかして核ミサイルの発射コード？　この男はスパイ？　KGB？）
　4　指のむくみ。全身のむくみ。妊娠後期のあたしみたい。
　5　小袋いっぱいのドラッグを所持。ほらね。悪いやつにきまってる。ハリウッドじゃあるまいし、どうしてドラッグなんか持ち歩いてるの？

　ああ恐ろしい！　わくわくする！　あたしはかよわい高齢女性。どうすればいいか。殺人犯があばれだす前にそいつを見つける。犯人はUSBメモリーほしさにもどってくるはず。そのとき正体を突き止めてつかまえてやる！

5　リキ

リキは〈ヴェラ・ウォンの世界に名だたるティーハウス〉という場所に何を期待するでもなかったが、これほどちっぽけでみすぼらしい店だとは思わなかった。さびれて人目につかないのでうっかり通り過ぎたぐらいだ。そのブロックを小さな土産物店のほうへ歩きながら、自分がグーグルマップ上の点を過ぎていたことに気づく。そこで引き返し、こんどは店の看板をひとつひとつたしかめながら、ゆっくりゆっくり歩く。ついにそのティーハウスを見つけたとき、〝老朽化〟〝忘れられた〟〝埃まみれ〟といったことばが頭に浮かぶ。こんな場所でマーシャルが死んだことをどう受け止めたらいいのか、正直わからない。

まともな人間ならこう思うだろう。かわいそうなマーシャル、こんなみすぼらしいティーハウスで死ぬなんてあんまりじゃないか、とか、少なくともこんなふうに。かわいそうなマーシャルの奥さんと子供さん、どちらの名前も知らないけれど、その人たちが心から悲しんでると思うとぼくも悲しいよ。

けれどもリキはまともな人間じゃない、そうだろ？　だってまずこう思ったから。ろくでなしにはお似合いだな。こんなところでくたばってざまあみろだ。

もちろん、そのあとではっと思い直す。最低だな。こんなふうに思うなんてどういう人間なんだ。そしていつもどおり、まるでリキの中にふたりの人間がいて言い争っているかのように心の声が聞こえる。こういう考えに対して善人ぶるのはやめようぜ。自分がしたことはわかってるはずだ。

生きていくためにはしかたがなかった。それに、何もかも結局はアディのためだ。悪いことをするたびに、罪を犯すたびに弟を言いわけに使って吐き気がしないのか？

これが延々とつづく。じつのところ、古ぼけたドアがきしみをあげて開かなかったら、リキは〈ヴェラ・ウォンの世界に名だたる（かなりおこがましい名前の）ティーハウス〉の前に当分立ったままだったかもしれない。ドアのてっぺんについた鈴がちりんと鳴り、自分との白熱の議論が断ち切られる。自分に勝てそうだったリキは一瞬苛立つが、店の外をのぞいている顔を思わず無言で見つめ、心の声がすっかり静まる。

そこにいたのは六十歳前後の老女で、大きなウェーブのパーマがかかった髪型はインドネシア育ちのリキにはなじみがあるが、薄い唇は明るいピンク色に塗られて肌の色に対して派手すぎる。眉は鋭いアーチ型にくっきり描いてある。

「はい？」その女性が言うが、声の調子に、なぜかリキは海老せんべい(クルプック)の容器に手を入れて見つかった五歳児の気持ちになる。

リキは体をぶるっと震わせる。自分は二十五歳で、五歳じゃない。それに、このおばあさんの頭のてっぺんはこっちの乳首の高さにも届いてない。ええっと、どうしてこんなときに乳首のことなんか考えてるんだ。いったいどうしたってんだ。そう思ったとたん、頭に浮かぶのはやはり乳首のことばかり、これじゃあどこかの変質者と同じだ。「あの……」

老女は店から出てくると、顎をあげてリキの顔を真っ直ぐに見つめる。「きっかり四分そこに立っていたわね。いくらミレニアル世代でもこれはふつうじゃないでしょう」

「いや、その……」リキはあわてて何か言おうとするが、脳みそがげっぷをする。「ミレニアル世代じゃないんですが」

老女の目が疑り深そうに細くなり、上から下へとながめられたリキの皮膚がちくちくと疼く。「ふーん、Z世代ほど若くは見えないけど。もっと肌の手入れをしたほうがいいわよ」

インドネシアにいたころ、リキの母親はリキや弟のアディに二時間おきに日焼け止めを塗り直せとしつこく言ったものだが、だれも言いつけにしたがわなかった。その報いがこれだ。妙な罪悪感にさいなまれ、急に肌のことが気になりだす。それにしても、いったいなぜこんなときにそんなことを考えているのだろう。

「中へはいったほうがいいわね」そう言うと、その女性はリキが承知したかどうかたしかめもせずにティーハウスへもどる。

晴れた朝、覚悟していたより少し多めの不安を感じたリキは深く息をつき、小柄な老女のあとについて暗いティーハウスへとはいっていく。

まるでちがう世界に足を踏み入れたかのようだ。一九五〇年代から変わっていない世界。一九五〇年代のティーハウスがどんなものか、リキが知るはずもないけれど。いずれにしてもこの店は狭く、入り口の横に大きな出窓がふたつあるにもかかわらず、暗い。窓にこびりついた汚れか、そこに貼られた黄ばんだ大量のポスターのせいだろうが、それがティーハウスをじめじめした洞窟に変えるのに一役買っている。リキは知らず知らずのうちにちぢこまり、うっかり何かにさわらないように肩をすぼめる。

壁も黄ばんでいて、片側の壁は床から天井まで古色蒼然とした収納棚で覆われ、そこにおさまっているのは何百もの小抽斗だ。リキは抽斗の中身を考えて身震いしそうになる。いるのはたいてい蜘蛛だ。小抽斗は何世紀もあけられていないのではないか。ほかの壁を覆っているのは中国風のポスターと、ハスの花や鳥や桜の花が描かれた中国風の安っぽい絵だ。どれもぼろぼろで表面が少し剝がれ落ちているので、鳥が不気味な生物に見え、花は淡いピンク色というより灰色がかったベージュ色になっている。四卓あるテーブルに椅子が二脚ずつあるが、リキがよく知っているちゃちで野暮ったいアジアンスタイルだ。背もたれと脚に細かい彫刻がほどこされているけれど、おそらく中国で機械彫りされたもので、いまは時代遅れだし、すわり心地もめちゃくちゃ悪いだろう。店全体に老人臭がただよい、リキはすごく悲しくなる。そしてもう一歩前へ足を進めたとき、心臓が飛び出るほどびっくりする。なぜなら、目の前のリノリウムの床に人をかたどった線が描かれていたからだ。

とっくにカウンターの奥にいた老女がリキの視線に気づく。「ああ、それが死んだ男よ。死んだ男のことでここに来たんじゃないの？」

リキはその輪郭線から視線を引き剝がせない。片手を頭の先へ差し伸ばしていて、いかにもまがまがしい。マジかよ（アスタガ）。マーシャルが死んだのはもちろん知っていて、だからここに来たんだけど、でもマーシャルがとった姿勢を実際目にすると……

「じょうずにできてるでしょ？」老女が妙に誇らしげな声で言う。ようやくリキが輪郭線から声の主へ視線を移すと、本人は得意満面の笑みを浮かべている。

「あたしが自分で描いたのよ」自分の胸をぽんと叩きながらやかんに水を入れ、それをコンロにかける。

「ええまあ、はい？」

「え？　警察がやったんじゃないんですか？」

老女は鼻を鳴らす。「は！　警察ね。あの連中はなんの役に立つのかしらね。やってきて写真を二、三枚撮り、死体を持ち去る。指紋の採取なんてしたかしら？」

数秒の間が空いたので、リキは自分が答えるのを相手が待っているのだと気づく。

「あ！　ええと、警察は指紋の採取をしたんですか？」

「いいえ！」老女は声を張りあげると、皺だらけのこぶしを強くカウンターに打ちつけてリキをびくりとさせる。

リキは何を言うべきかよくわからないが、本人の憤りに同調するほうが礼儀にかなっている気がするので、思い切って尋ねる。「なぜしないんですか？」

それを言ってもらいたかったらしい。というのも、老女は糾弾するように人差し指を天井に向かって突きあげたからだ。「そのとおり！　なぜしない？　なぜ指紋を取らないのかとあたしは言った。あたしの指紋を取ってください！　店じゅうの指紋を取ってください！　自分の仕事をしてください。そうしたら連中がなんて言ったかわかる？」

こんどはリキのほうも準備ができている。「なんて？」

まるで陰謀をめぐらすように、老女の声が低くなる。「こう言ったのよ。〝おばあさん、われわれは自分の仕事をしてますよ。そこをどいてください。それから、チームのみんなにお茶を飲ませようとするのはやめてください〟」背を反らせて大きく息を吐き、それから茶器を取り出して茶葉をひとつまみ放りこむ。「店一番の烏龍茶を出したのに、だれひとり口もつけなかった。だれひとりね！」

ないがしろにされて腹を立てているのは明らかなので、共感してうなずくしかないとリキは思う。

「そりゃあ、親切な警察官が一回口をつけたけどね。彼女はおいしいと言った。あたしはこう言った。〝これは高山（ガオシャン）烏龍という最高級の烏龍茶で、とても高価なんですよ〟そうしたら彼女はいままで飲んだなかで一番おいしいって。そりゃ最高級なんだから当然よ！感心してるみたいだったから、別の烏龍茶も淹れてあげようとしたんだけど、もうひとりの警察官がチームにお茶を出すのをやめろって言うのよ。考えられる？ なんて失礼な！」ことばを切って息をつき、少しあえぐ。「あらあら、失礼と言ったらあたしもずいぶん失礼じゃない？ あたしはヴェラ、ヴェラ・ワンよ。この建物の主（あるじ）です」その言い方は、まるで英国女王がバッキンガム宮殿からお出ましになったときのように堂々としている。

「ああ、はい、ごていねいにどうも」とリキ。「ぼくはリキ。リキ・ヘルワントです」

「ところで、どうしてうちのティーハウスの前をうろついていたの？　リキ・ヘルワント」

「それは——」どうしてなんだろう。リキはマーシャルの死体の輪郭線を見おろし、やましさのあまり顔が熱くなる。頬が焼けているにちがいない。耳の先を炎がじわじわとなめていくのを感じる。考えておけばよかった。とはいえ、ヴェラにつかまる前に外の歩道でしていたことがまさにそれだ。さっさと何か考えろ！　リキは何もないところからとにかく何か引っ張り出す。「彼の死亡記事を読んだんですが、腑に落ちなくて……たとえば、ティーハウスで死んだとか、ほかにもいろいろと」そのとき脳みそがげっぷを出す。「ぼく、レポーターなんです」

「あら！」ヴェラの目がダイヤモンドのように輝く。「どこの新聞？〈サンフランシスコ・クロニクル〉？〈ベイエリア・タイムズ〉？」

「ああ……ご存じないと思いますよ、オンラインなので」

「へえ、オンラインね！　いいわよ、オンラインのニュースならたくさんフォローしてる」ヴェラが人差し指を振って言う。「いつも言ってるのよ。若さを保ちたければ若い人たちみたいな考え方をしなきゃだめだって。若い人がニュースをオンラインで追うなら、あたしもオンラインで追う。どこに雇われてるの？」

「雇われてるのは……ええと。ベイ……バズ」

ヴェラが発するあえぎ声があまりにも高音なので、リキにはほとんど聞き取れない。

「それって〈バズフィード〉のこと？　ワオ！　すごい。すばらしい仕事じゃないの」

「いやあ」ちがうと言いかけて、リキはふと思う。なぜだめなんだ？　〈バズフィード〉は大きな会社だから従業員は何百人もいるはずだ。嘘つきだとヴェラにばれる見こみは低い。「ええ、そうなんです」

ヴェラの瞳に星が輝いている。「いやもうほんと！　けさこう思ってたところよ。ヴェラ、報道関係者がここに来てたくさん質問するのはまちがいない。だから見苦しくないようにしなきゃ、ってね」ヴェラがそっと髪を整えてリキに微笑みかけるので、褒めことばを待っているのだとリキは遅ればせながら気づく。

とんでもないピンクの口紅をつけて眉を描いたのは、特別なきょうのためにちがいない。

リキはあわててうなずく。「ええ、全然……その、見苦しくないですよ」

「撮影のときはちゃんとした照明を当ててちょうだいね。それから、ああいうのはできるかしら——皺を消せるフォトシャットみたいなやつ」

「フォトショップですか？　ええまあ、だいじょうぶですよ。でもまずはじめにマーシャ――いや、ミスター・チェンのことで少し質問してもいいですか？　その男――じゃなくてそのかたはここで亡くなったんですよね」

「ええ、とにかくなんでも訊いて」ヴェラはやかんの熱湯を小さな茶壺へ注ぐ。こんなに小さなティーポットをリキは見たことがない。スターバックスのショートサイズのカップの半分ぐらいだ。そんな手間をかける意味がよくわからない。

「ええと、では……」レポーターというのはどんなことを訊くんだろう。「全部話してください。死体を発見したのはあなたですか？」

「そうよ、きのうの朝二階からおりてきたのが午前四時四十五分ごろで――早起きが好きでね、早く起きて早く人生をつかむってのがあたしの口癖よ。下へおりて朝のウォーキングに行こうとしたら――毎朝長いウォーキングに出かけるもんでね。だからあたしはとってもスリムなの。でしょ？」ヴェラが小さなティーポットと小さすぎるふたつのカップを盆に載せる。

「ええ、とてもスリムです。とにかく下へおりてきて、その人を見たのはそのときですか？」

「そうよ、最初は影を見まちがえたのかと思ったけど、近づいていったらアイヤー！　そこに死体があったってわけ」ヴェラが死体の輪郭線のほうへ顎を向けながら、テーブルのひとつへ盆を運ぶ。「こっちに来てすわって。これを飲んで。ジン・シュアン（金萱烏龍茶のこと）といって体にとてもいい」

リキはしぶしぶ椅子のひとつにすわるが、予想どおりすわり心地が悪い。「それからどうしました？」

「警察を呼んだ。きまってるでしょ！」

それで終わり？ 落ちこむべきかほっとするべきかわからない。「警察は何かに興味を示しましたか？」

「はっ！ 言ったでしょ、連中は役立たずだって。どうしようもない役立たず。この人は殺されたんだって言ってやった。そうしたら、すぐに結論に飛びつくわけにはいかないって言うのよ。ほら、店のドアを見てよ。ほらそこ！」

リキは言われたとおりにする。正面ドアのガラスがなく、枠にギザギザの破片が残っている。

「あれが事故に見える？」ヴェラがリキの前にカップを置く。「だれがあんなふうにうちのガラスを割るっていうの？ 店のドアを壊してはいったら、そこで死んでしまった？ チッ、運が悪いにもほどがある。これはまちがいなく殺人ね」

リキはうなずき、この老女がマーシャル殺害を確信しているという事実には頓着しないふうをよそおう。カップに手を伸ばすが、恐ろしいことにほんの少し手が震えている。小さなカップをあわててつかみ、陶磁器の火傷しそうな熱さに顔をしかめると――こういうのってどうして持ち手がないんだ？――音を立てて一気に飲む。

「アイヤー！　ゆっくり飲まなきゃ。中国茶は繊細で、いきなりがぶがぶ飲むものじゃない。コーヒーとはちがうのよ」口にするのもいやでたまらないというふうに〝コーヒー〟と言う。リキがことわるより先に、ふたたびヴェラが茶を注ぐ。「こんなふうに飲んで」

自分のカップのふちを親指と人差し指ですばやく持ち、少しだけすする。そして目を閉じて息を吸うと、口もとにかすかな笑みが浮かぶ。「ああ、ジン・シュアン。最高級のお茶。風味がまろやかで優しくてミルクみたいだから、〝ミルクティー〟とも呼ばれてる」

リキはヴェラにならって二杯目のカップを慎重に持ち、彼女のようにすする。こんどはたしかにヴェラが言ったまろやかさを感じる。ほんとうにミルクに近い味だ。お茶を見れば澄んだ淡い色合いで、断じてミルクらしきものには見えない。見た目と味がまるでちがうとは不思議なものだ。けれどもその一方でリキはやましさに襲われ、自分も全く同じだと思う。偽りの自分を演じている人間。はるかに暗い動機を隠し持ってここにいる人間。

顔をあげたとき、ヴェラに穴があくほどじっと見られているのに気づき、骨の髄まで衝撃が走って残りのお茶をこぼしそうになる。ヴェラと知り合ってわずか十分しか経っていないが、舐めてはいけない相手なのはもうわかっている。賢そうな目、抜け目のなさそうな顔つき。この人は見抜いているのだろうか。こんな特別のお茶をふるまってくれたのは、こちらが正体を隠しているのを知ってのことか。マーシャル殺害がどうのこうのと言い立てて、こちらをためしているのだろうか。

そして、最後の問いが胸を焼く。この人は自分とマーシャルの関係を知っているのだろうか。

6　サナ

サナは母のように品よくふるまえたためしがない。考えてみれば母ゆずりのところなど少しもないけれど、それでもきょうの朝はとくに、母のように品のいい態度をとれないのがいやでたまらない。というのも、〈ヴェラ・ウォンの世界に名だたるティーハウス〉の前で第一印象をよくしようと思っているところに案の定やってしまったから、つまり、店から出てきた客と思い切りぶつかって、そのせいでその客がかばんを落としてしまったからだ。

「ごめんなさい！　ほんとにごめんなさい」これもまた、母を不機嫌にさせるサナの態度だ。話のはじめにあやまってはだめ。やたらとわびるのはやめなさい。真実味がなくて鬱陶しいわよ。それはよくわかっているけれど、やめられそうもない。その男がかばんを拾うのをサナも腰をかがめて手伝うが、結局頭をぶつけ合うはめになる。「ごめんなさい！」口から思わず謝罪のことばが飛び出す。

「だいじょうぶですよ」ふたりとも立ちあがり、サナは相手が体勢をもどす前にちらりと見る。あたたかみのある褐色の肌は自分とよく似ているけど、自分と同じインド系ではない。東南アジア出身かしら。とても魅力的。こんなことを考えてる場合じゃないけれど。そんな大きな目と顎の輪郭ならいやでも目にとまるじゃない。

サナは小さくかぶりを振る。集中しなくては。でも、いったい何に集中するの？　ここに来た理由すらはっきりしていない。殺人犯が犯行現場にもどることはよくある。この考えには中毒性があり、浮かびあがっては毒をまき散らす。サナは顔をゆがめる。わたしは人殺しじゃない。あいつが死んだのはわたしのせいじゃない。罰が当たったのよ。たぶん。また顔をゆがめる。まったく、ずいぶんひどいことを考えるじゃない。

さいわい、チリンという鈴の音が聞こえて〈ヴェラ・ウォンの世界に名だたるティーハウス〉のドアがふたたび開き、心の中の堂々巡りからサナを引きもどす。ひとりの老女がサナをじっと見あげる。老女の眉は主張の強い眉で、めちゃくちゃすてきな眉だってことを忘れないで、と主張している。「はい？」老女が言う。「何かご用？」

「あ、ええと、そうなんです！　じつは――〈ヴェラ・ウォンの世界に名だたるティーハウス〉ってここですか？」サナはそう言ったとたん自分を蹴り飛ばしたくなる。なぜなら、頭上に真っ赤な文字ででかでかと**〝ヴェラ・ウォンの世界に名だたるティーハウス〟**と書いてあるからだ。くどくど繰り返すのはだめね。頭の中で母の声が響く。語りすぎるより、少ししか語らないほうがいいのよ。母なら当然心得ている。母が書く本は短いことで有名で、大勢のファンをもっと読みたくてたまらない気持ちにさせる。

老女が誇らしげに微笑む。「ええ、そうですよ。あらまあ、いそがしい日だこと。新しいお客様がいっぱい！」そう言ってサナを招き入れる。狭くて暗いティーハウスにほかの客はいない。

サナは不安な気持ちでそこに立つ。新しいお客様がいっぱい？　それって……わたしと、いまぶつかったあの人？　周囲の様子がわかったとたん、ふいに悲しくなる。〈ヴェラ・ウォンの世界に名だたるティーハウス〉が過去の遺物なのは明らかだ。

「さあ、すわって！　お茶を淹れますからね。あなた、お名前は？」老女は――この人がヴェラ・ウォンだろう――テーブルのほうへ手招きしてから、せかせかとカウンターの奥へ向かう。

サナは一番近くのテーブルへ行き、椅子のひとつに慎重に腰をおろす。「あの、サナと言います。サナ・シンです。じつはここに来たのは――」

「当ててみるわね。死んだ男の件でしょ」

そう言われてサナは少しぎょっとする。「そうなんです。ええと――死亡記事を読んで、それで——」

ヴェラがうなずいて床を指し示す。「その男ならそこよ」

「えっ？」サナはあわてて腰を浮かせる。ヴェラが示した場所を見て、それが床に描かれた死体の輪郭線だとわかり、胸の内で恐怖と安堵が入り混じる。そうよ、あの男が——死体そのものが——実際そこにいるわけじゃない。心臓の高鳴りをどうにかして抑えたい。輪郭線は油性マジックで描かれたらしい。「あなたが——警察がこれを？　テープを使うものだと思ってました」

「ああ、警察ね。役立たずばかり」ヴェラは鼻で笑いながら茶壺に茶葉を入れる。「もちろん、連中の仕事じゃない。あたしが自分でやったのよ。よくできてるでしょ？　死体のすぐそばにいたんだから。ときどきマジックが死体にちょっとふれたわね」

サナは口をぽかんとあけて老女を見る。「そんなことを警察が許可したんですか？」

「あら、警察の到着を待つあいだにやったのよ。お茶の用意までしたわよ。到着する前にすっかりね。だけど、連中は感謝したかしら？」

いっときの沈黙が訪れ、サナは急いでそれを埋める。「しなかった？」

「これっぽっちもね」ヴェラは茶壺に熱湯を注ぎ、盆に載せてテーブルへ運ぶ。「すわって。お茶がはいったから。これは中国安徽（あんき）省産の祁門紅茶（キームン・ティー）。飲んでみて」そう言ってサナのために、人形用にも見えるとても小さなカップに茶を注ぐ。

　サナがためしに飲むと、いままで味わったものとはまったくちがう、それでいてどこか懐かしい味がする。燻したにおいと春の花々の香りだ。「すごく落ち着く」サナはつぶやき、こんどはもっとじっくりと飲む。いつの間にか小さなカップが空になっているので、ヴェラがサナの手から取りあげてもう一杯注ぐ。

「ところで、ご用件は？　サナ」

「ああ、そうでした」すばらしいお茶のあとで考えをまとめるのに一瞬の間があく。「あのう、じつはわたし……ポッドキャストをやってるんです」ようやく言う。

　ヴェラが眉根を寄せる。「あら、そうなの。たしかそれ用のクリームなら持ってるわよ」

「ええと、そうじゃなくて……インターネットのラジオ番組みたいなものです」

「へえ」ヴェラの顔が明るくなる。「すごいじゃない。ラジオの司会者？」

「みたいなものですけど、本物のラジオ局とかそういうんじゃないんです。マイクに向かって話すのはわたしだけですから」母の声がささやきかける。自分の仕事を卑下したらぜったいにだめよ。あなたが本気にならなければだれも本気にしないんだから。でも、最後に本気を出したあげくに学校をドロップアウトしたのだから、実際母は物事をろくに知らないのかもしれない。「犯罪ドキュメンタリーをやっていて」サナは急いでつけ加える。

「ああ、それでここで死んだ男のことを話したいってわけね」ヴェラがうなずき、お茶をひと口飲む。「でもどうして？」

「どうしてこの事件を取りあげたいか、ですね？　それはまあ、男がティーショップで死ぬなんて怪しいじゃないですか」そうかしら。それがマーシャルなら怪しいにきまっている、という考えしかサナは思いつかない。

ヴェラが肩をすくめる。「警察はそう思ってない。犯罪の線は考えてないみたいよ」

犯罪ではない。サナは中立の立場の表情を崩さないようにしてうなずく。「あのう、事件についてご存じのことをうかがってもいいですか？」

「だから事件じゃないのよ。警察の見立ては単純明快でね。おそらくその男は薬物を過剰摂取した状態でうちの店にころがりこみ、そして死んだ」

「そうですか」マーシャルがドラッグをやっていた？　それについてサナはよく知らないが、いまとなってはマーシャルが何をしていたとしても驚かない。「そこをどうにかなりませんか。こういう場合、たったひとりの目撃者にインタビューする機会もなかなかないんですよ。コンテンツが必要なんです。ずうずうしいと思われそうですけど。すみません、ひどい言い方ですよね」

「じゃあ、あなたはその男の死がどこか怪しいと思うの？」

サナの気のせいなのか、それともヴェラの目が抜け目なく光ったせいなのか。いまのことばの裏に多くのものが隠れているとサナは感じるが、その正体がよくわからない。なんであれ、慎重に話を進める必要がある。「わからないです……どちらなのかは」注意深くことばを拾う。「でも、何か事情がありそうだとは思ってます」

ヴェラがふんぞり返り、両眉が驚くべき角度で弧を描く。「ふうむ」とうなって顎をなでる。サナが見るかぎり、理由はわからないがヴェラはおおいに楽しんでいるらしい。

「あなたの前にここにいた青年だけど、〈バズフィード〉の社員でね。彼もまた、これには深い事情があると考えてる」

〈バズフィード〉ですって？　〈バズフィード〉がなぜマーシャルの死に興味を持つのかしら。あそこには犯罪ドキュメンタリー部門があった？　まさかね。会社のブランドとかけ離れているもの。

「深い事情があると考えている人間がこんなにいるのはなぜかしらねえ」ヴェラが考えこむように言う。

「ここで死んだその男性について、知っていることを全部話してもらえませんか？」サナはせきたてる。ヴェラが脱線して考え事を口に出しはじめるにつれ、サナはますますぴりぴりしてきて、このおばあさんは何かを知っているにちがいないと確信する。こちらが隠し事をしているのを知っている。その一方で、サナはヴェラ自身が重要な情報を出し渋っているのも感じる。

「ええとね、朝、出がけに見つけたのよ」

「発見されるまで、死体は何時間ぐらいここにあったんですか？　発見したのは何時ですか？」

「五時前ね。毎朝早く起きるから。あなたは朝何時に起きるの？」サナの返事を見越してヴェラの目がすっと細くなる。

「それはまあ、早いですよ。それで、その人がここに来たのは……何時から午前五時までのあいだでしょうか」

「そうねえ、あたしは早めに住まいへ引きあげるんだけど、それがだいたい午後の四時ね。そのあと八時か、ひょっとしたら九時まで起きている。その男が侵入したのはそのあとね。そうでなきゃ物音が聞こえたはずだもの」

サナの血管を熱いものが駆けめぐる。午後八時か九時。最後にあの男を見てからほんの数時間後だ。不安がひどい吐き気に変わり、いまこの場でもどしてしまいそうだ。熱いお茶をもうひと口、無理をして飲む。「それで、その男は――その死体はどんな状態でした？　顔の表情を見ましたか？」

ヴェラの顔が曇る。「ええ、見たわよ。とても不幸せそうな顔。すごくショックを受けていて、恐怖でいっぱいだった」

不安がいやというほど大きくなる。あの男はショックを受けて、恐怖を感じていた。彼を責めてもいいのか？　自己嫌悪の巨大な高波がサナを押し流す。マーシャルはとんでもないくそ野郎で、それは否定しようがないけれど、でも、わたしはそんなつもりじゃ――

「それこそが」ヴェラがそう言っていわくありげに身を乗り出す。「あの男が殺されたと思う理由よ」

あまりにもあっさり言われたので、ことばが浸透するまでしばらくかかる。じゅうぶん理解したとき、サナは呼吸をするのが急にむずかしくなる。サナは知っている。ヴェラも知っている。

ヴェラがサナの顔から手もとへ視線を移し、眉をひそめる。「おやおや、爪がひどいことになってるじゃないの」

「え？」サナは限界まで噛んだ自分の爪を見る。こわくなり、手を丸めてこぶしを作るけれど、そんな必要ある？　もう遅い。ヴェラに爪を見られてしまった。こんども正解を導き出しているのだろうか。ヴェラはなんでもよく気がつく人らしい。

ところが、ヴェラが突如として「あれはだれ？」と言って急に立ちあがったので、すわっていた椅子が大きな音で床に倒れ、どちらもびくりとする。

心臓が飛び出さんばかりにびくついたサナが振り向くと、幼児を抱いた白人女性が汚れた窓から店をのぞいている。ヴェラが早くもドアの方へ歩いていくが、ドアへ行き着く前にその女性は背を向けて足早に去っていく。

「ちょっと！」ヴェラが大声で呼ぶ。「もどってきて！　見えてるわよ！」

サナは戸口へ走り、その女性があわてて立ち去るのを見届ける。小さな子供を抱きかかえているのに驚くほど速い。もうブロックの端に着きそうだ。サナは走って追いかけたいが、そんなことをしたら怪しく見えるだろうし、だれかに怪しまれたら大変だ。マーシャルとあんなことがあったあとでは。

そんな後ろめたさとは無縁のヴェラが、いち早く小走りであとを追っている。サナはいまがチャンスと思い、ティーハウスの中へもどる。店内を見まわし、まず死体の不気味な輪郭線に、つぎにおびただしい数の抽斗と戸棚に目がいく。ここで何が見つかるのか、いったい何を探しているのかさえわからない。自分の無実を証明するものをマーシャルが残したかもしれない、ただそれだけだ。カウンターの奥にそびえるいかめしい抽斗の壁へ近寄り、深呼吸をしてから抽斗のひとつをあける。舞いあがる埃で咳きこむ。中に奇妙な根っこのようなものがいくつかあり、どれも灰色でしなびている。

「それは冬虫夏草」

サナはぎくりとして勢いよく抽斗を閉める。ヴェラが後ろにいて、あの女性を追いかけたあとなので少し息を切らしている。目つきは鋭いが、サナがこそこそ嗅ぎまわっていたにもかかわらず、とがめるどころか好奇心全開の顔をしている。

「ごめんなさい！」とサナ。「とても興味があったので」

「少しの好奇心ならかまわないわよ」ヴェラが言う。そして、目にあの小さな光を宿らせてこうつけ加える。「ただし、好奇心と猫の話（好奇心は猫をも殺すというイギリスのことわざのこと）は知ってるわよね」

そんなことがあったので、サナは速攻で帰るわけにもいかない。ヴェラが何か思いついたときのために自分の電話番号をそそくさと伝えると、急いで店を出てそのブロックを歩き、角を曲がったところでどっと涙があふれる。

7 ヴェラ

ヴェラがうぬぼれ屋だというのはお門違いだ。たしかに、ヴェラについてはいろいろなことが言えるけれど、うぬぼれ屋ではない。とはいえ、初日の調査が予想を大幅に上回ったのは本人も認めざるをえない。しかも非現実的な予想を立てることにかけては、中国人の母親として長年鍛錬（たんれん）を積んでいる。事実、警察のために彼女が事件を解決したも同然なのは、彼らも認めざるをえないだろう。まだ午後のお茶の時間にもなっていないのに、すでに三人も容疑者を見つけた。すばらしい仕事ぶりね、ヴェラ、ほんとうにすごい。胸の内で言いながら、ヴェラはナツメとクコの実のお茶を茶壺（チャーフー）で淹れる。

お茶を飲み終えると、ほっとひと息ついて椅子におさまり、ノートを取り出す。芯が〇・五ミリのボールペンを気取った手つきで持ってノートをなでつけると、慎重に文字をそろえて書きはじめる。

ヴェラ・ワンの殺人事件簿

容疑者1　リキ・ヘルワント
——本物のレポーターにしてはハンサムすぎる。
——本人はZ世代だと言うが、どちらかといえばミレニアル世代に見える。殺人は人を老化させる。罪の意識がストレスとなって老けて見えるのでは？

容疑者2　サナ・シン
——ポットキャッチをやってるけれど発疹じゃないと言う。
——爪をひどく嚙んでいる。なぜ？　マーシャルを引っ搔いた証拠を消すため⁇

容疑者3　子供連れの白人女性
——子供を抱いているのにずいぶん足が速いから、力がとても強いにちがいない。マーシャルを殺せるぐらいに。
——それに、うちの店からなぜ逃げるの？　非常に怪しい！

手がかり　USBメモリー→中に何がある？

ヴェラは手まわり品を持っておぼつかない足取りで二階へあがり、キッチンのテーブルに落ち着くと、ティリーに電話をかける。めずらしく息子がまともに電話に出る。

「マー、仕事中なんだよ」ティリーがぶつくさと言う。

電話の向こうでは大勢の人間がきびきびと仕事中らしい口調で話しているのが聞こえる。ヴェラは満ち足りた気持ちでうなずく。息子の時間を尊重して要点だけ言おう。こうした仕事人間たちの中にいるティリーの声を聞くがいい。立派に育ったものだ。「ティリー、とても大事な用件なの。もし死体に出くわして、その死体がUSBメモリーを握っているとしたら、どうやってそのUSBメモリーのロックを解除するの？」

「はあ？　だからいまは――なんだって？　マー、なんだよそれ――先週の日曜のディナーに帰らなかったから根に持ってるのかい？」

「そして先々週の日曜日とその前の日曜日もね。でもちがう、そうじゃないのよ。おまえの大好物のナマコの蒸し煮を作るのに三時間かかったけど、気にしないで。さあ教えて、どうやってUSBメモリーのロックを解除するの？」

「なぜそんな――」ティリーがことばを切り、苛立ちがこもったため息をつく。「死体が持っているUSBメモリー？　そんなことぼくが――だいたいなぜマーが知らなきゃいけないんだよ」

「あ、それはね、きのううちの店で死体を発見したのよ。面白そうでしょ？」

長い沈黙が訪れる。「それって、本物の死体なのかい？」

「そうよ、性別は男性、名前はマーシャル・チェン。こう言っちゃなんだけど、相当ばげた名前よね。ティルバートみたいな風格がないし。そう思わない？ どうして自分の息子にマーシャルなんて警察官みたいな名前をつけるのかしら」

「マー――」ティリーが深呼吸をする。「警察を呼んだのかい？」

「当たり前でしょ！ すぐに呼んだわよ。死体のまわりに輪郭線を引いたあとで。あたしがとても協力的だって警察官はみんな思ってる」まあ、いまのは大げさだけど、ティリーがいちいち細かいことまで知る必要はない。

「それで――でも――どうして死んだ男のUSBメモリーの開き方をぼくに訊いてるの？」

「あら、理由なんてないわよ。ただ知りたいだけ」ざっくばらんで能天気な感じに聞こえたかしら。

「マー」ティリーの声が低くなり、真剣味を帯びる。「死体からUSBメモリーを盗らなかったと言ってくれ」

ヴェラはだまっている。

「そしてこう言ってくれ」ティリーの声がさらに切迫感を帯びる。「そのＵＳＢメモリーを自分のコンピューターに差しこんだりしていないと」

ヴェラは自分のノートパソコンの画面をちらりと見るが、その画面でＵＳＢメモリーを開くためのパスワードを訊かれているところだ。

「なぜなら」ティリーは不吉な声でつづける。「そのＵＳＢメモリーにはろくでもないものが山ほどはいっているかもしれないからだよ。ウイルスにスパイウエアにそれから——」

ヴェラは自分のコンピューターからＵＳＢメモリーをすばやく引っこ抜く。「アイヤー、もちろん自分のコンピューターにつなげたりしてないわよ。あたしがそんなにばかだと思う？」

「それならいい……でも、そもそもそのＵＳＢメモリーを所持するのもだめなんだよ、マー」ティリーがまたため息をつく。「いいかい、それは警察へ渡さなくてはいけない。わかったかい？」

「警察はまともに取り合ってくれない。事件性はなさそうだとか言ってるのよ！」

「それはたぶん、証拠品を取り去ってしまったから——ああ、まいったな、これ以上は無理だ。仕事中にこんな話をしてる場合じゃない。いいね、マー、何もしないでくれよ。あとで電話するからね」

「はいはい、もっとお水を飲みなさいよ。それから――」職場でガールフレンドを探せとヴェラがしつこく言う前に、ティリーが電話を切る。少しのあいだヴェラは電話を見つめ、それから息子にメッセージを送る。

職場でのガールフレンド探しを忘れないで

それを送ったあと、ヴェラはUSBメモリーへ注意をもどす。こんな小さなものに大きな秘密が隠されているなんて、いったいだれが思うかしら。USBメモリーをつついて物思いにふける。テクノロジーとはなんとすばらしく、なんと恐ろしいものだろう。立ちあがってウエストポーチを持ってくると、その内ポケットにUSBメモリーをしまってファスナーを閉じる。これでよし、ちょうどいい隠し場所だ。世界に名だたるお茶を飲ませろという客が行列して待っているといけないので、急いで階下へおりていくが、店はいつもどおり空っぽだ。

ヴェラははっとして、やましい気持ちで思い返す。アレックスがけさ早く立ち寄ったのに、さっさと追い返してしまったことを。犯人が現れるのを待っているところにアレックスがいれば警戒して逃げられるかもしれない、そんな危険は冒せなかった。無礼なふるまいの償いはしておくべきだろう。

当店特製のお茶を持っていくことにする。途中でシンゴ梨を二、三個買ってもいい。行きがけにアレックスのための食材をもっと買って、それを午後の遅い時間に届けよう。よし、いい考えだ。

十分も経たないうちに、ヴェラは店の戸締りをしてサンバイザーをしっかりかぶると、片手に籠をぶらさげてワシントン・ストリートへ向かう。籠の中身は、羅漢果と菊花のお茶がひと包み、クコの実と陳皮(ちんぴ)と冬瓜の皮のお茶がひと包み、蝶豆(ちょうまめ)の花とラベンダーのお茶がひと包み。ミセス・ガオの食料品店でシンゴ梨をふたつ、ドラゴンフルーツをふたつ、大ぶりの苦瓜をひとつ買う。籠の中の栄養とビタミンに満足したヴェラは、アレックスのアパートメントまで急坂を歩いていく。

アレックスが住んでいる建物の正面ドアでブザーを鳴らそうとしたとき、だれかが出てきたので、ヴェラは勝手に通り抜け、階段で三階へ行く。呼び鈴やノッカーのある部屋はひとつもない。アレックスの部屋のドアを叩く。

「だれだね」アレックスの声が標準中国語で返ってくる。

「アレックス、あたしよ、ヴェラ。あのティーハウスの」最後にひと言加える。

「おお！」急ぐ足音が聞こえてチェーンがはずされ、ドアが開いてヴェラの大切な客が現れる。

「あらまあ」ヴェラは思わず口走る。「アレックス、あなた、ひどい顔色よ」ヴェラはおべんちゃらを言う人間ではない。正直が一番とか、まあそういうポリシーだ。「ここ最近うちのお茶を飲んでないからよね。けさはほんとうにごめんなさい。あなたがおいしいお茶を飲みたくてたまらないのはわかってる。でも、信じられないことがあったのよ！」

アレックスがうなずく。「ああ、ウィニフレッドから聞いたんだが、きみの店で人が死んでいたらしいね。きみもほんとに大変だね、ヴェラ」とても感情をこめて言うので、ヴェラは心を打たれずにいられない。これこそが真のジェントルマンね、と胸の内でつぶやく。「こわい思いをしただろう。けさ様子を見にいったんだが、きみはわたしを近寄らせたくないみたいだったから――」

「ほんとに悪かったわ！　あなたをあんなふうにせきたてるなんて失礼にもほどがある。あのね、うちの店で発見した死体だけど、その男が殺されたのは実際まちがいないのよ。そこで、あたしには犯人をあぶり出す計画があるんだけど、とにかくあまりにも危険だから、あなたにティーハウスの近辺をうろついてほしくなかったのよ」ヴェラは思い切り力をこめて言う。

アレックスはこの発言に面食らったらしく、ヴェラをしげしげと見つめる。「どうして殺人だと思うのかな」

「あなたは気にしないで、アレックス。ただでさえ自分の問題で手いっぱいなんだから。迷惑はかけないわ。リリーのことで疲れてるのは知ってるもの。そうよね、殺人事件を解決するんだから、あたしものんびりしてはいられない。犯人がつかまるまでの何日か、あなたは近づかないほうがいい。危険な目に遭うだけ無駄よ。でも心配しないで。ときどき来て、もっとたくさんのお茶を届けるから」

ヴェラは果物とお茶がはいった籠をアレックスに手渡し、別れ際に体を大事にするように言う。

「ありがとう、ヴェラ」

そのあとアレックスはぜったい涙ぐんだにちがいない。ヴェラからお茶をもらったお客がほんとうに涙ぐんで感謝していたという話をティリーに聞かせることになりそうだ。ティリーは信じないだろうけど。アレックスのアパートメントの湿っぽい建物から出るとき、心が前より二倍広くなったのを感じる。いいおこないをするのは気分がいい。これで殺人事件を解決したなら、どこまですばらしい気分になることか。

ティーハウスへもどるヴェラの足ははずんでいる。ヴェラはあたりの景色を愛でるのにいそがしいので、店の外に立っている男に気づくのに少し遅れ、ようやく気づいたときは心臓の鼓動が一瞬止まる。胸がどきりとして血管の血が凍りつき、足が急に止まり、手足が硬い石と化す。これはヴェラがいままで経験した中で最大の衝撃であり、ティーハウスで死体を発見したときよりはるかにひどいと言えるだろう。ヴェラの膨大な人生経験において、死体がティーハウスにあるのは稀なことだが、ひとつの死体がたびたび現れるのは物理的に不可能だ。しかし、彼女がいま見ているものは不可能そのものだ。なぜなら、〈ヴェラ・ウォンの世界に名だたるティーハウス〉の外に立っている男は、つい前日、遺体で発見された男とまさに同じだったからだ。

8 オリヴァー

まずオリヴァーの脳裏を高速でよぎったのはこれだ。あ、まずい。弟が死んだばかりなのに、ぼくはこのか弱い女性を殺しかけてるぞ。

たしかに、数歩離れて立っているその高齢女性は、心臓発作か脳の動脈瘤破裂か、とにかく老人がかなり（グッド）のショックを受けたときの状態に陥っているようだ。考え方しだいではバッド・ショックだけど。

オリヴァーはなるべく相手をこわがらせない物腰ですばやく両手をあげる。「落ち着いて、ちがうんです！　ぼくは兄です！　双子の兄なんです」

高齢女性の顔に徐々に理解の色が広がる。あんぐりあいていた口が閉じたあと、また開いて声が出る。「まあ……」前へ進み出てオリヴァーの顔を無遠慮に観察する。「すごい、あの男と瓜二つね」

「まあ、そうですね。双子で生まれた場合のありがたくない副作用ですよ」じつを言えば、双子で生まれた場合のありがたくない副作用とは、わずかに差があることだ。オリヴァーはわずかな差のどれをとっても貧乏くじを引いてきた。マーシャルより二センチほど背が低い。マーシャルよりわずかに目力が足りない。わずかに顎が引っこんでいる。ハイスクール時代、オリヴァーは〝マーシャルの値引き品〟と呼ばれたものだ。

「アイヤー」高齢女性がオリヴァーに向かって指を突き立てる。「あなたのせいで心臓発作を起こしかけたわよ！」

「ほんとにすみません」オリヴァーは本心から言う。非難の指が顔に向けられてはいるが、親切そうなおばあさんだから、もしこの人が死んだらほんとにすまないと思ったはずだ。

「あたしはヴェラ。〈ヴェラ・ウォンの世界に名だたるティーハウス〉のオーナーよ」まるで〝英国の女王よ〟と宣言するかのように、威厳たっぷりに言う。

ここは感心するところだろうと思ったので、オリヴァーは両眉をあげてうなずく。「それはすごい。たしかそこでぼくの弟が……その……」

「ええそうよ。弟さんの遺体の輪郭線を見たいの？　うーん、でも見たら気が動転するんじゃないかしら。だけど心配しないで。もし気が動転しても、あなたにぴったりのお茶があるから。中へどうぞ。ところでお名前は？　当ててみましょうか。やっぱり〝M〟ではじまる名前かしら。マイケル？　マーク？　モリス？」

〝M〟ではじまる名前を考えるのが楽しそうなので、オリヴァーは自分がマイケルやモリスという名前だったらよかったのにと思ったぐらいだ。けれども、以前からそういうところが問題だったのではないか？　いつも他人の言いなりになるやつ、あるいは、ハイスクールにいたころマーシャルが呼んでいた〝ご機嫌取り〟〝負け犬〟〝情けない困り者〟。マーシャルが思いついたオリヴァーの呼び名はほかにもいっぱいあり、ほとんどは体のプライベートな部分を揶揄したものだったが、オリヴァー自身はそういうことを考えたくない。マーシャルのことをあまり考えなければなんの問題もない。

それにしても、マーシャルのことを考えたくないならなぜここに来たんだろう。ヴェラがティーハウスのドアの鍵をあけて招き入れるとき、オリヴァーは自分の膝ががくがくしてゼリーのように揺れているのに驚く。集中して一歩ずつ進むしかなく、息を吸って、息を吐いて、中へ足を踏み入れる。すると、それがある。

外からもその輪郭線は見えていたが、窓ガラスが曇っていたので、あんなのは変な形の影だと思いこむのはたやすかった。けれども、いまは目の前にはっきりと線があり、マーシャルが死んだという事実を突然思い知らされる。ここにマーシャルが倒れて死んでいた。死の直前、マーシャルの頭に何が浮かんだのだろう。オリヴァーのことか？　オリヴァーを責めただろうか？　当然だ。全部オリヴァーのせいだ。何もかも、いつもオリヴァーのせいだった。

こんなふうになったのは、母親がオリヴァーの好物のデザートを作っている最中に死んでからだ。オリヴァーは当時六歳だった。かき氷が大好きなので作ってほしいと母にねだり、だれもが知るとおりオリヴァーを溺愛していた母は当然ながら願いを聞き入れた。オリヴァーとマーシャルはリビングルームで〈一番大きなおならを出すのはだれだ〉というゲームで遊んでいたが、そのときキッチンのほうから大きな物音が聞こえた。ふたりがキッチンへ走っていくと、母が床に倒れ、頭のまわりには後光のように血だまりが広がっていた。かき氷機から飛び出す水がそこらじゅうに水たまりを作っている。母は水たまりで足を滑らせてキッチンカウンターの角で頭を打ったのだった。まあそういうことだ。母が死んだことでマーシャルと父はオリヴァーを責めた。母が死んだことでオリヴァーは自分を責めた。それだけでなく、ほかのことでも父と弟がすべてオリヴァーのせいにするのが習慣になった。オリヴァーは自分の悲しみと罪の意識以外のそうした重荷をどう扱えばいいのかわからないので、自分にできる唯一のことをした。つまり、ほかの責めもすべて負い、自分をなるべく小さく目立たせないようにした。ふだんオリヴァーが存在しないかのような態度を取る父に対してはそれでうまくいったが、マーシャルの目はごまかせなかった。マーシャルはオリヴァーをつねり、反応がなければ殴った。はじめは腕、つぎは胴体、それから頭。オリヴァーは体をボールのように丸め、自分も死ねたらいいのにと思った。

ただ、いまはマーシャルの遺体の輪郭線を見おろしているのは自分であって、その逆ではない。そんなのは正しくない。父さんはなんと言うだろう。父さんならオリヴァーのせいだと真っ先に判断するだろう。なぜなら長年それが家族の流儀だったから。でも、今回は父さんが正しいと思う。これはオリヴァーのせいだ。

「すわって」ヴェラが急に大きな声を出すので、オリヴァーはびくりとする。両脚が脳の回路を通らずに反応し、何をしているのか気づく前にすわっている。

木の盆が手前に置いてあり、ヴェラがお茶を淹れる。花とミルクの甘い香りがして、涙がオリヴァーの目を刺激する。もちろん母のにおいはほとんど覚えていないが、この香りをかぐとなぜか目の前に母の姿がよみがえる。

「これは黄山毛峰（ファンシャンマオフェン）」ヴェラがもろくて割れそうな茶杯を手渡す。「飲んでみて」

飲むと、お茶が母のもとまで真っ直ぐ連れていってくれたので、オリヴァーはこれ以上涙を抑えられない。ヴェラのほうは、知らない赤の他人がそばで泣いているだけだといわんばかりの平然たる態度だが、それでもこの光景をけっこうよろこんでいるのではないかと、ハンカチを受け取りながらオリヴァーは思う。

「それがこのお茶に対する正しい反応ね」ヴェラがそう言ってひと口飲む。「うちのお茶はどれもめずらしいけれど、これは桁外れに稀少でね。茶摘みをするときのすばらしい香気に、茶摘み人たちは極楽浄土にある天空の庭に思いを馳せて涙を流すのよ」

「ほんとですか？」オリヴァーは洟をすすり、なんとかして感情を抑えこもうとする。

ヴェラが肩をすくめる。「どうかしらね。あたしが考えたの。それぞれのお茶にまつわる話をするとアメリカ人がよろこぶから」そして、抑揚を帯びた声がさらに強く大げさになる。「なんと、中国の福建省より取り寄せたこのお茶は、かの野山の上を飛翔する黄金の龍によって守られているのです」オリヴァーに向かって片眉をあげる。「ね、説得力があるでしょ」

オリヴァーはうなずいて曖昧な笑みを浮かべる。

「さあ、ここへきたわけを話してちょうだい」

こんなにきっぱりした態度を取られたら、いやだと言いたくても言えない。拒絶したいわけじゃない。ヴェラには妙に人を惹きつけるところがある。母親らしい雰囲気がにじみ出ているというか。「弟の最期の場所を見届けたかったんです」オリヴァーはかすれ声で言う。

ヴェラがもう一杯お茶を注いで手渡す。「弟さんって、どんな感じの人？」

オリヴァーは大きく息をつく。正しいことを言わなくては。死んだ人間を悪く言わないのは常識だ。マーシャルはいいやつだった、いつもまわりのみんなをハッピーにしてた、と言わなくては。マーシャルの死は彼を知る人たち全員にとってひどい痛手だ、と言わなくては。言うべきことが頭の中ですでに形になっているのに、口を開くとこんなことばが出てくる。「ぼくが知っている中で、たぶんあれほどカリスマ性に富んだ人間はいないけれど、あれほど残酷な人間もいなかった。人を貶めて、自分がまわりの人間よりすぐれていると全員に納得させることによろこびを感じていた。そして、弟の格好の標的がぼくだった。ぼくが双子の出来損ないのほうだと、ぼくにもほかの人間にもはっきりわかるようにした。ぼくは弟が大きらいだった」声が震える。いったい何をやってるんだ。この人にこんなことを言うなんて。自分がやりましたと言って手錠をかけてくださいと両手を差し出すようなものだ。相手は手錠を持っていないし、ティーショップを経営するただの高齢女性だからよかったものの。

オリヴァーは自分が吐いた毒にヴェラが怖気をふるうだろうと思ったが、意外にも彼女は悟り顔でうなずき、音を立てて茶を飲む。「なるほどね。あたしもこの男は善人じゃないと思ってた。だから殺されたのね」

オリヴァーのうなじにちくちくとした感覚が走る。「こ、殺された？」恐ろしいことに手が震えはじめたので、目に見えて震えが大きくなる前にオリヴァーはあわてて茶杯を置く。「そんな——警察は犯罪とは言ってませんよ」

ヴェラは驚くほど大きな鼻息を立てると、片方の手のひらをぱたぱたと振る。「警察ね。あの連中に何がわかるの？　指紋さえ取らない。テレビと全然ちがう。ほら、あのわくわくするCSIのやつよ。ほんとがっかり。連中が来て、あちこち見て、調書を取り、それから監察医を呼んだ。ああ、この監察医ならものの道理がわかるはずだってあたしは思った。だけど監察医は来て、死体を見て、運んでいった。それで終わり」身を乗り出してオリヴァーに目をすえる。「だめよ、弟さんの死の真相を突き止めたいなら、自分たちでやらなきゃ」

「あの……それはあまり……こういうことには手順があるはずだし、もちろん警察はよく調べたうえですべてが明らかになるように最善を尽くすと思いますよ」ほんとうのところ、警察がヴェラの言うとおり無能ならいいと思う。

「それで、何があったんだと思う？」ヴェラが目を細くしてオリヴァーを見る。ヴェラの疑念が大きなうねりとなって押し寄せる。オリヴァーが重要な容疑者のひとりだとにらんでいることを隠そうともしない。

自分の毛穴が開いて汗が噴き出しているのをオリヴァーは実感する。「はっきりしたことはまだわかりません。監察医の確認を待っているところなんです。でも、警察はアレルギー反応の可能性を考えています」

ヴェラの目がさらにまた細くなる。ほんとうに目を閉じているぐらい細くなる。どれくらい見えているのかオリヴァーは少し気になる。「なんのアレルギー反応なの？」

オリヴァーは首を横に振る。「マーシャルはいろいろなものにアレルギー反応を起こしました。ハチ刺され、ピーナッツ、アーモンド、羽毛——一度、母がガチョウの羽毛布団を中古で手に入れたことがあって、あのときはすごくよろこんでたな。だってふつうはとても高価で——」

ヴェラがうなずく。「そうよね。いいものを見つけたじゃない。よくできた女性ね、あなたのお母さんは」

「最高の母でした」オリヴァーはかすかな笑みを浮かべる。「とにかく、マーシャルとぼくは当時まだいっしょのベッドで寝ていたんだけど、その夜すごく恐ろしい音が聞こえたのを覚えてる。最悪の光景だった。マーシャルが、細いストローで息を吸おうとしているような音を立ててるんです。目を覚ましたぼくは弟を揺り起こそうとしたけれど、弟はヒューヒューと音を立てて息をしているだけだったので、ぼくは泣いたりわめいたりしだしたんです。そこで両親がいきなりはいってきて弟に吸入器を使わせ、それから急いで病院へかつぎこんだ。弟の顔がすっかりふくらんで、手なんか——」オリヴァーは身震いする。

「指がソーセージみたいだった。どの指も赤くてむくんで、皮膚がぱんぱんに張っていた。指が破裂するかと思った。腫れが引いたあとも何日間か発疹が消えなかった」

「ふうむ」ヴェラが顎を掻く。「興味深いわね。その話はとても参考になるわ、オリヴァー。ありがとう。あたしね、ちゃんとした容疑者リストを持ってるのよ」

「はあ？」

「人に見せるほど万全なものじゃないけど——」すわったまま姿勢を変えて携帯電話を取り出す。「そこに電話番号を入れてくれたら、犯人を見つけたときに連絡する」

「それは……」オリヴァーはことわる理由を山ほど考えようとするが、ヴェラのやさしいけれど剃刀のように鋭い目つきをちらりと見たとき、何を思いついても無駄だとわかる。だから、これからいったいどんな目に遭うんだろうと考えながら、電話番号を入力する。〈ヴェラ・ウォンの世界に名だたるティーハウス〉に足を踏み入れたことを、今後長きにわたって後悔しそうな気がする。

9　リキ

二回つづけて不在着信になったあと、リキの携帯電話はサイレントモードを見限って、こんどは泣きわめくようになる。その騒音が悪い夢ばかりの眠りを切り裂いて進んだ先で、アディが叫んでいる。「お兄ちゃん、いつになったらぼくもアメリカへ行けるの？　どうしてぼくを置いてったんだよ」そしてリキは大量の汗にまみれて目を覚ます。動悸が激しく、口が乾いている。ベッド脇のテーブルに手をやって携帯電話を探り、プラグを抜いて電話に出る。「アディか？　どうした」

　ところがアディの代わりに女性の声がする。「リキ？　まだ寝てるの？」

　リキはかすんだ目でまばたきをして、朦朧（もうろう）とした頭をすっきりさせようとする。「だれ？」

「ヴェラよ」

　いや、そんな名前は――

ああ。そうか、ヴェラだ。ティーショップにいたあの小柄なおばあさんだ。いったいなんの用——リキは腕時計に目を走らせる——てか、マジかよ。まだ朝の七時三十二分だ。何かのまちがいだろ。頭の働きが追いつく前に、心臓の動きがふたたび活発になる。ものすごく悪いことがあったから電話しているにきまってる。「ヴェラ、何があったんですか？」

「あのね、〈バズフィード〉をチェックしてたんだけど、あなたの記事がどこにも見当たらないのよ！　そこで考えたんだけど、まだ記事がアップされてないなら、細かい重要事項を入れてもらう時間があるんじゃないかしら」

ヴェラがいったいなんの話をしているのか理解するまでいっときかかる。〈バズフィード〉？　あっ、そうか。きのう会ったときに、後先考えず〈バズフィード〉から来たことにしたんだった。まいったな。リキは額を揉む。なぜあんなことを言ったんだ。「うーん、そうですね」ぼそぼそと言う。

「たとえばね、うちの店の住所はちゃんと載せてほしいの。世間の人にあたしのいる場所を知らせるのは大事よね。それから、きのううちの店の写真を撮らなかったでしょ。忘れたの？　きょうはもっと念入りにお化粧しているし、髪型もばっちりだから、あたしとうちのお茶の写真を撮りにきてちょうだい、わかった？　とにかくね、写真のいっぱいある記事が一番成果を出すみたいよ。あなたはレポーターだから、自分の記事がバズったらボーナスが出るんじゃない？」

レポーターのボーナスは記事のクリック数で決まるのだろうか。全然知らないけれど、考えてみればそうかもしれない。リキは大きくうなずくが、ヴェラには見えていないと気づいてこう言う。「そうですね……？」

「じゃあ、決まりね。ここに来てあたしの写真を撮りまくってちょうだい。死体の輪郭線もね。そうすれば記事が引き立つから」

「ええと、いまですか？　まだ八時にもなってませんよ」リキがベッドにはいったのは午前二時だったので、あと五時間は眠れそうな気がする。

「アイヤー、早朝の光が撮影には一番なのに、そんなことも知らないの？　きっとあなたの記事はバズったことがないんでしょうね。起きなさい、若い者が無駄に寝て過ごすもんじゃないわ。シャワーを浴びたら朝ごはんを食べに来るのよ。いい子ね」そして電話が切られ、リキは目をぱちくりさせながら、いまの会話がほんとうにあったのか、それとも夢だったのか、半信半疑で電話を見つめる。

もう一度仰向けになり、枕が頭に当たったとたんフラッシュバックに襲われる。

よく聞け、卑劣なクズ野郎。ちゃんと払えよ、マーシャル。さもなきゃぶっ殺すぞ。

自身の声にこもった獣じみた怒りがあまりにも生々しいので、そのことばが現実味を帯びる。さもなきゃぶっ殺すぞ。

リキはベッドの上で勢いよく起きあがり、荒い息をつく。何度も顔をこすってフラッシュバックを振り払おうとする。いままであんなふうにキレたことはなかった。生まれてこのかた一度も、ホルモンバランスがくずれる十代のころも、アディがひどく困らせたときもだ。大学のルームメイトに当時のガールフレンドを寝取られたとわかったときでさえ。ところがマーシャルはリキの潜在意識の奥深くにはいりこみ、戦うか逃げるかの危機的状況の引き金を引いた結果、リキは自分自身がこわくなるほど怒りを爆発させた。そしていま、マーシャルは死んでいる。一体全体、リキはなぜヴェラの店になど行ったのか。どうせならそんな暇にマーシャルの家やオフィスへ行って、探しているものを見つけるべきだ。でもそうはせずに〈ヴェラ・ウォンの世界に名だたるティーハウス〉へ出かけてしまったのだから、こうなったらヴェラのもとに行ってレポーターのふりをするしかない。

生存本能にまるで反しているけれど、ヴェラを待たせていると思うとなぜか身がすくむ。冴えた頭でいたいので、リキは起きて冷たいシャワーを浴びる。服を着るとき指がわずかに震え、シャツのボタンをとめるのに少し苦労する。緊張する必要なんて何もないんだ。自分に言い聞かせる。悪いことは何もしてないんだから。何ひとつしてないんだから。

問題は、自分にうまく嘘をつけたためしがないことだ。

インドネシアにいたころ、手土産を持たずによその家を訪問するものではないと両親から固く言われていたので、リキはヴェラを訪ねる前に隣のフレンチベーカリーに寄る。ヴェラの好物をまったく知らないので、無難なところで手を打って、甘いが塩味も効いているペストリーの詰め合わせを買う。店番をしている親切な高齢女性にフランスの食べ物が大好きだと伝えると、その女性はいたくよろこんでいるようだ。

ヴェラの店へはいっていくと、本人はカウンターの奥にいて、リキに目もくれずに広口瓶から薬草やドライフルーツを取り出している。「おや、やっと来たわね。あなたのために特別なお茶をブレンドしてるところよ」それから顔をあげ、リキがかかえている袋をちらりと見るなり――これにはリキもまごつくが――明らかにしかめ面になる。「それって――」

「あの、お隣のフレンチベーカリーでペストリーを買ってきたんですけど。よろこんでもらえるかと――」

「ふん！」ヴェラが鼻息荒く言う。「フ、、、、、レンチベーカリー？　あれはチャ、、、、イニーズベーカリーよ」

「ああ、でも……」リキが紙袋を見ると、そこにははっきりこう記してある。ウィニフレッドのフレンチ・パティスリー、デリスィユー・トゥ・レ・ジュル。「ぼくは中国語がわからないけど」そこは認める。「でも、これはフランス語みたいですね」

「ふん！」ヴェラがまた言う。声が大きくなって怒りも増していくようだが、リキには理由がさっぱりわからない。ヴェラがカウンターの奥から出てつかつかと歩いてくるので、リキは紙袋をほうり出して逃げたい衝動と闘うしかない。恐ろしく獰猛なジャックラッセルテリアが小さな牙を剝き出して突進してくるのを見守るようなものだ。ヴェラは紙袋をひったくると――リキは抵抗する気にもならない――ペストリーを無造作に取り出す。ペストリーはビニールにくるまれ、そこに貼られたシールにはこうある。プティ・パン・ア・ラ・クレーム。「ふん！」

その「ふん」には何か意味があるのだろうか。リキは不思議に思うが、口はしっかり閉じておく。どうやら長年のわだかまりに出くわしたらしいが、故郷のインドネシアではまわりに叔母や叔父がたくさんいたので、こういうときはせいぜい口を閉じて、透明人間になる方法を魔法の力で身に付けたいと願うしかないのは知っている。

「プティ・パン・ア・ラ・クレーム！」ヴェラが鼻で笑う。「これはカスタード饅頭ね！」

「ええ……それをフランス語で言うとそうなるのでは？」リキは思い切って言う。

「きっとね。あのアホな女がグーグル翻訳で調べてなんでもかんでもフランス語に変えたにきまってる」ヴェラが紙袋に手を入れて、にくらしいペストリーをまたひとつ取り出す。

「ブリオッシュ・オー・ウフ・サレ」鼻で笑うが時間をかけて包みをはがし、ふたつに割ってからはっきり言う。「やっぱりね。これは塩漬け卵黄のカスタード饅頭」これからあらたな攻撃にかかるらしく、饅頭のにおいを嗅いでから少しかじってみる。「ふうむ」じっくり味わうように嚙む。「塩漬け卵黄にしては物足りない。材料をけちってる。ほんとにしみったれ。でも、せっかく買ってきてくれたんだから、食べたほうがよさそうね。食べ物を無駄にできないじゃない。すわって」

リキは言われたとおりにし、少なからぬ恐怖を抱きながら残りのペストリーを取り出す。ヴェラが皿を何枚か出したので、おとなしく饅頭を皿に載せる。フランス語の名前が見えないように、饅頭をさかさまに置くことにする。

「ところで」ヴェラがそう言って真向かいにすわり、ふたり分のお茶を注ぐ。「何を手間取ってるの？　若者はすばやく行動すべし、天下のタマを取るべし、とか言うじゃない」

「いやまあ……」〝タマ〟などと言われて怯むべきではない。ヴェラはどんなときも言いたい放題の人らしい。でもいまは朝の八時半を過ぎたばかりでリキは完全に目が覚めていないので、情け容赦ない高齢女性から投げつけられる〝ダマ〟みたいなことばにじゅうぶんな心構えができていない。そこでお茶をゆっくりと口に含んで時間を稼ごうとするが、たちまちうわの空になる。なぜなら、このお茶がマジでうまいからだ。苦いのにびっくりするほどさわやかだ。五臓六腑が清められ、純粋な甘みだけがあとに残る。なにげなくペストリーを手に取ってかぶりつくと、甘じょっぱい塩漬け卵黄のカスタードが口いっぱいに広がる。苦みのあるお茶といっしょに食べるその饅頭にはほっとさせるものがあり、ひと口食べただけで筋肉がほぐれていくのがわかる。

「そんなにおいしいの？」ヴェラが残りの半分をかじる。フンと鼻を鳴らし、自身の問いに答える。「まあまあいけるかもね。それはそうと、記事を載せるのにどうしてこんなに時間がかかってるの？」

「ああ、いや。それはですね、文章を練りあげて完璧な記事にしなくてはいけないし、そのあと編集者へ送らなくてはいけないし、それを編集者が、つまり、編集するのを待たなくてはいけないし。それからええと……」リキは〈バズフィード〉の記事をアップする段取りなど知るはずもないけれど、どうか途中にたくさんの障害がありますようにと祈る。

ヴェラがあきれた顔で首を振っている。「あらまあ、思ったより非効率的なのね。ほんと、若い人たちってなんでも速いのがいいと思ってるくせに、仕事になるとすごくゆっくりじゃない」

仕事のことを言われ、それがリキの肩に重くのしかかる。ヴェラはまちがっている。リキが知る限り、自分も含めて〝若い人たち〟は、だれもが仕事の効率をあげて職場で一番有能な人間になりたいと思っている。出世の階段を駆けあがりたいと思っている。とりわけリキはそうだ。なぜなら、必死でがんばっているのは自分の将来のためだけでなく、アディのためでもあるからだ。アディ、まだ十二歳で兄よりものがわかっていない。

店のドアについている小さな鈴が鳴り、リキの物思いに邪魔がはいる。ヴェラの顔が明るくなる。「あら」と声をあげる。「ちょうどよかった。別の容疑者を紹介するわね」

10　サナ

サナは押しの強い年配のアジア人女性というものにうんざりしている。心の底からうんざりだ。毎朝、きょうこそは母に抵抗するのだ、と自分に言い聞かせる。言うべきことはもう全部書き出してあり、でもそれを書き直したり、破り捨てたり、また書き直したり。鏡に向かい、自信に満ちた声と敬意を払っている声の中間の声で話せるまで何回も練習する。夜になると、寝る前にベッドの中で、ついに母に向かってそのスピーチを暗唱する光景を想像する。けれども母は一日置きに電話をかけてきて、サナのスピーチは一日置きに口から出るのを拒絶する。それは迷子の咳止めドロップみたいに喉に引っかかり、しまいには声が出なくなる。

さて、そこにまったく見ず知らずのヴェラが現れる。おそらくサナの母より十歳は上で、サナが一生つきあうしかない、まさに押しの強いアジアの母親の部類だ。というわけで、サナはヴェラを練習台にしようと思う。そう、いい考えだ。ヴェラに抵抗できるなら母にも抵抗できる。それで問題なし。ヴェラのティーハウスへ向かう道すがら、サナはこれから言うことを反芻する。

ねえ、ヴェラ、朝の七時に電話するのはやめて。それから、〝見苦しくない〟格好をしろと言うのもね。そういうのはだめよ。わたしはあなたの子供じゃないし、もしそうだったとしても、おとなとして扱わなきゃ。だってわたしはおとななのよ。

だめだ、くどすぎる。

ヴェラ、あなたの電話番号をブロックします。なぜなら、あなたは明らかに限度を理解していないからです。

うん、完璧。限度とは何かとヴェラが訊くだろうから、そうしたら一から十まで辛抱強く説明しよう。

ところが、サナが〈ヴェラ・ウォンの世界に名だたるティーハウス〉にはいったとき、まず目にはいったのは前日ぶつかった理不尽なほど魅力的な男だ。そして、サナが動揺から立ち直る前にさっそくヴェラが話しかける。

「ああ、サナ！ どうぞはいって！ すわって、ここにすわって、リキの隣にね」言うより早くヴェラはサナの手首を驚くほど強く握り、リキのすぐ隣の席へと連れていく。

リキのほうは、誘拐されて怯えている少年のような表情を浮かべている。質問したくてたまらないが答を知るのがこわいとでもいうように、目を大きく見開いて口をわずかにあけている。ふたりの視線が合ったので、サナも目を見開いて、いったいどういうことかわかる？　と表情で伝えると、リキがほんの少し首を横に振って見せる。わずかなやりとりでサナの気持ちがほぐれる。少なくともこの人は自分と同じぐらい途方に暮れているらしい。

「リキ、こちらはサナよ」自分の席にすわりながらヴェラが言う。「サナ、この人はリキ。もうひとりの容疑者よ」

突然サナの皮膚が体より2サイズ小さくなったように感じる。容疑者？　サナは握ったこぶしを背中へ持っていき、爪の間のDNAはどれぐらいの期間残っているのだろうと考える。

いっときの沈黙のあと、リキが咳ばらいをする。「あのう、さっきから〝容疑者〟と言ってますが……ええと……ぼくたちが自覚するべきことが何かあるんでしょうか」

「ええ、そうよ」サナのためにお茶を注ぎながら、ヴェラは楽しそうに言う。「もちろん、あなたたちふたりは容疑者よ。マーシャル殺人事件の容疑者ってこと」察しが悪いといけないので、念のためにつけ加える。

「どうして——」質問のことばがサナの喉に引っかかり、声に出そうともがくあいだにヴェラがサナにお茶を渡し、サナは年長者への接し方を長年教えこまれたせいでうっかりこう言う。「ありがとうございます、おばさん」言ったあとで、もちろんサナは自分を蹴飛ばしたくなる。第一、ヴェラは自分のおばさんではなく、第二に、もしそうだとしても、まさに殺人の罪でサナを糾弾しているおばさんだ。

「あら、礼儀正しい娘さんだこと!」ヴェラがサナに微笑むが、サナの手を見て笑みが薄らぐ。「いやだ、手にペンキが飛び散ってるじゃない。洗ったほうがいいわね。ペンキは肌によくないもの。だから手がカサカサなのね」

サナは気まずさで頬をほてらせながら、両手をテーブルから引っこめる。「ええ、これは──ちょっと部屋のペンキ塗りをしてたので」ふーん。頭の中で声がする。部屋のペンキ塗りならよかったのにね。ほんとうは絵の具を混ぜてから、絵筆を手にまっさらなキャンバスの前に丸一時間立っていた。絵の具が筆の硬い毛と柄を伝って手を濡らし、肘まで届いたとき、筆を投げ出して部屋を飛び出した。いつものことだ。

「ところで歳はいくつ? サナ。なに年生まれなの?」

サナが教えると、ヴェラは顔に皺を寄せて考えこむ。やがて首を振って舌打ちをする。

「残念、あなたは辰ね。うちの息子と相性が悪いわ。息子にぜひ紹介しようと思ってたのよ。もちろんあなたが犯人でなければの話だけど。でもあの子は丑でしょ。だからうまくいかないわね。辰は丑を食べてしまう」そしてリキへ顔を向ける。「あなたは？　あなたの干支は何？」

「ええと。子かな」リキが申しわけなさそうに言う。

「あら！」ヴェラが手を叩き、顔いっぱいに笑みが広がる。「すばらしい！　完璧な組み合わせね、あなたたち！　なんとなくわかる。いいカップルになるわよ。どちらもマーシャルを殺した犯人じゃないとしたら、これは相性抜群。がんばってね」

サナとリキは顔を見合わせる。サナがあまり気まずい思いをせずにすんだのは、リキがとても困っているのがわかったからだ。少なくとも自分だけではない。それに、気まずくてもなんでもいい。いま動揺すべきなのは、殺人事件の容疑者うんぬんに対してだ。けれども事態は進行中で、ああもう、こんどはヴェラがサナの目の前に饅頭を置いて食べろと命じる。サナは何も考えずにしたがい、気づけば口いっぱいに里芋饅頭を頬張りながら、その饅頭が実際中国の食べ物であってサナがどう思おうとフランスのものではない、とヴェラが語るのに耳を傾けている。サナがフランスのペストリーだと思っていると決めつけるなんて厚かましいにもほどがあるけれど、結局サナは心の中でこう言うだけだ。はあああ!?

「それでサナはね」ヴェラがリキに言う。「ポットカットをやってるのよ。ひどい肌荒れみたいに思われそうだけど、実際はラジオ番組みたいなもので、でもそれをインターネットでやってるの。すごいでしょ？　ラジオだけどあなたの仕事と似てるわね、リキ。ええと、ラジオじゃなくてインターネットね」ひとりでうなずいて自分の説明に満足すると、こんどはサナに言う。「リキは〈バズフィード〉のレポーターなのよ！」

「ワオ」サナはフランス菓子ではなく里芋饅頭を頬張った口で言う。「すごいですね」そう言うと、リキが頬を掻いて自分のカップに目を落とす。ふうん、ほんとに控えめな人ね。自分のほんとうの姿をリキとヴェラに見破られるのではないかと思って、サナは心の中でもがき苦しむ。ポッドキャストもポットカットもやっておらず、一歳のとき小さな両手をペンキの容器に突っこんで以来ずっとしたかったまさにそのことで失敗したのはさておき、人生で目指していることはあまりない。

「あのう」リキが咳払いをする。「ぼくたちがふたりとも容疑者だと言いましたよね。理由を訊いてもいいですか？」

「ええ、いいわよ」ヴェラがカップを置く。「悪くとっちゃだめ、わかった？　最近の若い人たちはなんでもかんでも個人攻撃だと思いこむ。あたしがあなたを殺人犯かもしれないと思ったらどうだっていうの？　だからといってあなたを悪い人間だと思ってることにはならない」

「それって……」サナは唇を舐める。「やっぱり少しは思ってるんじゃないんですか？」

ヴェラが舌打ちをする。「なんてばかなことを。思ってないにきまってるでしょう」

「だけど、そもそもなぜぼくたちが容疑者だと思うんですか？」リキがシャツの襟を引っ張りながら言う。

「理由はたくさんあるわね」ヴェラが左手の親指をあげて見せる。「ひとつ、殺人犯が犯行現場にかならずもどってくるのは周知の事実、そうでしょ？　自分の手仕事をほれぼれとながめたいのよ。だから、こっちは待ち伏せしてだれが現れるか見るだけでいい。きのう、あなたたちふたりがやってきたから、それで自動的に容疑者リストにはいったってこと。ね、全然個人攻撃じゃないでしょ」

「たくさん理由があるって言いましたよね」サナは言うが、ほかの理由を知りたいかどうかよくわからない。

「言ったわよ。いいわ、レディーファーストでいきましょう、サナ。マーシャルが殺された晩、あなたはどこにいたの？」

サナの頭の中が破裂して、明るい白色光と甲高い悲鳴以外何もない。何か言って、と自分自身に沈黙の叫びを向ける。なんでもいいから！　でも何も出てこない。

「ばかばかしい」リキが言う。

サナはリキを見るが、追いかけられたウサギのように心臓が跳ねあがっている。

「ぼくたちはマーシャルを知らないんですよ、ヴェラ。彼が死んだ晩に自分たちがどこにいたか、あなたに教える必要などありません」自信を持って言っているように見える。アジア人の年配のおばさんに立ち向かうときはこういう言い方をするものなのか。サナは感心すると同時にこわくなる。「そもそもあなたはどうしてマーシャルが殺されたと思うのか、そこに焦点を絞りましょう」

ヴェラは肩をすくめるが、鋭くて油断のならない表情はそのままだ。「いいわ、いまは言わなくていい。あとで突き止めるから。そうねえ、いったいあたしはどうしてマーシャルが殺されたと思うのか？　このマーシャルという男はとても悪い人間のようね。殺されるような手合い、わかるでしょ？」

サナは、自分の腸が蛇になって腹の中をのたくっているにちがいないと思う。吐きそうだ。なぜなら、そう、ヴェラの言うとおりだから。マーシャルはとても悪い人間だった。たしかに殺されてもしかたがないような。そして、自分がマーシャルを個人的には知らないと思われていることを肝に銘じてから、そこそこ興味があるような表情を無理に作る。

「あら、マーシャルのどんなことがわかってるんですか？」言ってからこうつけ加える。「いまの質問はもちろん、犯罪ドキュメンタリーのポッドキャストのためですけど」

ヴェラが身を乗り出し、陰謀めいた声音で言う。「このマーシャルという男は、世間の人間がほしがる何かを持っていたんじゃないかしらね。その何かをマーシャルは保管していた。とても安全なところに」

サナが六歳のとき、両親はサナとサナの姉をタホ湖へ連れていったのだが、サナが雪を見るのはまったくはじめてのことだった。ふたりの姉妹はやわらかい雪だまりの中へ飛びこんで雪玉を投げ合い、笑ったり悲鳴をあげたりした。姉が後ろからサナの上着をつかんでひとつかみの雪を襟の中へ落としたとき、息をのむ冷たさにうなじが凍りつき、その感触が背中を伝い落ちたのを覚えている。いまこの瞬間も、まさにひとすくいの雪を首元に投げ入れられた感覚だ。マーシャルが何かを保管していた？　どうしてヴェラが知ってるの？

けれども、サナが何か言う前にヴェラが手を一回叩いて立ちあがる。「さあ、ふたりとももお茶を飲み終わった？　二階へ来ていろいろ運ぶのを手伝ってちょうだい。若いんだからあたしよりずっと力持ちでしょ。ほら行くわよ！」ヴェラが威勢よく声をかけるが、サナもリキもすわったまま驚いた顔をしている。

ふたりは同時に立ち上がって、いま一度むなしく視線を交わすと、ヴェラのあとから狭くてがたつく階段をあがっていく。壁には色あせた絵がいくつもかけてあり、その多くが時代遅れで縁が欠けた額縁の中でぼろぼろになっている。二階はヴェラの住まいになっていて、狭くて暗い空間が大昔の壊れた廃品らしきものでいっぱいだ。サナの目に映るのは積みあがった古新聞と雑誌、蜘蛛の巣が張ったミシン、キーが半分取れた古いタイプライター、似たようながらくたが詰まっているであろう箱の数々。これは見覚えのある光景だ。両親の家には塵ひとつ落ちていなかった。というのも、母親がたくさんインタビューを受けたり、ファンのために動画投稿したりする関係で、家をきれいにしておくことに断固としてこだわったからだ。でも子供のころ、サナが友達の家に、とくに第一世代の移民の子の家に遊びにいくと、ものが詰まって壊れそうになった箱で家がいっぱいになっているのをよく見かけたものだ。両親が故郷から持ってきた思い出の品々は、古すぎて使えないけれど、大切だから捨てられず、見るにはつらすぎる。だからそのままにされてそっと古くなり、残してきた人たちを思い出すよすがとなる。

「こっちよ」ヴェラが小さなキッチンから呼ぶので、サナはリビングルームにある大量の思い出の品から目を引き剝がし、キッチンへ向かう。

ヴェラが冷蔵庫から次々と容器を取り出して、キッチンカウンターに山と積んでいる。

「これをみんなそのバッグに入れてちょうだい」ふたつのエコバッグを指さす。

サナとリキはそれぞれエコバッグを手に取る。「中身はなんですか?」サナはそう言いながら密閉容器を持ちあげ、プラスチック越しにのぞく。よく見ると、茶色いものが濃厚な肉汁のなかにただよっている。

「食べ物よ。そっちは牛肉と胡椒。とてもやわらかいの。牛肉のぶつ切りを紹興酒につけておいたから、まるでマシュマロにかぶりつくときみたいにやわらかくなってるはず」

「牛肉がマシュマロのやわらかさになるのはどうでしょうね」サナはそう言ってその容器をバッグに入れる。

ヴェラがサナに顔をしかめる。「ことばのあやにきまってるでしょう。いまにわかるわよ、完璧なやわらかさなんだから。ああ、そっちは豆腐とマッシュルームの炒め煮。子供が夢中で食べると思う。ティリーの大好物だった」

やがてふたつのエコバッグが密閉容器でぎゅう詰めになる。

「これでよし、下へ運んでちょうだい」上機嫌でヴェラが言う。「気をつけて！　午前中いっぱいかけて作ったんですからね！」

「実際まだ午前十時ですよ」リキが言う。「これだけの料理をけさ全部作れたはずがない」

ヴェラが横目でぎろりとリキをにらむ。「ちゃんと早起きすればできるんです」そして、ふたりのそばをすたすたと通り抜けて階段をおりはじめる。

「でも——」サナはうめき声とともにバッグを持ちあげる。「待って、こんなにいっぱいだれに食べさせるんですか？」

すかさずヴェラが答える。「もちろん四人目の容疑者によ」ちょうどそのとき、階下で鈴が鳴る。「おや、あれは三人目の容疑者ね。早くして、丸一日かけてられないのよ！」

サナはいつの日か、押しの強いアジアのおばさんに対抗するすべを身に付けるだろう。でも、きょうはその日ではなさそうだ。

11 ヴェラ

殺人事件の調査がことのほかうまく進んでいるので、もっと多くの人たちが退屈なデスクワークをやめて探偵になろうとしないのはなぜだろう、とヴェラは思う。〝**ヴェラ・ウォンの世界に名だたるティーハウス**〟の大きな看板をおろして、代わりに〝**ヴェラ・ウォン探偵事務所**〟にしようかとしだいに妄想をふくらませているところだ。ウィニフレッドの顔に浮かぶものを見るためにもそうするべきかもしれない。とはいっても、調査が順調な理由はやはり、お茶の専門家がよもや殺人ミステリを解明する専門家だとはだれもが予想していないからだろう。要するにヴェラは正体を隠している。そう、自分がお茶のドクターだけでなく探偵でもあるという事実は、たまに名乗りたくなっても隠しておいたほうがいい。ティリーなら当然こう言う。「お茶のドクターってなんだよ。消化不良の人にお茶をごちそうするってこと？　手足を骨折したときはどうするのかな？」でも、それこそがティリーだ。母親が片手間に殺人事件を解決したと知ったらむかっ腹を立てるだろう。

けさのことだ。ヴェラはティリーからのメッセージで目を覚ました。メッセージだ！　ティリーから！　こちらから催促してないのに！　内容はこうだった。

マー、読んだら返信して。USBメモリーのことで話がある。そんなことをしたせいで深刻なトラブルに巻き込まれるかもしれない。適切な対処方法を話し合う必要がある。マーがそんなことをするなんていまだに信じられないよ。

正直言ってちょっとうるさいわね、とヴェラは思う。こう返信する。

まさか、USBメモリーなんか持ってないわよ。あたしがそんなにばかだと思ってるの？　もしもの話として訊いただけ。

ティリーがさらに質問を送ってきたが、ヴェラは返信するのをつごうよく忘れた。自分には探偵の技能がそなわっていたのだとティリーやウィニフレッドに話すときのことを思うと、いつもより足がはずみ、ヴェラは階段を跳びはねるようにしておりていく。

予想どおりそこにはオリヴァーが立っていて、警戒して腰が引けているらしく、肩を丸めている。もしオリヴァーが帽子を被ってきていたら、それを汗ばんだ両手で握り締め、胸の前で捻じっていただろう。とはいっても帽子は過去の遺物となっているので、オリヴァーはただそこに立って片方の手をポケットに入れ、もう片方で携帯電話をつかんでいる。ヴェラを見るときの顔に——可能かどうかはさておき——安堵と恐慌が両方現れてせめぎ合っている。ヴェラには彼の心の声が聞こえるも同然だ。ああよかった、ヴェラがいる。ああしまった、ヴェラがいる。

「オリヴァー！ よかった、ちょうど間に合ったわ。サナ、リキ、こちらはオリヴァー」

ヴェラの後ろでサナは恐怖に襲われたような大きなあえぎ声を発し、リキは階段の途中で凍りつく。ふたりともオリヴァーをまるで——そう、死んだ男を前にしたように凝視している。

「双子の兄弟なんだ」気の毒な若い男女のどちらかが心臓発作を起こす前に、オリヴァーは急いで言う。

見てわかるほど、ふたりの体からがくりと力が抜ける。最初にサナが体勢を立て直し、ヴェラに言わせれば世界一わざとらしい笑い声をあげる。「あらやだ、ほんとうにそっくりね」

「どういういきさつで弟を知ってるの？」

一瞬の沈黙のあと、サナはまた笑い、こう言う。「個人的には知らないわ。じつはわたし、犯罪ドキュメンタリーのポッドキャストをやっていて、ここに来たのは弟さんについて取材するためよ。ググルで検索したから見た目はもちろん知ってるけど」

「そう、右に同じだ」リキがそう言ってオリヴァーに手を差し出す。「ぼくはリキ。弟さんのことを書いているレポーターなんだ。弟さんのことはお気の毒でした」

ヴェラは心の中であきれて首を振る。若い人たちにほんとうに必要なのは、じょうずな嘘のつき方を学ぶことだ。ヴェラが個室でふたりきりになって明るいライトで直接顔を照らすだけで、取り調べは五分もあれば終わる。だけどそれのどこが面白いの？

「ありがとう」オリヴァーがそう言ってから、なんだか申しわけなさそうにつけ加える。「親しい仲じゃなかったけど」

三人はうなずき合い、すごく気まずそうに立っているが、やがてオリヴァーが両眉をあげてヴェラを見る。「ええと、車で来るように言われたけど、何か理由でも？」

「あ、そうそう。自己紹介は終わった？ それはよかった。さあ出発よ。ぐずぐずしない！ いつもティリーに言ってるけど、若い人たちはさっさと動かなきゃだめ。例のあれで人生をつかみなさい！」ガチョウの母親さながら、ヴェラは三人の容疑者を店の外へ追いやる。ドアに鍵をかけ、ウィニフレッドの頭のてっぺんがインチキベーカリーのドアの陰にひょいと隠れるのを見かける。そこで不敵な笑みを浮かべてウィニフレッドに手を振る。ハハ、何が起こっているのか知りたくて身もだえしているにちがいない。ヴェラの店の外にピカピカの新しいベンツが停まっている。すごい。オリヴァーがベンツを運転するタイプとは思わなかったが、こう考える。だから人を見かけで判断してはいけないのだ。迷わずベンツへ向かい、助手席のドアをあける。というより、あけようとする。鍵がかかっている。

「ああっと、そっちじゃなくて」オリヴァーが小さな声で言う。「こっちの車です」ベンツの後ろに停めてある地味で不格好なボルボへ親指を向ける。

ヴェラはウィニフレッドの店のほうへ顔を向ける気にさえなれない。ウィニフレッドがひとりでせせら笑っているのが目に浮かぶ。ったくもう！　つかつかとボルボまで行き、助手席のドアを勢いよくあける。

「どこへ行くんですか？」サナが縁石で食べ物の袋を胸にかかえて言う。不安のため目が大きく見開かれている。

ヴェラは大きく息を吐く。「自分のポットカットのために調査をする気はあるの？　それともないの？　乗りなさい。言ったでしょ、四人目の容疑者に会いにいくって」

サナとリキがまた目配せをする――滅多なことでは気づかれない目配せだと思っている

らしいが、ヴェラはすでに七回数えている。そんなものはこのふたりがお似合いだと言う自説をヴェラが再確認することにしかならない。そして、ふたりが後部座席へ乗りこむ。ヴェラも乗り、助手席に身を沈めてほっと息をつく。だれにも認めるつもりはないが、じつはかなり疲れている。四時間ぶっつづけで料理をすれば当たり前だ。しかし、ついに容疑者全員をひとところに集めてシャーロック・ホームズ流に犯人を突き止めれば、それだけの甲斐があるというものだ。いまはまだわからないが、ひとたび一堂に会すればわかるにきまっている。

座席に落ち着くやいなや、足もとに分厚い紙の束があるのに気づく。「これは何？」

オリヴァーが身をこわばらせる。「ああ、それはちょっと――ぼくの古い原稿です。そこにあるのを忘れてた。あった場所に置いといてもらえますか」

ヴェラはそうするが、車をおりるときに持ち出すこと、と頭の中にメモをする。経験上、言われたことにうなずいて承諾してから、はじめにやりたかったことをちゃんとやるのが一番いい。

「それで、行き先は？」オリヴァーが訊く。

ヴェラはハンドバッグの中を探り、数日前の夜に走り書きしたメモを見つける。「ここよ」

オリヴァーがその紙きれを見て、それからさっと顔をあげる。「これはいったい」

サナとリキが身を乗り出す。「どうかした？」

「これは——」オリヴァーが憤りもあらわに息を吐く。「マーシャルの家の住所だ。だいたいどうやってこれを——」

「もちろんグーグルで検索したのよ」ヴェラは澄まして言う。

「人の家の住所をネットで調べることなんてできない」オリヴァーがあきれはてる。

「あら、できるわよ」ほんとうは、マーシャルのズボンのポケットから財布を抜き出して運転免許証を見つけ、家の住所を書きとめたあと、再びズボンのポケットにもどしておいたのだ。もちろん一連の作業は皿洗い用の厚手の黄色い手袋をはめておこなった。なぜなら、証拠となり得るものをヴェラがうかつに改竄(かいざん)するなど、あってはならないことだから。ただ、車に同乗しているこの若い子たちはヴェラがしたことに賛成しないような気がする。たとえヴェラが手袋をはめていてもだ。

「どうやって？」サナが後部座席から訊いてくる。

「簡単よ」とヴェラ。「さあ、車を出して」

「なんだって？　だめだ！　何も知らせずにいきなりマーシャルの家へ行くなんてとんでもないよ、ヴェラ。たぶん奥さんと子供が家で悲しみに暮れているところで、それに——

――」

「だからいっしょにいる人間が必要なのよ。それにたぶん食べるものも。だから午前中ずっと料理をしてたんじゃないの。さあ、おとなしく車を出して。この家庭料理を全部無駄にさせないで」

「いや、でも、ううむ」

ヴェラはため息をつく。「あなたってほんと大げさね。もういい、ウーバーを呼ぶから。街中じゃすごく高いけどね。ぼったくりよ。でもほかにどうしようもないもの」

「本気でこんなことをしようってんですか？」オリヴァーが叫ぶ。「それってあまりにも――なんていうか――あまりにも不適切だ！」

「気の毒な奥さんはマーシャルに何があったんだろうと思ってるでしょうね」

「いやあ――でも――ちょっと待って――」

ヴェラは彼に厳しい視線を向ける。「オリヴァー、あたしの時間を無駄にしないで。時間は貴重なの。若くてありあまるほど時間があるからって、それを無駄にしてもいいと思う？　彼に奥さんがいるのは明らかよ。きのう女の人が幼い子を連れてあたしの店まで来たんだけど、あたしに見られて逃げていった。ほかのだれが彼の奥さんと娘だというの？　こんどはあたしたちがあのふたりに会って無事をたしかめなくてはいけない。かわいそうな奥さん。夫が突然遺体で発見されたんだから、そばにいてくれる人が必要だと思わない？　夫を殺したのが奥さんなら、そりゃあ話は別だけど。どちらにせよ、一度訪ねてみなければ」ヴェラは携帯電話を取り出し、これみよがしにウーバーのアプリをタップする。「おやおや、片道二十五ドル。ばかばかしい！　でもしかたがないわね」そしてオリヴァーをじろりと見る。

「勘弁してくれ」オリヴァーがうめく。「わかりましたよ！」鼻柱をぐっとつまむ。「言っておくけど、突然押しかけるのはだめです。いいですね。頼むから最初にぼくに電話をかけさせて」

ヴェラがうれしそうにうなずく。「言い考えね、わかった。通話中はスピーカーをオンにして、いいでしょ」

オリヴァーがヴェラをにらむ。「スピーカーをオンにはしません」

最近の若者ときたら。ヴェラは舌打ちをするが、今回はオリヴァーにまかせることにする。長年生きてきたおかげで、戦いは選んでするものと心得ている。オリヴァーがマーシャルの妻に電話をかけるのを辛抱強く待ち、電話がつながると耳をそばだてる。車内の静けさの中で、その女性の声が電話の向こうから消え入りそうなほど小さく聞こえる。マーシャルの奥さんは愛らしい声をしている、とヴェラは思う。人殺しの冷血漢（じゃなくて冷血女？）とはとても思えないけれど、でもそうはいっても近ごろは何が起こるかわからないでしょ。

「やあ、ジュリア。ぼくだよ。調子はどう？」オリヴァーがひとりで顔をしかめる。

ヴェラはオリヴァーの声が穏やかでやさしくなったのに気づき、興味をそそられる。はてさて。いま明白な好意を見たと頭の中にメモをする。これがマーシャル殺害の動機とか？

「うん、そのう、じつはね、突拍子もないことだと思われそうだけど、だけどその、いまから行ってもいいかな。ちょっとだけ。きみに会いたがってる人たちがここにいてね。そりゃあ、なにもこんなときに……」

「食べるものをいっぱい作ったって言って」ヴェラは言いながらオリヴァーを容赦なく小突く。

オリヴァーは顔をゆがめてヴェラから離れようとするが、車の中はあまりスペースがない。それにヴェラの腕をはじく前にもう一発強烈な肘鉄を食らいそうだ。「食べ物を用意したんだ。たくさんある」

「焼き豚があるわよ。ティリーが小さいころなんて、ひとりで丸ごと全部食べたものよ。彼女のお子さんも大よろこびでしょうね」

ジュリアが何か言うあいだオリヴァーは口をつぐみ、それからため息をついて目を閉じる。「話せば長くなる」その直後、目がぱっと開いて背筋が伸びる。「ほんとかい？　わかった、すぐ行く」信じられないという顔で電話を切る。

ヴェラは得意げな笑みを隠そうともしない。「ほら、やっぱりね。だれも焼き豚には抵抗できないのよ」

そう、ヴェラの調査は順調このうえない。こうした天賦の才があるのを知らないとはうかつだった。

12　ジュリア

こんなとき母親ならどうするか、人は何も教えてくれない。たとえば、幼児には母親の脚にからみつくだけの力がじつはあって、その子がタコさながらに貼りついているあいだ、母親が家の中を足を引きずって歩いて、死んだ夫の遺品でいっぱいのゴミ袋をつかんで仕事部屋へ押しこむときなど。まあたしかに、後半部分は幼児ではなく結婚生活に関することかもしれない。

「いい子(スウィーティー)ね、お願いだからマミーから離れてくれる?」やりきれないほど重い袋を持ちあげながらジュリアが言うのはこれで四度目だ。中に一対のダンベルがあるのは知っていて、そのダンベルを出したほうがいいのは頭の片隅ではわかっているが、いまは頭の同じ片隅がつぎのことでもいっぱいになっている。(1)エマの手足が自分の左脚に頑固に吸いついている。(2)オリヴァーが友人を何人か連れて立ち寄る。(3)その友人のひとりが焼き豚があると言ったので、何を差し置いても、甘いたれがからまった風味豊かな豚肉を一切れ食べずにはいられない。そんなわけでダンベルを取り出さずにゴミ袋を強く引っ張ったので、案の定袋の底が破けてダンベルやらおとな向けレゴのセットやらスキージャケットやらその他いろいろなものがこぼれ出る。「くそっ（シット）」ジュリアは叫ぶが、エマの前で汚いことばを吐いたことですぐにみじめな気持ちになる。「しまった（シュート）、ってことよ」

「〝シット〟って言った」エマがジュリアの脚に向かって言う。

「ちがうちがう。〝シュート〟って言ったの。マミーの脚に耳を押しつけてるからちょっと聞きまちがえたのよ」ああ、いま自分の娘をだまそうとしている。そしてジュリアはますます自分がきらいになる。「そうね、そのとおり。マミーは〝シット〟って言った」

「シット！　シット！」エマが叫び、声をあげて笑う。

エマをだましつづけたほうがよかったのだろうか。この場合は何が正解？　それはまあ、そもそも〝シット〟と言わないのが正解にきまっている。そしていま、ジュリアは泣きたい。自分は夫に出ていかれた直後にその夫に死なれた悲惨な妻であるばかりか、ひどい母親でもある。エマの授乳中はいつもインスタグラムを延々とスクロールしているけど、ほかのママたちはどうやってなんでもこなしているのだろうと思う。自分はエマのために左右そろった靴下を見つけるだけで精一杯なのに、彼女たちは子供にカラーコーディネートした服を着せるだけの時間とエネルギーと脳みそのスペースを、どうやって確保しているのだろう。エマの髪を梳かすのさえままならないのに、娘の髪を編んであんなに込み入った髪型にする時間がどこにあるのだろう。

それに、マーシャルがいなくてもエマが気にしていないように見えるのはどういうことだろう。ジュリアはマーシャルが死んだことをエマに伝えていない。死というものをどう説明したらいいのかわからなかったし、それに、ダディーはどこと一度エマに訊かれたとき、ダディーはもう帰ってこないのよと言ったら、エマはただうなずいて幼児用のレゴでまた遊びだした。それは、父親がもう帰ってこないと言われたときのふつうの反応だろうか。エマにとってはふつうのことかもしれない。なぜなら、生きているときもめったに寄りつかなかったし、たまにいるときはいつもエマの粗探しをしていた。それとも、マーシャルが正しくて、エマに何か問題があるのかもしれない。エマのことを気にせずに、あるいはマーシャルがどう思うかを気にせずに自分の人生がまわっていたころを、ジュリアは思い出せない。

そのとき玄関のベルが鳴り、ジュリアは凍りつく。まるで準備ができていない。エマがまだ「シット！」と叫んでいるし、それにいまは玄関ドアのすぐそばにマーシャルのものが山になっているし、それに――ジュリアは自分の衣服をすばやく見る――そう、まだパジャマ姿だ。まあ厳密に言えばパジャマではないけれど――スウェットパンツと、卵の黄身とつぶしたブロッコリーの染みがついたTシャツ──実際これを着て寝ているから、パジャマと言えるのかしら。要するに、自分はひどいなりをしていて、何年かぶりにこれからオリヴァーと会う。彼の友人たちとも。まさかこんな姿を見せるわけにはいかない、だって──

「いらっしゃるの？」だれかが呼びかける。年配の女性らしい。「ジュリア、そうよね？オリヴァーが来たわよ。ヴェラもね！」

ヴェラってだれ？

「食べるものをいっぱい持ってきたわ。豚バラ肉の煮込み、唐辛子とニンニク風味の鶏の唐揚げ、焼き豚……」

ジュリアの不安をことごとく無視して耳にはいってくるのは、そういった食べ物の名前だ。マーシャルが出ていってから缶詰のツナしか食べていないので（エマにはシリアルと蒸した野菜を与えているが、残してばかりだ）胃袋の意見が通る。くたばれ脳みそ、ドアをあけろと右腕に伝えてるところよ。ドアがあき、ジュリアはオリヴァーをちらりと見るが、そこへ白髪交じりのアジア人女性が満面の笑みでふたりのあいだに割ってはいる。

「ああ、ジュリア！　やっと会えてよかった。あたしはヴェラ。だけど知ってるわよね。先日うちのティーハウスの外であなたを見たわ」

「そうですか」ジュリアはそう言われても返事のしようがない。ティーハウスの外にいるのをヴェラに見つかったとき、なぜ逃げたんだろう。変に思われたにちがいない。やましい人間だけがとる行動だ。

「とにかく、あなたに食べさせたいものがいっぱいあるのよ！」にこやかな顔のまま、ヴェラはジュリアの横をすり抜けて家の中へはいる。

ジュリアは一歩さがって啞然とする。わたし、中へどうぞと言ったかしら？　言ったけど忘れているのかも、だってもう、あれもこれもいろんなことが頭をよぎるから。たとえば、食べ物はどこ？　ほんとうにおいしそうなにおいだこととか、この人たちはだれ？とか、ワオ、ひさしぶりにオリヴァーを見たわ、とか。ほとんどの人にとってオリヴァーとマーシャルは瓜二つだが、ふたりの顔にはちがうところが数え切れないほどあるのをジュリアは知っていた。鋭さを帯びた笑みや、興奮したときのいたずらっぽい目の輝きなどをあげれば、客観的にはマーシャルのほうが見た目がいいのだろうけど、どちらかといえば、ジュリアはやさしい顔立ちのオリヴァーのほうにいつも惹かれていた。いまは自分のことが気になりすぎて、何かに惹かれるどころではないけれど。もうハイスクール時代にオリヴァーが知っていた女の子ではない、変わり果てたいまの自分が恥ずかしくてたまらない。オリヴァーと目を合わせられず、ジュリアは顔をそむける。

「はいってちょうだい！」自分の家にいるみたいにヴェラが大声で言う。そしてオリヴァーとその後ろにいるふたりに手招きする。「料理を中へ運んで。あたためるんだから」そしてジュリアのほうを向く。「オーブンはあるわよね。あとソースパンは？　ちゃんとあたためなくちゃいけないから電子レンジはだめよ」

「ええと……」ジュリアは流れについていくのに精いっぱいだ。「ええ、そういうものならあるけど、でも――」

ヴェラが両膝に手をついてしゃがむ。「おや、こんにちは、お嬢ちゃん。ヴェラおばあちゃんですよ。キッチンに来てお手伝いしてちょうだいね」エマが何か言うのを待たずに、ヴェラは鼻歌を歌いながら家の奥へうろうろと進んでいく。「キッチンはどこ――あ、気にしないで、ここね！」

驚いたことに、エマがジュリアの脚に巻きつくのをやめる。でもヴェラにはついていかない。そこに立って髪をくるくるともてあそびながら、不安そうに目を見開いている。

ジュリアはこう言いかける。「行かなくていいから――」

家の隅からヴェラがひょっこり顔を出す。「おっといけない、キッチンじゃなくてバスルームだった。ああ、迷子になっちゃった。あたしの助手はどこ？」

エマの口の片端がふとあがって小さな笑みになり、ヴェラのほうへよちよちと歩いていく。ジュリアはそこに立ったまま空いた口がふさがらない。どうなってるの？

「ごめんなさいね」だれかが言う。それは南アジア系のかわいらしい女性で、二十代前半に見える。「わたしたち、押しかけるつもりじゃなかったのに」

「ヴェラが取り仕切ってるようなものだから」その隣にいる男が申しわけなさそうに顔をしかめて言う。同じく二十代だろう。人種が入り混じった顔立ちだ。

「いいのよ」ジュリアは言う。「わたしはジュリア」

「サナよ」

「ぼくはリキ」

三人は互いにぎこちない笑みを浮かべたあと、ヴェラの大声に飛びあがる。「ほら！料理はどこ？　待ってるのよ！」

「あのう――」サナが大きなバッグを持ちあげる。「いいかしら、わたしたちが――」

「ええ、もちろんよ」ジュリアは一歩さがってふたりを通し、サナとリキがあわててキッチンへ向かうのを見守る。

オリヴァーが咳払いをし、両手をポケットに入れたまま家に足を踏み入れる。その内気な笑みを見ると、ジュリアはたちまちハイスクール時代に引きもどされる。「やあ、ひさしぶり」

ジュリアはうなずくが、喉がすっかりふさがっている。話せるとはとても思えない。なぜなら、生身のオリヴァーを目の当たりにして声を聞いたので、十代のときの自信に満ちた自分を、世界が可能性という美しい花火だったころの自分を思い出したからだ。いまの自分の変わりようにオリヴァーは失望しているにちがいない。少したってから、やっと言う。

「そうね」

「じゃあ、これがきみの家なんだ」オリヴァーがあたりを見まわす。「すてきだね」

「散らかってるわ」とっさにそんなことを言うのは、いまのジュリアは褒めことばを受け入れられず、褒められるたびに自分が詐欺師になった気がするからだ。「ごめんなさい」小声で言う。なぜなら、いまのジュリアは何か言うたびに、まるで存在していること自体申しわけないかのように謝罪のことばを添えずにいられないからだ。マーシャルはジュリアのそういうところが大きらいだった。あやまるのはよせ！　みじめったらしいぞ、と叱られてジュリアはこう言ったものだ。ごめんなさい、悪かったわ、やめるってば！

オリヴァーに急に視線を向けられて、ジュリアは凍りつく。何を言うつもりか知らないけれど、下品な女になったとか、だらしなくなったとか、がっかりしたとか、どうせそんなところだろう。けれども彼の目の中には悲しみととまどいがあり、一瞬ジュリアは胸の内に何か奇妙な感情が湧きあがるのを感じるが、目をそらされたのでその一瞬は終わる。

ところが、オリヴァーは顔をそむけた拍子にドアのそばに積まれたものにじっと目を向ける。まぎれもなくマーシャルのものが詰まったゴミ袋の山だ。ジュリアが心の中で自分を蹴り飛ばすのはこれで百回目だ。警察官が訪問したあとで、なぜマーシャルのものをどうにかしなかったのだろう。でも、どう対処すればいいのかわからなかった。マーシャルが死んだいまとなっては、まさか捨てるわけにもいかなかった。中身を全部出して家の中のもとあった場所にもどそうとも思わなかった。だって、そんなの意味ある？ もう死んでるのに。というわけでそこに置きっぱなしにし、いまオリヴァーがそれを見つめ、当然ながら混乱している。

「ええと、それは――そのう」なんとかして説明したいが、できない。袋に詰めたのはマーシャルの死を知らされる前だと言うべきかしら。それともあと？ どう転んでもあとじゃないわよね？ だってそれだと、死んだとわかったとたんに夫のものを捨てずにいられない冷酷な妻に見えるもの。

「これってマーシャルのスキージャケットかな」オリヴァーがかがんで黒いジャケットを拾いあげる。

「そうね」ジュリアのはらわたが捻じれる。

「あ、それはあいつの古い〈スター・ウォーズ〉のレゴセットだ」オリヴァーはスキージャケットをそっとたたんでゴミ袋の山のてっぺんに置く。

わたしが世界一の悪人だと彼は思っているにちがいない。ジュリアの内なる声が彼に説明しろとわめいている。

けれども彼が目を向けると、その目には静かな悲しみがあるだけだ。「こういうものをどこかに持っていくなら……手伝おうか？」

喉がまたふさがり、ジュリアはただ無言で首を横に振る。オリヴァーがうなずいたので、状況をよくするようなことはいまは何も言えないのだと理解してくれたらしい。

「気の毒だったね、リア」オリヴァーがささやくように言う。

それが、ジュリアの頭の中で収拾がつかなくなっていた自己嫌悪をほんのいっとき止める。なんと、彼がハイスクール時代につけたニックネームで呼んでいる。その声にこもる偽りのない感情。目が涙でいっぱいになるのを感じる。「あなたもお気の毒に、オリー」

気づくとふたりは互いの腕の中にいる。ジュリアは目を閉じて彼のなつかしいにおいを吸いこむ。以前は親友だった。互いに試金石となる関係だった。なぜ長年ぐずぐずと疎遠のままだったのか理解できない。

一瞬オリヴァーに強く抱き締められ、ジュリアは心配要らないという態度をよそおう。

その一瞬を金切り声が打ち砕き、ジュリアは思わずキッチンへ向かって走り出す。これからもジュリアの気が休まるときはないだろうけど、エマが生まれて以来、こんなふうにジュリアの直感は娘に関しては剃刀のように鋭くなっていった。眠りは深いほうだったが、それはエマが生まれるまでの話だ。その後はどんなに小さな物音もジュリアを眠りの底から追い立てて、一秒以内にベッドから飛び出させた。そしていま、エマが金切り声をあげたのでジュリアはキッチンへ突進している。知らない人といっしょにエマをキッチンにほったらかすとは、うかつなことをしたものだ——どんなばかな母親がそんなことをする？いまほど自分を呪ったことはない。自己嫌悪にいっそう磨きをかける機会は日々訪れるものだ。かわいそうなエマ、いったい——

「マミー、見て！」エマが叫んでいるが涙はなく、豚の形のパンを手に持っているだけだ。ジュリアがはっと足を止め、胸の鼓動を抑えてよく見ると、エマがそのパンを持ちあげて強く握っている。濃い黄色のクリームが豚のパンのお尻から飛び出し、エマが金切り声で笑う。「豚さんがウンチした！」

ぞっとするべきか笑うべきか、ジュリアは迷う。ふたりを見たヴェラが、コンロの前で鍋の中のものをかき混ぜながらにんまり笑う。「うまくいったでしょ？　こう考えたのよ。その人の娘さんは何が好物かしらって。そこでこのパンをいくつか作った。どれにも塩漬け卵黄のカスタードが詰まってるわ。腕についたのを舐めて、エマ、カスタードを無駄にしちゃだめ。飢えてる子供たちもいるんだから——ええ、どこにでもいると思うわ。このサンフランシスコにもね」

エマがふっくらとした腕をあげ、手首についた黄金色のクリームを舐める。目を輝かせる。「舐めて、マミー」そう言ってべとべとの手を差し出す。

「だめよ、ハニー」ジュリアはとっさに言う。「そんなことしたらみっともないだろう。マーシャルの声が意識に切りこんでくる。上唇を不快そうにゆがめる夫がさっそく目に浮かぶ。そんなふるまいをなぜほっとくんだ。もっとちゃんとしつけないと。ジュリアは一瞬身をすくめ、自分の娘に何を言うべきかわからなくなる。マーシャルに何を言われてもうなずくのが癖になっているが、マーシャルはもういない。マーシャルは永久に現れない。この家にいる知らない人たちは自分を非難するだろうか。

ところが、ヴェラがタオルで手を拭きながらキッチンから出てくると、こう言う。「あなたのマミーはカスタードを舐めてみた？」エマが手をもっと上に伸ばしてわくわくと目を輝かせるので、ジュリアの心が割れて開く。ジュリアはカスタードを舐めてみたいと思う。機会があればいつだって、娘のべとついた手からよろこんで舐めとりたい。だからそうする。たしかに、すばらしくおいしい。エマを抱き締めてささやく。「ありがと、ベイビーガール」そしてほんのつかの間、蝶のはばたきほどのはかない一瞬だが、ジュリアは自分が世界一悪い母親じゃないような気がする。

13　オリヴァー

何年も経てついにここに来ているのがにわかには信じられない。ここはマーシャルとジュリアの家の中だ。ふたりが結婚したという苦い思いと、マーシャルへの募る憎しみに耐えられず、長いあいだ近づかずにいた。ジュリアのそばにいるのはひさしぶりなので、どういう態度が適切なのかよくわからない。十代のころはほとんどジュリアとばかり過ごしていた。彼女の部屋で音楽を聴き、酸っぱいグミワームを食べ、宿題をしたりしゃべったりいろいろなことをした。彼女の両親からおおいに信頼されていたので、遊びにいったときに部屋のドアを閉めておいてもよかった。

「何かする度胸もないやつだって知ってるからだろ」とマーシャルは言ったものだ。

そうかもしれない。オリヴァーだってあれもこれもやりたかったにはちがいないが、何ひとつ行動に移さず、踏みこんでみようとすることすらなく、それはなぜかというと……

なぜだろう？　何もしない理由が全然わからなかった。たぶんそれはジュリアをいつも崇拝し、はるか遠くにいる手が届かない存在として見ていたからだ。もちろんマーシャルはそんな気おくれとは無縁だった。ジュリアの存在に気づいてすらいなかったようだが、それも彼女がボビー・カレンのパーティーに襟ぐりの深い服を着て胸に目が釘付けになった夜までのことだった。オリヴァーはあの夜ずっといやな予感がしていたが、やはり何もしなかった。マーシャルが安酒のはいったいやらしい赤いカップを手に、女の子ならだれも抵抗できないあのにやけ顔でジュリアにこっそり近づいたときも傍観した。マーシャルがたくさん手を出している短い色恋のひとつだろうとオリヴァーは思っていた。けれども数週間が過ぎてもふたりは熱い仲のままだった。そして、ハイスクール卒業後も大学進学で離ればなれにはならなかった。それどころか、ジュリアはコロンビア大学への入学手続きを延期することにしたあげくに、マーシャルを追ってサンタクルーズへ行った。あのときオリヴァーは我慢の限界だった。きみはろくでなしの双子の弟のために将来を棒に振っているし、だいたいあいつは大学にはいった最初の週に浮気をするぞ、とジュリアに言い、ジュリアのほうも、あなたの嫉妬は見るに堪えないと言い返し、それで終わりだった。それから何年も話をしなかった。大学卒業と同時に市庁舎で結婚したと聞いて、オリヴァーはお祝いのカードを送ったが、返事はなかった。エマが生まれたとき、オリヴァーは花束と乳児用衣類セットを持って病院に立ち寄ったが、ジュリアは朦朧としているから面会は無理だとマーシャルに言われた。ひと目見ることができたエマはとてもちっちゃくて、ピンクの毛布にくるまっていた。そのうちオリヴァーは涙が止まらなくなり、完全に泣き崩れる前によろめきながら病院を出た。

それからの数年間、オリヴァーはたったひとりの姪のよき伯父になろうとして、誕生日とクリスマスのたびにプレゼントを贈ったが、ふたりからお礼の返事はまったくなかった。フェイスブックとインスタグラムで一家の画像を見るのが好きで、エマが小さな赤ん坊から丸ぽちゃの幼児に成長するのをながめては静かに微笑んでいた。ジュリアが投稿した写真には、こんなキャプションがついていた。〝最高のダディー！〟〝こんなにすばらしい夫がいてほんとにラッキー！〟だからオリヴァーは一家が幸せに暮らしていると思い、ジュリアとマーシャルの交際に関する自分の見立ては大まちがいで、離れているのが関係者全員にとって一番だと認めた。

それなのに、いまはこの家に来ている。家族の私生活にずかずか踏みこんで、どういうわけか幸せのシャボン玉を割ってしまったような気がする。弟の家にいて、弟の妻から二、三歩しか離れていない場所に立ち、彼女が姪の腕のカスタードを舐めるのをながめるなんて、自分にそんな権利はない。ジュリアをできるだけそっとしておきたくて顔をそむけると、またもや目が吸い寄せられるのは、妙にマーシャルのものばかりが詰まったゴミ袋の山だ。オリヴァーには理解できなかったし、納得のいく理由も思いつかなかった。夫の遺品を片付けるのがずいぶん早いような気がする。マーシャルが死んでまだ二日。それとも、夫が死ぬ前にゴミ袋に詰められたのだろうか。でもどうして。インスタグラムによれば、ふたりはお互い舞いあがるほど幸せだった。

そんなとき、エマがオリヴァーに気づき、笑っている途中で顔をこわばらせる。しまった、とオリヴァーは思う。にっこり微笑もうとするが、あやふやな笑みにしかならない。

「ダディー?」とエマ。うれしそうに言ったのではなく、おそるおそる訊いたのはまちがいない。この小さな子供を思いやってオリヴァーの胸が痛む。

エマがジュリアにいっそうしがみついて尻込みする姿を、オリヴァーはなすすべもなく見守る。こんな小さな女の子にマーシャルは何をしたんだ?

「ぼくはお父さんじゃないよ」ようやくオリヴァーはかすれ声で言う。「伯父さんだよ。オリー伯父さんだ。たしかにお父さんに似ているけど……うーん。ぼくたちは兄弟だった。双子のね」

「いっしょに読んだお話を覚えてるかしら、スウィーティー」ジュリアがエマに言う。「双子の女の子がいて、どっちがどっちか、まわりの人がいつもわからなくなったでしょ? でもふたりはほんとうは別々の人間だったわよね」

エマがためらいがちにうなずき、オリヴァーをいぶかしげに見つめる。少なくとも、その目から不安が少しだけなくなっている。「ダディーじゃない」と言う。

「そうだね」オリヴァーは力強く言う。

「さあ、お昼ごはんよ」ヴェラが呼ぶ。「早く早く、みんなすわってちょうだい」

その声とともにぎこちない時間が終わる。ダイニングルームへ向かいながらオリヴァーは深く息を吐き、ジュリアが彼の肩を軽く叩く。エマがオリヴァーの顔を見たときの反応のせいで、オリヴァーの手のひらはまだ汗をかいている。子供と接した経験はあまりないが、親と似た人間にあんな態度をぜったいに取るはずがない。マーシャルがエマにとってどれほどぐそったれな父親だったかわかったいま、腹の中で白熱した憎しみが燃えあがる。その感情をなるべく振り払ってこの場に集中する。

初訪問にもかかわらず、ヴェラがあまりにもやすやすと我が物顔にふるまうので、オリヴァーは心の隅で驚嘆する。ジュリアの目をとらえると、彼女はサファイアブルーの目を見開いてあきらめの笑みを向けるが、なぜかそのまなざしひとつで、ふたりは目配せひとつですべてを伝え合っていたハイスクール時代へとまたたく間にもどる。オリヴァーが笑みを返し、ふたりでダイニングテーブルに向かうと、そこにはいつの間にか感謝祭の祝宴並みのご馳走がヴェラの手で用意されているが、もちろん感謝祭はまだまだ先だ。オリヴァーが数えたところ、それぞれちがう料理が載った皿が一ダースはあり、どれも湯気を立てていて、まるで料理本からそのまま抜け出したみたいにおいしそうだ。

「すわって！」ヴェラが大声で言う。「ぼーっと突っ立ってないで。ぐずぐずしてると料理が冷める」そして、ジュリアの首にしがみついているエマへ目を向ける。「あなたはね」エマに命じる。「あたしの助手だから、あたしの隣にすわること」

「あら、この子は——」ジュリアは言いかけるが、エマがジュリアの首から手を離してうなずいたので、驚いて口をつぐむ。

「そこにすわる」エマがそう言って、ヴェラの隣にあるベビーチェアを指さす。

「いいわよ」ジュリアがためらうように言うが、長年経ったあとでもオリヴァーはその顔の表情を読み取ることができる。ジュリアはいやがっていないらしい。どちらかと言えばうれしい驚きを感じているようだ。背の高い椅子にエマをやさしくすわらせて所定の位置にバックルをはめると、その後ろで所在なげに立っている。

「すわって！」ヴェラはエマからふたつ離れた椅子を木のスプーンでさして催促する。ジュリアが言われたとおりおとなしくすわったので、こんどは鋭い視線をオリヴァーへ向ける。その視線を浴びながら、オリヴァーは毛穴が開いて汗が出てくるのを感じる。「あなたはそこにすわって」ジュリアとエマのあいだ。

「いや……あ、はい」オリヴァーは言われるままに姪っ子とその母親のあいだの席におさまるが、母親のほうに特別な感情はいだくまいと肝に銘じているところだ。

サナとリキはジュリアの隣にすわるように言われる。ヴェラはその配置に満足し、咳払いをする。「よろしい、食べましょう」そして取り分け用のスプーンを持って立つと、それぞれの皿に料理を分けはじめる。「これは牛肉の黒胡椒炒め。あなたはこれを多めに食べなさい、ジュリア。顔色がとても悪くてかなりの貧血みたいだから、もっと牛肉を食べなきゃだめ。それからリキ、あなたはひどい便秘みたいだから、これはあなたのために作ったのよ。鱈と木耳の蒸し物」

気の毒なリキが顔を赤くしてあわてふためく。「ぼくはそんな――便秘なんかじゃない」

ヴェラはそっけなく舌打ちをしながら、鱈と木耳の蒸し物をリキの皿に大盛りによそう。「見ただけでわかる。あなたはひどい便秘」そして、自分の席で見るからに縮こまっているサナへ目を向ける。「それから、あなたはひどい冷え性みたいね。〝陰〟が強すぎる。もっと熱がたまるものを食べないとね。そうすれば〝陽〟が増える。この豆腐のニンニク辛味炒めを食べれば体があたたまるわよ」サナがほっと息を吐いたのは、ヴェラが便通のことを言いそうにないので安心したからだろう。ヴェラに横目で見られ、オリヴァーのうなじがちくちくする。「あなたにはね、オリヴァー、紹興酒で煮込んだもち米入りチキンをこしらえたわ。とてもほっとするから。あなたに必要なのは何かほっとする食べ物よね」

それを聞いて愚かな喉がぐっと閉じたのは、そう、オリヴァーにはほっとする食べ物がほんとうに必要だから。そして、どうやら中華風チキンスープはたったいまほしくてたまらないもののようだ。オリヴァーがうなずくそばで、ヴェラがチキンの大きなぶつ切りをすくいあげる。やわらかい肉が骨からほろりとはずれ、滋養たっぷりのスープが碗に注がれる。すばらしいにおいだ。家に帰ったみたいだな、とオリヴァーは思いながら、豊かで複雑な香りを吸いこむ。

小さなエマのために、ヴェラはやわらかく煮込んだ牛肉入りの麵を碗によそい、それからポケットを探って子供用の箸を取り出す。上のほうがつながっている使いやすい箸だ。それをエマの手に握らせて言う。「さあ、大きな女の子のように食べるのよ。だってあたしの助手だもの。わかった?」エマはこくりとうなずき、箸を碗に突き立てると、太い麵をすくって口に入れる。

全員食べはじめ、しばらくのあいだは箸やスプーンが碗と皿に当たる音しか聞こえない。ヴェラはみんなの皿に料理をさらに取り分けるのにいそがしい。オリヴァーはスープのチキンをふた口食べたばかりなのに、皿にはもう豚バラ肉の煮込みが盛られ、チンゲン菜のニンニク炒めもたっぷり添えてある。こんなふうに集まっていっしょに食べたのは何年ぶりだろう。こんなにおいしくて、腹を満たすだけでなく心身ともに滋養になる料理を最後に食べたのがいつだったか思い出せない。ひと口食べるたびに、料理の段取りにかけた愛情と手間が感じられ、いまは胃袋も心も満たされている。

「これ、とってもおいしいわ、ヴェラ」サナが言う。「ああもう、信じられない。どこのレストランにも真似できない家庭料理の味よ。子供にもどった気がする」

「んん」鱈を口いっぱいに頰張ったリキがうなずく。ごくりとのみこんでから言う。「ほんとは木耳ってはじめて食べたんだけど、でもその意味わかるよ。どこかなつかしい味なんだ。癖になるっていうか」

「それってよくわかるわ」ジュリアが言う。「おばあちゃんが孫に作ってくれるみたいな味よね」

ヴェラはだまって余裕たっぷりの笑みを浮かべてから、エマのほうを向く。「副料理長の調子はどうかしら？　あらら、もうすぐ食べ終わっちゃうわね！」

エマがにっと笑って口を大きくあけ、口いっぱいの食べかけの麵を見せる。「おいしい麺食べる」

「お口を閉じなさ――」ジュリアが言いかけたところでヴェラは言う。「あらそう、それはよかった。おいしい麺を食べるのね」ジュリアが口をさっと閉じる。そしてヴェラをじっと見る。ヴェラが口をはさんだのでジュリアは気を悪くしたのだろうか、とオリヴァーは一瞬思うが、苛立っているようには見えない。むしろ興味があるようで、驚嘆としか言いようのない表情でヴェラを見ている。

ヴェラが立ち上がってエマに麺のおかわりをよそってあげると、ジュリアが小声で言う。「この子があんなによく食べるのをはじめて見た。いつもはわたしがスプーンで食べさせるんだけど、金切り声をあげて食べ物をそこいらじゅうに投げるのよ」

オリヴァーは両眉をあげてジュリアを見る。「二歳児でも、さすがにヴェラにはいやだと言えないんじゃないかな」息をひそめて言う。

ジュリアが笑う。なつかしい笑い声だ。いっときだが、昔親友だった十代の彼女そのものに見える。「ヴェラにいやだと言う人なんて想像できないわ」ささやくように言う

オリヴァーも何か言おうとしたとき、前腕に何か濡れたものが当たる。見ると、エマが麺を一本オリヴァーの腕に置いていた。

「食べて」二歳児だけにできる大真面目な顔でエマが言う。「体にいいよ」

「あらやだ、エマったら」ジュリアが口を拭きながら言う。「ほんとにごめんなさいね」

「いや、かまわないよ」ほんとうに全然かまわない。姪っ子から贈り物をもらうのはこれがはじめてで、ことわるつもりはない。親指と人差し指で麵をつまんで言う。「やあ、ありがと、エマ」そして大げさに音を立ててすする。「うーん、ほんとだ、すごくいいね」

エマが神妙な顔でうなずくので、ジュリアによく似たこの幼い子にオリヴァーは狂おしいほど愛情が高まるのを感じる。この子の成長のさまざまな場面をすでに見逃していると思うと、心が張り裂けそうだ。すると、エマが麵をもう一本手でつかみ、オリヴァーの手のひらに置く。「もっと食べて。体にいいよ」

最初の麵をすすりあげるのは、よく考えるべきだったかもしれない。

これほど満腹になったのが何年ぶりか、オリヴァーは思い出せない。幸福についても同じだ。満腹で、満足して、あたたかい。エマは麵を三杯食べたあとで眠くなり、ジュリアが抱きあげて寝室で寝かせたので、いまはおとな四人とヴェラがコーヒーテーブルのまわりに集まっている。全員がややぼんやりした顔つきで、ご馳走のあとでは脳が半分しか働かない。

そんなときにヴェラが言う。「さあ、本題にはいるわよ。あなたたちのだれがマーシャルを殺したの？」

全員のおしゃべりが止まっただけでなく、呼吸までも止まったように見える。部屋の空気が凍りつき、物音ひとつしない。やがてだれかが咳こむ。リキだ。喉を詰まらせたような声で笑い、それから咳払いをする。

ヴェラは無表情に言う。「あたしがふざけてると思う？　なぜ？」

「ヴェラ、どうかしてるよ」

「そんな――」どうしようもないというふうに、リキが両手をあげる。「なぜって――わからないけど、そんなのばかげてる。それに、夫を亡くした妻の家まで行って人を殺人犯呼ばわりするなんて、なんだか失礼だ」

「失礼？」たったいま平手で叩かれたかのようにヴェラが目をぱちくりさせるので、オリヴァーはなるほどと思う。中国の文化では、敬意は年少者から年長者へと、川のように一方方向に流れるだけだ。古い世代の者が若い世代の者に敬意を払う義務はない。もし敬意を示したとしても、それはやさしさと寛大さによるもので、そうしなければいけないわけではない。だから、リキのような年少者がヴェラに一線を越えていると指摘するのはありえないことだ。オリヴァーは悩む。ヴェラがジュリアの家に来て、この中にマーシャル殺しの犯人がいるとあからさまに言う行動が、明らかに一線を越えているのはたしかに認める。けれども、とても昔気質の中国人の両親に育てられたもうひとりの自分が落ち着かずにそわそわする。

オリヴァーが何か言う前に、ヴェラはジュリアのほうを向いて彼女の手を取る。「ねえ」ヴェラが言う。「ごめんなさいね。あなたに失礼なことをするつもりじゃないのよ。ただ、ご主人を殺した犯人をつかまえたいだけ、わかる？」

「ええと……」ジュリアの口が開いてまた閉じ、ことばが出てこない。

「警察にまかせるべきじゃないかな」オリヴァーは提案する。

射すくめるような視線をヴェラから投げつけられ、オリヴァーは魂が縮みあがって引っこんでいくのがわかる。「オリヴァー、前にも言ったでしょう、警察は無能だって。だからね」ヴェラがそう言って、またジュリアのほうを向く。「あなたは心配しなくていいの、わかった？　すべてあたしにまかせて」ジュリアの手を強く握ってから離す。そして立ちあがり、顎をあげて胸を張る。ヴェラのオーラが部屋を満たす。「あなたたちのひとりが」おごそかに言い、全員をねめまわす。「マーシャルを殺した」

オリヴァーの全身をすさまじい不安が駆けめぐる。

「どうしてそんなことが言えるの？」サナが言う。関節が白くなるほどサナが両手をきつく握り締めているのをオリヴァーはいやでも気づく。

ヴェラがリビングルームの中を歩きはじめる。「あたしの推測によれば、殺人犯は何かを探すためにティーハウスへもどってくる」

オリヴァーはアリが背中を這っていくような感覚を覚える。「何を？」

「何かはどうでもいい」とヴェラ。「あなたたち四人はうちのティーハウスへ来たことは一度もなかったのに、マーシャルが死んだあとは全員が現れた。ひとりずつね」鋭い視線がひとりひとりを貫き、全員をたじろがせる。「さて、あたしたちはみんな、マーシャルが善人じゃなかったのを知っている。気を悪くしないでね、ジュリア」

口をぽかんとあけて目を見張っていたジュリアが、かろうじて小さく肩をすくめる。肩をすくめて何を伝えたいのか、オリヴァーにはよくわからない。

「つまり、あなたたち全員が彼を殺す動機を持っているかもしれない。そこで、いまからあなたたちに訊くけど、マーシャルが殺された夜はどこにいたの？」

いまや全員が口をあんぐりとあけてヴェラを見つめ、ショックと怒りのはざまで途方に暮れている。「何も言う必要はないよ」リキが言う。やけになったように全員を見る。

「言わなくていいさ」

サナがゆっくりとうなずく。オリヴァーは心臓に鼓動を速く打つのはやめろと命じる。脳にあそこへ行くなと命じる。マーシャルが死んだ夜へ。しかしもちろん、脳は光の速さでそこへ行く。そしてオリヴァーは自分がしたことを見る。手にしたドラッグ。カタカタ鳴る音。生まれてからずっと、マーシャルは何をしても許された。こんどこそ報いを受けさせようと思っただけだ。マーシャルがいやなことから蛇のようにすり抜けてきた、一生分の報いを。いまここで吐いてしまいそうだ。

「あれは変な日だった」だれかが言う。

オリヴァーははっとして顔をあげる。意識がそれに追いついてジュリアが話しているとわかるまでに、一瞬の間がある。全員が目を丸くしてジュリアを見ている。やさしくて勇ましいジュリア。昔から彼女は、あらゆる場所へ行って世界じゅうのことをできるだけたくさん吸収したいという野心でいっぱいだった。そしてオリヴァーは、話すのをやめて自分を守れと彼女に言いたいけれど、いつものようにだまっている。

「前の日にマーシャルとわたしは別れたんです」ジュリアが動揺した声でつづける。たまった涙で目が光っている。ようやく膝から目をあげたとき、ジュリアはすぐにオリヴァーと目を合わせる。ちょうど昔のようにオリヴァーだけに話しかけているみたいに。「だから彼のものを全部袋に詰めた。アパートメントを見つけてあると言われて、それは――それは、穏やかな別れ方でした」泣き出すまいとするように、激しくまばたきをする。

「ふうむ」ヴェラが顎をなでながら言う。「彼はあっさり出ていったの？」

ジュリアはうなずく。

たぶん全員が同じことを考えている。エマはどうなる？　妻と子供を置いてさっさと出ていける人間なんているか？

何かがこの構図から抜け落ちているはずだ。オリヴァーは何がなんでもジュリアを信じたい。だってジュリアだから、なんといっても最良の友であり、最大の傷心のもとだから。でも、彼女が最良の友だったから、一時期ふたりの心臓がひとつの鼓動を打って、考えることがまるで心と心がつながっているかのようになめらかに行き来していると思っていたから、だからこそオリヴァーにはわかる。夫——自分の双子の弟——が死んだ夜のことでジュリアは嘘をついている。彼女を見てはじめてこう思う。結局自分はジュリアのことをそれほど知らないのかもしれない、と。

14　ヴェラ

　こんなに楽しいのは何年ぶりだろう、とヴェラは思う。人生で一番幸せな日は婚礼の日だと人は言うが、はっきり言って、そんなものよりもっと頻繁に殺人事件の解決につとめるべきだ。まあたしかに、だれが犯人かはまだつかみきれていないから〝解決〟はちょっと言い過ぎだけど、でもあと一歩だ。そう感じる。中国の母親たちは何世代にもわたってやましさを嗅ぎつける技を磨いてきた。自分の前に集まった若者たちのやましい思いが逆巻く波となっているのが目に見えるようだ。この部屋のひとりひとりがそのにおいをぷんぷんさせているが、それはわからないでもない。若いころはヴェラもやましいと思うことを山ほどかかえていたものだ。ああ、でも、はっきり言ってこの中のだれがマーシャル殺しの犯人なの？　ヴェラはそんなことを考えながら、一方では、みんなが何に対してそんなに罪悪感をいだいているのか不思議に思う。全員が事件にかかわっている可能性はあるけれど、いまのところこの子たちを大好きなのは認めるしかない。一同を強引に引き合わせたのに、みんなとても気持ちのいい態度だった。まあ、だいたいは自分のすぐれた社交術のおかげだ。ヴェラに説得されたら人はなんでもする、とジンロンがよく言っていた。しかし、ヴェラにはこの若者たちがどこか鎧をまとっている気がしてならない。でもまあ、必要とあらばしかたがないだろう。なんといっても、ここにいるのは殺人事件を解決するためであって、友だちを作るためではない。

ヴェラは薄いノートを——学校の生徒が使う安手のものだが——さっと出し、それをコーヒーテーブルの上におもむろに広げる。「さてと、一番目、ジュリア——マーシャルと別れた」ひとりでうなずいて目をあげると、全員がじっと見つめている。

「いままでずっとそのノートを持ち歩いてたんですか？」オリヴァーが言う。声に少しだけ畏敬の念が混じっている。

「チッ」ヴェラは舌打ちをする。「ノートを取るのがとても大事だってことぐらい、探偵ならだれでも知ってるわよ。それで、あなたは？　マーシャルが殺された夜、どこにいたの？」

ヴェラの視線で火傷でもしたかのように、オリヴァーがすばやく目をそらす。「ええと、父のところです。いくつか届けるものがあって」

ヴェラの目が一瞬細くなる。ヴェラはいろいろなことを知っている。たとえば、嘘をついているとき、人は細かい事情をつけ加えがちだ。ヴェラに見つめられてオリヴァーが身もだえする。罠にかかった昆虫が針を刺されて苦しむ姿さながらだ。やがてヴェラは楽しむのはこれくらいにしようと思い、フンと鼻を鳴らしてその返事をノートに書きとめ、それからリキへ目を向ける。「あなたは？」

リキが首を横に振る。うわべだけ見れば冗談めかしたしぐさかもしれないが、ヴェラはいい加減な観察をする人間ではない。この首の振り方は以前何度も見たことがあり、どうしてまだガールフレンドがいないのかと訊いたときの、ティリーのいつもの反応だ。ヴェラの気をそらし、愚かで見当ちがいの質問だと思わせる身振りだ。正しい方向へ向かっているのがこれでわかる。そのままずっと見ていると、防御態勢がヴェラの揺るぎない視線に屈し、リキが口ごもりながら言う。「自分の部屋でのんびりしてた。コンピューターゲームをしながら」

「なんていうゲーム？」

それを訊かれると思っていなかったかのようにリキの口がぽかんと開くが、それはもちろんそう思っていなかったからだ。「ああっと、〈ウォーフロント・ヒーローズ〉かな」

ヴェラはそれを書きとめる。「それはオンラインゲームなの？〈クラッシュ・オブ・クラン〉みたいな」

「〈クラッシュ・オブ・クラン〉を知ってるんですか?」

「もちろん〈クラッシュ・オブ・クラン〉なら知ってる。それで、その〈ウォーフロント・ヒーローズ〉ってのはオンラインなの?」

リキがゆっくりとうなずく。「そう――だったかな?」

「そう、じゃあオンライン上の友達とプレーしたのね」ヴェラは猛烈な勢いで書いている。

「ということは、マーシャルが殺されたときのあなたの居場所をその人たちが保証してくれるのね」

「いやそれは――ギルドとかそういうのに加入したことがなくて。いつもひとりでプレーしてるから」

「ふうむ、そうなのね」ヴェラはうなずき、こんどはサナと向き合うが、そのサナが――へえ、なるほど――あからさまにヴェラをにらんでいる。「おや。準備はできてるってこと?」

顎をあげたサナは、もはやヴェラが知っている意気地なしの女の子ではない。「あなたはわたしの母親じゃないんですからね、ヴェラ。みんなのことを詮索するのはだめよ。わたしは何も言いません。言う必要がないもの」

ヴェラはそれをせっせとノートに書きつける。

を書いてるの？」サナがしどろもどろになる。「こんなの書かないでよ。いちいち何
「あのね、情報の提供を拒むこと自体が情報なのよ」ヴェラは淡々と言う。

「そんな！　だからといってわたしが犯人ってことにはならないでしょ！」

「あなたが犯人だなんてひと言も言ってないわよ」ヴェラはノートを閉じ、一同に微笑みかける。皆がグッピーのように口をあけたまま見つめ返す。

「言うのを拒否してもよかったのかな」リキがジュリアにささやくが、ジュリアはなすべもなく肩をすくめる。

「してやられたな」オリヴァーがつぶやく。

「さてと、きょうはとても――」ヴェラが立ちあがってそろそろドラマチックな退場をしようというとき、玄関のベルが鳴る。全員が固まり、それからいっせいにジュリアを見るが、ジュリアは獲物を探す鷲の勝利の叫びを聞きつけたウサギのように、じっと静かにしている。

「だれか来ることになってるの？」オリヴァーが訊く。

ジュリアが首を横に振る。やがて気を取り直したらしく、ドアのほうへ歩いていく。はっとして息をのむ音が聞こえたので、ヴェラはひとりで笑みを浮かべる。だれが来たのか

予想はついている。おやおや、いよいよ面白くなってきたじゃないの。顔じゅうに笑みが広がる一方、ジュリアが言う。「ええと、こんにちは、巡査。どうしました?」ヴェラは両手をこすり合わせるのをはたとやめる。ここで捜査の手伝いをしていると知ったら、警察は感銘を受けるんじゃないかしら。

けれども、家に足を踏み入れて全員がリビングルームにいるのを見たグレイ巡査が、感銘を受けた顔をしているとはさすがのヴェラも認めづらい。それは〝うれしいよろこび〟に近いものですらない。万が一ヴェラが自分に正直になるなら、その顔は〝苛ついている〟とか〝むかついている〟といえるかもしれない。もしかして、ご馳走に呼ばれなかったのでグレイ巡査は気を悪くしてるのかしら。

「グレイ巡査」ヴェラは声をかける。「お会いできてうれしいわ」

「ヴェラ」グレイ巡査の両眉は〝ちょっとどうなってんの〟と言わんばかりにあがりっぱなしだ。「こちらへはどういったわけで?」ほかの全員を辛辣な目で見まわす。「こんなに大勢いらっしゃるとは思ってませんでした」

「そりゃあ、夫を亡くした奥様のためにお料理を作ってあげようと思って来たんですよ」ヴェラは言う。「さあこちらへ、まだたくさん残ってますからね。牛肉入りの麺は小さなエマが全部食べちゃいましたけど。育ち盛りですもの、悪く思わないでくださいよ」

「わたしは別に——」グレイ巡査がことばをのみこみ、深く息をついてから言う。「ミセス・チェン、ここに来たのは、じつはあなたに会うためなんです。ふたりきりで話せますか？」

いやはや、それは困った、とヴェラは思うが、ジュリアがうなずいて、急いでグレイ巡査を隣の部屋へ案内する。ドアがカチリと閉まる。ふたりが去ったあとの静けさは重くどんよりしている。ヴェラはオリヴァーとリキとサナをちらりと見てから、閉まっているドアまで小走りで行く。

「何してるんです」オリヴァーが声をひそめて言う。「そんなのだめですって」

ヴェラは彼を無視する。人を無視するすべにかけては、歳を重ねるにつれ熟練の域に達している。〝そんなのだめですって〟とか〝そんなことするもんじゃないですよ〟と言われるときが腕の見せどころだ。この歳まで生きたらなんでも気のすむようにしてかまわない、とヴェラは思っている。ドアへ身を寄せてから耳をそっと押しつける。くぐもった声が聞こえるが、ことばは聞き取れない。ほかの三人に向かって指を鳴らす。

「コップを持ってきて」ヴェラは小声で言う。三人は相変わらず口をあんぐりあけてヴェラを見ている。チッ、最近の若い者ときたら。どうしようもないわね。いっそうドアに耳を押しつけたそのとき、ドアが大きく開いたのでヴェラはよろめいてころびそうになる。

運のいいことに、日課のきびきびしたウォーキングのおかげでヴェラは歳のわりに壮健で反射神経もよく、どうにか持ちこたえる。運の悪いことに、ヴェラは悪事に手を染めている現場を押さえられてしまった。この場合〝耳を染めている〟とも言えるけれど。それでもすばやく体勢を立て直し、ジュリアとグレイ巡査に無邪気な笑みを向ける。ジュリアはまったく心ここにあらずの様子で、ジュリアはこんな感じだとヴェラはすばやく胸に刻み、そしてグレイ巡査は面白がると同時に腹も立てているらしく、グレイ巡査はこんな感じだとヴェラはこれまたすばやく胸に刻む。

「内密の話を聞こうとしてたんですか？　ヴェラ」グレイ巡査が言う。

「そうよ」

グレイ巡査があいた口で何か言おうとするが、そこでためらう。へええ、とヴェラは心の中でつぶやく。ヴェラが否定すると思っていたらしい。巡査が顔をしかめてため息をつく。「じゃあ、あなたにも話したほうがよさそうですね。どうせこれからあなたの店へ向かうところでしたから」

「え？　あらそう、やっぱりね。あなたがうちのお茶を飲みたくなるのを待ってたんですよ。とてもおいしいですからね。この人たちに訊いてごらんなさい」ヴェラは若者たちに向かって顎をしゃくる。

グレイ巡査がまたため息をつく。「ちがいますよ、ヴェラ。お茶を飲みにいくんじゃないんです。そうじゃなくて――」ことばを切り、部屋の一角でじっと見ているリキとサナに目をやる。「あなたがたのお名前をうかがいましたっけ？ これはいったい……なんの集いなんですか？」

「ああ、この人たちは――」

ヴェラが〝容疑者〟と言う前にリキが言う。「こんにちは！ ぼくはリキといって、レポーターをやってます。ここに来たのは――ええと、事件の関係者にインタビューするためですが、もうあなたの邪魔はしませんから」

「そう、わたしも同じです」サナが甲高い声で言う。そしてダイニングテーブルの椅子の背もたれからハンドバッグをつかみ取って足早に玄関ドアへ向かうと、そこではリキが早くもスニーカーを履いている。「さよなら！ 食事をありがとう」ふたりはためらわずにドアをあけ、急いで外へ出る。そしていなくなる。

ヴェラはふたりがあわてて出ていったことをノートに書き加えようと、頭の中にメモをする。〈わたしが殺人犯〉の欄に書きこもう。

「それでは……」グレイ巡査が小声で言う。オリヴァーをちらりと見る。「あなたも聞いたほうがいいでしょうね、ミスター・チェン。マーシャル・チェンの死因が特定できました」

小さなあえぎがヴェラの口から漏れ、ヴェラはあわてて口を閉じる。おっと、でもわくわくするじゃない？　こうしたことに慣れていたらよかったのに。ほんとうに。お茶の仕事では衝撃的なことなど起こらない。グレイ巡査がいっとき口を閉じる間に、あまたの死因がベラの脳裏をよぎる。

絞殺！

毒殺！　うわっ、どんな毒かしら。内臓をとかしてしまうやつかも。でもちがう、もしそうだったら、これ以上ないほど悲惨な光景になるはず。

放射線！　そうよ、放射性医薬品が飲み物に入れられた。待って、それならティーハウスが放射能まみれになっているかも。まあいいわ、そうじゃないことを祈りましょう。

鍼治療の悪用！　あのひどいハリウッド映画でジェット・リーがやったみたいな。鍼灸（しんきゅう）針を慎重に刺すと、血流が遮断されて体内で大量出血が起こる。そう、それよ。それに限る。ドラマチックだけどきれいな手口だから、放射能汚染のために店を閉めなくてすむ。

グレイ巡査がふたたび口を開くころには、ヴェラは手をこすり合わせんばかりに待っている。

「死因はアナフィラキシー・ショック、重度のアレルギー反応のことです」——

ヴェラの気持ちが萎える。アレルギー反応？　わくわくしない手口の中でも飛び抜けて最低だ。

――「鳥の上皮の」

ヴェラは頭をぴしゃりと叩かれたような気がする。鳥の上皮？　オリヴァーがグレイ巡査に、はい、子供のころマーシャルはガチョウの羽根布団に重いアレルギー反応を起こしたことがあります、と言っているのがぼんやりと耳に届く。そういえばオリヴァーからそんな話を聞いた。でも、だからって――

「じゃあ、これは殺人ではないの？」ヴェラは疑問を口に出す。いったいだれが鳥の上皮で人を殺せるっていうの？　よりによって鳥の上皮とは。ったくもう！　早くもヴェラは心のなかであのつまらないノートを引き裂いている。自分がしぼんでいくのがわかる。鳥の上皮。こともあろうにそう来るとは。

「まだ調査中ですが」グレイ巡査が言う。「とにかく犯罪ではないようです」

だったらあのＵＳＢメモリーはなんなの？　ヴェラは大声で言いたい。頬の引っかき傷は、それにあの目の痣はなんなの？　ほかの何かがヴェラの意識をつつく。「うちの店に来てこのことを伝えたいと言いましたよね。どうして？」

「それはまあ、あなたの店に鳥の上皮があるかどうか確認したほうが賢明だと思ったんですよ。ペットの鳥を飼ってますか、それとも――」

ヴェラは大きく咳払いをする。「もちろん飼ってませんよ。ばかなこと言わないで。うちはティーハウスですよ。バードショップじゃないんです」

「わかりました」グレイ巡査が言う。それからジュリアへ目を向ける。「お時間を割いてくださってありがとうございます。それから、心からお悔やみ申し上げます」

ヴェラの頭の中は心の叫びで煮えたぎっている。ちがう！ どこかまちがってるはずよ！ 遺体の放射線をちゃんと調べたの？

けれどもヴェラにできるのは、ジュリアが巡査をドアまで見送るのを横目にだまって立っていることだけだ。そしてグレイ巡査が去り、解決すべき殺人事件がなくなったいま、ヴェラは居すわる理由をほかに見つけられずに沈んだ気持ちで帰っていく。

ヴェラのノート

死因　鳥の上皮

容疑者

1　サンフランシスコ市　ハトをすべて野放しにしているから。

2　マーシャルがハトを蹴って、それで死んだのかも。

3　ビッグバード

4　オリヴァー　鳥アレルギーのことを知っている唯一の人間だから⁉

でも、なぜうちの店で死ぬの??

本人がアレルギー反応を起こしていると自覚してこう思ったのかもしれない。ああ、お茶は健康にいいから、お茶を飲めばよくなるかもしれないって。

かわいそうなマーシャル。なぜあたしを呼んでお茶を淹れてくれと言わなかったの?

ああ、そうね、喉が詰まって話せなかった。

ああ、くだらない事件!

15

リキ

こんなに体がこわばってありったけの本能が逃げろと叫ぶのは、リキにとっては記憶にないほどひさしぶりだ。いや、そうでもない。覚えてはいる。不幸にもそれはマーシャルが死んだ日でもあるので、細かい記憶は掘り起こさないのが一番かもしれない。

しばらくのあいだ、リキとサナはジュリアの家の通りを無言で歩く。サナは何か考えこんでいるようだ。考えこむときに下唇を噛む。そのしぐさがちょっとかわいい。

ちょっとかわいい？　脳みそのやつ、ふざけてんのか？　とにかく——ええい、とにかくしっかりしろよな。

「ウーバーを呼ぶ？」サナが言う。

「え？」そうか、行きはオリヴァーの車で来たんだ。リキはまわりを見て場所をたしかめる。このあたりはローレル・ハイツだ。ここから二十三番ストリートまでウーバーに乗ったら高くつく。「いや、バスで帰ろうかな。きみは？」

彼女がうなずく。「わたしも。あなたはどこまで行くの?」

リキが告げると、彼女の顔が輝く。「あら、わたしもそのあたりに住んでるの。じつを言うとカストロ地区にわりと近い場所よ」

「すごい、そこってぼくの部屋からほんの数ブロックだよ」リキがそのあたりにどうにか住めるのは、部屋がナイトクラブの真上にある古いワンルームだからだ。サナはどうやって家賃を払っているのだろう。あの一帯は高いので有名だ。

リキの頭の中を読んだかのようにサナが言う。「母が裕福なの。だから家賃を援助してもらってる。ルームメイトはいるけど」

「へえ、すごいね」リキは緊張するとうまく話せなくなることがあり、サナのそばにいるとますます緊張していくのが自分でもわかる。かわいい女の子とおしゃべりできないのを故郷の母親にからかわれたものだが、内気な性格はどうにか克服したと思っている。たぶん、この中のひとりがマーシャル殺しの犯人という問題に頭を悩ませているせいだろう。どう考えてもムードぶち壊しだ。歩きながら何か言うことを探す。「お母さんはIT関連の人?」

サナが鼻先で笑う。「はは! まあ実際にそれを聞いたら母は悪い気はしないでしょうね。でもちがう、母は作家よ。あなたも名前ぐらい知ってるんじゃないかしら。プリヤ・

M・シンよ」

「本はあまり読まないんだ」リキはわびるように言う。作家の娘にこんなことを言うのはまちがっている気がする。気まずさで胃が焼ける。

「あらそう。HBOの〈ザ・スパイス・レディーズ〉ってドラマは聞いたことある?」

「観てないけど、うん、聞いたことはある」

「母がそれを書いたの」

「ワオ」素直に感服する。そのドラマは〈ゲーム・オブ・スローンズ〉みたいな大ヒット作ではないけれど、新しいシーズンが出るたびにXで盛りあがるぐらい人気がある。「たいしたもんだなあ」

「そうよね」サナが肩をすくめ、顔にかかったひと筋の髪をふっと吹く。「でもほんとはそれほどじゃない。まあ、お金はいっぱいあるから、それはありがたいと思ってる。そこは誤解しないでね」急いで言う。「でも……母はあきれるほど仕事に打ちこむ人なの。一年でだいたい四作品を発表する超多作の作家で、いつもこう言ってる。〝物書きにスランプなんてものはない。すべて気のせい。作品を生み出したいのなら前進あるのみ〟」

リキはうなずき、彼女が言ったことにだまって考えをめぐらす。裕福な家庭で育った人間が直面する困難など考えたこともなかった。金があればどんな問題もすぐに解決すると思っていた。金で解決しなくても、途方もない特権を使えば、たっぷり時間をかけてその問題に取り組むことができる。

「成功した親に育てられるのがまさかそんなに大変だとは思わなかったよ」リキは正直に認める。「スティーヴン・キングの子供もそんなふうに感じるのかな」

サナが噴きだして笑い声をあげる。びっくりして愉快になったのは明らかだ。「どうかしらね。でも、じつはキングの息子も作家として成功してるのよ」チラッとリキを見上げる目がいままで見たこともないほど生き生きとしている。「それに、わたしが聞いた話では、スティーヴン・キングはかなり地に足のついた人のようね。わたしの母とは大ちがい。こんなこと聞いたら母はすごく気を悪くするわね。だってこんな調子だもの。〝サナ、気力さえあれば乗り越えられるのよ。アーティストとスランプの問題はぜったいにそういうものよ！　自分で思いこんでるだけ〟」

リキは首をかしげる。「ポッドキャストの記事を書いてると、よくスランプに陥るのかい？」

「それは」サナは少し面食らったようだ。「そうよ、そうみたい。そうね、たとえばことばがなかなか出てこないことがあるの」いっとき自分の手をながめる。「それが自分の中にあるのはわかるの。わたしは何かを創造したい――何かすばらしいものを。でも……」

深く吐息をつく。「壁がある。うまく言えないけど、でも母がまちがってるのはわかる。作家にもアーティストにもほかのすべてのクリエイターにも、たしかにスランプはある」

「そうか。つまり、お母さんが経験してないからといってそれが存在しないことにはならないよね。こうも言える。自分が片頭痛になったことがないからといって、ほかの人がならないわけじゃない」リキは言う。

「そうよ！」サナが叫ぶ。「そのとおりよ」

ふたりの目が合い、リキはまちがいなく心が通い合ったと思う。ぬくもりと——あえて言うなら——幸せにひたる。こんなふうに感じたのはひさしぶりだ。あれから数カ月——そう、事態がマーシャルとともに悪化してから数カ月が経つ。マーシャルのことを考えると心が腐り、肩に重荷がのしかかる。

リキの気持ちの変化を感じ取ったかのように、サナが言う。「ほら——あの警察官は何を発見したのかしらね。直接やってきたんだから、かなり重要なことだったんじゃない？」

リキは何を言うべきか迷う。事件とまったく無関係の本物のジャーナリストならなんと言うだろう。そういえば、実際サナがそれだ。サナはリキのことを疑ってはおらず——もちろんそうだ——ポッドキャストのために尋ねているだけだ。自分は彼女の同業者であってそれ以外の何者でもない、といまから思いこむしかない。よし、それならできる。

「たしかに、ぼくたちはもっとねばるべきだったな」自信に満ちた態度をよそおう。「質問するとか、何かできたよね」

「そうよね」サナが賛成する。「たぶん、わたしは失礼な真似をしたくなかったんだと思う。もし警察官の報告が公にしづらい内容で実際ジュリアが動揺した場合……彼女をそっとしておいたほうがいいのかなって」

リキは驚いて、サナへそれとなく目を走らせる。調査報道や犯罪ドキュメンタリーのポッドキャストのことはよく知らず、知っていることといえば、連中が微妙なところまでつきまわって臆面もなくプライバシーを無視するので、どちらかといえば評判が悪いことぐらいだ。情報をほしくてもジュリアのプライバシーを尊重するサナの態度に、リキは感銘を受ける。こういう仕事ぶりには万にひとつもお目にかかれない。

ただ……

頭の中で小さな声がささやく。ただ、サナも何かを隠しているのでなければね。おまえみたいに。

リキは噴きだしそうになる。ばかばかしい。愚かな頭が藁にもすがろうとして、なんであれ、だれであれ、わが身からスポットライトをそらしてくれそうなものをつかまえようとしている。それなのに。

それなのに、時間をぐんぐん巻きもどしてサナが言ったことをすべて検討せずにはいられない。ヴェラのティーハウスを訪ねた最初の朝、マーシャルの死からまもない日のことを思い返す。店から出たときに女の子とぶつかったことを、いまになってはっと思い出す。あのときはヴェラにすっかり度肝を抜かれたので、その女の子のことは思い返しもしなかった。でも、こうしていっしょに通りを歩きながらサナをながめると、日の光がちょうどいい角度——勾配のきついサンフランシスコの坂とちがってゆるやかな角度——に当たり、つややかな肌と髪を黄金色に、深い茶色の目を蜂蜜色に変えている。彼女はとても美しい。と同時に、あの日の朝ヴェラのティーハウスの前でぶつかった女の子に明らかに似ている。

リキの胸の内で何かが、鋭くて醜くて不安に満ちた何かがもどってくる。サナは何者だ。何を知っている。この中のひとりがマーシャル殺しの犯人だとヴェラが言い立てたのを思い起こす。ヴェラのばかげた主張を否定したのは、相手がヴェラならそうするのが分別ある態度に思えたからだが、いまはどう考えればいいのかわからない。サナに何を言おうか考えるが、いま緊張しているのは彼女が魅力的だからではなく、彼女とマーシャルの関係がわからないからだ。とにかく関係はあるはずで、マーシャルがかかわっているなら、おそらくろくなことにならないだろう。気をつけろ、リキ。

「それはそうと」さりげない声を保つように細心の注意を払って言う。「きみのポッドキャストの名前はなんだっけ？」

サナに上目遣いでちらりと見られ、リキはリラックスした声色を出すのに完全に失敗したと悟る。これでは無邪気で何気ない問いかけではなく、明らかに含みのある質問だ。しまった、何をやってるんだ。急いで何か考えないと。

ところが、リキが無言であせっているとき、メッセージの着信で携帯電話が振動する。電話をつかんだリキは、ほっとして思わず高い声をあげる。「ヴェラだ！」

サナが両眉をあげるが、用心深い目つきはそのままだ。「なんて言ってきたの？」

リキはぐっと唾をのみこんでから、メッセージを声に出して読む。「こう言ってる。〝くだらない事件は終わったわ。マーシャルはアヒルのアレルギーのせいで死んだのよ。あなたたちはもう容疑者ではないけれど、それでもお茶は飲みにきなさいね〟」

サナの携帯電話も鳴ったので、サナはバッグから取り出す。メッセージを読んで笑いだす。「ヴェラからまったく同じメッセージよ。コピペしたのね」

安堵と当惑がリキの全身に広がっていく。待てよ、どういうことだ？　マーシャルが死んだのはアレルギーのせい？　アヒルの？　なんだって？

「これってすごく変じゃない？」サナの声が少し震えている。「アヒル。でしょ」

リキは混乱した頭でゆっくりうなずく。じゃあ、サナのことで無駄に気に病んだってことか？　しかし、彼女を見てふたたび視線が合ったとき、相手の目の奥で防壁がぴしゃりと閉まるのがわかる。顎をあげて口もとを引き締めたサナが言う。「そうそう、わたしのポッドキャストね。あなたのオフィスがどこか教えてくれたら教えるわ。〈バズフィード〉で働いてるんですって？」

リキの背筋に冷たいものが走る。だめだ、マーシャルは奇妙な死に方をしても他殺ではないらしいのに、それでもサナは明らかに何かを隠している。そしてもっとまずいことに、リキとマーシャルの関係を知っているのかもしれない。口の奥が渇ききっているので、リキは小さく咳払いをしてから話す。「別にいいんだ」撤退するから心配するなという意味を、一語一語の中でなるべく際立たせようとする。「そういえば、友達から別のポッドキャストを勧められてさ。だからきみのはしばらく聞く機会がないな」

サナが胸をふくらませて深く息を吸い、目が穏やかになる。メッセージは伝わった。リキが余計なことを訊かないかぎり、サナも訊かない。これならなんとかやっていける。

16　サナ

期待に応えられないことの苦味をサナは身にしみて知っている。結局言ってしまえば、それが自分という人間よね。毎朝鏡の中にそれを見て、生まれつき麝香(じゃこう)の香りがする髪の中にそれを嗅ぎ取り、こすっても落ちないしみのようにそれが肌に貼りついているのに気づく。全身にそれをまとっている。それが自分自身の大半を占めるようになったので、それなしでは自分がだれなのかよくわからない。

いま、圧倒されるほど大きな白いキャンバスを正面から見つめると、あれもこれも期待に応えられなかった重苦しさがのしかかってくる。それはサナを押しつぶして喉や鼻孔に詰まり、全身を締めつける。視線を落とすと片手にパレット、もう一方の手に絵筆があるが、どちらの手も凍りつき、絵筆が手つかずのキャンバスから少し離れて浮いている。

「いいから描きなさいって、ばかね」サナは手に向かって食いしばるような声を出すが、それでも手は動かない。歯ぎしりをする。ひと筋の汗がこめかみから頬骨を伝ってアリのようにくすぐるので、身震いをして腕でぬぐう。ひと筆描くだけでいいから、と自分に言い聞かせる。一度描きだせばあとは楽になるから。

記憶にあるかぎり、昔からずっとそうだった。両親は耳を貸す相手ならだれにでも、娘は歩くよりも前に、いや、立つよりも前に描くことを覚えたと言ったものだ。手と膝をついた丸ぽちゃの赤ん坊のサナが、両手を絵の具に浸し、ひたすら集中した顔つきで画用紙を塗りたくっている写真と動画が数えきれないほどある。一族の集まりがあるたびに、母は携帯電話に収めたそうした写真を親戚一同に見せびらかし、こんなふうに喉の奥から出るような声で笑う。オーッ、ホッ、ホッ。でもそれはサンタクロースの声というより、日本のアニメに出てくるおばさんの声にそっくりだ。

「オーッ、ホッ、ホッ！」そして母は言う。「サナはわたしに似たのね。とってもクリエイティブでしょ？　娘は芸術家になる。いまにわかるわ。いいえ、作家はだめ。出版の世界は浮き沈みが激しいもの。ええ、あの子には作家になってほしくないの。もちろん自分の好きな道を進めばいいけれど、でもごらんなさい。娘はいわく言いがたいもの（ジュ・ヌ・セ・クワ）を持ってるでしょ？　生まれながらの芸術家なのよ」あえてひと呼吸おいてから言う。「そりゃあまあ、あの子が医者や弁護士になりたいのなら止めないけれど、現実を見ましょうよ。うちの一族には芸術家の血が流れてるのよ」この後半部分をとても意味ありげに、長いまつ毛の目を少ししばたたかせながら言うのだが、それは、子供に医学や法律やビジネスの勉強を強く勧めるのが一般的なアジア人社会において、自分が類を見ないほど心の広い母親だと強調するためだ。子供に芸術を追求してもらいたがる親なんてほかに聞いたことある？　そういうことを、母はことあるごとにサナにほのめかす。

「あなたはとても幸運なのよ。したいことをなんでもできる。ほんとうになんでも！　わたしは古い考え方にとらわれない。もしあなたが科学をきらいなら？　だれが気にするものですか。数学が苦手？　ああら、わたしなんか小学校の算数で落第点を取ったわよ。でもいまのわたしを見てごらんなさい」つまり数々の本で有名な億万長者だ。母はサナのことでアジア人特有の型にはまった期待をしないことに誇りを持ち、サナが天性の芸術家で、自分は芸術家の娘を自慢に思っているとみんなに言いふらして鼻を高くする。サナがカリフォルニア芸術大学（カルアーツ）に入学したとき、母はフェアモントで親戚や友人たち合わせて三百人ははいれる会場を押さえ、娘のために盛大なパーティーを開いた。

「一族における次世代のクリエイティブな力を祝して」母はそう言ってシャンパン・グラスを掲げたが、サナは従兄弟姉妹（いとこ）たちの羨望の眼差しをひしひしと感じた。従兄弟姉妹のほとんどが医学部進学課程か法学部入学の準備課程かなんらかの工学プログラム課程に登録していた。きみは幸運だと彼らは口をそろえて言った。母親がこんなに理解があって協力的なのは運がいい。母親が世界的に有名な作家プリヤ・M・シンで、創造芸術に理解と敬意があるのだから。自分の夢を追えるなんて運がいい。母親にカルアーツの学費を払ってもらえるなんて運がいい。

ただし、いまはもうカルアーツに行ってないけれど。パサデナではなくサンフランシスコに住み、スケッチも彩色もせず、何ひとつ創作していない。猛々しい叫びとともに、サナは絵筆を床に投げつける。幸運なサナ。めぐまれたサナ。インチキなサナ。

そのとき電話が鳴ったので、サナはスクリーンをちらりと見る。〝ママ〟の文字が光っている。ため息をつき、絵の具で汚れた手をエプロンで拭いて電話に出る。

「わたしのかわいい天才画家の調子はどう？」

サナは目を閉じて三つ数えてから返事をする。母は娘を誇りに思っているだけだ。それはわかっている。けれども〝わたしのかわいい天才画家〟という言い草にはどこか人をむかつかせるものがある。うまく説明できないが、それとなく見くだしながらもずっしりと重い期待を負わせるというわざを感じる。「まあまあよ」なんとかことばを発する。

「創作でいそがしいの？」

「別に、いつもと同じ。知ってるでしょ」サナはぼそぼそと言う。

「もうスウィーティーったら。まだスランプ中だなんて言わないでよ。忘れないで。創作にスランプなんてものはない。まったく、わたしが出会った作家でスランプだと言い張る連中の数ときたら……」母がため息をついたので、目をぐるりとまわす音が電話越しに聞こえる気がする。「だからいつも言ってるでしょう。気力さえあれば乗り越えられるって。わたしは自分にこう言い聞かせてる。だめだめ、作家のスランプなんて存在しない。スランプに陥ってる暇なんてないって。ね、すごく簡単！ 自分でこれを言うだけ」

サナは目をぎゅっと閉じる。だまって、ママ。大声で言いたい。わたしがどんなことになってるかママはわかってない。スランプなんだってば。

そして、何もかもマーシャルのせい。

「ありがとう、ママ。そのとおりだね」だってこれ以外のことを言って何になるの？

「ごめん、もう切らなきゃ。描いてる途中だったし……」

「ああ、そりゃあそうよね。創作中は電話をサイレントモードにしたほうがいいわよ。がんばってね、サナ」

電話を壁に投げつけたくなるのを必死でこらえる。「うん、ありがとう、ママ。がんばる。まかせて。また電話するから」疲れ果て、吐息をとともに電話を切ってから、重い足取りで狭い簡易キッチンへ行き、パレットをきれいにする。きょうも全然描けないのはわかりきっている。絵の具の塊をぬぐい取るとき、記憶の鋭い断片が脳裏をよぎる。マーシャル、いつもマーシャルだ。あの男にはいままでずっと悩まされてきた。死んだと聞いて、これで自由になれる、ろくでなしは当然の報いを受けたのだと浅はかにも思った。それなのにどうしてスランプから抜け出せないんだろう。絵筆でキャンバスに何か描こうとすると手が動かなくなるのはどうして？　どうして、どうして、どうして？

音が鳴るほどひどい歯ぎしりをする。いったいなんて死に方なの？　アレルギー反応。拍子抜けそのもの。母の本では、悪いやつはナイフで刺され、薬物を飲まされ、絞め殺される。悪意をもって周到に準備された、劇的な死。アレルギーによる事故死とは似ても似つかない。どこかまちがっている気がする。マーシャルは死んだのに、どこかへ逃亡したような気もする。これはとんでもなくばかげた考えだ、とサナは胸の内でつぶやく。あいつは死んだんだってば。これ以上何を望むっていうの？

それは描くことへの愛を取りもどすことよ。全身が叫ぶ。あいつが死んで自由になったはずなのに、どうしてまだ行き詰まってるの？

気力さえあれば乗り越えられるのよ。母がささやく。自分で思いこんでるだけ。

自分で思いこんでいるだけなのはわかっているし、何もかも気のせいにきまってるけれど、だからといってそこから抜け出す方法がわかるわけではない。

そうよね。サナは深々と息をつく。結局自分に必要だったのは復讐ではない。何か別のこと。決まりをつけること。そう、それ。いま必要なのは……なんだろう。マーシャルから盗まれたものの所有権を取りもどすこと。そう、それなのよ!

ひとりでそれを考えついたことで、サナは気力を取りもどす。いまだに描けない事態にいまなら納得がいく。マーシャルが死んだからって、それがどうしたの? あの男がしたこと、信頼していた自分の手からむしり取られたものは消えない。無邪気（ナイヴテ）さ、人はおおむね善人だという考え、そういうものをあの男は破壊した。サナに必要なのは、正当に自分が持っていたものを取り返すことだ。

そのためには、マーシャルの家へもう一度行くしかないだろう。数日前ならそう考えただけで身がすくんだと思うけど、きょうの午前中、あそこへ連れていかれたあげくにすっかりごちそうになった。あの男の妻に会って、その娘と遊んだりもした。ほんとうにそんなことできる? 嘘を言ってあの家にはいりこめる?

そしてリキを思い浮かべる。〈バズフィード〉のレポーターだなんて嘘ばっかり。何か隠してるにきまってる。いままでなぜ気づかなかったのかわからない。自分のやましさのせいで気が散っていたのだろう。でも、何かを隠しているのが自分だけじゃないのはたしかだ。それに、みんなそれぞれ秘密の動機があってうろついているのなら、わたしだってそうしてかまわないでしょ? 表向きには今回のことをポッドキャストで取りあげることになってるから、その作り話を利用すればいいんじゃない？

チャンスが差し出されている。それを受け取らない手はない。きれいになったパレットを置き、心を決める。リビングルームへもどって携帯電話を見つける。ヴェラにメッセージでジュリアの電話番号を尋ねると、すぐに返信があり、電話番号のほかにつぎのことばが添えられている。


どういう理由か教えてほしいわね！


サナはぐっと唾をのみこむと、ジュリアの番号にかける。

「ジュリア？　サナよ、きょうヴェラ・ワンといっしょにお邪魔してたでしょ。いそがしいところ申しわけないけど、マーシャルのことで少し訊きたいことがあって。そのうちそちらへ立ち寄ってもかまわないかしら。ポッドキャストで取りあげたいの」

これ以上身を落としようがない。マーシャルに飛びかかったときが人生のどん底だと思っていたけれど、どうやらそれをはるかに超えるレベルがあるらしい。たとえば、夫を亡くして悲嘆に暮れる人をだまして家に入れてもらい、死んだ夫の持ち物を盗み出すこととか。

17 ヴェラ

ヴェラはたった一度の挫折であきらめたためしがない。そんなわけがない。マーシャルが軽率にもアレルギー反応によって死に、もっとわくわくする暴力的な方法でいさぎよく死ななかったとしても、それがどうした。気力さえあればなんでも乗り越えられる。マーシャルの死は殺人だと最初から確信しているから、他人が何を信じようが、それを意志の力で現実に変えるつもりだ。なんといってもUSBメモリーのことを考えるべきだし、頬の引っかき傷や痣のこと、それに本人は生前あまりいい人間ではなかったという事実もある。

そこで、一日は静かに業を煮やし、困難なときもあきらめるなと自分を何度も叱咤激励して過ごす。これについてはいい点がひとつだけあり、それはその男の死因がアレルギー反応だったとティリーに伝えたところ、ティリーがおおいにほっとした様子だったことだ。二日目、もうじゅうぶん落ちこんだから、マーシャル殺人事件を解決するために腰をあげて自分の運を追いかけるときだと判断する。運とは、追い詰めてつかまえ、両手でしっかりつかみ、ほしいものをちゃんと得るまで揺さぶるものだ、とヴェラは思っている。

日課のウォーキングをして、いつものように〈カフェ〉を軽蔑の目でにらんでから、ヴェラは袖をまくりあげて仕事にとりかかり、切ったり蒸したり揚げたりゆでたりする。たくさんの食材が千切りにされたり裏ごしされたりして、カリカリのものや汁気たっぷりのものになり、大変な作業をすべて終えると、ヴェラは母親が生まれたての赤ん坊にいだくような誇りと愛情をもってそれをながめる。ヴェラの前にあるのは四段重ねの金属製の弁当箱だ。高さが六十センチほどあり、かなり壮観なながめだ。ヴェラは満足げに咳払いをしてエプロンをはずすと、念入りに化粧をする。それからサンバイザーをかぶって重い弁当箱のタワーを持ちあげると、さっそうと階段をおりてティーハウスを出る。

サンフランシスコ市警察の本部はヴァレーホ・ストリートにあり、ヴェラの店から数ブロック、ストックトン・ストリートを真っ直ぐ行けばいい。ふだんのヴェラなら歩くのはなんでもないが、弁当箱タワーのせいでいささかむずかしく、恐ろしいことに、着くころには息が切れている。数分間休んで体力を取りもどし、額の汗をぬぐうと、ふたたび顎をあげて立ちあがる。

真っ当な市民であり、地域社会の中心的存在でもあるヴェラは、いままで一度も警察署を訪れる理由がなかった。けれども、何が起こるかは〈CSI：科学捜査班〉や〈ロー＆オーダー〉でみずから学んでいるので、とてもよく理解している。悪党どもがいて、連中はあえて目を合わせてくる者に対して脅し文句を叫んですごむ。悪徳警官もいて、後ろ暗いことをしているのでときどきこっそりあたりを見まわす。これはかなりすごい冒険だ。なぜいままで気晴らしに警察署へ潜入することを思いつかなかったのかとヴェラは思う。そして灰色の建物の中へずんずん歩いていき、期待で大きく目を見開いて、そして……

　生きていればよくあることだが、サンフランシスコ市警察（SFPD）の本部は期待外れだ。命をおびやかす者はだれもいない。叫んでいる者もひとりもいない。こちらを見る者さえいない。周囲の人々はここが警察署ではなくふつうのオフィスであるかのように、パソコンにひたすら文字を入力している。ヴェラはふんと鼻を鳴らす。まったく、警察署に〝ドラマ〟のひとつやふたつがなくてどうするの？　総合受付カウンターへ行くと、ハイスクールを出たばかりに見える若い巡査がいるのでこう言う。「グレイ巡査に会いたいんですけど」

「どちらの課ですか？」若い巡査が言う。

　ヴェラは思案し、それから堂々と言う。「殺人課よ」殺人課がすべての課の中で一目置かれているのは知っている。

　巡査の目が細くなる。黒板の字が見えなくて苦労している生徒みたいだ。「面会の予約をいただいてますか？」

厳密に言えばノーだが、おいしいごちそうを武器にここまで来たのだから、予約をしたも同然だろう。「ええ」

「お名前は？」

「ヴェラ・ワンよ」

巡査はパソコンの画面を見て、それから申しわけなさそうな顔を作って言う。「うーん、残念ですが、ここにはその名前はありませんね」

「チッ、ここは警察署なの、それとも――」若い巡査に幸運が味方し、ヴェラの長広舌は、グレイ巡査の登場で中断されるが、歩いてくる彼女の手にある持ち帰り用のラテは、不運にも〈カフェ〉のものだ。ヴェラは最上階まで届くような大声でうれしそうに叫ぶ。「グレイ巡査！　グレイ巡査じゃないの！」

グレイ巡査が携帯電話からちらりと目をあげてヴェラに気づくと、その顔が明らかに曇る。ヴェラはそれに気づかないか、まあともかく気づかないことにする。いずれにしても弁当箱タワーを受付カウンターから持ちあげると、グレイ巡査のほうへ満面の笑みで向かう。「いい朝ですね、巡査」

「でしたね」グレイ巡査が意味ありげに言う。ラテと携帯電話で両手がふさがっていなければ、げんなりと鼻梁をつまんでいるだろう。「どういったご用件でいらっしゃったんですか？　ヴェラ」

「あのね、お料理を作りすぎたんですよ。そこで、おいしい食べ物を活用できるのはだれかしらって考えたの。そして思いついた。そうそう、もちろんグレイ巡査よ！」ヴェラの笑みが大きくなる。そのとき、憎らしいロゴと憎らしい文字〝カフェ〟がはいった紙コップが目にはいり、笑みがしぼむ。「こんなひどいものを飲んではだめ」グレイ巡査を叱りつけ、手から紙コップをひったくる。「肝臓癌になりますよ。だれでも知ってることなんだけど。来て、お料理を出すから」ヴェラは廊下をずんずん歩き、コーヒーがたっぷりはいった紙コップを通りすがりのゴミ箱に捨てる。

「ちょっと、それはわたしの――」グレイ巡査は紙コップを拾うべきかどうか考えているらしく、未練がましくゴミ箱を見つめる。やがてため息をつき、ヴェラの後ろをとぼとぼと歩いていく。「あのラテは七ドルもして、まだひと口しか飲んでなかったのに」くやしそうな声でヴェラに言う。

「七ドル？　あした無料のお茶を持ってくるわね」

「いえ、けっこうです」グレイ巡査がすかさずことわる。そして、角を曲がってなおも歩きつづけるヴェラを追いかける。これが数分間つづいたあと、グレイ巡査は咳払いをする。

「あのう、ちょっと気になったんですが、どこへ行こうとしてるんですか？　ヴェラ」

ヴェラは足を止め、眉をひそめながら振り返る。「あなたのオフィスにきまってるでしょ」

「なるほど。これはうかつでした。でも、あなたが案内してるように見えるんですけどね」

ヴェラは鼻で笑う。「あたしはあなたが追いついて案内してくれるのを待ってるんだけど、最近の若い人って歩くのがすごく遅いのね。毎日毎日携帯電話ばかり見てるからよ。携帯電話にかじりついてたら、そのうち脊椎後弯症になるわよ」

「そうですね……」グレイ巡査がうなずく。「ではわたしのオフィスまで案内しましょうか？」

「そうね、それからこれを持ってちょうだい。すごく重いのよ。お持ちしましょうと言われるのを待ってるんだけど、若い人たちはあまり礼儀作法を知らないから」

降参のため息とともにグレイ巡査が弁当箱タワーを受け取ると、実際驚くほど重い。そしてグレイ巡査はヴェラについてくるように手招きをする。ふたりが階段をあがって三階まで行くと、ヴェラが言う。「へええ、わくわくすることが起こるのはここね」けれども、凶悪犯などどこにもいない別のオフィスがあるだけだ。

そこには間仕切りがなく、グレイ巡査は窓際の自分の席へヴェラを案内する。ふたりに注目する者はひとりもいないが、グレイ巡査の席まで来るなり、ヴェラが弁当箱タワーをばらして置いたので、ありとあらゆるすばらしい香りがただよう。ヴェラがグレイ巡査の机に容器をきちんと並べ終えないうちから、においに誘われたふたりの警察官が近寄ってくる。

「獅子頭の煮込み」そう言ってヴェラは、濃い肉汁に浸かったこぶし大の肉団子でいっぱいの容器を指さす。「ごま入り辛味まぜそば、胡椒風味の炙り鶏、ブロッコリーのニンニク炒め、トマト入りの炒り卵。さあ、食べてちょうだいね」そしてショルダーバッグをあけて使い捨ての深皿と箸をたくさん取り出す。

グレイ巡査は抗議しようと思い、実際抗議するべきだが、でも、それは肉団子をひとつ食べたあとでもよさそうだ。すばらしくおいしそうなので、ヴェラから深皿を手渡されると、ただうなずいて肉団子を突き刺す。ほかの者たちは恥ずかしげもなく自分でごちそうを取り分けて、ヴェラの料理の腕を褒めちぎる。ヴェラは言うまでもなく満足気にうなずき、全員の深皿にさらに料理を盛りながら、もっと食べろと勧める。やがて弁当箱がからになると、ヴェラはほかの警察官たちに言う。「さあ、もう行ってちょうだい。あたしはグレイ巡査と話があるのよ」

そこにいる体格のいい巡査部長が大きな声で言う。「この獅子頭ってのをもっと作る気はありますかね」

「ええ、もちろんよ。でもいまは邪魔しないでね」

グレイ巡査はヴェラを見て首を横に振り、ヴェラが平然と視線を返す。「あの連中がこんなに素直にしたがうのを見たことがありませんよ。警部が命令したってこれほどじゃない」

ヴェラは肩をすくめる。「おいしいものを食べたければあたしの言うことを聞くしかないものね」

「たしかにそうですね。ところでヴェラ、どういう用件でしょう」

ヴェラが肩を怒らせたので、それを見て飛びかかってくると思ったのか、グレイ巡査が少しのけぞる。「あのね、マーシャル・チェン殺人事件の捜査で警察がほかに何をしているか知りたいのよ」

グレイ巡査が深々と息をつく。「ヴェラ――」

「だめ、殺人じゃないなんて言わないで。どう見たって殺人よ」

「そうなんですか？　なぜ？」

ヴェラは親指をあげる。「ひとつ、遺体の頬に引っ掻き傷があった」人差し指もあげる。

「ふたつ、もう片方の頰に殴られたような痣があった。そして三つ、サンフランシスコにアヒルはいない！」三つ目を威勢よく言い放つ。これが切り札だ。こぶしが腰にふれるかふれないかの体勢で言う。「どうよ！」それでもなんとか自分を抑える。ぎりぎりのところで。

しかしグレイ巡査の反応は鈍い。というより、ただただ当惑しているようだ。「すみませんが、もう一度言ってもらえますか？　いないって……アヒルが？　サンフランシスコに？」

「そうよ、アヒルのアレルギーで死んだって、あなた言ったじゃない」

「いーえ……」グレイ巡査がそのことばを引き伸ばすようにしてゆっくり言う。「鳥の上皮でアレルギー反応を起こしたと言ったんです。どんな鳥でも原因になりえます」

ヴェラは眉をひそめる。「どんな鳥でも？　でもたとえば、ハトのアレルギーならとっくに死んでるはずよ。だってこの街にはハトがはびこってるもの」

「そうとはかぎりません。鳥の上皮は本人の胃の中で発見されたので、ハトの羽根を食べなければ、それにほかの鳥――」

「胃？　じゃあ食べたってこと？」ヴェラの眉間の皺が深くなる。「それなら鶏にもアレルギーだったの？」

グレイ巡査が首を横に振る。「ミセス・チェンによれば、それはないとのことです」

さあ、いよいよ面白くなってきた。いや、このまま行き詰まるかもしれないのだが、軽率にもヴェラはその可能性を考えようとはしない。「わかった。それで、引っ掻き傷と痣についてはどうなの？」

「気分が悪くなったときにつまずいたせいかもしれませんね。そして壁に顔を強くぶつけたとか――第一あなたの店に侵入したじゃないですか。そのときの傷が指関節にありました。ほかにも傷があるのはおおいにありうることです」

ヴェラはいま耳にしていることがどうも信じられない。これだけ疑わしい点があるのに、あっさりしりぞけられている。全部無駄になっている。「DNA鑑定はしたの？」

「DNA鑑定？　なんのために？」

「それは――」ヴェラは曖昧な身振りを交えて言う。「なんというか、遺体に殺人犯のDNAが付着しているかどうか調べるためよ！〈CSI〉ではかならずそうしてる。あなたも〈CSI〉を観るべきよ。とてもためになるから」

グレイ巡査が目を閉じる。「まったく、ああいうくだらない（ブロディー）番組は大きらい」とつぶやく。

ヴェラはうなずく。「そうね、血まみれ（ブロディー）の場面もたまにある」

「ああ、そういう意味じゃなくて――いえ、気にしないでください。いいですか、われわれが〈CSI〉のことやほかのいろいろな番組のことを全部知っているのは請け合いますし、DNAサンプルのチェックもときどきしますよ。でも今回の件では、それは適切な手段ではないかと……」

マーシャルの死の真相を突き止めるために市の財源を少しも使うつもりがない理由をグレイ巡査が延々と説明する一方、ヴェラの血管では不満が煮えたぎる。じゃあ、USBメモリーはどうなのよ、とヴェラは叫びたい。とはいえ、公明正大に言えば、USBメモリーについてはおもに自分自身に腹を立てている。自分があれを取らなければ、警察はもっと真剣に捜査をしたはずだ。

やましさはヴェラにとってなじみのない感覚だ。それが首をもたげてくるなり、ヴェラはしっかりと押しつぶす。事件が最も有能な者の手に――それは言うまでもなく自分の手だ――確実にゆだねられるために、するべきことをしたまでだ。机の前にすわってパソコンに入力しているあの警察官たちを見るがいい。あまりにも現状に満足している。これでいい、ヴェラは正しいことをした。マーシャルの事件を引き受けることにしたのだから、あくまでもやり抜くのみだ。

18　オリヴァー

マーシャルの死を知らされてまだ一週間しか経っていないのに、オリヴァーは一生分の時間が過ぎたように感じる。その一方でたいして変わっていないような妙な感覚もあり、なんだか滑稽だ。でも考えてみれば、母親が死んで以来マーシャルと仲がよかったことはいっときもない。マーシャルと会うのは多くても一年に一、二回だった。最後に会ったのは、そう、あれはマーシャルが死ぬ前日で、あのときはさんざんだった。

ずっとぼくを妬んでたんだな。双子の模造品。みんなそう呼んでるぜ。

「ねえ、何してるの？　はしごの上でぼーっとしないで」ヴェラが呼びかける。

「ぼーっとなんかしてませんよ」明らかにぼーっとしていたにちがいない。オリヴァーは軽く咳払いをしてから新しい電球を照明器具へ取りつけ、それからはしごをおりる。「電球は交換したけど、ここの電気系統は配線を直したほうがいい。電力効率がふつうより悪いみたいだから」

「あら、電気系統を新しくする余裕なんてないわよ」ヴェラが言う。そしてカウンターから盆を持ちあげると、いっしょにテーブルにつくように身振りでオリヴァーをうながす。

「だいじょうぶ、どこかの週末でぼくがやりますよ」

うまく説明できないが、けさヴェラから電話があって、電球の交換を手伝ってほしいと頼まれたとき、オリヴァーはいやだとはまったく思わなかった。それどころか、またヴェラの小さな店へ行ってそこで過ごすと思うと、いつの間にか心がはずんでいた。マーシャルが死んだのは事故だったとわかったいまではなおさら気が軽い。

「湯円（タンユェン）をこしらえたのよ」ヴェラが勧める碗には五つの大きな白玉団子があり、それが少し甘味のあるスープに浮かんでいる。

「うわあ、これを食べるのってほんとひさしぶりだな」オリヴァーがスープを口に含むと、それは出来立て熱々で、ショウガがしっかり効いているので甘いのにぴりっとする。心休まる炎のように、喉から腹の中へぬくもりが真っ直ぐおりていく。白玉団子をひとつ噛むと、噛み応えがあるのにこれ以上ないほどやわらかく、中にはつぶつぶとした感触の黒ゴマ餡がはいっている。母親がよくタンユェンを作ってくれたものだが、思い出せば、あのときもこれと同じぐらいほっとする味だった。ヴェラといっしょにいたいと思うのはそれほど妙なことではないのかもしれない。この人にはどこか人をなごませるものがある。

いる。

「おいしい？」ヴェラがタカのように、ほとんどまばたきもせずにオリヴァーを観察して

「ええ」オリヴァーがもうひとつ白玉団子にかぶりつくと、こんどはピーナッツの餡だ。

「すごくおいしい。タンユェンは大好物なんです」

ヴェラが満足そうにうなずく。「じゃあ、近いうちにみんなが夕食を食べにきたときにでも――」

電話の着信音がヴェラのことばをさえぎり、オリヴァーはすばやくわびのことばを言って電話に出る。3Bの入居者からで、湯が出ないという。オリヴァーは調べると言って電話を切る。「長居はできないな。一応仕事中だから」

「仕事といえば」ヴェラが言う。「あなたの原稿を読みはじめたんだけど……」

「原稿？」車の中でヴェラが見つけたのを思い出すまでいっときかかる。オリヴァーはいぶかしげにヴェラを見る。「ヴェラ、あった場所にもどしておいてと言ったはずだけど」

ヴェラはまったく悪びれる様子がない。「どうして？　そうやってそれがあることをあと十年忘れるの？　だめよ。だからあたしが持ち帰って読んでるところ。そんなに悪くないわよ。言ってみれば、少しまどろっこしいんじゃないかしらね。読むとかならず寝落ちするもの」

「感謝感激ですよ、ヴェラ」ほんとうのところ、オリヴァーは原稿の内容をほとんど覚えていない。曖昧な記憶によれば、よくいる素人作家のように大筋は自分の身の上話がもとになっている。返してくれとほんとうはヴェラに言うべきだが、いまは時間がない。タンユェンを食べ終わると別れを告げ、車で自分の持ち場にもどる。

給湯設備の点検で地下へおりていくオリヴァーの足取りは鉛のように重い。かつてはビル管理人が申し分のない仕事だと思っていた。静かで、目立たず、執筆に充てられる空き時間が多い。オリヴァーはこうした時間すべてを書くことに費やし、ビルの中でさまざまな問題が起こって自分の出番が来るまで漫然と待っていたりはしなかった。ただ、これは一時的な仕事のつもりで、執筆活動が軌道に乗ったらやめるつもりだったのに、十年以上経ったいまでもオリヴァーは同じ場所にいる。文字どおり同じ椅子、同じ小さなアパートメント、何もかもが同じ。そして、自分が書いたものを拒絶されるだけ。

給湯設備に取りかかったとき、電話がまた鳴る。ため息をついて工具をポケットに入れ、電話を取る。３Bの住人はいつもせっかちだ。緑色のアイコンをタップし、給湯設備へ注意をもどす。

「いまやってますから」オリヴァーは挨拶代わりに言う。

「オリヴァー？」その声で動きが止まる。３Bの住人じゃない。ハイスクール時代からずっと夢に出てきた声だ。

「ジュリア？」まるで彼女に見られているかのように、オリヴァーは背筋をしゃんと伸ばして腕で汗をぬぐう。「やあ、どうしたの」

動揺しているようなため息。「いきなりごめんなさい、いまつごう悪い？」とても申しわけなさそうに訊かれてオリヴァーの胸が締めつけられる。

「いや」急いで言う。きみのためならつごうが悪いときなんてあるわけないさと言いたいところだが、かなり不適切なので〝いや〟だけにしておく。

「よかった。あの、すごく変に思われそうなんだけど……」ジュリアがまたため息をつき、こんどはその奥にやり場のない痛みをオリヴァーは感じ取る。「いまある人から電話があって、マーシャルがダウンタウンにアパートメントを借りていたって言うの。マーシャルは出ていく前にそう言ってたけど、わたし、彼が死んでからそのことを忘れてたみたい。部屋を借りたばかりだと思っていたけれど、そうじゃなかった。わたしにはとても――彼には秘密のアパートメントがあったのよ、オリー！」そして声が震え、泣き崩れる寸前だ。オリヴァーの頭の中は自分がよく知る感覚、マーシャルへの怒りでいっぱいになる。ああ、なぜマーシャルはここまでひどいやつになったんだ？　「彼がそこで長いあいだ何をしていたかは神のみぞ知るってこと。つまり……ああもう！」ジュリアが深々と息をつく。

「とにかく家主が言うには、あしたそのアパートメントを空っぽにするんだけど、マーシャルの私物を回収しにくる気はあるかって。エマがいるからわたしは行けない。あなたは行く時間あるかしら。ごめんなさい、こんなこと言えた義理じゃないのはわかってるけど、ほんとにもう――」

「ぼくが行くよ」オリヴァーはあっさり言う。なぜなら、ジュリアの頼みだから、彼女のためならなんでもするつもりだから。学生のころはいつも、彼女のためならなんでもした。彼女がそうさせてくれればだけど。そして長い年月のすえに彼女に再会したときは、ほんとうに信じがたい瞬間だった。昔のふたりにもどれたらと、オリヴァーはせつない願望をいだかずにいられない。「使えそうなものは全部取ってくるよ」

ジュリアが自嘲気味に鼻を鳴らす。「そのアパートメントにあるもので何が清算済みなのか、知りたくない気もするわね」そこでことばが途切れ、オリヴァーは思わず息を凝らす。ふたたび話しはじめたとき、ジュリアの声は緊張して苦しそうだ。「あのね、もし何かを……だからその、何か見つけたら――もし彼がわたしたちの結婚の誓いを、その、裏切っていたら――わたしは知らないほうがいいと思う」

「そりゃあそうだね」マーシャルは妻に誠実な夫だったから、そうじゃないことを示すものなんて見つかるわけがないと言いかけて、オリヴァーは踏みとどまる。なぜわざわざ嘘をつくんだ？　マーシャルが誠実だった相手はただひとり、自分自身だ。それでもオリヴァーは、マーシャルのこんな一面をどうしてもジュリアには知られたくない。何があろうと、そして彼女を思う気持ちがどんなにあろうと、マーシャルには双子の兄の判断ちがいを証明してほしいし、マーシャルは妻を大切にする人間であってほしい。

「ありがとう、オリー」またことばが途切れ、こんどはずいぶん長いので、電話が切られたのかもしれないと思う。けれども、電話を持つ手をおろして画面を確認すると、まだつながっていて、彼女の声が聞こえる。「この前あなたに会えてほんとうによかったわ。ずいぶんひさしぶりだった」

胸がいっぱいになり、オリヴァーはうまく呼吸ができない。「ほんとうにそうだね」ことばにならない思いをこめて言う。「それに、かわいいエマにも会えてよかった。できれば──そのう、できればもっと頻繁に会いたいよね」

しまった、うまく言えなかった。めちゃくちゃキモい。何やってんだよ。

夫が死んだらさっそく言い寄る男と同じだ。ったく！　そんなつもりはまったくなかった。あわてて撤回する。「ていうか──ええと、また連絡が途絶えないようにしたいなって」

小さな笑い声、楽しげではなく悲しげな声。「そうね。いっしょに過ごさなくなった理由がわたしにはよくわからなかったけど」

友達でいられなくなった理由がジュリアにはわからないのだと思うと、あまりにも耐えがたくてオリヴァーは返すことばを見つけられない。

「それじゃあまたこんどね、オリー」そして、オリヴァーが何も言えないうちに電話が切れる。

オリヴァーは長いあいだ電話を見つめ、思考と感情が暗くひんやりした地下室で戦う。もう一度電話が鳴るが、それは3Bのアパートメントの住人で、まだ湯が出ないのはどういうわけだと訊いてくる。

翌朝、オリヴァーはマーシャルの秘密のアパートメントの前で鍵を握り、乾いた唇をなめながら高まる緊張を抑えている。中で何が見つかるのか見当もつかない。ハードコア・ポルノ？　非合法の銃器？　マーシャルがジュリアから隠したかったものなんて知るわけない。でも、何か後ろ暗いものなのはたしかだ。そうでなければ隠さなくてもいいはずだ。

まあどうでもいい。マーシャルをトラブルから守るのはもう自分の仕事ではない。鍵を鍵穴に差しこみ、それをまわす。錠がかちりと開いたので、取っ手をまわす。

顔面をまともに襲ったのは、部屋にしみついたタバコの不快なにおいだ。それもそのはず、マーシャルは喫煙者だった。ハイスクール二年生のときからずっとだ。一度バーバがマーシャルのタバコのパックを見つけたことがあり、そのときマーシャルはすかさずオリヴァーに罪をなすりつけた。オリヴァーはたった数秒驚いてだまりこんだが、バーバがマーシャルを信じるにはその数秒でじゅうぶんだった。父親は愛想をつかしたようにオリヴァーを見て、上唇をゆがめて軽蔑の笑みを浮かべたものだ。

そのアパートメントは、法外な家賃を取るサンフランシスコの典型的な物件だ。オリヴァーが昨夜調べたところ、ワンルームの家賃は最低でも二千五百ドル、そしてここもワンルームだ。秘密のアパートメントにかけるにはずいぶんな大金で、しかもおもな使用目的は……倉庫? 床にマットレスが置かれている。マーシャルが何に使っていたかだいたい想像がつくオリヴァーは、それを見て大きく身震いをするが、そのほかに家具類はひとつもなく、箱が積まれているだけだ。人が住む場所にはまったく見えない。

部屋の突き当たりまで行って窓をあけ、タバコのヤニくさいにおいを外へ出す。箱をながめるが、中をあらためるのが恐ろしい。深呼吸をしてから、一番手近の段ボール箱へ手を伸ばし、上蓋を開く。

ふむ。

よーしオッケー。

中にあったのはレンガ状にラッピングされたコカインの塊でも偽造紙幣の山でもなく、予想していたどんなものでもない。全長一メートルを超える彫刻作品だ。それはU字型宇宙船の模型で、隅々まで精巧な彫刻がほどこされている。オリヴァーは細心の注意を払ってそれをもちあげる。彫刻のことを何も知らなくても、これが本物の芸術品であることはよくわかる。宇宙船の細部への凝りようが目もくらむほどすごい。小さく彫られた窓の中には人の姿さえ見える。床にそれを置いて数歩さがり、あっけにとられながら見入る。芸術作品、しかも美しい。なぜマーシャルが持っているのだろう。この繊細な作品を素手で扱ってはいけない気がするが、手袋持参は考えていなかった。とはいえ、答は知りたい。そこで、慎重に作品を持ちあげて台座の底をのぞき見る。

思ったとおり、何か文字が刻まれている。

F・マルティネス　打ち上げ失敗

オリヴァーは作品をまた床に置くが、内心気が気ではない。打ち上げ失敗は明らかにこの作品の名前で、おそらくF・マルティネスがこれを作った彫刻家だろう。一瞬、これにドラッグが詰まっている可能性を考える――マーシャルはドラッグの密輸に手を染めていたとか？　まさか。その疑念が浮かんだとたんに打ち消す。これは本物の芸術品であって、ドラッグビジネスの隠れ蓑などではない。

つぎの箱をあける。こちらは滝や森の美しい写真が詰まっていて、どれも非常に鮮明なので、川の水がほとばしる音がほんとうに聞こえてきそうだ。左下の隅にだれか知らない人の署名がある。何がどうなっているのか、いまやオリヴァーには皆目わからず、そこでさらに箱をあけるが、中を見れば見るほどますますわからなくなる。

まもなくその部屋は小さなアートギャラリーと化す。とはいっても、ジャンルにまったくこだわらないコレクターのギャラリーだ。油彩画、毛糸でガラスのかけらや鳥の羽根をつなぎ合わせた作品、漫画の原画、もっとたくさんの彫刻。単独の作品もあれば、セットになっているものもある。どれも異なるアーティストの作品だ。

奇妙な発見にすっかり心を奪われたオリヴァーは、頭の中で前へ前へと進み——というよりも後ろへ、過去へと走り、マーシャルが何をするつもりだったかを必死で探るが、それでもまったく見当がつかない。

「ああ、マーシャル」悲しみと後悔でオリヴァーの声が重苦しい。「おまえ、何をやってたんだ？」

19　ジュリア

いかなるときも料理がジュリアの強みだったことはない。それについてはマーシャルが何度も断言したが、それでもジュリアは料理の腕をあげようと、結婚してから精一杯努力した。最初は料理系のウェブサイトやブログ、それからユーチューブの動画へ移り、最後はティックトックで学んだ。残念ながら、一生懸命やってもジュリアは料理のコツをいまひとつつかめなかった。よくてもまあまあの出来で、食が進みすぎて困ることなどありえない。食が進まずに困る場合ならあるが。こうした場合、一般的には無能な主婦、無能な人間としてさらに評価がさがるものだ。

ところが彼女にはすばらしく得意なものがあり、それがシャルキュトリ・ボードだ。〝シャルキュトリ・ボード〟ということばがインターネットで広まるまでは、いつもチーズボードと呼んでいた。ジュリアのシャルキュトリ・ボードは圧巻だ。残念ながら、マーシャルはチーズも加工肉も、デザートさえも、妻がボードに載せたものが全部気に入らなかった。そうでなければ毎日がシャルキュトリ・ボードだっただろう。マーシャルが死んでいるのにこんなことを考えるのは妙かもしれない。こんなふうに彼を思い出すのがささいなことに思える。夫のためにもっと嘆き悲しまないといけない？　放けさ監察医から電話があり、検死が終わったので葬儀の手配をしてもいいと言われた。放心状態のまま火葬を選んだのは、そのほうが安いから、そして葬儀はしない。だって――だれが来るのかよくわからなかったから。世界一ひどい妻になった気がした。でもいまは、それ以外ならどんなことにもなるべく集中している。シャルキュトリ・ボードに集中して、とジュリアは自分に言い聞かせる。

エマといっしょに楽しく取り組んでいることが、どうもよくない気がする。マーシャルが死んで間もないのに、シャルキュトリ・ボードの盛りつけにうつつをぬかすのはまずいだろう。でもエマが夢中になって小さな指についたイチジクのジャムを舐めて、それからまたジャムの瓶に指を入れる。ジュリアはそれをたしなめながらも笑っている。もしかして、万事うまくいく？　来月の家のローンを支払ったあとも貯金がじゅうぶんあるなんてありえないし、これからどうすればいいかもわからない。でもいまは、娘といっしょにシャルキュトリ・ボードの盛りつけをしていて、マーシャルにくだらないと言われる心配もしなくていい。これってそんなに悪くない。

エマが盛りつけをいじりまわし、口から舌の先をのぞかせながら恐るべき集中力でブドウをボードのあちらこちらに置いているとき、玄関のベルが鳴る。

「きっとオリーおじさんよ」ジュリアが言うと、ほんの一瞬エマがおびえた顔になる。

「はいってもらってだいじょうぶ？」エマにこう尋ねるのはなんだか妙だ。いままではだれが来てもはいってもらうのが当たり前だった。マーシャルの考えでは、エマにそんなことを訊くのは〝迎合〟であり、エマの聞き分けがなくなるということだった。

エマがジュリアを見てからシャルキュトリ・ボードへ目を移す。たくさんの冷製肉とチーズにジャムで小さな指跡がつけられているから、ジュリアが作ったにしては、たしかに上出来ではない。「オリーおじさんはこれ好き？」

ジュリアは深く考えずに「きまってるでしょ」と言う。言ったあとで、そのことばがまぎれもない真実だと気づく。なぜなら、いつもオリーはジュリアが好きなものが好きだった。

エマが生真面目な顔でうなずく。「じゃあエマはだいじょうぶ」ジャムのついた小さな顔がとても勇敢に見えるので、ジュリアはかがんで娘をきつく抱き締める。こんなすごい女の子にどうやってなったの？

エマはリビングルームに残ることにして、ジュリアが玄関のドアをあける。エマは玄関で人を出迎えるのがまだ苦手だ。

「やあ」オリヴァーが笑顔で紙袋を手渡す。「クッキーを持ってきた。これって全粒粉かな」

その自信のなさそうな声を聞いてジュリアは笑い声をあげる。「そんなのいいのに。はいって」

ふたりが家の奥へ行くと、エマがソファの後ろに隠れている。不安がジュリアの胃の中でうごめく。これはマーシャルを際限なく苛立たせた、エマの数多い問題行動のひとつだ。みっともない、と彼は言った。ちゃんとふつうにしていられないのか？　これくらいの歳の子なら駆け寄っていってこんにちはぐらい言うもんだが、この子は薄気味悪いガキみたいに隠れる。きみのせいだぞ、ジュール。

「ねえ、そこから出てきてオリーおじさんに、こんにちはって言ってみない？」自分がうろたえ気味の声を出しているのがわかり、ジュリアはそんな声が、そんな声で話す自分自身が大きらいだ。これのせいで自分のことも大きらいだ。首を左右に振るエマの頭のてっぺんが見え、ジュリアはオリヴァーにわびるような笑みを向ける。

「ごめんなさい、この子は……」なんと言えばいいのだろう。この子は内気？　そうね、でもそんなことを本人の前で言ってはいけないらしい。それがその子のアイデンティティーになってしまうから。

「心配しなくていいよ。ぼくにはよくわかる」オリヴァーが声をひそめる。「人が来たときは家具の後ろに隠れられたらいいのにって、ぼくも思うよ」

ジュリアは笑いだす。「すわって、エマとわたしで作ったものがあるの」

オリヴァーがソファに腰かけて反対側の端からのぞくふたつの目をわざと無視すると、ジュリアはキッチンへ急ぐ。彼女がシャルキュトリ・ボードを持ってもどってきたとき、オリヴァーの目がほんとうにかがやく。

「うわあ、みごとだね」とオリヴァー。それから冷製肉についた小さなジャムの指跡に目をとめ、笑みが少し震える。

「エマがこのボードの盛りつけを手伝ったのよ」ジュリアがまたもやわびるような口調で言う。

オリヴァーは笑う。「すごいじゃないか、エマ」そして、指跡のついた冷製肉をひとつつまみ、口にほうりこむ。「うまい。おっとごめん、冷製肉をただそのまま食べていいわけないよね。こういうことには初心者でね。上手な食べ方をだれか教えてくれないかな」

そしてジュリアに向かって両眉をあげ、ふたりは息を凝らして反応を待つ。「わかった、へたっぴーだけどなんとかやってみるかな」

大げさなため息がソファの後ろから聞こえ、エマが頭をぴょこんと出す。「だめ」不機嫌な声できっぱりと言う。「めちゃくちゃになるもん」隠れていた場所から勢いよく出てきてボードにかがみこむと、むずかしい顔で点検してから一枚のクラッカーを指さす。

「それ取って」

「わかった」オリヴァーは言われたとおりにし、さらなる指示にしたがってイチジクのジャムをクラッカーに塗り、ブリーチーズを一切れ載せ、そこにターキーを重ねる。全部まとめて口にほうりこみ、うなる。「ウム」のみこんでから言う。「ワォ、完璧だった。ありがとう、エマ」

エマはうなずき、こんどは自分のための完璧なひと口に取りかかるが、その場合は道具など使わず、自分の指でジャムを塗りたくることにする。

「あなたが来る前にこの子の手は洗っておいたから」ジュリアが小声で言う。

オリヴァーは笑みを浮かべ、それから軽く咳払いをする。「それでさ、行ってきたよ……例のアパートメントに」

ジュリアの体がこわばる。たしかに、オリヴァーがここに来た一番の理由はそれだ。おしゃべりをするためではない。友人として気安く立ち寄ったのでもない。ここにいるのはマーシャルが生前どんなうさんくさいことをしていたか、それについて最新情報を伝えるためだ。パニックがせりあがってくるのがわかる。胃の中で掻きまわされた熱くて酸っぱいものが燃えながら胸もとに迫り、締めつける。いまこの話をエマの前でされては困る。

オリヴァーはジュリアの顔に現れた静かなパニックを読み取ったのだろう、エマをちらりと見てからうなずく。「心配要らない。何もなかった……悪いものは」

「ほんとうに？」それは質問というより懇願に近い。

「ああ」オリヴァーの目がやさしくなる。彼女の声にせっぱつまったものを感じ取る。「ほんとうだよ。じつを言うと奇妙だった。部屋はたくさんの美術品でいっぱいでね。彫刻、絵画、写真……全部行き当たりばったりに集めたように見えた。すべての作品に通じる一貫したつながりは発見できなかった。といっても、ぼくは美術品の鑑定家ってわけじゃないからね。それぞれの作品に関連性があったとしても、気づかなかったのかもしれない」

「美術品？」どういうこと？　予想していたもの――不貞の明らかな証拠――とはあまりにもかけ離れているので、ジュリアはどう反応したらいいのか、いや、どう考えたらいいのかさえわからない。ジュリアが知る限り、亡くなった夫はとくに芸術に造詣の深い人間ではなかった。けれどもそれは、ジュリアがいままで夫のことをほとんど知らなかったということかもしれない。マーシャルから間抜け呼ばわりされても、それはマーシャルが正しかったということ、ジュリアが無知だということ、ジュリアに何を言っても時間の無駄だということ、だからみんながジュリアにうんざりしているということ、そういうことかもしれない。「彼は――あなたたちが双子だったから訊くんだけど――」ジュリアはためらいがちに尋ねる。「彼は芸術に夢中だった？」

オリヴァーは首を横に振る。「いいや、それはぜったいになかった。ぼくだってとくに芸術家気質ってわけじゃないけど、それでもあいつよりぼくのほうが創作活動にはまってたと思う。だからそんなに……」そこで深く息をつく。「知らなかったからってそんなに自分を責めることないさ。ぼくだって面食らってるよ」

彼女がいるとかならず起こるおなじみの感覚、体が熱くなるような恥ずかしい気持ちがほんの少し遠のく。芸術への興味をマーシャルが隠していた相手は彼女だけではない。双子の兄にも隠していたのだから、彼女にには仲間がいるってことだ。なんとか乗り越えられる。

「とにかく全部ぼくの車に積んできた。どう扱えばいいかわからないし。ぼくのアパートメントにはあまりスペースがないから……」

「引き取るわ」その美術品をどうするかはわからないけれど、亡き夫が明らかに大事にしていたものを丸ごと捨てるわけにもいかないだろう。エマを抱きあげて片方の腰に乗せ、オリヴァーとともに車へ向かう。オリヴァーが車のトランクをあけて積み荷を見せると、ジュリアはさっきよりもっと面食らう。オリヴァーが言ったとおりさまざまなジャンルの作品だけど、見たところ芸術そのものだ。ふたたびやましさに襲われる。夫をこんなに見くびってる妻っている？　マーシャルが本物のすぐれた作品に夢中にならないわけでもあるの？　家を出ていったあの夜、彼は金持ちになったって言わなかった？　それはすぐれた作品を見分ける目を持っていたからで、妻にはその才能をずっと隠していた。こうなるのは当然だ。ジュリアは何も言わずにオリヴァーを手伝って家の中へ作品を運び入れる。物思いに沈み、腰に抱くエマが重い。

数々の美術品が玄関の壁に立てかけて置かれる。家の中にあるとどこかいかがわしく、すごくまちがっていてすごく場ちがいに見える。ジュリアは目をとめたいくつもの写真にとまどう。なぜなら、胸が痛むほど美しいからだ。すべて風景写真で、ほとんどが滝を撮ったものだが、ジュリアがハイスクール時代に興味を持っていた被写体とはまるでちがう。それでも、いま目にしているものが腕のたしかな写真家の作品だとわかる、その程度の知識は残っている。光のとらえ方に、風景の思いがけない部分をたくみに処理して鮮明にしている手腕に、ジュリアは感嘆する。思わず息を吞み、崇敬の念とともに写真を置いてから、顔をそむけてそっと洟をすする。

そのとき、わくわくするのはもうじゅうぶんだと思ったエマがぐずりはじめ、ジュリアの胸に顔をうずめて言う。「おっぱい」

ジュリアはあまりの決まり悪さに死にたくなる。ああ、オリヴァーはなんて思うかしら。オリヴァーがエマをちらりと見て額から光る汗をぬぐう。「帰ったほうがいいかな。全然かまわないよ」

「いいのよ、ここにいて」ここにいてもらう理由などないのよ、とジュリアは自分に言い聞かせるが、そうは言っても、マーシャルにまつわる奇妙な新発見を頭の中で整理しはじめてすらいないし、これについて話したい相手はオリヴァー以外にいない。「でも――ちょっとだけこの子にお乳をあげなくちゃ」どれほど哀れで気の毒な女に見えるかと思うといやになる。授乳期間が長引いているのをマーシャルはとてもいやがっていた。でもオリヴァーは平然としている。「ああ、そうだね。もちろんどうぞ」

ジュリアが自分の寝室へ向かうとき、オリヴァーが声をかける。「ねえ、こんなこと言ったら変に思われそうだけど、ちょっとエマの部屋を見せてもらってもいいかな」

あまりにも予想外のことを訊かれたので、ジュリアは少し笑う。「いいわよ、好きにして」

ジュリアはエマに授乳しながら、いったいオリヴァーはエマの部屋で何をしたいのだろうと思う。きょうはほんとうに変な日だけど、恐ろしいことばかりでもない。エマのやわらかい髪をなでる。授乳を終えると、またエマを抱きあげて腰に乗せ、そっと部屋を出る。音を立てずに動きまわるのが習慣になったのは、マーシャルが騒音をいやがったからだ。

オリヴァーがふいにエマの部屋から出てきたのでびっくりする。

「そこにいたんだね」とオリヴァー。「終わったの？」

ジュリアはなんと言っていいかわからずにただうなずくと、オリヴァーが咳ばらいをしてエマを見る。「ところで、ぼくが子供のときめちゃくちゃほしかったものを、きみのためにいくつか用意した。見てみたいかい？」

エマがジュリアの脇の下のくぼみに顔を隠し、ジュリアは肩をすくめる。「いやじゃないってことよ」そして部屋へはいり、はっと息をのむ。

どうしたことか、二十分のあいだにオリヴァーは、エマの部屋の隅になんとかして小さな白いテントを立てた。テントの上のほうにカラフルな看板があって、こう書いてある。

〝エマの静かなコーナー〟。テントの中にはパステルカラーのクッションがいくつも置かれ、やわらかい材質のおもちゃも二、三個ある。その一角全体に魔法がかかっているみたいだ。

オリヴァーはジュリアに厚紙製の絵本を渡す。「これは知覚絵本なんだ。エマが遊べるようないろいろな素材を使ってある」そしてエマにうなずく。「小さな男の子だったとき、ぼくは慣れないものがいつもこわくてしかたがなかった。知らない人とか場所とか、たいしたことないのにこわかった。だから、もう無理だってときに隠れるための、自分だけの小さなコーナーがあったらいいのになっていつも思ってた。そういうわけで、きみもこれが好きなんじゃないかと思ったんだよ」

エマが口も目も大きくあけてテントを見つめ、びっくりしたと顔じゅうに書いてある。

「あたしの？」かすれ声で訊く。

「そうよ、ベイビー」ジュリアは自分の震え声に驚く。エマをそっとおろしてやり、目に涙がこみあげるそばで、小さな娘がよちよちと歩いてテントへはいり、「うわー！」と叫び声をあげる。マーシャルがいたらこういうことは大きらいだったにちがいない。子供に〝迎合〟したり子供を〝甘やかす〟のをいやがる人だったから。けれどもその一方で、それこそが娘に必要なことだとジュリアは心の底ではわかっていた。それなのに、それを与えてくれたのは、エマに一度しか会ったことがないオリヴァーだった。「ありがとう」そうささやくと、オリヴァーが笑みで応える。ふたりはエマのふっくらした足がテントの垂れ幕から突き出ているのを見つめる。

そのとき玄関のベルが鳴る。「あら、あなたに言うのを忘れてたわ」ジュリアは言う。

「サナに来てもいいかって言われたの。ポッドキャストのためにもっと訊きたいことがあるんですって」

楽しそうにひとりでおしゃべりをするエマを部屋に残し、ふたりは玄関へ向かう。ジュリアがインタビューに承諾したのは、ことわれば疑わしく見えると思ったからだが、いまはエマがあんなに楽しそうにしているのを見たあとで気分が舞いあがっているので、死んだ夫について訊かれるのも苦にならない。でもそんな気持ちでいられたのは、サナが家の中にはいって廊下にたくさん並んだ美術品を見るまでだった。サナの顔はこわばり、誓ってもいいが、その表情はただの怒りではなく、白熱した憤りそのものだ。ジュリアはようやく気づく。マーシャルにまつわる不可解な事情をかかえているのは、自分だけではないらしい。

20 サナ

マーシャルとジュリアの家へ向かう道中、何が起こるかサナには予想もつかなかった。前回押しかけたのはヴェラに強引に連れてこられたからだと弁解できたけれど、こんどはちがう。ひとりでここに来て、まあそうね、美術品の山がこんなふうに廊下に放置されているのを見るはめになるとは、たしかに予想もしていなかった。積み重なった作品はどこか哀れで、盗まれた美術品の小さな墓場にも見える。自分のもこの中に隠れているのだろう。

マーシャルの餌食が自分だけじゃない可能性を考えもしなかった。被害者が自分ひとりじゃないのは、考えてみれば当たり前だ。そんなわけがない。あの男はいろいろなアーティストたちを食い物にして甘い夢を売りつけたあと、彼らを裏切ってから突然連絡を断ったにちがいない。サナと同じ立場のアーティストたちは数十人いるらしく、本来ならそれがわかったことで気持ちがなぐさめられるはずだ。自分だけじゃない。マーシャルの罠にはまるような世界一だまされやすい間抜けは自分だけじゃない。けれども、そんなことは少しもなぐさめにならない。それどころか、余計に気が滅入る。自分が特別ではなく、自分の作品がとくに異色でもないとわかったからだ。自分が引っかかったのは、マーシャルが数えきれないほど仕掛けたペテンのひとつにすぎない。いままで苦しんでいたのがばかばかしく思える。

もうやめて。ジュリアにつづいて家の奥へ進みながら、サナは自分を叱りつける。いいかげんに忘れなさい。くよくよと自分を哀れむのはもうたくさん。きっとあのアーティストたちは、盗まれた大切な作品にいつまでもこだわらないわよ。

それでもサナは滅入る気持ちを振り払えず、それは重い毛布さながら両肩にのしかかる。たくさんあるキャンバスの中から自分の絵を探したいという気持ちはある。それをつかんで逃げたい。でも、できない。そんなことをしたら、自分がマーシャルとかかわっていたことを、取材にきたただの犯罪ドキュメンタリー系ポッドキャスターではないことを、ジュリアに知られてしまう。サナにはマーシャルを殺す大きな動機があることも。もっとまずいことに、サナが何カ月もマーシャルを追跡していたことも――ストーカーと言われてもしかたがない。あの日マーシャルの前に現れて立ちふさがったとき、あいつはたしかに恐怖におののいていた。頭のおかしいビッチめ、と吐き捨てるように言っていた。ハラスメントとつきまといで通報される前にとっとと失せろ。そしていま、サナは吹けば飛ぶような薄っぺらでくだらない仮面をつけて、その男の家にはいりこんでいる。

リビングルームへ行くと、驚いたことにオリヴァーがいる。サナはオリヴァーが苦手だ。といっても本人の人柄とは関係なく、実際まともな人だと思う。でもあまりにもマーシャルに似ているので、自分の嫌悪感をあまり深いところに埋めておけない。

「やあ、サナ」オリヴァーが言い、サナは身震いを抑えなくてはならない。声までマーシャルそっくりだ。

「どうも」いったいここで何してるの？　と訊きたい。

心の内を読んだかのように、オリヴァーが軽く咳ばらいをする。「ちょうどマーシャルのものを届けにきてたんだ。廊下にあるのをきみも見たよね」

皮膚が体の大きさより2サイズ縮んだ気がする。ジュリアとオリヴァーがこちらを見ているので、サナは自分なりのさりげなさをよそおって、無理にうなずく。「ええ、すごいわね」マーシャルの死について調べているポッドキャスターなら、少しぐらい詮索好きでもいいのだと、遅ればせながら気づく。ああ、自分じゃないだれかのふりをするって、ほんとしんどい。いったいマーシャルはどうやってあんなに簡単にやれたんだろう。サナはこれから質問することをすばやくふるいにかけて、自分にはかかわりがなさそうなものを探し、それから慎重に尋ねる。「ずいぶんたくさんの美術品があるみたいね。マーシャルは美術品のコレクターだったの？」質問自体がサナに抵抗して、一語一語が出るまいとしてもがくのはこういう理由だ。ハハ！　美術品のコレクター？　というより美術品泥棒じゃないの。

ジュリアとオリヴァーがちらりと目配せをするので、さらにサナの背筋が緊張でぞくりとする。何かがおかしい。ふたりともすごくずる賢そうだ。この人たちもグルだったの？マーシャルは妻や双子の兄と共謀して、夢見がちな大学生から作品を盗んでいたとか？その考えが燃える石炭の塊となってサナの腹に居すわる。

すわるようにとジュリアが身振りでうながすが、答を考えるための時間稼ぎだろう。ジュリアが大きく息を吸って深々と吐く。「正直言って、わからない――美術品のことは何も知らなかった……」腕時計を見る。「一時間ほど前にオリヴァーがここへ持ってくるまでは」

「マーシャルがダウンタウンで借りていたアパートメントで見つけたんだ」オリヴァーが言う。

「マーシャルは美術品のことをあなたに秘密にしていたの？」サナは言う。どう考えたらいいのかわからない。認めたくないけれど、ジュリアのことは好きだ。この人はどことなく悲しみを感じさせる。立ち姿さえどこか悲しく、人知れずしおれた花のようだ。ジュリアを疑いたくないけれど。けれど、マーシャルが手がけていたいかがわしい商売のことを、ジュリアが何ひとつ知らなかったなんてありえるだろうか。ひいき目に見ても、夫がよからぬことに手を染めているのを薄々知っていながら見て見ぬふりをしていた、というところだろう。

ジュリアが首を横に振る。「情けないと思われてもしかたがないわね」声が震えている。「でもわたし、ただの専業主婦なの。わたしの世界は料理と掃除とエマの世話を中心にまわってる」

ジュリアの声があまりにも沈んでいるので、サナは手を伸ばしてジュリアの手を握りそうになる。集中して、と自分を叱る。「じゃあ……マーシャルが美術品を使って何をしていたのか、あなたたちは知らないんでしょうね」お金はどこ？ サナの心が叫ぶ。盗んだすべての美術品から得たお金はいったいどこなの？

ふたたびジュリアとオリヴァーがずる賢そうに視線を交わす。この人たちは何を隠してるの？ 何か知ってるはず、サナはそう確信する。

「何も知らないんだ」オリヴァーが言う。

ジュリアがうなずく。「ええ、わたしもよ。夫が芸術の世界に足を踏み入れていたことすら知らなかった。マーシャルは……すばらしいことをつぎつぎ思いつく人だった。一時期はアプリに夢中になって、ほら、アプリが注目を浴びはじめたころよ。そのあと暗号資産にはまって……時流に乗って大成功するほどではなかったけれど、わたしたちがなんとか生活していくにはじゅうぶんだった」また声が震え、こんどは泣き崩れる寸前だ。「ごめんなさい、ただ――夫がいなくなったいま、家のローンをどうやって払っていけばいいのかわからなくて」

オリヴァーが手を伸ばし、ジュリアの肩をそっと叩く。「きみのご両親はどうなの？」やさしく尋ねる。

ジュリアが洟をすすってあきらめ顔で首を振る。「長いこと連絡を取ってないの。マーシャルは両親と全然馬が合わなくて、そのうちそういったつき合いはしないほうが楽になって……」

サナの脳裏では、警戒の赤旗があがるだけでなく、激しく揺れてはためいている。ジュリアが細かい事情を打ち明けるたびにサナの胃はむかつく。マーシャルが人をあやつるのがいかにうまいかは身をもって知っているから、あの男がゆっくりとさりげなくジュリアを家族から切り離して、しまいに頼る相手が夫だけになるように仕向けていたのは簡単に想像できる。

そんなことはどうでもいい。

たしかに。自分には関係ない。ここに来たのはジュリアの問題を解決するためではない。だいたい自分の問題すら解決できていない。ここに来たのは決まりをつけるためだ。

でも、決まりをつけるにはどうすればいいのだろう。そうね、まず自分の絵を取りもどしたい。だけど、それだけではだめなのはわかっている。実物の絵を手にするのは問題解決の一部でしかないからだ。デジタル著作権も取りもどさなくてはならない。というより、それに似た何かを。サナには全体の仕組みがよくわからないけれど、実物を所有していてもも、それのバーチャルな部分まで所有しているとはかぎらないのは知っている。ものすごくばかげた話に聞こえるので、コンセプト全体を理解するのはなかなかむずかしい。これがIP（知的所有権のこと）のプロジェクトなら少なくとも多少はわかるが、それはサナの母親からIPワークはするなといつも言われていたからだ。

IPワークをする価値があるのは大金を払ってくれるときだけよ、と母は言ったものだ。しかも前払いでね。あなたは自分のIPを持っていないから、かならず前払いを要求するのよ。自分を安売りしてはだめ。

これは自分が犯したあやまちだ。サナは名声がほしくてたまらなかった。こうした問題は創造性のある人間にはつきものだ。彼らの自己像はふたつに分かれる。一方では自分が天才だと思っていて、百年経っても崇敬の念をもって語られるほど、息をのむようなすばらしい傑作をいつか生み出すと信じている。もう一方では自分がゴミ漁りのアライグマで、暗闇を探っても見つかるのはゴミだけだと思っている。その中間はない。〝超天才〟か〝ゴミ漁りのアライグマ〟のどちらかだが、なぜかそのふたつが悩み苦しむアーティストの頭の中で共存する。

だから、マーシャルに声をかけられて、きみの作品は完璧なNFTアートになると言われたときは飛びあがるほどうれしく、得意にもなった。そしてこう思った。やった、ついにわたしの才能を認めて儲けさせてあげようという人が現れたんだ！　同時にこうも思った。才能のない三文画家だとばれないうちに、早く承諾したほうがいい！　そしてもちろん、NFTとはいったい何か、自分の作品をどうやって守るのか、そうしたことをしっかり調べもせずにチャンスに飛びついた。といっても正直なところ、作品の守り方をだれかがていねいに教えてくれたとしても、サナはいやがって、自分自身を守るほうへ舵を切るのを拒否しただろう。なぜなら、マーシャルが同学年の将来有望なアーティスト全員の中から自分を選んでくれて感謝すべきなのに、そこまで慎重になるのはばかげていて傲慢だと思っただろうから。

もういいから集中して。気を散らすものはいったん脇へよけておくべきなのはわかっているから――ああ、なんていっぱいあるの――ここに来た理由だけを考える。「ここで〝暗号資産〟のことを耳にするのは面白いわ。だって――」まったくもう、少しは意味がわかることを言ってるの？　ちゃんとさりげない声になってる？　「最近NFTとかについて読んだんだけど？」

ジュリアもオリヴァーもとまどい顔でサナを見つめる。

「それはノン(N)・ファンジブル(F)・トークン(T)の略で、基本的にはつまり……オンライン上で所有したり売り買いしたりできるものっていうか？」なんでもクエスチョンマークで終わらせるのだけはやめなくては。「もしかしたら……」慎重にいくのよ。「マーシャルが美術品を扱ってたのは、それじゃない？　NFTアート作品としてオンラインで売っていたとか」

「どんな仕組みなの？」ジュリアが言う。「オンライン上の権利みたいなもの？　でも、実物の美術品はどうなるの？　それも関係あるの？」

「どちらとも言えない」とサナ。「現物の作品とセットの場合もあるし、別々の場合もあるけれど、実質的な所有権は存在する。NFTアートが何億ドルもの値で売られることもある」

「ワオ」とオリヴァー。「なんだか頭がついていかないけど、でも……そういうものにならマーシャルは入れこんだだろうな、うん」

「そうね」ジュリアも同意見だ。「さっきも言ったけど、彼はいつもそういうことに夢中だった」

サナの舌先がすばやく出て唇を舐める。「彼がそれをしていたのなら、本人のパソコンにすべての情報が残っているかもしれない。たぶんクラウドとか、ハードディスクとか、それとも……」

ジュリアが眉をひそめる。「わたしが知るわけないでしょう。それに、彼のパソコンを調べるなんて気分がいいとは思えない」

「ええ、それはそうよね」サナはすばやく言う。ちょっとやりすぎよ」しまった、ばかね！あわてて別の道を探す。マーシャルのパソコンの中を見なくては。どうしても。「じゃあわたしが……」

けれども、早くもジュリアが首を横に振っている。「やめたほうがいいと思うわ。そういうのは好きじゃないの。人を冒瀆してるみたいで」

オリヴァーがこれまでにない用心深い態度で、ソファから身を乗り出して肘を膝に置く。「きみのポッドキャストの名前はなんと言ったかな」

「ああ、それは……」もういやだ、こんなときにかぎって頭の中が真っ白？「〝殺人、それとも事故？〟」口から出まかせの思いつきにはらわたが縮みあがる。殺人、それとも事故？　まったくなんて名前なの？

ジュリアがすごく疑わしそうにうなずいているけれど、それも当然だろう。「いま調べてみるわね。すごく面白そう」

もうだめだ。サナの中で全惑星系が爆発している。ジュリアを止めるための言いわけを思いつかなくてはいけないのに、それができず、頭が完全に空白だ。サナは母親とちがって作家ではない。存在しないポッドキャストをジュリアがネットで見つけられないもっともらしい理由を、母親ならいまごろ最低五つは思いついていただろう。ジュリアが携帯電話を取り出してスワイプで解除するのを、サナは力なく見守る。いよいよだ。嘘八百だったことがばれ、そこから疑惑が生まれ、マーシャルを数週間追跡していたことさえ知られてしまうかもしれない。

心の内で泡立つそんな思いが、いてもたってもいられないほどふくれあがる。「待って――」

ひどいパニックに襲われた声だ。サナは自分で言いながらもそれを聞き取り、オリヴァーとジュリア両方の目に驚きの色が浮かんでいるが、ことばは止められない。何もかもさらけ出して――

ジュリアの電話が鳴ったのはそのときだ。口から出かかったことばが消え、サナはやっとの思いで深くすわり直す。「ヴェラからよ」ジュリアが明らかに驚いている。

サナの胸の内でまたもや不安が跳びはねる。ヴェラのことはどう思えばいいのかわからない。いろいろあってもヴェラのことは好きだけど、こわくもある。でも心配要らない、と自分に言い聞かせる。だって、ヴェラがみんなに伝えた話では、結局マーシャルは殺されたのではなく、アヒルのアレルギーで死んだんでしょ？　そうか、エマの様子とか訊きたくて電話をかけてるのね。

ジュリアが立ちあがり、部屋の奥のほうへ歩きながら電話に出る。「ハイ、ヴェラ、元気にして――ええっ、ちょっとヴェラ、だいじょうぶ？」後ろをちらりと振り返るその顔がとても心配そうなので、サナのパニックが急上昇し、このままジュリアのリビングルームで吐いてしまうのだろうかと思う。両手で両膝をきつくつかんでいるので、手の感覚が麻痺している。「ああ、ヴェラ」ジュリアが叫ぶ。「あんまりだわ。警察を呼んだ？　わかった、とにかくそこにいて、ヴェラ。わたしたちがすぐ行くから。そうよ。すぐに会えるわ」ジュリアが電話を切るころにはサナもオリヴァーも立っている。

「どうしたんだ？」とオリヴァー。

ジュリアの顔が青ざめ、目は不安で大きく開いている。「ヴェラの店が不法侵入されたのよ」

だれも言わないが、全員同じことを考えているのがサナにはわかる。まずマーシャルの死、そしてこんどは不法侵入？　このふたつが無関係である可能性などあるだろうか。

21
リキ

リキは、ヴェラのティーハウスで何か悪いことが起きたのを承知のうえでやってきたが、それでもその惨状をじかに見て大きな衝撃を受け、しばらくのあいだ言うべきことばが見つからなかった。こんなときに言うべきことばがほんとうにあればの話だが。

〈ヴェラ・ウォンの世界に名だたるティーハウス〉はもともとお洒落な店ではなかったが、きちんと整頓はされていた。いまは、だれかが細かく店内を調べてから、お茶や薬草がはいったすべての広口瓶を念入りに割って、床一面をガラスの破片と茶葉と乾燥した薬草で覆ったように見える。まるでゴミの山だ。あまりにもひどい有様なので、リキは心のどこかで自分がここにいなければよかったのにと思う。でも考えてみれば、いままでそういうところが問題だったのかもしれない。立ち向かうより逃げたほうがまし。でもまあ、もう逃げたりしない。

と言うと実際よりいさぎよく聞こえるが、正直なところ、リキにはこの問題から逃げようにも逃げ方がわからない。それはティーハウスが不法侵入されただけではないからだ。たった一週間前にマーシャル・チェンが死んだティーハウスが不法侵入され、いまやリキは文字どおり混沌のど真ん中に立っていて、その一方でヴェラが大股で行ったり来たりしながら腕を振りまわし、靴の下でガラスが踏みつぶされる音にも負けない大声で不満をぶちまけているからだ。

「見てよこれ！」ヴェラが叫ぶのはこれで七回目だ。

ほかのみんなはいつ来るんだ、とリキは思う。自分みたいな図体がでかいだけの半人前が、激怒しているヴェラ・ワンという究極の力にはまるで歯が立たないのがわからないのか？

「何もかも壊していった！　どうやったらこうなるの？　もったいないなんて考えもしないで。ほんとにもう、全部粉々よ！」

リキはそのとおりだとうなずくしかない。何か言うべきかもしれないが何も思い浮かばないし、ヴェラの怒りの演説に水を差すのはまずいだろう。邪魔されずに暴言を吐くのを楽しんでいるのはまちがいない。ドアの上の小さな鈴が鳴ってドアが大きくあき、サナが現れる。彼女の姿を見て、リキは安心して泣きそうになる。ほんとうに泣きそうだ。そのうえ、きょうの彼女がすごくきれいに見えることに気づかずにはいられない。ほかの日はきれいに見えないわけじゃないけれど。くそ、この手のことは、頭の中でさえからっきしだめだ。

リキを見てサナの目が輝いたので、リキは思わず笑顔になる。そのあとでサナが目の前の壊滅状態を見て恐怖のあまり口を大きくあけたので、リキは救いようのないばかになった気がする。なにしろ、小柄な高齢女性の店が強盗に荒らされ、その店の真ん中でにこにこしているのだから。こんなときに笑っているとは、不適切にもほどがある！　謝ってこう説明したい。笑っていたのは何か滑稽なことがあったからではなく……そのう、サナが微笑みかけてくれたと思って——だめだ、もういい、もっとひどい。

「ああ、ヴェラ」サナが真っ直ぐに年老いたヴェラのところへ行き、しっかりハグする。「だいじょうぶ？　ああ、ひどい目に遭ったわね！」

ハグ。ヴェラをハグするのをどうして思いつかなかったんだろう。リキがだまってながめているところへオリヴァーが、つづいて小さなエマを連れたジュリアがはいってくる。この混沌たる有様に一同そろって息をのむが、やがてエマがヴェラのほうへ歩いていって小さな手でヴェラの手をつかみ、それをそっと叩きながら言う。「泣かないで、おばあちゃん。もうだいじょうぶ」そうとも、これこそがこういうときのまともな人間の反応だ。

リキ自身は、まるで何が起きたか不明であるかのように「何が起きたの？」と口ごもりながら訊いたあと、動けなくなった魚みたいに口をあけて突っ立っていただけだった。

ヴェラは自分に与えられたハグを全部笑顔で受け入れる。それから背筋を伸ばしてズボンを手で払う。「けさ下へおりてきたら、店がこうなってたの」狭い店内を身振りで示す。

「めずらしい茶葉が全部台無し。こんな具合にね！」

「何か物音は？」リキが訊く。

「それがね、いつも耳栓をして寝るのよ。サンフランシスコは騒音がひどいでしょ。夜でもサイレンは鳴るし、人は叫んだり笑ったり、そんな調子だから」

「警察は呼んだのよね」ジュリアが言う。

ヴェラがまばたきをする。「いいえ、呼びたくないの。警察が何をしてくれた？　何もよ！　わざわざ警察署まで出向いてもっと捜査してくれと頼んだのに、邪魔するなと言われるんだから」

「でもヴェラ」とジュリア。「深刻な事態でしょ。だれかが押し入ったのよ！　店の中を見て。わたしは通報するべきだと思う」

「サンフランシスコ州立大学かバークレー校の酔った学生のしわざだと言われるに決まってる。とにかくもういいの。自分で捜査するから」

リキも通報を勧めたいが、一方でその結果どうなるかを考えてみる。リキ自身が警察と話をすることになる。警察がやってきて探りに探ったあげく、まちがいなく不法侵入と殺人をひとまとめにし、すべての出来事をひとくくりにし、その先どうなるかわかったものじゃない。

「わたし、ヴェラが正しいと思う」サナが言う。リキは驚いて彼女に視線を走らせる。

「警察は呼ばないほうがいいんじゃないかしら」サナが唇を舐め、目を見開いて一同を見る。「わたしはただ——よくわからないけど、警察が何もかも取り仕切るやり方にいい印象を持ったことがないから」

変な理屈だとリキは思うが、心の大半を占めるもうひとりの自分が安堵で脱力する。そうだ、警察を呼ぶな、とそいつが耳障りな声で言う。見まわすと、ほかのみんなも及び腰で落ち着きがなく、どうするべきか悩んでいるらしい。みんなも何か隠しているにちがいない。だって、ふつうなら警察を呼びたいにきまってるだろう？　どう考えればいいのかわからない。頭の中がこの店と同じぐらい混沌としている。

リキは店の奥へ歩いていってカウンターの向こう側をのぞき、ヴェラを振り返る。「何か盗まれたものは？　お金はなくなってる？」

ヴェラが首を横に振る。「いいえ、金庫を見たけど何も盗られてなかったわ」

「金庫はどこにあるの？」とオリヴァー。

「ふうむ」オリヴァーが眉間に皺を寄せてあたりを見まわす。「じゃあ、犯人は金を探していたが二階へ行く危険はおかしたくなかった、という可能性は排除できないな」

「アイヤー、犯人が二階へ来てあたしを殺したかもしれないってこと？」ヴェラが叫ぶ。そばにいるジュリアがヴェラの華奢な肩に片腕をまわして抱き締め、小さなエマがヴェラの脚にしがみつく。

「ちがう」リキは自分が何を言うのかさえわからないうちに、とっさに言う。全員の視線が集まり、床にのみこまれてしまいたいと思う。「だから――ええと、それはどうかな。犯人はそんなことまでしたくなかったんじゃないかな。だれも傷つけるつもりはなくて、ただ探したかった……何かを」すごく怪しく聞こえると気づいたのは、ことばを口にしたあとだ。いったいなぜリキが押しこみ強盗の目的を知っているんだ？

「たったひとりの犯行かもしれない」ヴェラが言う。「それが殺人犯よ」

リキは凍りつく。まばたきや呼吸を思い出すための脳細胞すら掻き集められない。

「だってそうでしょ？　犯人がここに来たのは、何か証拠があってそれを探しているからよ」ヴェラが言えば言うほどその瞳が正義の炎でらんらんと光り、ますます自信たっぷりに見える。「だれに殺されたのか、マーシャルはその手がかりを残したにちがいない。わかる？ もし警察を呼んだら連中は何もかも台無しにするでしょうね。そして捜査にちょっかいを出すなと言うでしょう。いいえ、言うにきまってる。だから自分でやるしかないのよ。あたしは正しい方向へ進んでいて、適切なことをしているはず。だからこそ殺人犯が侵入した」

吐くかもしれない、とリキは思う。たったいまほんとうに吐いてしまうかもしれない。荒らされたこの店内で、このおばあさんとよく知らない怪しげな連中がいる前で。

ヴェラの演説はまだ終わらない。「いまわかってるのは、たとえマーシャルの死因がアレルギー反応でも、実際は、さ、つ、じ、ん、だってこと」ドラマチックに強調されたことばに雷鳴がともなわないので、リキは驚いたぐらいだ。

やったのがだれであれ何かを探していたはずだ、と言ってしまったリキの失態が、あたり一面に広がるヴェラの広口瓶の残骸とあいまって、どういうわけか勢いを増して頂点に達し、リキの五感すべてを圧倒する。いま聞こえるのは、血が一滴残らず頭へなだれこむときの轟音だけ、自分の思考も含めてあらゆるものを押し流す、耳をつんざくような音だけだ。心の目でそれが見える。だれかがこの分厚い広口瓶を打ち砕いて床にぶちまけ、割れた頭蓋から脳が飛び散るように、中身をいたるところにばらまいたときの力が。そして、責めるように床から見あげているのはマーシャルの遺体の輪郭線で、あたりの惨状のせいでよけいにむごたらしく見える。まるでマーシャルがもう一度死んだばかりのような光景だ。ここはあまりにも殺気に満ちている。すると突然、鋭いガラス片が頭に刺さるかのように、記憶がリキの意識に切りこんでくる。

自分のこぶしが体とはまるで別物のようにすばやくスウィングして、風を切るのを感じた。あの恐ろしくて愉快で満足のいく湿った一撃、それがマーシャルの頰に当たる。指関節がマーシャルの顔面のすべての層を感じ取ってから――汗ばんで湿った皮膚だ――それから、おどろくほどやわらかくてダメージを与えやすい頰、つづいて手に痛みが走るほど硬い頰骨へ届く。手首から前腕、肘へと響くような痛みだった。

なにより、すごく気持ちがよかった。自分の中の怪物がマーシャルをもう一度、またもう一度と、これ以上殴れなくなるまで殴りたがっていた。

もう無理だ。耐えられない。リキはよろめきながら外へ出る。スニーカーの下でガラス片が音を立て、みんなの視線が背中を追う。すごくやましそうに見えるのはまちがいないし、実際にやましい。ヴェラがマーシャルの頰にひどい痣があったと話したから、警察は当然それについて調べるだろう。そのあいだ、まさに痣の原因であるリキがすぐわかる場所に隠れているというわけだ。なぜ、のこのことやってきたんだ。なぜ離れていられなかったんだ。

なぜなら、罪を犯した人間は犯行現場に近づかずにいられないからだ。

あの夜まで、リキは生まれてから一度も人を殴ったことがなかったが、そんなことは問題にならない。はじめて殴った相手が翌朝死んだとあっては、だれも信じないだろう。いままで、アディのためにできることはなんでもやっていると思っていたけれど、それがひとつ残らず水の泡だ。涙がこみあげる。

「だいじょうぶ?」

その声にリキははっとして思考のスパイラルから抜け出し、目をあげるとサナが隣にいて、大きな目で心配そうにリキを見ている。いまにも泣き出しそうなのを悟られないように、リキは顔をそむける。「ごめん、ちょっと――いっぱいいっぱいで」

サナが自分も同感だというようにうなずく。「ほんとにね。現実にだれかが彼女のお店をめちゃくちゃにしようと思ったなんて。かわいそうなヴェラ」

かわいそうなヴェラ、たしかにね。リキのはらわたが荒れ狂う。ほんとうに体調がよくない。とくにマーシャルに出遭ってからずっとこんな調子だ、ああ、あれはなんと呪われた日だったことか。時間をさかのぼって過去の自分をつかまえ、とっとと逃げろと叫ぶことができたらいいのに。

「すっかりきれいにするのを手伝いたいと言うべきじゃないかな」リキは自分がいま何を

言ったか気づくのにいっときかかる。すっかりきれいにするのを手伝う？　自分の望みは逃げて二度ともどってこない、それだけだ。でも、利己的な考えだが、すっかりきれいにしてしまえば、ここは警察にとってあまり疑わしい場所ではなくなるかもしれない。たしかにヴェラは警察に知らせないと言ったが、追加の安全策があればそれに越したことはない。残っているかもしれない証拠を拭い去れ。

サナが顔を輝かせて言う。「そうね！　なんてすてきな思いつきなの！」そして、何が起きているのかリキが気づくよりも早く、サナがリキの袖をつかんで店の中へ引っ張っていく。リキの全身全霊が泣き叫ぶ。やめてくれーっ！　でも、いまここでかわいい女の子から腕を引っこめるという展開はありえない。たとえその女の子が閉所恐怖症を引き起こしそうな、ぞっとするような残骸がある店の中へ自分を連れもどしているところだとしても。

「ヴェラ」サナが大声で言う。「心配しないで」中へはいると、彼女はリキの腕を放して真っ直ぐヴェラのところへ行き、両手を老いた女性の肩に置く。「ひどい目に遭ったわね」やさしく言う。「でも心配しないで、ヴェラ。わたしたちがお店をもとどおりにするから。わかった？　ここにいる全員であなたを助けるわ」ほかのみんなに目を走らせるサナが一瞬、ヴェラに負けないほど気性の激しい人間に見える。リキはいつのまにか、ろくに考えもせずうなずいている。ジュリアとオリヴァーも同様にうなずき、そしてエマが言う。「エマも手伝う」

「あら」ヴェラがことばを詰まらせる。「いいのよそんな。面倒をかけたくないわ」驚いたことに、ヴェラの頬が赤い。それどころか、耳の先まで赤くなっている。リキはそれを見て、急にヴェラを守りたくなる。この人はしたたかな面もあるが――いやまあ、ほとんどの場合したたかだが、結局はかよわい年老いた女性で、自分の店をめちゃくちゃにされるいわれはない。

「みんなでそうしたいんだ」リキは自分でも驚くほどきっぱりと言う。

ヴェラが苦しげに言う。「どうしようかしらね。息子のところに厄介になるほうがいいとは思うけれど。ここは安心できないでしょ。だれか知らないけど目的をかなえるためにまたやってきたら。ああ、でもティリーを煩わせるのもどうかしらね。あの子はすごくいそがしいし……」意味ありげに声がしだいに小さくなり、全員がだまっている一瞬の間に、目配せがせわしなく交わされて無言のメッセージが飛び交う。

とうとうジュリアがため息をついて言う。「うちに来ればいいわ」

「え?」全員が言う。

「あらいやだ、あなたにそんな面倒は――」ヴェラがあわてて言う。

けれどもジュリアはがたついた正面ドアの壊れた錠を指さす。「少なくともその錠を直してもらうまで。時間はかからないわ。それにね、ヴェラ、その捜査ってのをいったんやめたほうがいいと思うの。危険な目に遭ってほしくないのよ。二、三日わたしとエマのところに来て。いっしょにすごしましょうよ」笑みを浮かべるが、少し不安そうでもある。

自分の番だと感じたエマがうなずき、真面目くさった顔で言う。「来たらエマと寝て」

ヴェラはひどく迷っているようだ。やがて深々と息を吐いて言う。「そこまで言うならおことばに甘えるわ」

リキがあっけにとられて目を見張るそばで、ジュリアがうなずいて微笑む。ジュリアからこんな申し出をするとは思ってもいなかった。初対面のときは意志の弱い、途方に暮れた女性に見えたのに、いまの彼女は、まったく知らないも同然の人間を家に招き入れようとしている。そしてサナは、ヴェラの店をみんなできれいにしようと言っている。リキの胸に好感と尊敬の念がふくらんでいくが、これは何かのまちがい、悪いきざしにちがいない。ふたりそろってそうさせたものは、未解決の殺人事件なのだから。

22　ヴェラ

いやはや、意外な展開ではないか。殺人事件のあとは押しこみ強盗、そしていま、ヴェラは例の殺人事件の被害者の家に来ている。もちろん、被害者の愛すべき妻と娘の家でもある。

ヴェラは厚かましい態度を取ったり人を困らせたりする人間では断じてないから、絵に描いたように礼儀正しく理想的な泊り客でいようと決意する。だからこそ、ジュリアの家に着いたとき、つかつかと中へはいって玄関ホールで立ち止まり、そこで靴を脱ぐ。つづいてはいってきたエマにこう言う。「靴を脱ぐのよ、エマ。あたしたちは動物じゃないんだから」

エマが靴を脱ぐと、一瞬ためらってからジュリアも靴を脱ぎ、少し笑みを浮かべてヴェラの特大サイズのスーツケースをどうにか運びながら、エマとヴェラのあとから家にはいる。ヴェラはいったんリビングルームへ行き、狙った以上の劇的効果をもたらすように大きなため息をついてからどっかりソファに腰をおろす。もっともヴェラはつねに最大限の劇的効果を狙っているから、それ以上に劇的というのは実際ないかもしれない。

「荷物は寝室に置いたほうがいいかしら？」スーツケースを引っ張るジュリアがあえぎながら言う。「もうヴェラったら、この中に何がはいってるの？」

「あなたもあたしの歳になったら、いろいろなものを本来の場所におさめとくために、そりゃあたくさんのものが必要になるわよ」ヴェラは謎めいた言い方をして、それとなく自分の体のことを身振りで伝える。

エマが目を丸くする。「どうして？　何が落っこちそうなの？」大きな目でジュリアのほうを見る。「何が落っこちそうなの？　マミー」

「そうね、いろいろなものよ」とヴェラ。「授乳期が終われば、どんなブラも垂れ下がるものを支えきれない」

「ハニー、新しいテントで遊んできたらどう？」ジュリアがあわてて言う。

「来て」エマがそう言ってヴェラの手を引っ張る。「新しいテントを見せてあげる」

幼い女の子に連れられて廊下を歩きながら、ヴェラは微笑まずにはいられない。小さな指で手をしっかり握られるほど心地よいことがあろうか。背後の廊下では、ジュリアが息を切らしながらスーツケースを引っ張っていく。そのスーツケースには新しいすてきな機能があって、ボタンひとつで隠れた車輪が出てくることを、ヴェラはジュリアに教えようか考えたが、ジュリアは助けになるのがうれしいらしい。いずれにしても、あんなに大きくて重い荷物を自力で運ぶことができれば自信がつくだろう。

エマの部屋は狭くて質素だが、よく整頓されている。部屋の片隅にびっくりするほど飾り立てたテントがあり、中にやわらかい材質のおもちゃとクッションがある。エマが這ってはいり、ヴェラも来るように手招きするが、ヴェラはこう言う。「この歳になるとね、すごくたくさんストレッチをしても、膝をついたら立ちあがれないかもしれないのよ」

そしてそろそろと腰を曲げてエマのベッドの端にすわる。エマの頭がテントの垂れ幕からぴょこんと出る。

「死体を見た？」とエマ。

ヴェラは〈シックス・センス〉（一九九九年に公開されたブルース・ウィリス主演の映画）を観たことがあるので、固定観念を持ってはいけないことぐらい知っている。「あたしが先週死体を見たかってこと？それともいま死体が見えてるかってこと？」

「両方」

「ええ、たしかに先週死体を見たわ。でも、いまは死体なんてない」

「死体ってどんなふう？」

これについてヴェラは慎重に考える。正直が一番だと信じているものの、父親の死体について二歳児に話す場合は少しごまかすのが妥当かもしれない。「うーん、ふつうに見えるんだけど、死んでるのよ」

エマはこの答に納得したらしく、頭をテントの中に引っこめてひとりで歌いはじめる。調子はずれの歌をかすれ声で歌っている。かわいそうだが歌手としての将来はないだろう。それでかまわない。歌手というのは、なる前からヴェラが賛成するような職業ではけっしてない。ヴェラの考えでは、エマは建築家のほうが向いている。しばらくそこにすわって、じつに天賦の才がない声に半分耳を傾けながら、ヴェラはエマの人生についてもっといいことを考えようと部屋を見まわす。

部屋自体は狭くて家具も明らかに中古だが、壁には息をのむほど美しい写真が何点か飾ってある。ヴェラは立ってもっと近くで見る。妖精の世界を思わせるこんな色合いをいままで写真で見たことがない。全部乳幼児期のエマを撮ったもので、どの写真でもいわく言いがたい本質をとらえるのに写真家が成功しているので、それを見るだけで赤ん坊のエマの甘やかな声や喉を鳴らす音がほんとうに聞こえるようだ。そしてこの色！　すごい、とヴェラは思う。太陽の光を浴びたパステル調の色合いを見ていると、幼いティリーを膝に乗せておとぎ話を読み聞かせていた時代へ連れもどされる。写真の中で青葉が生い茂り、緑がかった青とエメラルド色のやさしい陰影が加わって、草や葉が毛布のようにやわらかそうだ。そして、すべてが金色の日差しを浴びている。全体がこの世のものとは思えない空気を醸し、エマが小妖精たちに盗まれた赤ん坊に見える。

中国人の母親であるヴェラは、芸術の誘惑に影響されない自分を誇りに思うことがよくあった。書道作品なら店にも自宅にもいくつか飾ってあるが、それらは芸術というよりは〝幸運であること〟を思い出させてくれる記念品だ。でも、いまこうしていくつかの写真を前にすると、さすがのヴェラもここには何かあると認めるしかない。きわめて特別な何か。

写真を堪能し終えるころ、ヴェラは小さなテントが静かなことに気づく。そっと近づいて中をのぞくと、エマが眠っている。エマの周囲に窒息の危険性があるものが置かれていないのを確認してから、そっと部屋を出て静かにドアを閉める。それからキッチンへ行き、皿を洗っているジュリアを見つける。

「エマは寝たのかしら」ジュリアが振り向いて言う。

「そうよ」ヴェラはジュリアの隣で皿を拭きはじめる。

「あら、そんなことしなくていいのに」

ヴェラはジュリアを無視する。キッチンの状態をひと目見たからだ。「一日ずっと何をしてるの？」

ジュリアはヴェラをちらりと見てから、いまごしごし洗っている皿に断固として集中する。「エマの世話をしてるわ」

「ふーん。仕事はしてるの？」

ジュリアがため息とともに首を振り、力を入れ過ぎではないかとヴェラが思うくらい強く皿をこする。「してないわ、ヴェラ。わたしは専業主婦なの」

「ああそう」賢明なヴェラはそれ以上何も言わないことにして、沈黙が延々と伸びていくにまかせる。最初に折れるのが自分でないことは長年の経験からわかる。

やはり思ったとおりだ。「批判されるいわれはないでしょ」ジュリアが言う。

「あら、批判はしてないけど。あたしの母も専業主婦でね。でも子供が九人いたから同じじゃないかもね。あ、でも」ヴェラはすばやくつけ加える。「批判はしない」

あきれたようにジュリアがぐるりと目をまわす。「そうね。専業主婦がいまどき流行らないのは知ってるけど、しかたがないでしょ。大学中退者を採用するところは少ないから。大卒者でさえなかなか就職できない。最近では未経験者レベルの仕事につくにも修士号か何かが必要なのよ」

「ほんとそうよね」ヴェラは言う。そして、ジュリアが皿を紙の薄さにすり減らす前にそっとそれを取りあげる。「ジュリア、何も専業主婦がいけないと言ってるんじゃないの。あたしだってティリーが小さいときは幼稚園にはいるまで家で面倒を見てた。でも……どうなのかしら、自分から好きで専業主婦になったの？」

ジュリアが呆然とした顔でヴェラを見る。「何を――ええ、もちろんそうよ」あくまでも言い張る。

「ふーん」ヴェラは納得がいかない顔でジュリアをじっと見る。長年にわたってティリーから真実を探り出してきた経験がある。ヴェラの尋問技術には大半のＣＩＡ工作員が脱帽するだろう。「こんなことを訊いてるのは、じつはエマの部屋で写真を見たんだけど、あなたほど才能のある人が写真の仕事につこうとしないのが、ちょっと信じられないからよ」

「わたしは――」ジュリアの口が大きく開いてから閉じる。「わたしが撮った写真だとどうしてわかるの？」

ヴェラはジュリアのほうへ身を乗り出して蛇口を閉める。「さあ、あっちですわっててちょうだい。お茶を淹れるから」

「でも――」

ばかな子ね。抵抗してお茶なら自分が淹れると言おうとしたらしい。ヴェラはそこまで暇じゃない。ジュリアをキッチンから追い払うと、せかせかと動きまわって、水を満たしたソースパンをコンロにかけてから、つぎつぎと戸棚をあけていき、やがて茶葉の棚を見つける。いますぐジュリアに必要なのはちゃんとした中国茶なのは当然だが、ヴェラにはリプトンを軽視しないだけの豊富な知識がある。リプトンのようなお茶でも適切な淹れ方さえすれば、かならずしもまずくはない。リプトンはほかの多くの西洋銘柄の紅茶と同じく、かなり高温で乾燥させた品質の悪い茶葉を使っていて、繊細な風味の痕跡をすっかり消している。その結果、しっかり沸騰させて砂糖とミルクをたっぷり入れてもかまわない濃い紅茶になる。ヴェラはティーバッグ三つを切り開いて水のはいった鍋へ茶葉を入れ、少なくとも五分は沸騰させて香りを残らず湯に浸出させる。そのころには、お茶は夜中の闇のように黒くなる。それを漉してから少量のミルクと――おや、ちょうどよかった――スプーン一杯のコンデンスミルクを加える。

お茶からふわりと立ちのぼる香りがとても心地よく、まるでハグのようだ。ダイニングルームへはいったとき、ヴェラはジュリアの肩がこわばっているのに気づくが、そのミルクティーをひと口飲むとジュリアがほっと息を吐き、穏やかな顔になるのがわかる。ヴェラは胸の内で微笑む。おいしいお茶を飲めば、人はかならずそうなる。お茶は心をなごませる飲み物であり、だからこそヴェラはもっと多くの人にお茶を飲んでもらうことに一生をささげる道を選んだ。近ごろの若者に一番必要ないのはコーヒーだ。そんなものを飲んだらよけいにストレスがたまって不幸になるだけなのに、どうしてわからないのかしらね。

「それで」もうひと口飲んでからジュリアが言う。「わたしがあの写真を撮ったってどうしてわかったの？」

「そうねえ、すごくよく撮れてるからプロを雇ったんだろうってはじめは思った。でも、もっと近くで見て、その中に何かが見えたの。これを撮った人はこの赤ちゃんの本質をとらえているとひそかに思った。人はカメラの向こう側にある愛情を感じ取れる。あたしにはそういうことがわかるのよ」ヴェラは少し自慢げに言う。「母親だから、母の愛がわかるの」

ジュリアが笑みを浮かべるが、笑みと言ってはいけないほどそれは悲しそうな顔だ。マグに視線を落とす。「そのとおりよ。わたしがあの写真を撮った。見るのがつらくてときどき壁からはずしたくなるけど」

「なぜつらいの？」つらい理由については当て推量もできるが、訊いてみるのが思いやりのある態度だろう。ティリーのことばを借りれば、わからないふりをして損をすることはない。とかなんとか。

「なぜなら、あなたの言うとおりだからよ、ヴェラ。わたしは写真家になりたかった。写真の勉強をしたかった。それを専攻して、どの授業も大好きだった。人生最良のときだったわ」最後のひと言は苦しそうな小声で、それを言ったとたんに、ジュリアは何か汚いものが滑り出たかのように口を覆う。「そんなつもりじゃ——ああ、母親がこんなことを言うなんてひどいわよね。エマの母親でよかったと思うけど、でも……」

ヴェラはジュリアの手に自分の手を重ねる。ふたりの手がいっしょになったので、ジュリアの若々しい肌と比べて自分の手が皺と染みだらけなのにいやでも気づかされる。急いで自分の手をどける。六十歳になってもつまらない見栄と無縁ではない。「言ってることはわかるわよ」と言う。「あたしだってティリーの母親でよかったと思うけど、人生最良のときを訊かれれば二十歳のときだと言うわね。まだ学生で、世界が可能性に満ちていた」いっときヴェラは物憂げに宙を見つめ、大学を卒業して過酷な現実世界へ吐き出される前の、あの揺るぎない感覚へ思いを馳せる。

ジュリアがうなずく。「ええ、ほんとにね。それはともかく、中退はしても負債はたくさんあったから、どんな仕事もやって返済をはじめるしかなかった。マーシャルもね」

「どうして中退したの？　授業についていけなかった？」

「いいえ」ジュリアが笑いだす。でも笑い声はすぐにやむ。「あのね、大学は費用がかかりすぎるってマーシャルが言ったの。彼がまちがってるわけじゃないわ」弁解がましく言い足す。「写真のようなことを勉強する場合はとくにね。何万ドルも授業料を無駄に払うより、自分で技術を身に付けたほうがいいって彼は言った。わたしはそれも一理あると思った。だから中退してデパートで仕事を見つけた。同時に彼は家族を増やしたいと思っていて、これには意外と時間がかかったわ」当時を思い出すジュリアの声は苦しそうだが、それでも無理に笑みを作る。「とにかく、マーシャルは卒業したあとプロポーズして、わたしたちはずっと赤ちゃんを作ろうとしていて、何年か経ってようやくエマが生まれて、それで終わり。写真をたくさん撮る機会なんてなかった。いっぱい計画して、何度も夢見たけれど、でも……それだけのこと。ただの夢」

「実現しない夢ほど人生で悲しいものはないわ」ヴェラは言う。「そりゃあ、重病になるとか死ぬとかのつぎだけど」

「ええ、これってある意味先進国ならではの問題ね」ジュリアが自嘲気味に鼻を鳴らす。「あなたのお店に押しこみ強盗がはいったときにこんな愚痴をこぼすなんて、ほんとに情けないわ」

ヴェラは手を振って受け流す。「あら、そんなの気にしないで」それからぽんと手を叩く。「さてと！　いま、写真を撮るのを邪魔してるものは何？」

ジュリアがはっと身をすくめる。「どういう意味？」

る？」
「ネットを見てごらんなさい。写真家を探してる人はきっと大勢いる。肖像写真はやれ
「まあ、やれるけど、でも――」
「じゃあ、それからはじめて。はじめたばかりなんだから、料金は激安でね。落ち着いて
やれるようになるまでは無料でもいいかも」
「でもエマがいるし、それに――」
「あたしがエマを見るわ」とヴェラ。
「はあ――」ジュリアの口がぽかんとあく。
「あたしも母親よ。もっと言えば、中国人の母親。これ以上の人材はいないわね。あたし
たちが育ててるのは世界一の子供たちよ。どの病院を見ても外科医はみんな中国人なんだか
ら」ヴェラは得意そうに顔を輝かせ、まるで各病院の全外科医については自分が個人的に
責任を負ってきたと言わんばかりだ。
「あの……でも……あの子はとても――」ジュリアは力なく身振りを交える。「あの子は
よその人といっしょにさせるとあまり具合がよくないの。ほんとうよ、ためしにやってみ
たんだから。この通りの先に手ごろな保育施設を見つけたんだけど――実際は近所の人が
自宅でやってる託児所――もう大変、そこへエマを置いていこうとしたら、悲鳴が……」

そのときのことを思い出してジュリアが顔をゆがめる。「その近所の人からは、受け入れは基本的に無理だと言われたわ」

「チッ、じゃあその人は子供の世話がへたなのね」ヴェラは舌打ちをする。「あたしといっしょにいるときのエマを見たでしょ。あたしなら安心だとわかってるのよ」

どんな問題があるにせよ、ジュリアが承諾するのがヴェラにはわかる。実際、アヒルの雛が母鳥を見分けるように、エマはヴェラになついている。

「もしいやなら家から出なくてもいいのよ」ヴェラはつづける。「寝室で撮影するとか、裏庭でもいいかもしれない。エマのことは心配しないで、わかった？ よかった。意見が一致してうれしいわ」

ジュリアに何か言う隙を与えず、ヴェラは彼女の肩を軽く叩いてから立ちあがる。そして大げさに伸びをしてから言う。「さあ、早くパソコンに向かって写真の仕事を探しなさいな。あたしはエマにヘルシーなおやつを作ってからあの子を起こすから」

ジュリアは少しショックを受けているようだが、ヴェラにしてみればそんなものは歳を重ねるにつれてめずらしくもなくなってきた。それでも、いっとき呆然としてだまりこくっていたジュリアが立ちあがって、ダイニングテーブルからノートパソコンをつかみ、それを寝室へ持っていく。それを見るのはうれしい。

23 ヴェラ

驚くほど短期間のうちに、ヴェラとジュリアと幼いエマは新しい生活のリズムになじむ。一日目、ジュリアは愚かにもヴェラに家事をさせまいとしてこう言う——わざわざ夕食を作ってくれなくていい、あと片付けなどしなくていい、エマに算数を教えなくていい。でもまもなく〝ヴェラに何かをするなと言う〟のは無駄だとわかり、二日目が終わるまでにジュリアはヴェラのたくらみに全面降伏する。

ジュリアの家へ移ったとき、一日かせいぜい二日泊めてもらってからさびれた店の二階でまた静かに暮らそう、とヴェラは無邪気に考えていた。でも店は当分のあいだ休業するしかない。そう考えると、以前ならすっかり打ちのめされていただろうが、じつのところ、いまは少しほっとしている。店をあけられないのはさびしいけれど、その一方、客が来ないとか、いつまで店をつづけられるのかとか、あれこれ思い悩まずにすむ。アレックスにメッセージを送って友人宅にいると知らせ、お茶を提供できないのをわびると、親切で思いやりがあるアレックスは心配要らないよと即座に返信をよこす。

昨夜ティリーから電話があり、何日もメッセージを送ってこないのはなぜだと訊かれた。

おや、どういう風の吹きまわしかしらね。

「じつはね」とヴェラ。「店に押しこみ強盗がはいったから、うちに来て泊まりなさいとお友達に言われたのよ」

ティリーがそれを聞いてけっこう長くしゃべり立てた。「なんだって？　マー、店に押しこみってどういうこと？　警察に通報したのかい？」

「チッ、警察ね、なんの役に立つの？　殺人事件も解決しないのに、わざわざ押しこみ強盗を解決すると思う？　だいじょうぶよ、あたしが自分で突き止める」

「勘弁してくれよ、マー！　それに、いまどこに滞在してるんだ？　どういう友達？」

「あたしには友達がたくさんいるのよ、ティリー」ヴェラは澄ました声で言わずにいられなかった。

「どこにいるの？　迎えにいくよ。だから――」ティリーがため息をついてからこう言った。「ぼくのところに泊まればいい」

「とんでもない、迷惑かけたくないわ」まさか！　そんな申し出をはねつけるなんて！

以前ならほしくてたまらなかった申し出だ。でも、いまの自分はちがう。もう息子のお荷物ではない。

「どうなってるんだよ、マー。とにかく――わかった、もういいよ。おとなだから自分の面倒ぐらい見られるよね。でもお金を少し振りこむから、いいね？　それから、必要があれば知らせるんだよ、聞いてる？」

「はいはい。やかましいわねえ」ヴェラは薄笑いを浮かべて電話を切ったが、だれが彼女を責められよう。ティリーに愛想をつかされて悲しい思いをしていたのに、いまになって息子は金を送ると言い張る。つまり、それほど親不孝な子じゃないということだ。

ヴェラは自分がこれほど簡単にジュリアの生活になじむとは想像もしていなかった。まるでパズルのピースがぴたりとはまったかのようだ。はじめからずっとここが自分の居場所だったと思えるときもある。ふたりの女の子と住んでいて、ひとりは自分の娘のような気がしているところで、もうひとりははじめから自分の孫娘として受け入れている。ああ、エマ、ヴェラはこの小さくて生真面目な女の子がいとおしくてたまらない。

朝ジュリアが起きてくると、エマの着替えはもうすんでいて、髪は手の込んだおさげに結ってあり、エマは幼児用の椅子にすわってひとりで粥をすすっている。その隣にヴェラがすわって新聞を読んでいる。ヴェラはジュリアに目をとめると、ただひと言「すわって」と言う。そしてジュリアがすわると、出来立ての粥がはいった湯気の立つ鉢が目の前に現れ、トッピングを入れた皿も添えられる——目玉焼き、辛味豆腐、かりっと揚げた油条（ヨウティアオ）。緑茶も、こくのある豆乳もある。そしてジュリアは食べるが、エマがスプーンを使って自分で食べ、その辺のものを残らずほうり投げてフライドポテトとチキンナゲットがほしいとわめいていないことに驚愕する。ふたりが食べ終えると、ヴェラは手早く片付けてエマのべとついた顔を拭いてから、エマを幼児用の椅子から抱きあげておろし、ブロックの先にある公園へ連れていく。

はじめてヴェラがエマを連れ出すとき、ジュリアは心配でいてもたってもいられずについていく。もしヴェラがじつは悪い人間で、エマに対してよからぬことを考えていたら？　だからジュリアはついていき、ヴェラがむっとして目をぐるりとまわすが、遊び場で見ていたときにジュリアは仰天する。ヴェラがエマをよその女の子のそばにぽんとおろし、ふたりの女の子が——まあ、いっしょに遊ぶわけではないが——並んで遊びはじめたからだ。いままではエマを別の子供まで五歩以内の距離に連れていくと、「やだ、遊びたくない！」と叫んでジュリアを困らせたので、この光景は衝撃だ。ヴェラはどうやってるの？　その疑問はいくつもの声が織りなす掛け合い歌となって、その日一日つぎからつぎへと頭のなかで鳴り響く。ヴェラはどうやってるの？　ヴェラはどうやって家をこんなにきちんと掃除してるの、ヴェラはどうやってあんなに手早くお料理してるの、ヴェラはどうやってなんでもするの？　もしだれかがヴェラは半分魔法使いだと言ったら、ジュリアは信じるだろう。

夜になると、ヴェラは主寝室へ引きあげる。ここへ来た初日に、中国では年配者がその家の一番いい部屋を使うことになってるのよ、と申しわけなさそうに言われてジュリアがこころよく提供した寝室だ。ヴェラはその部屋でゆうゆうとキングサイズのベッドに横になり、オリヴァーの原稿を読む。ヴェラは読書家ではないが、オリヴァーの原稿が洗練にはほど遠いと評価するぐらいならできる。ひどく粗削りで、ある部分ではペースが速すぎ、またある部分ではのろのろしている。それでもヴェラが読み進めていられるのは話の内容のせいだ。それはふたりの兄弟の物語だ。ひとりは完璧な少年で、というよりほかのみんなはそう思っていて、もうひとりは期待外れの少年で、片方の陰に隠れてその片方がいつもずるをしているのをだまって見ている。その内気な少年はある女の子に恋をするが、結局その女の子は将来有望な少年のほうと結婚する。ヴェラはその内気な少年が有望な少年に毒を盛るか、もしかしたら羽毛の枕で窒息させるというのが結末かもしれないと思う。途中を読み飛ばして結末を知りたい気持ちもあるが、ネタバレは大きらいなので、とにかく辛抱強くページを追っているところだ。ペースは不安定だがまあまあ楽しんでいる。

ヴェラが来て四日目、寝室で叫び声があがったのは、ヴェラとエマがいっしょに手延べの麺を作っているときだ。その直後、ジュリアがすさまじい勢いで廊下を走ってきて、着いたときにはひどく息を切らし、ブロンドの髪がぼさぼさに乱れて顔にかかっている。そして、エマが体のあちこちに粉の手形を残して、生の麺を茶色の巻き毛に絡みつかせたまま笑っている、そんな娘を見てジュリアは固まる。ジュリアのとっさの反応は恐怖に根づいたものだとヴェラにはわかる。おそらく以前のジュリアならエマを抱きあげ、汚れを取るために急いで立ち去っただろう。マーシャルが帰ってくる前に。でもそのとき、ヴェラはジュリアの目の中に夜明けを見る。もうマーシャルはおらず、だらしがないとか、不適切だとか、そのほかマーシャルなら怒りそうなつまらないことで小言を言われる心配はない。それからジュリアが大口をあけて笑いだす。ああ、なんという響きだろう、とヴェラは思う。

それは腹の底から出てくるのびのびした笑い声、よろこびでいっぱいの、人目をはばからない声だ。一瞬目を見張ったあとでエマも加わり、くすくす笑いながら麺をもっとほっぺたでつぶすと、頭をのけぞらせてもっと笑う。ヴェラもいっしょに笑わずにいられない。こんなに楽しいのはほんとうにひさしぶりだ。三人とも脇腹が痛くなって息が苦しくなるまで笑いこけ、やがてヴェラは、荒い息をしながら何があったのかと訊く。

「そうだった！」そもそもなぜここへ走ってきたか忘れていたかのように、ジュリアが言う。「見つけたわ！　写真の仕事！」そう言いながら少し動揺しているらしく、不安と興奮を足して二で割ったような表情だ。

ヴェラは不安が優位になる時間をいっときも与えない。歓声をあげてジュリアを抱き締める。「よくやったわね！」そしてエマもハグに加わるように手招きする。「来て、これからあなたのママは写真家よ」

「わーい！　わーい！」エマが叫ぶ。写真家が何かは知らないけれど、飛びこんで短い腕をふたりの体にまわすのが何よりも楽しいらしい。

「さあ、すっかり聞かせて」ヴェラは少し後ろにさがって言う。

「小さな仕事なのよ」ジュリアが遠慮がちに話しはじめるなり、ヴェラの手がさっとあがってジュリアの側頭部を軽く叩く。「いたっ、何――！　ちょっと……なんなのよ、ヴェラ」

「自分の仕事をそんなふうに言ってはだめ」ヴェラは叱る。「〝小さな仕事〟、はっ！　男がそう言うのを見たことある？　ないでしょ、男はたとえ嘘でも仕事のことは堂々と言う。だからこそ、つぎにはもっとずっと大きな仕事が手にはいる。〝小さな仕事〟なんてものはないのよ。それから、そんなばかっぽい口調で言うのもだめ。弁解がましいったらないわ。わたしは小さな仕事をしているばかな女ですって言ってるみたい。だめよ！」人差し指があがってジュリアの顔に剣のごとく向けられる。「堂々とこの仕事をしにいきなさい」

「あの……わかったから」ジュリアはヴェラの手強い人差し指を恐る恐るおろす。「それで、それは小さ——それはインフルエンサーの肖像写真を撮る仕事なの。彼女はまだインフルエンサーってほどじゃないけど、だんだんそうなってきたから宣伝用の顔写真が必要で、だから」ジュリアが言いよどんだので、また弁解がましいことや仕事を過小評価するようなことを言いそうだとヴェラにはわかるが、ジュリアはどうにか踏みとどまる。ヴェラはうなずき、咳払いをする。

「いいと思うわよ」

「報酬はたいしたことないのよ」ジュリアはうっかり言ってしまう。

ヴェラはため息をつく。自信に満ちた新しい自分にたった一日でなるのを、ジュリアに求めるのは酷だろう。「あたしがティーハウスを開店した当初、茶壺(チャーフー)一杯のお茶がたった二セントだった。いまじゃ三ドルもらってるわ」

「それは、いんふれーしょん」エマが歌う。

ジュリアもヴェラもいっとき目を丸くしてエマを見るが、エマは相変わらず麺の生地で遊んでいる。ようやくヴェラが言う。「たしかにまちがってない。あなたは建築家じゃなくて経済学者に向いてるかもね。あとヘッジファンド・マネージャーとか。とにかく」ヴェラはジュリアへ注意をもどす。「行ってこの仕事をすればだいぶ自信がつくわよ。もちろんこんなのはだめよ」ジュリアに向かって顔つきや身振りで示す。「こういうしょぼくれ顔はやめて。あなたはうまくいく。とてもうまくいく。もっともっとうまくいく」

「とてももっと」エマが言う。

「そうよ」とヴェラ。「とてももっと。さあ、もうあっちへ行って、エマとあたしで夕ごはんをこしらえるから」

ジュリアが頭をくらくらさせてキッチンから出ていくと、ヴェラはエマを見おろし、エマはヴェラを見あげてにこりとする。「ママ抜きで何か作るのはどう?」

エマが真面目な顔でうなずき、ふたりは夕食用の麵作りを再開する。

翌朝、ジュリアはどうにも耐えられない。起きた瞬間から神経が過敏になって緊張がひどいので、ついにヴェラがバスルームの掃除を言いつける。バスルームはヴェラが徹底的にきれいにしてあるのでもちろん掃除の必要はないが、どう見ても、ジュリアは何かをして張り詰めたエネルギーを解消しなくてはならないようだ。ジュリアの神経過敏はエマにも影響し、きょうのエマは新しい朝の日課をなかなかこなせずにいる。ヴェラは髪を結んであげるあいだエマをじっとさせておくのに手こずりながら、以前はこれがふつうだったのかもしれないと考える。マーシャルが生きていたとき、ジュリアはこんな張り詰めたエネルギーをいつもかかえていたのかもしれない。だからエマは不安定だったのかもしれない。ヴェラはため息をつく。かもしれないが多すぎる。

それでも、トイレを磨いたのがよかったらしい。ジュリアがようやく出てきたとき、前ほどぴりぴりしていない。

「ありがとう」ジュリアがヴェラに言う。それから声をあげて笑う。「バスルームを掃除しろと言われてなぜ感謝したのかよくわからない」

「自分のためになるとわかってるからよ」ヴェラは密閉容器を渡す。「あなたとクライアントにランチを作ったの。野菜たっぷりの春巻き。あなたにぴったりよ。仕事に精出して。さあ、いってらっしゃい」

「まだそんな時間じゃ——」

「早いほうがいいってのがあたしの口癖でね」

ジュリアが口をあけ、言い返そうとしたが考え直したようだ。よしよし。ヴェラは胸の中で言う。あたしに文句を言っても無駄だとわかったのね。ジュリアは昨夜慎重に機材をおさめたカメラバッグを持ってくる。ドアのところで立ち止まり、ぐずぐずと不安をにじませる。「あなたたち、ふたりでだいじょうぶ？」

訊かれたのが自分かエマか、ヴェラにはわからない。どちらにせよ、なんとばかな質問だ。ヴェラといっしょならだいじょうぶにきまってる。「行きなさい」叱りつけてジュリアを追い払う。そしてジュリアが最後に一度ちらりと振り返り、ドアから出ていく。ヴェラとエマは張り出し窓へ行って、ジュリアの車が私道から出るのを見送ると、ヴェラはエマに向かって言う。「これでよし、仕事に取りかかるわよ」

エマがうなずく。ヴェラは小さなエマにカーディガンを着せてボタンを全部かけると、ふたりは手を取り合って家を出る。はじめにバスでチャイナタウンへ行き、そこで新鮮で安い食料品を買う。ヴェラは一番新鮮な魚を見分けるコツと（「魚の目をつつくのよ、こんなふうに」）そして魚の目をつつくことにエマは驚くほど夢中になる）最適価格を求めて店主と値下げ交渉をするやり方をエマに見せる。ひととおり終わるころ、ヴェラが持参したショッピングカートはいっぱいになる。ふたりは軽くおやつを食べるためにフォーチュンクッキーを焼いている店に立ち寄り、そこでエマがクッキーを三つ食べ、それから家へ帰る。買ってきたものを全部冷蔵庫へ入れたあと、ヴェラは大きな韓国梨を切ってエマと分けて食べながら、お話を読み聞かせる。

それはこんなお話だ。「王様が言いました。〝そなたは美しい娘だが、この部屋いっぱいの干し草を日の出までに黄金に変えられなければ、そなたを殺すことに――〃なんですって？　なんなのこのばかばかしい話は。ランピ――ラン――ランパプム？　だいたい名前もばかくさいわね。エマ、ヴェラおばあちゃんの言うことをお聞き。この王様はとても悪い人間よ。聞いてる？　ならいいわ、で……どこまで行ったかしら？　そうそう……ランピ――ランパプムに助けられ、娘はなんとか三部屋分の干し草を黄金に変え、それを見た王様が言いました。〃すばらしい！　そなたを妻にしよう！〃　そしてアンは大喜びで――なんですって？　エマ、ヴェラおばあちゃんの言うことをお聞き。ちゃんと聞いてる？　このアンとかいう娘はほんとにばかね。ほんとうに！　ばか！　聞いてる？　こんな頭のおかしな王様に結婚したいと言われてなぜうれしいの？　ぞっとするのがふつうよ。結婚式の夜には短剣を持っていなきゃだめ。中国では、結婚前の娘はそうしていたのよ。昔の中国の娘は結婚相手を選べなかった。結婚式の日まで夫と会うこともなかった。だから、伝統的な婚礼衣装には小さな短剣がついていたの。夫が悪い人間だとわかったときのためにね。エマ、ちゃんと聞いて――あら、寝ちゃったのね。コホン、コホン。それならよかった。ばかばかしい本を与えるのはいかがなものかとお母さんに言っておくわ」

ヴェラはそっと立って小さなエマをソファに寝かす。エマの部屋からウールの毛布を取ってきてかけてやり、愛情をこめて頭をぽんぽんと叩く。エマに微笑みかけ、小さな子供がこんな短いあいだにヴェラの心のひだにはいりこんだことに驚く。エマのまつ毛がほんの少し反り返っている様子がいとおしい。それを見るとティリーの小さいころを、あのころのティリーがほんとうにやわらかくてあたたかかったことを思い出す。床がきしむあたりを踏まないようにしてそっと立ち去る。それからエマの寝室を片付けにかかり、散らかっているいろいろなおもちゃと服を拾って、いろいろな収納スペースにしまっていく。床からおもちゃもゴミもなくなると、ヴェラは家のほかの部分に注意を向ける。

というのも、くつろいだ気分にはなっているが、この家に来たほんとうの目的をすっかり忘れたわけではないからだ。ここにいるのは、マーシャルにまつわる秘密を発見するためだ。というわけで、心に残ったやましさをひとつ残らず握りつぶし、ヴェラはエマの寝室をこっそり出る。もちろん主寝室は隅から隅まで調べた。キッチンとダイニングルームとリビングルームも調べ尽くした。残るはガレージだ。

勇んでガレージへ行き、そこを見まわす。がらくたがずいぶんあり、ほとんどが何年も放置されているようだ。壁の片側には棚もあり、洗剤やさまざまな工具がおさまっている。ヴェラはじっと目を凝らし、ためしに手近の段ボール箱のひとつをあけてみる。着古したベビー服らしきものが詰まっている。ふうむ。もうひとつ箱をあけ、さらにもうひとつあける。テニスのラケット、古い靴。やれやれ。これでは永遠に終わらない。そして一番まずいのは、何を探しているのかさえわからないことだ。ヴェラはなんとなくこう思っている。台帳のようなものがあるのでは？　でも、そんな保証はどこにもないわよね。

最後のひとふんばりをしようと、ヴェラは壁に立てかけてあった折り畳み椅子をつかみ、棚の下に置く。慎重に椅子に乗り、棚の上段をのぞく。すると、ほんの一瞬心臓が止まる。すぐそこになめらかな銀色のものがあるからだ。陰気なガレージには明らかにそぐわないものが。手を伸ばしてそれを引き寄せ、棚からおろす。

ノートパソコンだ。

ヴェラの心臓がいきなり馬のギャロップのように跳びはねる。だれがノートパソコンをガレージにしまいこむだろう。それは非道なことをしていた人間だ。後ろ暗いことをしていたせいで殺されるはめになった人間だ。マーシャルのような人間だ。

ヴェラは自分でも意外なほどの敏捷さで椅子から飛びおりて、高鳴る胸にノートパソコンをしっかりとかかえ、急いで家へもどる。エマの様子を見ると、まだソファでぐっすり眠っているので、小走りで主寝室へ行く。ごくりと唾をのんでヴェラはノートパソコンを開く。暗証番号を求められる。ヴェラは大きくうなる。だめじゃない！　あと少しで謎が解けるのに！

それでももう一度スクリーンを見ると、訊かれているのはじつは暗証番号ではない。実際に表示されているのは〝鍵を挿入して解除してください〟だ。

まったく最近の機械ときたら！　ヴェラはパソコンを持ちあげ、鍵穴が見つかるのを半ば期待して裏側を見る。ない。側面にもない。念のために表側も調べる。鍵穴はない。あるのはUSBメモリーの差込口だけだ。

ヴェラの口が大きく開き、呼吸が乱れる。USBメモリー！　それだ！

急いでシャツの裾をめくり、マーシャルの死体を見つけてからずっと身に着けているウエストポーチをあらわにする。ファスナーをあけてUSBメモリーを取り出し、震える手でキャップをはずす。行くわよ。それをパソコンに挿入し、息を殺して待つ。

スクリーンがまたたき、ことばが現れる。〝認証中……〟

それから〝鍵が認証されました〟

画面が変わり、名前のついたフォルダが現れる。〝資産〟

ヴェラがそこをクリックすると、フォルダが開いて新たに数十個のフォルダが現れる。探し物がわからないまま、目を凝らしてスクロールしていく。やがてフォルダの名前のひとつが目にとまる。それを開く。そして息をのむ。

24 オリヴァー

弟が死んだ――もしかしたら殺された――二週間後の日曜日に、まさかチャイナタウンへ行ってティーハウスの片付けを、しかもその双子の弟が遺体で発見されたまさにその店の片付けをすることになろうとは、オリヴァーは夢にも思わなかった。けれども来たよ、と心の中でつぶやいて駐車し、ヴェラのティーハウスの外にリキとサナの姿を見つける。ふたりと会うのは妙にうれしい。不幸な事情のもとに偶然集まった赤の他人ではなく、まるでしばらく前から友達だったかのようだ。オリヴァーが手を振るとふたりも振り返し、車をおりて歩いていくと、サナからテイクアウト用のカップを渡される。

「コーヒーがあったほうがいいと思って」とサナ。

「やった、ヴェラには見せないほうがいいね」オリヴァーは言い、リキとサナがにんまり笑い、こんなやりとりがなんだか……幸せだ。なじみのない感覚だけど、こういうのは好きだ。オリヴァーはポケットから鍵を出してドアを解錠する。きのうひとりで来て新しい錠を取りつけておいた。

〈ヴェラ・ワンの世界に名だたるティーハウス〉の店内は、最後にここに来たときの記憶と変わらず陰惨だ。割れたガラス、ひっくり返された椅子。三人とも入り口で立ち止まり、オリヴァーは破壊しつくされた光景にあとのふたりが不安になったのを感じ取る。そこで声をかける。「はいろう。必要なものは持ってきた」

そういうものなら持っている。オリヴァーはアパートメントの管理人という立場をはじめてありがたいと思う。ゴミ袋や洗浄液のようなものは買う必要があったが、ほかの再利用できるものはすべて備品用物置から拝借した。掃除用手袋、ほうき、モップ。三人いっしょにオリヴァーの車のトランクから備品をおろして作業に取りかかる。家具を持ちあげて店の外へ出してから、床にちらばったガラス片や薬草類を一掃する。それからオリヴァーはモップがけをはじめ、サナが張り出し窓を磨く。残念ながら、マーシャルの遺体の不気味な輪郭線は消せず、どうにも気色が悪い。

「そこにはイソプロピル・アルコールを使わないとだめね」サナが言う。「練り歯磨きと重曹でもいいかも」

オリヴァーはうなずき、身震いしながら死んだ双子の弟の輪郭線から顔をそむける。人生で起こる悪いことを全部モップで拭き取れたらいいのに。

リキがゴミ袋の処分からもどってきて額をぬぐい、店から出した家具を入念に調べる。

「よく見ると、まあまあの品物だな」椅子のひとつをあちこちに傾けながら考えこむ。

「へえ」オリヴァーは家具にはあまり関心がないが、リキが椅子をながめる様子に興味を惹かれる。家具の扱いによほど慣れているらしく、動きに無駄がない。「大工仕事が好きなのかい？」

「ちょっとね。故郷のジャカルタで父が便利屋をやってるんだ」その声が悲しみを帯びるが、リキはつづける。「この部分を取ればいいんじゃないかな」古くて壊れかけた椅子の背を指さす。「そしてもっとモダンなものに取り換えて、クッションをひとつ足して、新しい塗料を塗れば……ずいぶんよくなるよ」

オリヴァーははっきりとは想像できないが、励ますようにうんうんとうなずく。「それはいいね」

サナが張り出し窓から後ずさりして店の中を見まわす。「へええ、びっくりよね。分厚い汚れの層が窓からなくなったら、店がほんとうに広くなったみたい」そして、ためらいがちに言う。「ばかなことを言うようだけど、窓をきれいにする前は汚れが何かの幻みたいに見えた。だれかがこちらを見ているような」

「隣のペストリー屋さんじゃないかな」リキが言う。

「そうかもね」

三人は周囲を見る。サナの言うとおりだとわかってオリヴァーは驚く。店がほんとうに大きくて明るくなったみたいだ。そして店内の照明に眉をひそめる。電球は交換したけれど、この店にはもっとましな照明がなくてはだめだ。「照明器具を買ってくるよ。イケアの安いフロアスタンドを二、三個置けば効果抜群だ」口に出して言うだけで気分がいい。のろまな役立たずでいる代わりに、行動して何かを作り出そうとしている。

リキが椅子を三つ運んできたので、三人はすわってひと休みし、気心の知れた沈黙にひたってコーヒーを飲む。

「ヴェラはジュリアの家でどうしてるのかな」リキが言う。

「ヴェラをわたしの部屋に泊めるなんて想像できないわ」サナが言い、三人とも声をあげて笑う。

「意外だけど、ジュリアはヴェラが来てくれてけっこうよかったと言ってたよ」

サナとリキが口をぽかんとあけてオリヴァーを見る。「マジで?」とリキ。

「そう、マジで」オリヴァーはもうひと口コーヒーを飲み、そのスモーキーな香りを楽しむ。「ヴェラのおかげでエマがほんとうにのびのびしてきたって言うんだ。それに、ほぼ毎回の食事にごちそうを作ってくれるらしい。一、二回招かれたことがあるんだけど、そりゃあもうすばらしいんだ」

「ちょっとなに、うらやましいじゃないの」とサナ。

「母の手料理が恋しいよ」リキが言う。「故郷にいるころ、母も家族のためによくボリューム満点の料理を作ってくれた。日曜日のたびに少なくとも七、八品を用意して、どれもすごくおいしかったな」

オリヴァーは微笑んでうなずく。「インドネシアの料理ってどんなのだい？」

「スパイシーだよ」リキが笑いながら言う。「どの料理もいろいろなサンバルを――チリソースのことだよ――たっぷりつけて食べるんだ。ぼくの好物はテロン・バラド、揚げたナスを最高にうまい赤唐辛子とトマトで味付けしたものだよ」

「へええ、わたしナス大好き」サナが言う。「わたしの家ではパパが料理をするんだけど、パパが作るほうれん草とナスのカレーを食べるとほんとにほっとするわ。クリーミーでコクがあってすごくおいしいのよ」

オリヴァーは母が作ったナスのガーリックソース和えを思い出す。こんなときにナス料理が話題になるなんてずいぶん妙な気もするが、なんとなくわかる。ナスにはとても心穏やかにさせるものがある。

「じゃあ、ジュリアはちゃんとした食事をとってるのね」サナが言う。

「そうだよ。でもひとつだけ難点があって、ヴェラに寝室を明け渡したから、自分はソファで寝てるらしい」

サナが声をあげて笑う。「やっぱりそうだったのね。かわいそうなジュリア。ヴェラが彼女を誘導して主寝室を譲らずにいられなくさせる様子が目に浮かぶわ」

「じゃあ、自分なら譲らないのかい？」リキがサナを肘で小突く。

サナが目を丸くする。「まさかでしょう。ヴェラがこわいから当然譲るわ。それからあなたたち、ヴェラなんかこわくないってわたしに言っても無駄よ。ヴェラといるときの態度を見ればわかるんだから」

「いやいや、なんだって？」オリヴァーは笑いながら言う。「ぼくたちがどんな態度だって？」

「すっごく悪いことをしたのをわかってる生徒みたいな態度よ」

オリヴァーの笑い声が喉につかえる。リキが不安そうだ。一瞬の間があり――ふたりとも無理に笑いだす。オリヴァーはリキをちらりと見る。どういうことだ？　自分が何をしたかはよくわかっているが、リキは何にやましさを感じてるんだ？　でも、リキやサナのことがほんとうに好きだから、このふたりを疑いはじめるのだけはごめんだ。だから気まずさを振り払い、このひとときを壊さない気楽な受け答えを探す。

けれども、オリヴァーが何を言うところだったにせよ、それはドアが押しあけられると
きの鈴の音にはばまれる。突然のことなので、三人は店にはいってきたグレイ巡査を押し
黙って見つめる。まさかグレイ巡査が現れるとは一秒たりとも予想していなかったので、
オリヴァーの脳はショートし、こう考える。待てよ、また警察署に来ていて、これから弟
の遺体の確認をするところなのか？
「いったいここで何をやってるんですか？」グレイ巡査が詰問する。三人に会えてよろこ
んでいるようにはとても見えない。
オリヴァーはあわてて立ちあがる。グレイ巡査を見ると、なぜか立っていなければいけ
ない気がする。制服のせいかもしれない。それとも、その目つきがどこかヴェラを思い出
させるからか。それとも、ホルスターにおさまった銃がよく見えるからだろうか。それと
も、全部ひっくるめた理由のせいだろうか。三人の中では最年長なので、自分が質問に答
えるべきだと感じる。「ええと、ハイ、巡査」もっとましな返事を思いつこうとあがく。
「調子はどうですか？」ああ、まるでとんちんかんだ。〈フレンズ〉でジョーイが登場し
たときの安っぽいせりふみたいだ。
グレイ巡査の目がすっと細くなる。「ここで何をやってるのと訊いたのよ」
「ええと……」オリヴァーは答えようがなくてサナとリキへ目を向けるが、ふたりともか

っと目を開いて明らかにこわがっている。「あのう、ヴェラの店を掃除してたんです」か細い声で言う。

「どうして?」

オリヴァーは頭に浮かんだ最初の答をつかまえる。「ええと……それはですね……ぼくたちが親切だから、かな?」内心ドン引きする。これ以上ばかな答を思いつけるやつはたぶんいないだろう。

グレイ巡査はまずサナへ、それからリキへと顎を向ける。「あなたたちふたりは、先日ジュリア・チェンの家で見かけたレポーターじゃないの?」

リキの顔から血の気がうせる。「ええと、そうかな?」

「わたしはレポーターじゃありません」サナが急いで言う。それから低い声でぼそぼそ言う。「ポッドキャストをやってるだけで」

「なるほど」グレイ巡査が言う。「そして、いまあなたたちふたりはマーシャル・チェンの兄といっしょにヴェラのティーハウスにいる」

〝マーシャル・チェンの兄〟と聞いて、オリヴァーの胃の中のものがこみあげる。マーシャルが死んだあとも、その兄として扱われるだけなのはなんとみじめなことか。

「なぜあなたたち三人がいっしょにいるのかだれか説明してくれない? 読書会でもやっ

てるんですか？　それともコーヒー愛好会？」

じつは、自分たちが何か違法な行為をしている現場をグレイ巡査に押さえられたように感じる理由が、オリヴァーにはよくわからない。強盗にはいられた高齢女性の店を片付けてあげるのは、ほんとうはりっぱな行為では？　そう気づいて少し背筋が伸びる。オリヴァーはグレイ巡査を真っ直ぐ見て言う。「あのですね、巡査。ヴェラの店は数日前に押しこみ強盗に遭ったので、ぼくたちは少しでも彼女の力になろうと思って片付けてるんですよ。ここは惨憺(さんたん)たるありさまだったので――」

「待って」グレイ巡査が言い、オリヴァーの口がたちまち閉じる。「店が〝押しこみ強盗に遭った〟と言ったの？」

オリヴァーはためらいがちにうなずく。

「それで、だれも通報しようとは思わなかった？」

オリヴァーの口が大きく開く。「ええと、それは――」

答はもちろん〝はい〟だ。だれも通報しようと思わなかった。いったいなぜ思わなかった？　ああ、グレイ巡査に指摘されたいま、それは世界一明白なことに思える。ジュリアだけは通報を勧めたが、その意見がしりぞけられると、警察へ行くのが正しいとはだれも言わなくなった。なぜだぁぁ。オリヴァーの心が泣き叫ぶ。

なぜならオリヴァーはこれ以上警察とかかわりたくない、それが理由だ。どうにかして警察の目から逃れている。警察とのかかわりは少なければ少ないほどいい。でも、自分以外の者はどうだろう。あの日ヴェラがみんなを呼び寄せて閉所恐怖症になりそうな店の惨状を見せたとき、全員あそこにいた。そしてあの中で警察を呼ぼうと言ったのはジュリアだけだった。

それはたぶん、あとの者に何かを隠しているからだ。

うなじがチクチクし、オリヴァーはサナとリキをあらたな観点で見る。ふたりのことを好きになってきたところで、ほぼ友達だと思っているから、ほんとうはそんな目で見たくない。でも、いまはこのふたりが何かを知っている気がしてならない。だとしたら何を隠しているのだろう。

25 サナ

生まれてこのかた、サナはこれほど緊張したことがなかった。頭がくらくらする。いままで頭がくらくらしたことが一度もなかった。〝くらくらする〟の意味もわからず、想像すらできなかったのに、まさにいまそうなっている。思ったよりずいぶん不快な感覚だ。頭が軽くなったような感覚かと思っていたけれど、実際そんなことはなく、まるで頭の中身が水だけになってぱしゃぱしゃ跳ねているみたいで、卒倒するか嘔吐するか、またはその両方をやりそうな気がする。

押しこみ強盗を警察に知らせないとは、とりわけこの店では少し前に死亡事件があったというのに三人ともなんと無責任なことか、とグレイ巡査がくどくどと言っている。「でも警察は、マーシャルが死んだのは事故だって」だれかが言うのがサナの耳にはいる。恐ろしいことに、そのだれかが自分だと気づくのがわずかに遅れる。口はだまりなさい。けれども口はそれ自体の意志を持ちはじめ、しゃべりつづける。「ヴェラがそう言ってました」

「はあ、ヴェラがそう言ってましたですって？」もうお手あげだというように、グレイ巡査が両手をあげる。「それで、ヴェラは警察官なの？」

三人ともだまっている。

「ひょっとして、ヴェラは私立探偵なの？」

リキがおずおずと手をあげる。「たぶん、アマチュア探偵かな？」

「ああもう、やってられない」グレイ巡査はいっときだけ背を向けて、腹立ちまぎれに深い息をつく。それからまた三人に向き直る。「これだけははっきり言っておきます。マーシャル・チェンの死に関して、ヴェラには何かをしたり公言したりする権限はいっさいありません。わかりましたね」

サナは自分の頭が機械のようにこくんと動くのがわかる。

「だから、今回のようなことがあった場合、それを近隣の人から聞くようでは困ります」

「近隣？」オリヴァーが訊く。

「たぶん、隣のベーカリーの店主だな」とリキ。

「うーん、それを知ったらヴェラは面白くないわね」ヴェラが隣のフランス風ベーカリーに手厳しいのを思い出して、サナがつぶやく。

「三銃士ごっこは終わった？　そう、警察に通報してヴェラの店の中のものが全部壊されてると知らせてくれたのは、隣のウィニフレッドですよ」リキが言う。

「きっとウィニフレッドが窓からのぞいてたんだ」リキが言う。

「窓に顔をくっつけるしかなかったでしょうね」とサナ。「わたしが磨く前はすごく汚れていたから、そうね、それぐらいガラスに近づかなきゃ中の様子は見えなかったはずよ」

ウィニフレッドがまずまずのフランス風ペストリーを売っているのにヴェラにきらわれている理由が、だんだんわかってくる。

「彼女が教えてくれて助かりました」グレイ巡査が言う。「そうでなければ警察は知らないところでしたよ。そしていまはあなたたち三人のおかげで、証拠が全部拭い去られたみたいだから……」

「リサイクルの容器に放りこんでありますよ」オリヴァーが親切にも口を出す。「容器は外のすぐそこにあります。必要ならお見せしますけど」

グレイ巡査は歯を噛み締めながら息をつく。「チームにそう知らせます」店内を見まわしてから、いっとき目を閉じる。「だれか不審なものに気づきましたか？」

「店全体がめちゃくちゃにされたこと以外に？」サナは、自分がどこか舐めた態度を取っている気がするが、そんなつもりは断じてない。正直に、誠実に――まあ誠実ではないかもしれないけど――できるだけ事実に即しているつもりだ。けれども、今回のことでいろいろなことが少し怪しげに見えるのは否定できず、そのときになって、挙動不審なのは自分だけではないと気づく。オリヴァーとリキもどこか謎めいているけれど、それはなぜ? リキは〈バズフィード〉のレポーターどころかどこのレポーターでもないのだろう、とサナは心の底ではとっくに思っている。でもオリヴァーはどうだろう。何を隠しているのだろう。

グレイ巡査が歩きまわってティーハウスを調べ、〝チーム〟を呼ぶしかないとか〝こういうばかども〟にはほんとうにうんざりだとかつぶやいているのを、サナはただ見守るしかない。ついにグレイ巡査が、これ以上ティーハウスのものに手をふれてはいけないと申し渡してから立ち去り、あとには空白が残る。サナとリキとオリヴァーはそこにいて何を言えばいいのかよくわからない。その場の空気が疑惑でにごっている。サナは帰る言いわけを探そうと携帯電話を取り出すが、ヴェラからメッセージが来ているのに気づく。こう言っている。

すぐ来て。あなたとMの真の関係がわかった!!!😠

ヴェラが提案した待ち合わせの場所——あまり人気のない埠頭のひとつ——に着くころ、サナはあまりにも息を切らしているせいでこのまま死ぬかもしれないと思う。あるいは、体調不良ではなくパニックのせいで死ぬとか？　どちらにせよ、いい気分ではない。年配のヴェラが先に来ているが、より謎めいて賢そうに見えるように理想的な場所を選んだらしい。二、三歩離れたところでは、エマが舗装された路面に色つきチョークで絵を描いている。

「ヴェラ——」それからサナはうまく呼吸ができなくなり、恐ろしいことに、いつの間にか泣き出している。だめ、やめて、こんなはずじゃないのに。路面電車でここへ来るまでのあいだ、ヴェラに言うせりふを繰り返し練習してきた。まずはじめに、ヴェラがまちがっているとはっきり言う。それから、これまで出会った卑劣な連中の真似をしてヴェラを混乱させ、すべてはヴェラの思いすごしだと言い張る。だってほら、大学の友愛会の男子とつき合うメリットがあるとすれば、心理操作で人の判断力を奪う方法を最高の相手から学べることだもの。ところが、広大な海を背景に立つヴェラの華奢な体と、パーマがかかったアジア人特有の髪が潮風に吹かれるのを見たとき、何かがサナを打ち砕く。ヴェラに嘘はつけない。こんなふうに嘘をつくなんて。ぜったいに無理だ。

サナは両手で体を抱き締めるようにして涙を流す。ヴェラがしっかり抱擁する。「アイヤー、どうして泣くの」サナの背中をやさしく叩きながらつぶやく。「ほんとに大げさね、若い人たちは」

「だって――メッセージで――」ひどくしゃくりあげているので、まとまったことばを話せない。

ヴェラはサナと目を合わせられるように、少し離れる。「教えて。あなたがマーシャルを殺したの？　あなたなの？　彼にハトを与えたのは」

「何を――ちがう！」サナは叫ぶ。この時間の埠頭が閑散としていてよかった。思った以上に大きな声を出してしまった。でも、ヴェラにはどうしてもわかってもらわなくてはいけないから、たとえまわりに人がいてもかまっていられない。「ちがう」サナはもっと力強い落ち着いた声でもう一度言う。「わたしはマーシャルを殺さなかった。何度も殺したいと思ったけれど、やらなかった」

無限に長い時間、ヴェラはサナを見つめ、その鋭い視線がサナの皮膚と肉と骨を切り、心臓の深さに達する。やがてヴェラが鼻を鳴らす。「わかった。あなたを信じる。いまのところは」

サナはほっとして体じゅうの力が抜ける。エマがやってきたので、ヴェラはエマをハグしてからあたたかいミルクのボトルをバッグから取り出す。エマは神妙にうなずいてそれを受け取り、またお絵描きをしにもどっていく。

ヴェラはサナへ注意をもどす。「じゃあ教えて。なぜマーシャルはあなたの名前がついたフォルダーを持ってるの？」

たちまちサナの体は電気を帯びたようになり、全身がざわめく。「フォルダー？　なんのフォルダー？　どこで見つけたの？」

「もちろんマーシャルのノートパソコンよ」

「どうやってアクセス――って意味わかる？　気にしないで。それで、中には何が？」

ヴェラが眉をあげる。「わかってるはずよ」

「あったのは――」サナはぐっと唾をのむ。あふれんばかりの希望が体の中であばれまわり、これでは希望のせいで死んでしまう。そのせいでしゃがれ声になる。「わたしの絵？」

ヴェラがうなずく。「なかなかいい絵ね。驚嘆するほどじゃないけど、悪くはない」

サナは心のどこかで笑いだしたい気分になる。なぜなら、これがこういうアジア系の母親の褒め方――けっして褒めすぎず、まだ改善点があることをつねに子供に思い起こさせる褒め方だから。けれども心の大部分は解放感にひたっている。ありあまるほどの解放感だ。自分の作品を取りもどして、これでやっとスランプを克服できるかもしれない。でもスランプのことを思い返すと、まだかなり生々しいものがある。マーシャルから受けたダメージが魔法のように修復されていくわけではない。

「ほら、すわって」

サナはヴェラに言われるままベンチにすわる。ヴェラがバッグに手を入れて魔法瓶とカップふたつを取り出す。湯気が立つ熱いお茶を注いでサナに渡す。サナは両手でカップを包んで指をあたためる。口もとへ持っていったとたんお茶の香りに満たされ、それはあたたかな毛布のように心地よい。かすかに甘みがあり、最初のひと口は穏やかだけど、口の中に長くその香りが残る。

「ナツメ入りの菊花茶よ」ヴェラが言う。「あなたにカフェインは要らないと思うから」

「ヴェラったら」サナは泣き笑いで言う。

「さあ、何があったのか話してちょうだい」

やがてサナはずっと昔にさかのぼって話す。ヴェラがここにいるのはすべてを聞くためだと、サナにはなんとなくわかるからだ。マーシャルとのいざこざだけではなく、何から何まで全部。それに、だれかに話を聞いてもらいたい。子供のときからずっとそうしたくてたまらなかった。

「母が子供のころ、祖父母は――あなたみたいに典型的なアジア系の親なんだけど――」

ヴェラの目がとがめるように細くなったので、サナはあわててつけ加える。「それが悪いわけじゃないわ。でも、母にとってはあまりよくなかった。祖父母は母にエンジニアリングの勉強をするように強く勧めた。母はその分野が大きらいだった。数学も科学もあまり得意じゃなくて、いつも祖父母を失望させていた。とにかく母は大学を中退し、結局祖父母は母と縁を切った。母はしばらく住む家がなくて、友だちの家のソファで寝てたんだけど、そのあいだずっと本を書いていたの。そして書きあげると、それがエージェントの目にとまり、つぎに出版社の目にもとまった。たくさんは売れなかったけど、母はつぎつぎと書いていき、いまでは本の上に帝国を築いたと言ってもいいくらい。そして祖父母はこれ以上ないほど娘を誇りに思った」

「よかったじゃない、お母さんはがんばったのね！」ヴェラは心からよろこんでいるらしい。

サナはため息をつく。「ええ、母はがんばった。よかったと思う。ほんとうに。それに、母はすごいと思う。でも、母はすごくつらい時期をくぐり抜けてきたから、母のモットーはこうなの。〝わたしが正真正銘の、ホ、ー、ム、レ、スだったときにあれだけのことをできたのなら、だれでも本気を出せばどんなことでもできる〟。わたしが小さいころから、母は〝自分が典型的なアジア系の母親じゃなくておまえはほんとうに幸運だ〟といつもわたしに言っていた。創造性を追求することの大切さを理解して尊重し、医者や弁護士やエンジニアになることを娘に期待しない母親を持つのは幸運だと。実際母の経歴を考えれば、もしわたしがそうした職業を望んだら母を失望させたと思う」サナは苦々しく笑う。「でもどちらにとっても幸運なことに、わたしは母に似て分析するよりも創造するほうに強く惹かれるの。だから芸術を選んだ。母はとてもよろこんだ。たぶん――」うまいことばが見つからない。

「ときどき、わたしが芸術を選んだのは、わたしではなくて母がやったことだという気がする。でもそんなことはどうでもいい。根っこがどこにあろうと、わたしは芸術を選んだ。得意な分野だった。カルアーツに入学できた。母はそのことを一族に自慢して、いつも叔母や叔父にこう言った。〝自分の子供を狭い道に押しこめないように育てたらどうなるか見るがいいわ〟。ちょっとうんざりしたけど、まあどうでもよかった。カルアーツは楽しかった。いい友達がいたし、クラスではいい成績を獲った。先生から気に入られた。でも母の声が頭の奥から離れなかった。わたしが〝よくやってる〟だけのはずがないという母の期待。わたしは母のようにならなくてはいけなかった。その分野のトップ一パーセントの人間に。母は出版業界の最上位にいなくてはならないので、年間四冊の本を出す。そしてわたしにも同じようなことを求める。カルアーツで最高のアーティストになることを」

ヴェラが悲しそうな目をして、何か考えこむようにしてうなずく。口をはさもうとするように何度か息を吸うが、そのたびに自分を抑えてお茶を飲む。そのうちエマが目をこすりながらよたよたとやってきたので、ヴェラは膝に抱きあげる。数分も経たないうちに、エマがヴェラの肩に頭を預けて眠りに落ちる。サナは子供の世界の単純さを妬ましいと思わずにいられない。舗装路に絵を描き、あたたかいミルクを飲み、昼寝をする。サナは小さく身震いをする。幼い子供に嫉妬するとはなんと情けない。

「とにかく大きなプレッシャーがあって、それにわたしにはわかっていた――自分が一番になることはないって。いろいろなクラスに参加してみると、どのクラスにも笑えるぐらい抜きん出た才能の持ち主がかならずひとりいるのよね。そして、それはけっしてわたしではなかった。プレッシャーはずっとつづいていて、こんどはパニックになりはじめた――卒業まであと一学期なのにまだ名前が売れてないし、母が勝手な期待と望みをいだいてるし、そんなとき……マーシャルに出会った」

ここまで言うと、サナはだまりこむ。思い出すだけでつらいから。あまりにもひりひりするから。「ちょうど春の展示会があって、わたしは、画廊のオーナーたちがわたしとわたしの作品の前を素通りして、優秀なクラスメートたちのほうへ近づいていくのをながめていた。わたしの絵をちらりと見ただけで視線が通り過ぎていくの。何百時間もかけて仕上げた作品なのに、価値がないとプロが判断するのに一秒もかからなかった。でもそのとき、マーシャルがやってきて声をかけた。〝この絵を描いたのはあなたですか？〟。わたしがそうだと言うと、まるで大当たりを引き当てたみたいに目を輝かせてこう言ったの。〝やった、これこそわたしが探していたものだ〟」

サナは気まずくなってヴェラに目を走らせる。「ばかだと思うでしょう？」

ヴェラが顔をしかめる。「マーシャルってやつはすごくずる賢いと思うし、あなたはひどいプレッシャーにさらされてたと思う」

サナの口が引きつって悲しい笑みになる。「ありがとう、ヴェラ。そう、たしかにわたしはそんな状態だった。それはそうと、彼はNFTのコレクターだと言ったわ」思い出して鼻を鳴らす。「わたしはNFTが何かさえ知らなかった。そのときはバーチャル・アートだけのものだと思っていたけれど、マーシャルの話ではいろいろな場合があって、現実世界のアートも含まれるらしかった。彫刻さえもね。NFTの世界はこんな堅苦しいアート・ギャラリーよりずっと多様性に富んでいて、わたしの絵には何か特別なものを感じるんですって」声が震える。「どうしても彼を信じたかったんだと思う。何を差し置いても。もっと細かい専門的なことを説明してくれたけど、あのときは必死で、とにかく信じるしかないと思っていたから、実際何を言われても受け入れたと思う。細かい専門的なことはほとんどわかっていなかった。それでかまわないと思った。彼はわたしがほんとうは理解していない契約書にサインさせた。ほんとうは読もうとしたけれど、リーガリーズばかりで書いてあって、わたしみたいな芸術系の学生が理解するのはとうてい無理だった」

「その〝リーガリーズ〟って何？　中国語のこと？」

サナは思わず笑う。「ちがうのよ、ヴェラ。中国語のことじゃない。まあそうね、わたしが理解する程度の中国語みたいなものかもしれない。でもその意味は、法律用語の訓練を受けた人にしか理解できない、法律文書によく出てくるとても複雑なことばづかいのこと」

「ふうん、そう、わかったわ。リーガリーズね」

来年のいまごろヴェラは独学でリーガリーズに精通しているのではないか、とサナはあらぬことを考える。ヴェラならやりかねない。「とにかく手短に言えば、その書類にサインをすることで、わたしは自分の作品への権利をいっさい放棄したことになった。全部マーシャルのものになったの。そしてサインが終わるやいなや、言ってみればあいつはずらかって――失礼、言ってみれば彼はわたしからゴーストした」

「あら、その〝ゴースト〟なら知ってるわよ」ヴェラが得意げに言う。「ティックトックでよく聞くもの。だれかが突然いなくなることよね、幽霊みたいに」

「ええと。そう、そのとおりよ。それで、彼はゴーストしたんだけど、しばらくすると、わたしの絵が何点か売りに出されていて、そのうちのひとつが数百ドルで売れていたの。あのクラスメートたちの作品に比べればたいした金額じゃないけど、でもすごいことよ！　だって、何もないところから創造したんだもの。わたしは自分の中のすべてをその絵に注いだ。制作中はずっとそんな霧の中で食べて息をして眠った。描くことに心を奪われていたから。だから、そんなふうに作品を盗まれると……」

「うーん、そうね。すごくつらいでしょうね」

「あの男に自分の一部を盗まれて、自分が深い穴に置いていかれたような気がした。そしてこれが最悪なんだけど、母に打ち明けたら笑い飛ばされてこう言われたの。〝あらスウィーティー、先へ進むのよ。わたしが自分の作品を盗まれたことがないと思う？　文芸の世界には泥棒がいくらでもいるのよ。いたるところに盗作があるわ。以前友人に自分の本の着想について話したんだけど、気づいたときには、彼女はまったく同じ着想で本を書きあげてた。わたしが何をしたかわかる？　先へ進んだのよ。人は単なる着想以上のものよ〟」

「まあね」ヴェラが言う。「たしかにあたしたちは単なる着想以上のものよ。でも、まさに最初の着想が盗まれるのは、しかもそれが水に飛びこんでもいないうちだったら、やはりめげるわね」

「そう、そのとおりよ！」サナの大声でエマがぴくりと動く。サナは顔を曇らせ、子供をむげに起こしたのではないかと心配するが、少し経つとエマがもとどおり落ち着く。「ごめんなさい、もう少し静かにするわね。いずれにしても、わたしが前へ進めなくなると母は不満をつのらせるようになった。母は自分のようにそういうことを振り払えないわたしに腹を立てているのであって、そもそも盗みを働いたマーシャルを怒っているのではないのは感じた。早いうちに経験していい教訓になった、〝とにかく泳ぎつづけろ〟と母はしきりに言った。そんなふうに言われれば言われるほどわたしは気分が悪くなった。スランプになった。しばらく絵筆を持つことさえできなかった。苦痛がある程度おさまってからも、絵筆を持って白いキャンバスの前に立つと、思い浮かぶものは……何もなかった。母は自分の苦しみを本に書くことがよくあると言った。とくに自分が宿無しだった時代のことを。そして、この苦痛を自分の芸術の糧にしろとわたしに言った。でもわたしにはできなかった。何も感じなくなった。スランプなのがわかった」サナは苦笑する。「スランプだった。母はスランプというものを信じない。母に言わせれば、それは単なる甘えなんですって」

ヴェラがサナの腕をやさしく叩く。

「わかったわ。大変な経験をしたのね。でも、どうしてうちの店に来たの？　ポットキャッチをやってるふりをして」

サナは疲れ果てたように長いため息を吐く。「恨みや怒りがすごく大きくなったのは、しばらく経ったあとよ。わたしはマーシャルをベイエリアまで尾行した。小さな部屋を借りてあの男をつけまわしていた。自分が何をしたいのかさえわからなかった。ただ、自分の作品のそばに行かなきゃいけない気がして、それにはマーシャルに近づくしかなかった。ばかみたいでしょ？」

「そうね。でもいいのよ。あたしだって山ほど変なことをするから」

「へえ。それでね、ある晩あの男がわたしを見かけて呼び止めたの。そしてこう言った。うぬぼれるのもいいかげんにしろ、作品の大半は売り物にならなかったぜ。価値がなかったんだ。少しも才能がなかったってことさ、と。自分のことでそう言われるのをいつも恐れていたのに。あんまりだった。それでわれを忘れた」サナは声を詰まらせる。「だから――だからあいつに飛びかかった。そして引っ掻いた」両手を見つめ、マーシャルの皮膚が爪に残った感触を思い出して身震いする。血ではなく、絵の具がついているべきだった爪に。

「でも、殺してないんでしょう？」

サナは首を振る。「ええ、それはもう言ったでしょ。あいつはわたしを突き飛ばして警察を呼ぶぞと言った。わたしは自分のしたことが恐ろしくなって――いままであんなふうに人に襲いかかったことなんてなかったから――背を向けて逃げた。すごくこわかった。それから二、三日のあいだ、警官が何人も来て――よくわからないけど――ドアを壊してアパートメントになだれこんでくるのをいまかいまかと待っていた。でも、全然来なかった。それから、マーシャルが死んだのを新聞で読んだの。わたしが引っ掻いたあと、同じ日の夜に死んだって」取り憑かれたような目をして言う。「ティーハウスへ行くしかなかった――よくわからないけど――ただ――あの夜からずっとわたしがどれほど恐ろしい思いでいたか、とても信じられないわよね。なぜあなたのお店へ行ったのかすらわからない。それにわたし――こんなことを言うと最低の人間だと思われそうだけど――盗まれた作品をまだあきらめてない！　ああ、ひどい人間だと思うわよね。でも、マーシャルが死んだあとでも、まだ作品のことが気になってる。見つけて取りもどしたいと思ってる」

サナはヴェラに腕を強くつかまれてようやく目を合わせると、思いやりに満ちたその目を見て、涙がこみあげる。「ああ、ばかな子ね。ひどい人間だなんて思うはずないでしょうに。ひどい人間とはマーシャルのような輩のことよ。いらっしゃい」ヴェラがそう言ってサナを引き寄せ、抱擁する。母親だけができるような抱擁だ。サナはすっかり身をまかせ、長年苦労して築いてきた壁が崩れていくのが身にしみてわかる。泣けるだけ泣き、それからまた少し泣く。そのあいだ、ヴェラが世界中の忍耐を集めたような辛抱強さでサナの髪を撫でる。それが終わるころ、日が傾いて風が冷たくなってくる。

「やれやれ、長い一日だったわね。うちに来なさい」ヴェラはそう言うと、まだまどろんでいるエマをかかえて、うめきながら立ちあがる。

サナははれぼったい顔をぬぐう。「ジュリアの家ってこと？」

ヴェラが舌打ちをする。「ペンダントが好きな人はいないわよ、サナ」

サナは〝杓子定規〟で〝ペンダント〟じゃないと言いそうになるが、思い直してやめる。

「きょうは夕食を食べにくればいいけど、こんどあたしが暇なときにビーチで会いましょう」

「ビーチ？」そんなことばを聞くとはまったく思っていなかった。「どうして？」

答える代わりにヴェラが謎めいた笑みだけ見せて先に歩き出し、サナはあわててついていくしかなくなる。

26 ジュリア

ジュリアにとって、生きていることをこれほど実感できたのは何年ぶりだろう。自分は母親だからと考えるのは、なんとくだらなくて不愉快でよくないことか。しかし、残念ながらある程度はそんなものかもしれない。ジュリアはエマに夢中だ。エマはジュリアのすべて、息をするための空気だ。けれどもそれと同時に、エマが生まれてからというもの、すべての時間、頭の中のすべての思考がエマによって奪われた。だからジュリアはいつのまにか宙を見つめながらも、エマが遊ぶのを中途半端に見守り、娘に呼ばれるのを待っていることがよくある。なぜなら、かならずエマは数分ごとに母親に何かをしてもらいたがるからだ。エマと遊ぶのはけっこう退屈だが大変でもあり、長いあいだ目を離せないでいるせいで、ジュリアの思考力はゆるやかにそっと低下していき、そんなことになっているとは本人もまったくわかっていなかった。

でもいまは、発泡性のビタミン剤が脳内の生ぬるい流れの中へ落とされたかのように、突然活気がもどり、冷気が肺にすっきりと流れる。まるで息を吹き返したかのようだ。はじめにその感覚が芽生えたのは、ティックトックのインフルエンサーであるキャシーに会ったときだ。キャシーを見たとたんにジュリアの意識はカメラのモードにはいり、キャシーの顎と頬骨の角度や目と髪の色合いを観察し、自然光のもとでこうした独特の顔立ちを目立たせるには何が最適かを考えている。ずいぶん長いあいだ、ジュリアはそんなふうに考えたことがなかった。いままでのように生気のないどんよりした目でおざなりに見るのではなく、写真家として人の顔を把握する。

そして撮影がはじまると、堰を切ったようにすべてがジュリアの中に蘇ってくる。ジュリアは被写体が金色の日差しに縁どられるように、キャシーの位置を念入りに調整し、それから手始めに母親ネタのジョークを飛ばしてキャシーを笑わせたりあきれさせたりする。数回シャッターを押すたびにすばらしい、カメラに愛されている、オーラがすごい、とキャシーに話しかけ、二、三分もするとキャシーがリラックスしたので、ふたりは共同作業中の友人のようにおしゃべりをはじめる。

撮影中、ジュリアはうなじの毛が逆立つのを感じて振り向くと、遠くのほうにだれかがいて――遠すぎて性別まではわからないが――知っている人のような気がする。手を振るべきか迷う。ひとりでいるその人が、ほんとうに自分のことを見ているのかどうかもわからない。

「だいじょうぶ？」キャシーが声をかける。

ジュリアはハッとしてクライアントに注意をもどす。自分のクライアント。いけない、クライアントの前だ。あわててうなずき、笑顔を作る。「ええ、最高のライティングを考えてたところ」ちらりと振り返るが、その人影はもうない。自分の思いすごしだろう。奇妙な瞬間を振り払い、ふたたび撮影に全神経を集中する。

ひととおり終えて、撮ったものをいくつかファインダーでキャシーに見てもらうと、キャシーが言う。「クソヤバいじゃないの、ちょっと！」いままでジュリアが受け取った中で最高の褒めことばかもしれない。

ジュリアはいままでより百ドル分金持ちになって、跳びはねるようにして車にもどる。とびきり高額のギャラではないが、最高に満足のいく仕事だった。ヴェラがメッセージを二件よこしていて、どちらもエマの画像つきだ。埠頭でアシカを指さしているエマと、家でヴェラの足にネイルを塗るふりをするエマ。エマも楽しく過ごしているようだ。帰りの車で、ジュリアはテイラー・スウィフトの最新曲を声をかぎりに歌う。マーシャルに発情期の狼みたいな歌声だとデートのときに言われて以来、こんなふうに歌ったことがなかった。帰り着いて家をながめると、正面の窓からあたたかみのある黄色い明かりが見える。

疲れ切っていたり憂鬱になったりせずに帰宅するのははじめてだ。以前はだいたいエマとふたりきりで、食料品の袋を苦労して家まで運ぶあいだ、エマがわめいたり泣いたり、答えようのないことを訊いたりしたものだ。〝ミミズにはお尻があるの？〟とか。そして家に着くということは、少しも楽しくない散らかった空間にもどってくることにほかならず、大急ぎでできるだけ片付けて、そのあいだに食事を作ってなんとかエマを風呂に入れて食べさせなくてはいけない。全部マーシャルが帰ってくる前に。

でもいまは、ジュリアがドアをあけたときにまず出迎えてくれるのは、ヴェラの料理の心安らぐにおいだ。それから小さな足が立てるぱたぱたという音が聞こえるやいなやエマが走ってくる。「マミー！」そして、ジュリアは膝をついて幼い娘をハグし、自分の子供の甘やかなにおいを吸いこむ。これほどよろこびに満ちた瞬間をいままでほんとうに知らなかった。

「サナ！」ジュリアはエマを抱きあげながら立ちあがる。目をあけると、リビングルームにだれかほかの人間がいるのが見える。「ハイ、あなたが来てるとは――

――」

「ごめんなさいね」サナが立ちあがる。「そのう――ヴェラに招かれたっていうのかな。ことわろうとしたんだけど、でも……」

ジュリアは鼻を鳴らして言う。「聞いてもらえなかったってわけね」サイドテーブルにカメラバッグを慎重に置く。サナの来訪をどう受け止めればいいのかよくわからない。この前来たとき、サナは立ち入ったことをたくさん訊いてきた。マーシャルにまつわる犯罪ドキュメンタリーを手がけているのだから、まあわからないでもない。それでも、いまはマーシャルのことを話したい気分ではないので、さっさと帰ってもらえないかとも思う。

「あの、あなたにちょっと話したいことがあって」サナがあまり目を合わせずに言う。その声になぜかうなじがちくちくする。いい話ではないらしい。

ヴェラがキッチンのドアから顔をのぞかせる。「あら、ジュリア、おかえり。サナが来てるのよ」

「ええ、わかってるわ、ヴェラ」

「あなたに話があるそうよ」

「ええ、彼女がいまから話そうとしてたところ」

「エマ」ヴェラが大声で呼ぶ。「あなたはあたしの副料理長なのよ、覚えてる？　こっちに来て餃子を作るのを手伝ってちょうだい」

エマはジュリアが止める間もなく体をよじって腕から抜け出すと、キッチンへ走っていく。まずい。ジュリアはサナといっしょに取り残され、どういうわけか、ひどくぎこちない雰囲気になる。

「あの……」サナが言いはじめる。

ヴェラがまた顔をのぞかせる。「サナの話は相当まわりくどいから短くまとめてあげる。サナはポットキャッチをやってない。彼女はアーティスト。マーシャルは彼女の作品を盗んだ。彼女はマーシャルを殺さなかった」立って口をぽかんとあけているふたりににっと笑いかけてからこう言う。「これでよし、じゃああたしは餃子を作るから」

ジュリアはサナに向き直るが、口があいたり閉じたりする。「ええと――」だめだ、何も出てこない。話すきっかけすらつかめない。やがて深く息を吐き、とにかく成り行きにまかせようと決める。ソファに深くすわって後ろにもたれる。「さあどうぞ、はじめから話してもらったほうがいいわね」

「はじめからじゃないほうがいいかもよ。すごく長い話になって料理が冷めるでしょ。春の展示会からにしなさいな」ヴェラが大声で言う。

「そうね、たぶんそこからになるわ、ヴェラ」とジュリア。サナと視線を合わせると通じ合うものがあり、ふたりとも軽く噴き出す。

サナが深呼吸をする。「わたしはカルアーツの学生だった……」

およそ十五分後、ジュリアは深くすわったまま、頭の中で堂々巡りをしているところだ。

愕然としている。いや、ほんとうはちがう。愕然とするのが当然だと感じている。問題はそこだが、ほんとうにそうなのか？　死んだ夫が大学生をだましていたことがわかって、そこまで衝撃を受けたのか？　いや、受けなかった。なぜなら、考えてみればそれはマーシャルがやりそうなことであり、いろいろなピースがマーシャルという人物像のネガティブなスペースにぴたりとはまるからだ。長いあいだジュリアはマーシャルのいい面だけに目を向け、ふたりのために最高のものを望んでいるだけだと言われて信じる習慣を身に付けてきた。そしてエマが生まれると、自分たちはたった三人で全世界に対抗している、などと夫は言ったものだ。でもいまになって気づく。なぜ全世界に対抗するの？　だれも全世界と渡り合う必要はない。出会った人間すべてをだまして不正を働いて生きていくマーシャルのような人間でなければ。

若いサナのことを思うとすごく悲しい。ほんとうはまだひよっ子で、こんなに若くしてマーシャルのような人間と出会ってしまうとは。〝こんなに若くして〟と思ったときにはじめて、自分がマーシャルと出会ったのはじつはもっと若いときだったと気づく。なんと、ハイスクールにいたときだ。そう、彼も同じでふたりは同い年だが、いま思えば、あの当時見抜くべきだった。支えとなる絆をマーシャルにゆっくりとさりげなくむしり取られ、ハイスクールを卒業するころには頼れるのはマーシャルだけだと感じるようになっていたことを。ミンディーには感心しないとか、オリヴァーがジュリアのことを陰で悪く言っているとか、そんなことをマーシャルは周到に考えて言うことで、ジュリアから友人関係を引き剝がしていった。両親はマーシャルの中に何か腐ったものを感じ取ったのだろう、説得して交際をやめさせようとしたが、それによって親子の溝がさらに深まっただけだった。あの当時、ジュリアは写真家を目指していたが、その夢はマーシャルの根気強い働きかけで、しかもジュリアがまったく知らない働きかけで、そっとしぼんでいった。エマが生まれると、マーシャルはジュリアがママ友グループに参加しないように、きちんと授乳できないから女たちに批判されるぞと言い、ジュリアがあとになって授乳をつづけるようになると、エマにまだ授乳しているのをほかの母親は変に思うぞと言った。

なんてことを。ジュリアはもう悲しくない。猛烈に腹が立っている。マーシャルへの怒りはもちろんあるが、ほとんどは自分自身への怒りだ。どうしてこんな救いようのないばかだったの？　どうしてあんなふうにされるがまま引きちぎられ、少しずつ小さな欠片（かけら）を奪われていったの？　あまりにも小さな欠片なので、突然自分が空っぽのまま取り残されるまで、奪われたことにも気づかなかった。そしていま、もうひとりの犠牲者と向き合っている。輝かしい将来があった若い人が、大きな目で怯えたようにジュリアを見つめている。疲れ果てたつらそうな目、心が折れた目だ。

「ああ、サナ」ジュリアは手を伸ばしてサナの手をつかむ。サナがたじろぐが、手は引っこめない。「彼があなたにしたことをほんとうに申しわけなく思ってる。オリヴァーがマーシャルのアパートメントで見つけた作品の中にあなたのものがあるかどうかは知らないけれど、いつでも好きなだけ探してちょうだい。もちろんあっちのほうもかまわないわよ、ええと……NFTかしら？　どういう仕組みかよくわからないけど、それでも全部あなたのものだから、所有権の渡し方がわたしにわかれば、あなたはそれを取りもどせる」そして首を横に振る。「あのね、あなたを疑ってたわけじゃないけど、わたしたちのひとりが犯人だってヴェラがあんまり騒ぐから、ほんとうのところ、どう考えればいいかわからなかった。つまり、あなたとわたしが彼を殺さなかったのがはっきりしてるなら、だれがやったのかしら。ほんとうにあれは事故だったと思う？」

「どうかしら」とサナ。「マーシャルのことだから、大勢の人をだましてたと思うけど」

ジュリアはうなずく。「そうね。その中のだれかが……」その声がしだいに消え、ふたりはいっとき遠くを見つめてそれぞれの物思いにふける。「それに、押しこみ強盗があったけど、関係ない人間のしわざにしてはタイミングが合いすぎるような気がする。あ、そうか！　だからあなたはヴェラが押しこみ強盗を通報しないほうがいいと思ったの？」

「ごめんなさい」サナがかすれ声で言う。「そうなの、警察に話したくなかったし、それに――よくわからないけど、何を言われるかわからなかった。だって、なんだかんだ言ってもわたしは彼に襲いかかった。引っ掻いた。爪の中にDNAがどれぐらいの期間残っているか知らないし、それにとにかく……こわかった。ほんとにごめんなさい」

「わかるわ」なぜかジュリアにはわかる。まあはっきりとは理解していないだろうけど、気持ちはよくわかり、つまるところ、サナがマーシャルを殺していないのだけは直感でわかる。

サナの目に涙が光っている。「それに、ポッドキャストのことで嘘をついてほんとにごめんなさい。わたしはただ――」

「いいのよ」ジュリアはすばやく言う。「そんなことであなたを悪く思わないから」

「あたしは思うわね」ヴェラがまたキッチンから顔をのぞかせる。「嘘をつくのはだめよ」そしてまたキッチンへ顔を引っこめる。

ジュリアとサナはキッチンのほうをしばらくじっと見てから、顔を見合わせてニッと笑う。「どれくらい前から聞いてたと思う?」サナがひそひそ声で言う。

「そうね、きっとはじめから全部よ」ジュリアはサナの手を握り締める。「気の毒に。夫があなたをひどく傷つけたせいで、それ以来思うように力を発揮できないでいるなんて」

サナが下唇を嚙む。「もう前に進むべきよね」

「いいえ。まあたしかにそうだし、それに越したことはないけれど、でもあなたは彼のせいでひどくまいってるみたいだもの」ジュリアは深々と息をつく。「十代のころ、写真家になることだけがわたしの望みだった。そしてマーシャルは——まったく、どんな手を使ったことやら——時間をかけてわたしを納得させた。そんなのは無駄な夢だ、それでは生活していけない、趣味にとどめておくべきだ、と。だからわたしはそうしたんだけど、そのうち彼はわたしの趣味は金も時間もかかりすぎるとかいろいろ言いだした。そしてとうとうわたしは完全にやめた。エマの肖像写真以外何年も写真を撮ってなかった」そのことに驚いて首を振る。「きょうエマ以外の人物を撮ったのは、ほんとうに何年かぶりよ」

サナが眉をあげる。「すごい！　だれの写真を撮ったの？」

「ティックトックのインフルエンサーよ。名前はたしかキャシー……レッドだったかしら」

「うそでしょ、キャシーレッドだなんて！」サナが甲高い声をあげる。「わたし、フォローしてるの！　まだブレイクしてないけどこれからそうなるってわかる。彼女のティックトック大好き。あなたが彼女を撮ったなんて信じられない！　どうだった？」

「マジでヤバかった」そのことばが思わず口から出て、サナがけらけら笑う。ジュリアもいっしょに笑い、やがてカメラを取り出してファインダーの画像をサナに見せると、サナが〝うわーっ〟〝へえーっ〟と感嘆の声をあげる。夕食の用意ができたとヴェラに言われると、ふたりはまだおしゃべりをつづけながらダイニングルームへ歩いていき、こんどもまたヴェラのすばらしいごちそうに迎えられる。

ヴェラはさまざまな餃子の皿を指さす。「豚とニラの餃子。カニと豚の揚げ餃子。鶏の四川風水餃子。それからこっちは魚の甘酢あんかけ、ローストした鴨、三種の卵とほうれんそう」そして、もう幼児用の椅子にすわっているエマに向かってにっこり笑う。「あたしの副料理長が全部手伝ったのよ」

エマが得意げにうなずき、ジュリアは腰をかがめて額にキスをする。「すごいじゃないの」とエマに言う。席につくやいなや、ジュリアはお腹をポンポンと叩く。「もうヴェラったら、わたし、あなたがうちに来てから二キロ以上太ったわ」

「そうね、いまはずいぶん健康そうね。すわって、サナ」ヴェラが命じる。

サナがすわると、ヴェラはサナの皿に料理を盛りはじめる。「それは多すぎ――」サナが言ってもヴェラが無視するので、やがてサナの皿の料理はとんでもない量になる。それからヴェラはエマに注意を向け、ほぐした魚をエマの皿に載せる。

「魚をたくさん食べなきゃ」とヴェラ。「魚は脳の発達にいいのよ。あたしみたいに賢くなりたいでしょ?」

「なりたい！」エマが魚をスプーンで口に運ぶ。

いまでは自分の娘が多種多様なものを食べているのを見てあっけにとられたりはしないが、それでもジュリアは驚かずにいられない。いままでの体に悪い食べ物をエマから難なく遠ざけたヴェラの手腕に。食べながら愛情をこめてヴェラを見つめ、この人を家に迎えられて自分はなんと幸運なのだろうと思う。

ヴェラがここにいるのはひとえにマーシャルが死んだせいで、それはもちろん忘れていない。ジュリアにとってマーシャルの死はたしかにひどい打撃だったが、そんな悲劇がこうした恩恵につながりうることに心の片隅で感謝もしている。サナの話では、サナとリキとオリヴァーとできょうの午前中にヴェラのティーハウスをきれいにしたという。ヴェラの滞在がいっときのことだとあらためて思い知らされ、ジュリアは悲しくなる。ヴェラが帰ったあとも自分の人生がふたたび破綻しないように願うばかりだ。

の捜査を進めてもらおうとわざわざ警察署に出向いたけど、やる気がないようだったから、押しこみ強盗みたいな小さな事件でわずらわせるのはやめることにしたんだ、てね。だいたい何も盗られなかったんだから。ははっ！　巡査はひと言も言い返せなかった。直接来てくれたらあたしにやりこめられた顔を見られたのに。そのあと、捜査中は店を閉めておくようにと言われたから、だいじょうぶ、とっくに閉めてあるからあとはどうぞご勝手にと言っておいた。これでようやくＤＮＡや指紋の検査をするんでしょうね。そう言ったら、巡査がただため息をついて、街を離れないように、ですって。こんなにわくわくすることばかりなのに、あたしがどこかへ行ってしまうような言い草じゃないの！

それはともかく、犯人がリキかオリヴァーならいいんだけど。そういえば、あしたビーチへ来るようにとリキに言ってある。面白そうじゃない？　リキはいい子。リキとサナに饅頭をたくさん作ってあげよう。リキもオリヴァーもどちらもいい子たち。あたしにはわかる。まあ、犯人かもしれないのを別にすればだけど。でも、有罪が証明されるまではだれでも無罪だってよく言うから、いまのところは全員においしい饅頭を作ってあげよう。

ヴェラのノート

〝容疑者　~~サナ~~〟

　サナはマーシャルを殺していないとはっきり言った。それはほんとうだと思う。あたしは嘘を嗅ぎ分けるのが大の得意で、サナは嘘をつくのが大の苦手。サナが嘘をつくときはかならず顔が引きつるからすぐにわかる。そのうち麻雀に誘わなくては。あたしの楽勝よ。

　容疑者がひとり減ったから、残るは三人！　じつは、容疑者のひとりと暮らすのはちょっとした利益相反だ。なぜならジュリアのことがとても好きになってきたから。だから彼女が犯人でなければいいと思うけれど、犯人である可能性は高いだろう。マーシャルとの結婚生活を想像するだけでわかる。とんでもない男だ。ひどい夫でひどい父親だったのだろう。小さなエマが父親のことをほとんど言わないのを見るがいい。ジュリアの話では、マーシャルはほとんど家におらず、いるときでもエマの相手をしたがらなかったらしい。要するに、もう寝ろ、静かにしろ、ぐらいしか話しかけなかったんだろう。まったく、もしマーシャルが生きていたらこっぴどく叱ってやりたい。それこそがあの男に必要なものだ。

　きょうグレイ巡査から電話があった。押しこみ強盗の件で大変なご立腹ときた！　あたしが〝無責任な市民〟なんですって！　信じられる？　だからこう言ってやった。殺人事件

27

リキ

リキはオーシャン・ビーチをいいと思ったことが一度もない。だいぶ偏見があるのは認めるが、子供のころバリのすばらしいビーチで休暇を過ごしたリキにとって、オーシャン・ビーチはその足もとにも及ばない。ひとつは、夏でさえ海水がびっくりするほど冷たい。もうひとつは、どこか……雰囲気がちがうからだ。こんな言い分に説得力がないのはわかっているし、砂で覆われた場所もいくつかある。でも、ひとたび空港に着いたらわかる。たとえばバリだ。ングラ・ライ国際空港に着くやいなや、まわりのありとあらゆるものが叫び声をあげる。ビーチで休暇だ！　大気が海のすがすがしい新鮮なにおいを運び、いたるところにプルメリアの花が咲き、だれもがのんびりしている。でもここサンフランシスコでは、だれひとりのんびりしない。みんなローイングエルゴを漕いでいて（なぜボート漕ぎマシンと言わないんだ？）、ココナッツの殻のボウルからアサイーのスムージーを飲んだりするが、一方ではスマートフォンに向かって叫び、数十億ドル規模の契約交渉をしながらアップルウォッチを九十秒ごとにチェックして、一万歩に達しているのを確認する。そしてこのせわしない街のへりにオーシャン・ビーチがあり、IT系男子が休日に行くべき場所とされている。リキは同僚といっしょに一度行ったが、それきりだ。

でもヴェラが望むから、ヴェラが呼ぶから、だからリキは朝の六時にオーシャン・ビーチに来ている。きょうは日曜日で、ほんとうならベッドにいるところだがそうはいかない。めちゃくちゃ寒いのにここに来て、むすっと海をにらみながら、歩きづらい砂浜をヴェラが立っているほうへ歩いていく。

「リキ！」ヴェラが叫んで両手を振る。「こっちよ！」

こちらからヴェラの姿が見えているのは明らかなのに、ちゃんとそちらへ向かって歩いているのに、それでもヴェラは大声で呼ぶ。リキの口元が緩んで笑みに変わる。ヴェラはいままで会った中で最高に厄介な人間かもしれない。でもどういうわけか、一生母親代わりになる人だと思わずにいられない。ヴェラといるとなぜか何もかもうまくいくような気にさせられる。ヴェラといっしょならこの先悪いことなどあるはずがない。

「ああよかった、やっと来たわね」ヴェラが言う。「あたしがあそこで手を振ってるのが見えないの？　どうして振り返さないの？」

「振り返したよ」リキは言う。

「ふーん」納得していないらしい。「まあとにかく来てくれてよかった。ひとつ訊きたいことがあったのよね」

「朝の六時にビーチで会ってくれと言ったのは、ひとつ質問をするため？　メッセージじゃだめなのかな」

「あら」ヴェラが抜け目のなさそうな笑みを浮かべる。「メッセージだと、テキストの記録が永久に残るでしょ。微妙な質問なのよ」

リキは苛立つのも忘れるほど困惑するが、だんだん不安になってくる。「わかった……」

「つまりね、マーシャルのパソコンの中を見たら――」

そのとたん、リキの頭蓋の真ん中に鋭い音が聞こえる。脳が悲鳴をあげている。やめろやめろやめろーーっ。どうにかして取り乱すのを抑える。「どうやって彼のパソコンにアクセスしたの？」

ヴェラが舌打ちし、その問いを片手で払いのける。「アイヤー、そんな無関係な質問をしないでちょうだい。いま言ったように、マーシャルのパソコンの中を見たら、あなたの名前がついたフォルダーがあったのよ」

もうおしまいだ。心臓発作が起こる。それがわかる。こうやって二十五歳の若さで命を落とすのか。ＣＩＡの秘密諜報員にちがいないおばあさんに質問されて。

「フォルダーを開いたんだけど」リキの恐怖の表情に気づかないのか、それとも無視することにしたのか、ヴェラが先をつづける。「そうしたら中に〝スカルピング・ボット２〟というのがあって、そのプログラムを開いたんだけど、あたしはただの無知な年寄りだから、ちんぷんかんぷんでね」

悲鳴が渦巻くリキの脳内に、わずかな希望が現れる。結局ヴェラは知らないのかもしれない。本人が言うようにただの無知な年寄りだから、理解するのは——

「だからグーグルで検索したの」

やばい。

「そうしたら、とても面白いことがわかった。スカルピング・ボットが何かを理解するのに少し時間がかかったけど」

どうして別の名前に変更しようと思わなかったんだ？　とにかく思わなかった。超のつくドジ野郎みたいにファイル名をうっかり〝スカルピング・ボット〟にしてしまった。

「いろいろな種類のスカルピング・ボットがあるようだけど、その目的はひとつ。人をだますことよ」ヴェラが厳しい目つきでリキを見る。「あなたは詐欺師なの？　リキ」

「ちがう！」リキは叫ぶ。でもそのとき、良心がとがめてことばに詰まる。自分の母親に嘘をつけないなら、ヴェラにも嘘はつけない。「まあそんなものかな」

「ふうむ」ヴェラの目が細くなる。「じゃあ、何もかも話してもらったほうがいいわね」

はじまりはこうだ。まず弟のアディのことから。

アディはうっかりさずかった子供で、アディが生まれたとき、リキはもう十三歳だった。子供を育てるにはお金がかかるから両親はひとりしか望まなかったが、結局アディが生まれ、それはそれということになった。はじめの数年間、リキはアディをろくにかまわなかった。弟に愛情を持っていないわけでも嫉妬しているわけでもない。リキは十代の少年で、もぞもぞ動いて泣きわめく赤ん坊にも、何にでも興味を示す元気いっぱいの幼児にもあまり興味がなかっただけだ。けれどもアディが四歳のとき保育園からテニスボールを持ち帰り、その日の夕方、兄弟ふたりは外へ行ってそのボールでキャッチボールをした。十七歳ってどんなものかとアディに尋ねられ、そのときのアディの口ぶりと兄を尊敬する眼差しがとても真剣でかわいらしく、突然リキは、弟を守りたいという猛々しいまでの思いがつのるのを感じた。アディを見て心に念じた。おまえのためならなんでもするからな。

兄弟の絆は深まった。アディは手に負えない子供だったが、リキは昔から気のやさしい少年だったこともあり、ふたりはなんとなくうまが合った。リキが学校から帰るときはいつもアディが窓から外を見ていて、道の先に兄の姿を見つけてはさかんに手を振ったものだ。一方リキは成績優秀だったので、ビザを取得してシリコンバレーの技術系スタートアップ企業に就職できたのだが、その後数年間、アディは落第を繰り返した。リキはとうとう両親に、アディには学習障害があるかもしれないと告げた。両親は適切なセラピストを探し、予約を取って診てもらった。

　診断結果はありがたいと同時に厄介なものだった。アディは学習障害とは無縁だった。それどころか、並外れた頭脳（ギフテッド）の持ち主だった。だから授業があまりにも退屈に感じられ、やる気が出なかったのだ。これを友人や一族に話すだけならいい話でありがたいけれど、現実はもっと厄介だ。ジャカルタには本物のギフテッドの子供に特化した教育プログラムがほとんどないからだ。九歳のアディは自分よりひとつ上の学年に進級したが、それでも授業がやさしすぎたので、さらにもうひとつ上に行った。いじめがはじまったのはそれからだ。アディは痩せた小さな体に痣を作って帰ってくるようになった。同年齢より上の学年に入れるだけではうまくいかないのは明らかだ。ギフテッドの子供に適した学校が必要だった。リキはインターナショナル・スクールに当たってみたが、世界中のさまざまな学校へ問い合わせる段階で心が折れはじめた。シンガポール、オーストラリア、合衆国。

　少しずつ合格通知が届きはじめた。一部給付の奨学金付きで。世界には大勢のギフテッドの子供たちがいて、一部給付の奨学金しか提供しない学校がとても多いことがわかった。たとえ奨学金と助成金があっても、リキはもっと稼ぐ手段を見つけるしかない。いまいる技術系スタートアップ企業の仕事では、食事を全部インスタントラーメンにすれば貯蓄にまわせる程度の給料だ。節約した金は一セント残らず故郷のインドネシアへ送った。ローンを申しこんだが、開発途上国と見なされている国の出身なのでことわられた。

どんなにがんばっても、リキはアディの教育資金を工面する手段を見つけられず、時間が長引くほどアディは落ちこんでいった。ビデオ通話で見るアディの表情はますます暗くなり、明るく希望に満ちた目が輝きを失っていく。それがリキをむしばんだ。リキは昼間の仕事のほかにフリーランスでプログラミングの仕事をはじめたので午前三時までずっと働き、七時に起きてマウンテンビューまで通勤した。そして三カ月後、疲れ切っていたので、インスタントラーメンを作っているときに熱湯をボウルに注がずにまちがえて左手にかけてしまった。想像を絶する痛みだった。すごい悲鳴をあげたので、隣人が壁をたたいて叫んだ。「うるさいぞ！」リキはキッチンへ走り、手を水道の流水で冷やしながら泣いた。包帯を巻いてから、フリーランスのウェブサイトに再度ログインした。

マーシャルの求人広告を見つけたのはそのときだ。

ボット作成のプログラマー募集。報酬二万五千ドル。

二万五千ドル。笑えるほど高額だ。一部給付の奨学金と合わせれば、アディの教育資金をじゅうぶんまかなえる。リキは震える手でその求人広告をクリックした。

リキがアディのためならどんなことでもするというのはほんとうだった。マーシャルに直接会って必要なボットの詳細を聞いたとき、それが害を及ぼすボットだとわかった。スカルピング・ボットといって、マーシャルのNFTコレクションの価格を人為的に吊りあげる一方、他のNFTコレクションの価格を引き下げて、NFTのマーケットをあざむくように設計したボットだ。それはリキの心情にことごとく反していたが、アディのためにできそうなことはもう何もなかった。だから、自分の一部を悪魔に差し出すような気持ちでマーシャルと握手を交わし、マーシャルのボットの作成に取りかかった。

ボットができあがると、リキはマーシャルにそれを送り、報酬千ドルを受け取った。千ドルもけっこうな額だが、二万五千ドルでないのはばかでもわかる。これではサンフランシスコ国際空港までのアディのフライト代にもならない。リキが未払いの金を請求すると、マーシャルは笑って言った。「こんな簡単な仕事に金を払ってもらえて運がいいと思うんだな。〈ファイバー〉に登録しているくそプログラマーならだれでも十ドルで受ける仕事だ。がたがた言うなら、おまえが勤めている会社にこいつはスカルピング・ボットを作りましたと知らせるぞ。そうなったら会社はおまえに就労ビザの更新を望むかな」

そこまでだった。リキは自分の愚かさが信じられなかった。マーシャルとは契約書を取り交わしていなかったが、双方が記録に残したくないのだから当たり前だ。でもどうして前金ぐらい要求しなかったのだろう。ただもうせっぱつまっていて、藁をもつかむ思いだった。それに、だまされただけではない。だまされて完全に人の道に反したプログラムにかかわり、そのプログラムが大勢の人から金をだまし取ることになる。リキは激しい怒りと苦悩にとらわれた。自分たちの人生はなぜここまでひどく厳しいんだろう。勉強でも仕事でも身を粉にしてがんばってきたのに、それなのにどういうわけか家族を失望させてしまう。その一方でマーシャルのような輩はしたい放題のことをしてなんの報いも受けない。

もうたくさんだ。リキはマーシャルの住所を調べ、ある晩、家の外で待ち伏せた。マーシャルの車が私道を出たのが見えたので、あとをつけた。マーシャルが洒落たレストランに車を停めて駐車係にキーをほうり、そのあいだリキは路上駐車できる場所をすばやく見つけた。急いでレストランへはいると、マーシャルが女性支配人と話していた。

「マーシャル」

マーシャルが微笑みながら振り向くが、相手がリキだとわかって笑みが凍りつく。マーシャルの頬に引っ掻き傷が三本あるのが見えた。

「いったい何を――」リキのこぶしがマーシャルの顔にめりこんだので、それ以上ことばはつづかない。女性支配人が悲鳴をあげる。グラスのふれ合う音が消える。会話が途中で止まる。自分がどれほどばかなことをしでかしたのか、リキはようやく気づいた。恐怖で頭がいっぱいになり、外へ走り出る。だれかが止まれと叫ぶが、そのブロックを走って車に跳び乗り、アクセルを目いっぱい踏んだ。

車を飛ばして帰るあいだも、息をするたびに小さなあえぎ声が漏れた。アパートメントへもどると小さな子供のようにベッドにもぐりこみ、警察官がやってくるのを待った。なぜなら、マーシャルのような男がこのままだまっているはずがないからだ。リキは目を固く閉じ、自分に消えろと念じた。

しかし、夜が更けても警察官が逮捕しにくることはなかった。朝になってリキは仕事に行き、だれにも変な目で見られなかった。みんないつもどおり仕事をしている。あれは全部夢だったのかと思った。でもちがう。指関節に痣が残り、キーボードを叩くと痛い。翌日、マーシャルが死んだことを新聞で読んだ。死んだのはリキが殴った夜だ。マーシャルの脳にダメージを与えてしまい、そのせいで死んだのだろうか。自分は人を殺してしまったのだろうか。

だから、ヴェラのティーハウスへ行ってみるしかなかった。なぜならこう思ったからだ。いままでさんざんな目に遭ったけれど、でもこれが殺人だったら……もし自分が人を死なせたとわかったら、それがたとえ事故であれ、真っ当な気持ちで生きていくことはできないだろう、と。

話が終わったあと、ヴェラがリキをじっくり見つめる。リキは腹の奥がひどくそわそわするものの、すべて吐き出したあとで妙に気分がよくなっている。

ヴェラがようやく口を開くと、こんなことを言う。「そう、あなたのパンチは自分で思うほど強くないってことだわね」

たしかに、ヴェラが何を言いだすかリキの知るところではないが、こんな感想だけは予想していなかった。「はあ?」

「あなたのパンチでは彼は死ななかった。ハトのせいよ、覚えてる?」

「ああ、そりゃあもう」甲高い神経質な笑い声がリキの口をついて出る。「覚えてるよ。それを聞いたときどんなにほっとしたことか。それまでずっと自分が殺したんじゃないかって思ってた……」声がかすれ、いったんことばを止めてまばたきで涙を抑える。

「ほんとにねえ、もっと早くわかってたら教えてあげたのに。人を一発で殴り殺すには明らかに上半身の力が足りないって」ヴェラが手を伸ばしてリキの上腕二頭筋をつまむ。「ほらね。すごくやわらかいでしょ。もっと筋トレをしなきゃ」

リキは泣きながら笑う。「そのとおりだね、ヴェラ」

ヴェラがリキの肩を叩く。わかるわよ。うーん、まあいいわ、あなたは犯人じゃない」少しがっかりしているみたいだ。リキが目もとをぬぐうそばで、ヴェラはキャリーバッグからノートを出して開くと、指先を舐めてページをめくっていく。「あった、あなたが容疑者だったときのページよ」ペンを出してリキの名前に取り消し線を引く。「困ったわね。残るはジュリアとオリヴァー。でもジュリアのことは大好き。それにオリヴァーってとても悲しそうで、悲しい顔のテディベアに似てる。あの子を刑務所送りにするしかなかったら、ほんとに気が滅入るでしょうね」

「でもぼくだったら平気だったってこと?」リキはぎょっとすると同時に愉快にもなる。

ヴェラはぱたんとノートを閉じる。「アイヤー、なんてばかなことを訊くの。平気なわけないでしょ。あなたたちのことは四人ともみんな大切に思ってる。四人のうちだれかがマーシャルを殺した犯人だとしたらとても残念だけど、でもそれはしかたがない。こんな不吉な出来事をいつまでも引きずっていられないもの。さあ、あなたは犯人じゃないから、いっしょにピクニックをしましょう。これを広げるから手伝って」

リキは言われるまま、腰をかがめてヴェラのキャリーバッグからさまざまな密閉容器を取り出す。驚くほどたくさんの食べ物がある。「せっかくここまで全部運んできても、もしぼくがマーシャル殺しの犯人だとわかったら、全部無駄になっちゃうところだったね」

ヴェラはため息をつきながら、ピクニック用のブランケットを振り広げる。「アイヤー、心配無用よ。サナを呼んであるから。あなたが犯人だとわかったら、サナとあたしとで全部食べたでしょうね。どうせあなたは警察車両の中だもの」

「サナ？」サナの名を聞いてリキの心臓が高鳴りはじめる。

「そうよ、あら、あそこにいる！」ヴェラが遠くの人影にさかんに手を振る。口に両手を添えて叫ぶ。「サナー！　こっちよー！」その人影が手を振り返すが、ヴェラは叫ぶのをやめない。

「もう気づいてると思うよ」リキは言う。「だから叫ばなくてもいいんじゃない？」

ヴェラはわざとらしく咳払いをしてから、食べ物を広げるほうに注意をもどす。「それでね、あなたもサナも犯人じゃないってわかったから、ふたりはおつき合いしたらいいわ」

「え？」リキは自分の頬がたちまちカッと熱くなるのがいやでたまらない。

「しらばっくれても無駄よ。彼女を見る目つきでわかるんだから。でもサナのことが心配だから、ふたりを祝福する前にあなたの無実をたしかめるしかなかった。もうあたしが認めたんだから彼女を追いかけてもいいわよ。チッ、魚みたいに大口あけて突っ立ってないで。もっと食べ物を出して。まだいっぱいあるじゃない」

驚くほど大きなキャリーバッグから密閉容器を取り出す作業にもどりながら、リキは数カ月ぶりに心が軽くなったのに気づく。肩にのしかかっている鉄床(かなとこ)はまだあるけれど、ヴェラが隣にいて、リキが押しあげるのをほんの少し手伝っているかのようだ。これでやっと深く息を吸える。ヴェラをちらりと見て、この人が思いがけず自分の人生に現れたことに、はじめて感謝の念で胸がいっぱいになる。

28
ヴェラ

ヴェラはとてもわくわくしている。まずなんと言っても、捜査がとても順調だ。すでにふたりの容疑者をリストからはずした。だれだってうれしいだろう。ついにマーシャル殺しの犯人を突き止めたときの、グレイ巡査の顔を見るのが待ちきれない。自分が取った才気あふれる行動を逐一理解してもらうためには、グレイ巡査をすわらせて、自分のやり方を段階を追って説明しなくてはならないだろう。もちろん、リキをはずしたからには、こんどはジュリアとオリヴァーだ。ふたりのうちどちらかが犯人かもしれないと思うとヴェラは悲しくなるが、でもだいじょうぶ。優秀な探偵の仕事に私情をまじえてはいけない。シャーロック・ホームズは私情で判断を曇らせたことがあっただろうか。ない。あるわけがない。ヴェラ・ワン・チュウチュウも同じだ。やはりグレイ巡査には気を鎮めるための食べ物が必要かもしれない。この前話をしたとき、押しこみ強盗事件を通報しなかったことでずいぶん怒っていたから。それでも、殺人犯を皿に載せて差し出せばきっと納得するはずだ。グレイ巡査は押しこみ強盗の捜査を少しは進めたのだろうか、とヴェラは思うが、残念ながらあの巡査からさらなる情報は得られそうもない。警察署へ山のように料理を持っていかなければ無理だろう。

ヴェラがわくわくしているもうひとつの理由は、中国人の母親としての夢がついにかなったからだ。それは若いふたりの縁結びをすること。そりゃあ、ふたりとも自分のほんとうの子供ではないけれど、息子のティリーを気立てのよい子と交際させようとどんなにがんばっても、本人がいい顔をしないので、これは次善の策だ。ティリーをデートさせるときの練習にもなりそうだ。それに、いまではサナとリキを自分の姪と甥のように大切に思っている。ほんとうに潑溂（はつらつ）とした若者たちで、ふたりには共通するものがある。マーシャルだ。あのやくざ者とかかわったそれぞれの経験がふたりの絆を深めるだろう。ああ、ほんとうにけっこうな、縁起のいい組み合わせだこと。サナとリキが教会の側廊を歩く姿が早くも目に浮かぶ。ふたりに子供ができたら、自分のことをおばあちゃんと呼ばせよう。ちょうどエマがそうしているように。

サナが来るころには、すべての料理がピクニック用ブランケットにきれいに並んでいる。

「すわって」ヴェラが命じる。「食べて」

ヴェラはこんどもまた本物のごちそうをこしらえた。今回はとりわけ自信作だ。箸やフォークがなくても食べられる、ビーチに持っていくのにうってつけの食べ物がふんだんにある。ふっくらした蒸しパンに蜂蜜で照りをつけた網焼き牛肉のスライスを、ニンジンや薬味のエシャロットといっしょにはさんだもの。海老と豆腐がぎっしり詰まったカリカリの春巻き。蒸した点心はシュウマイと、塩漬け卵のカスタード饅頭と、ソーセージロールの蒸しパン。ひとつの密閉容器にはスイカと韓国梨がきれいにスライスされて詰められ、いろいろな肉料理とバランスをとっている。そして、どの料理にも合うように、梨と高麗人参のアイスティーがはいった大きなジャグがある。

愛する者たちが自分の料理を食べるのをながめる。ヴェラにとってそれにまさるよろこびはない。ジンロンとティリーのことでさびしく思うことのひとつがそれだ。三人いっしょに暮らしていたとき、ヴェラは毎日たくさんの料理を作ってジンロンとティリーが食べるのを見守り、料理もそのほうがずっとおいしかった。ひとりで暮らすようになって、料理をするよろこびがずいぶんと減り、最近の夕食は白いご飯と簡単に炒めた野菜がほとんどだ。ひとり身で手の込んだものを作ってもしょうがない。

でもいまは料理を作る相手がたくさんいる。することがいっぱいではちきれそうな日々を送り、いつも目まぐるしく動きまわっている。これ以上幸せになりようがない。

「うーん、すっごくおいしい」サナが牛肉入りの蒸しパンを口いっぱい頬張りながら言う。

「すごいわ、ヴェラ。レストランを開くべきよ」

ヴェラはサナを軽く叩く。「アイヤー、ばかなことを」そう言ったものの、にやけ顔にならないように下唇をぐっと噛まなくてはならない。催促するようにリキを見ると、こちらは春巻きをくわえている。

リキがようやくサナから目をそらす。「どう？」「え？　ああ、うん、とってもおいしいよ。いつだってヴェラの料理はすばらしいからね」

ヴェラは満ち足りた声を漏らす。そして三人の気の置けないおしゃべりとともに、ほどなく料理が平らげられる。全員が食べ終わると、ヴェラは立ちあがってキャリーバッグから一本の棒を取り出す。一メートルぐらいの細長い竹竿だ。

「これをどうするの？」ヴェラに竿を渡されて、サナが尋ねる。

「あなたの新しい絵筆よ」

「はあ？」サナがぽかんとしてヴェラを見る。

「立って」**ことわるなんて考えてもいけない**という声でヴェラが言う。

サナが立ちあがるが、まだ面食らっているようだ。

ヴェラはビーチを指し示す。「砂があなたのキャンバス。何を描いても長くは残らない。まちがえても下手くそでも心配ない。海が全部消すから」

サナが目を丸くして竹竿を見つめ、それからヴェラを見る。

「行って描きなさい」ヴェラは命じる。「リキとあたしは片付けて、もう少しおしゃべりをするから。あ、そうだわリキ、言い忘れてたけど、サナはポットキャッチはしてないのよ。彼女はアーティストなの。マーシャルがだました大勢のアーティストのひとりで、それ以来描けなくなってね」そう言ってサナのほうを向くと、サナは顎が砂につくぐらい口を大きくあけて唖然としている。「それからサナ、リキは〈バズフィード〉のレポーターなんかじゃないのよ」たっぷり間を取ってリキをにらみつける。「あなたがあんな嘘をつくから浮かれちゃったじゃないの。こう思ったわよ。やった、レポーターならあたしのティーハウスを記事にしてもらえるわ！」

「ほんとに悪かったよ」リキはヴェラとサナのどちらにあやまればいいのかわからない。

「それはともかく、リキはマーシャルにだまされたプログラマーなの。だからね。そういうこと。ふたりともマーシャルの被害者ね。さあ、行って描きなさい。**それっ**」ヴェラは陸軍大将さながらに一喝し、サナがミーアキャットみたいに跳びあがってから走っていく。それからリキへ目をもどすと、リキはまだショックから立ち直っていないらしい。「なぜそこでカエルみたいにすわってるの？　片付けを手伝ってちょうだい」

リキは密閉容器を集めはじめる。「サナはほんとうにアーティストなの？」

「そうよ。しかもすごく才能がある。彼女の絵はすばらしいわ」事実をさらしてリキをびっくりさせたので、ヴェラは楽しい。将来のガールフレンドが才能に恵まれているのはうれしい驚きにちがいない。ところがちらりとリキを見ると、あまりうれしそうではない。それどころかいまにも泣きそうだ。「どうかした?」

「マーシャルのNFTコレクションが過剰な高値で売れるような、買い手をだますボットをぼくは作成した。そのNFTはさまざまなアーティストたちから盗んだものだった。ぼくはそれを承知のうえで、まったく何も――ぼくはただ――ずっとだまっていた。そしていま聞いた話では、サナはあいつに作品を盗まれたアーティストのひとりで、そのせいで描けなくなっている。ぼくはあいつのくそビジネスの片棒をかついでいたんだ」

リキが言うすべてを理解できているのか、ヴェラにはわからない。テクノロジー関係の用語というのはどれもこれもわかりづらい。リキに手を振って言う。「アイヤー、気に病むほどのことじゃないって。ふたりとも被害者なんでしょ?」

「そりゃあそうだけど、でも、ぼくの場合は潔白とはちょっと違う。サナは何も知らなかったけど」リキがため息をつく。「ああ、ぼくは救いようのないばか野郎だ」

「チッ、大げさなこと言わないの!」ヴェラはぴしゃりと言う。「そこから抜け出しなさい。気持ちを切り替えて。マーシャルは死んだ。あなたとサナは彼から受けた被害から立ち直ろうとしている。あなたは少し悪いことをしたかもしれないけど、それが何？　いまはそこから学んでいる。もっと賢い判断ができる。善悪の観念も前よりしっかりしている。それは自分のあやまちから学んだからよ。人生ってそういうものよ、リキ。つねに正しい決断をする完璧な人間なんていない。つねに正しい決断ができるのはほんとうに恵まれた人だけ。そうでないあたしたちは、もがきながらなんとか生きていくしかない。たまには自慢できないようなこともする。でも、いまのあなたは自分にとっての境界線がどこかわかってる。あなたはいい子よ、リキ。いい心根を持っている。大事なことはそれだけ」そう言ってリキの胸の真ん中を強く叩く。「いい心根！　覚えておきなさいよ」それから背を向けて、密閉容器をキャリーバッグの中へ最後のひとつまでしまい、自分の上出来な仕事ぶりに満足する。

　サナは結局一時間以上描き、それが終わるまでヴェラはリキを質問攻めにする。好物は何か（それはテロン・バラドとかいうもので、こんど作ってあげるからグーグルで検索しなくては）、リキの母親の好物は何か（甜醤油（テンジャンユ）で味付けした焼き魚、しっかりした女性ね）、勤め先はどこか（損をするぐらいややこしいことをしているどこかのスタートアップ企業）、アディはおとなになったら何になりたいか（物理学者）、などなど。リキの金銭的な負担を軽くしてあげたいが、ウィニフレッドのくだらないベーカリーに強盗にはいるぐらがない。第一ウィニフレッドが二万五千ドルもの金を置いておくわけがない。

「これってすごいわ」サナが言う。髪が風になぶられ、湿った砂に竿で一生懸命描いていたので頬が赤い。リキがやるせない目つきでサナを見つめるので、ヴェラは思わず天をあおぐ。最近の若い男ときたら。何かにつけ大げさなんだから。

ヴェラは立って、サナが描いている遠くの場所を目を細くして見る。何を描いているのかここからは見えないが、なめらかなストロークで砂に渦が広がっていくのはわかる。笑顔でサナに言う。「よかった、描けるじゃない。あしたの朝ここに来てもっと描くといいわ。あたしはエマを連れてくる。もちろんお料理もね」

ヴェラは一瞬、サナが反発するかもしれないと思う。若い人たちが反発のために反発するのが好きなのはいつものことだ。でもそのとき、赤らんだサナの顔にゆっくりと笑みが広がり、彼女に会ってはじめて、本来の年相応の若さに見える。明るいふたつの星のようにサナの目から発する輝き、それが希望だとヴェラは気づく。その姿にヴェラの胸はいっぱいになる。サナはもうだいじょうぶだ。それからリキに目を走らせ、眉をひそめる。しょぼくれた顔で立っているところを見ると、まだやましい気持ちに苛まれているにちがいない。まあいいだろう。リキもだいじょうぶだ。ヴェラがなんとかする。

29　オリヴァー

晴れた日曜日の朝、オリヴァーにとって、ヴェラのティーハウスでジュリアとエマと過ごす以上にうれしいことはない。まあたしかに、ティーハウスが再起不能の一歩手前まで痛めつけられていなければもっとうれしいだろう。それでも、はしごをあがって新しい照明器具を取りつけ、エマがつま先立ちで手を伸ばして新しい電球を手渡してくれて、そのあいだジュリアがぼろぼろのポスターをはがしていく、そのひとときは最高だ。オリヴァーは水を得た魚のようになる。長年無益な仕事だと思っていたものがついに役に立っている。店内の古い電気系統を修理するだけでなく、すべてがスムーズに機能するように配管設備も手直しする。作業が終わるころには、目に見えるところはあまり変わらないが、隠れた根幹の部分でヴェラのティーハウスは新しい活力を得て、営業再開の準備が整う。あらたに取りつけた照明器具のおかげで、早くも店内が明るく生き生きとしている。照明を変えただけで空間が見ちがえるようになるのを、ヴェラに見せたくて待ちきれない。

「どうよ！」ジュリアが二、三歩さがって自分たちの手仕事をほれぼれとながめる。ほとんどカビだらけだったポスターを彼女が全部剥がしたので、いまはところどころにそのかすがこびりついた、くすんだオフホワイトの壁になっている。客観的に見ればひどいありさまだ。でも、ふたりで骨身を惜しまず働いたので、オリヴァーにはこれからゆっくりよみがえっていく場所に見える。「なかなかいいじゃない」ジュリアのことばが自分の思いと重なる。

オリヴァーはジュリアに笑みを向け、エマとグータッチする。「サナは画家だってヴェラが言ってたから、壁画を彼女に頼もうかな。どう思う？」

ジュリアの顔がほころぶ。「すごくいいと思う。じつはサナの絵を少し見たの。彼女、ほんとうにたいしたものよ」

「サナは鳥さん描くもん」エマが落ち着いた声でぽつりと言う。きのうの午後、ジュリアがまた撮影の仕事に出かけているあいだ、サナがヴェラを訪ねてお茶を飲んだのだが、エマとお絵描きもしたらしい。

「そうね」ジュリアが言う。「それからお花や人も。まるで魔法みたいよね」

エマがうなずく。「あたし、パロットタイズの鳥さん描いた」

「パロットタイズの鳥？」オリヴァーは二羽のオウム(パロット)がつながった(タイズ)絵をエマが描いている

ところを思い浮かべる。

「パラダイスよね」ジュリアが言う。

「ああ」オリヴァーはエマに向かってにっこり笑う。「そういうことか。こんど会ったときに見せてもらわなくちゃ」

「こんどね」エマはそう言うと、自分の指に注意をもどす。

エマにそう言ってもらえるとは、かなり希望の持てる締めくくりだ。オリヴァーは店内を見まわす。「さてと、リキは椅子やテーブルを直すと言ってたし、ぼくは電気系統と配管の修理をしたから……」ポケットに両手を突っこみ、急にきまりが悪くなる。「じゃあ、こんなところかな。いまのところ、きみとぼくでやれることはあまりないし」心の隅が痛むのは、ティーハウスからまだ立ち去りたくないから、立ち去れば、自分はこっち、ジュリアとエマはあっちへ行くことになるから。

友達づきあいが再開したことをオリヴァーはどうとらえていいかわからない。過去のいきさつのせいもあるが、それだけではなく、サナとリキがもう容疑者ではないとヴェラに言われ、残ったのが、そう、自分とジュリアだからだ。そんなことは考えたくもないし、ジュリアをそういう目で見るのは耐えられないが、一方、壊された表層の内側では彼女が非常にたくましいのを、彼女の芯が鋼でできているのを、オリヴァーは否定できない。自分がマーシャルの結婚相手だったら、やはり心が折れるのではないか。自分をむしばむ結婚生活から逃げる計画を練るのではないか。そうした疑念がときどき波のように押し寄せては震える自分を置き去りにするので、どこへ目を向ければいいかわからなくなる。

ジュリアが尋ねて沈黙が破れる。「お父さんは元気にしてる？」

オリヴァーは不意を突かれる。「わからない」迷ったが正直に言う。「最近会ってないんだ。だいたい毎朝メッセージを送ってるけど、めったに返信してくれないし」そう言いながら、自分がひどい息子だと気づく。父親のドアの前に定期的に食料品を届けたからって、それが何だってんだ。笑えるほど小さなおこない、形だけの気づかい、ほんとうに父親を助けるというより、自分の気分がよくなるためにしているだけだ。

「行ってみる？」ジュリアが言う。「ここからあまり遠くないからそのほうが……」

「そうだね」オリヴァーは心の中で〝いやだ〟を連呼して震えている。でもなぜか手足が動いて、ヴェラの店という安全な繭をあとにする。

オリヴァーの父親のためにペストリーはもちろん、食料品も買っていこうとジュリアが提案するので、三人はストックトン・ストリートまで歩いてジュリアが一番いい品を見繕ったあと、ベーカリーに立ち寄って小さなテーブルを囲み、エマが自分の顔ぐらいの大きさのパイナップルパンにかぶりつく。

「あたし、パイナップルパンって好き」エマが驚くほど深みのある声ではっきりと言う。

オリヴァーは思わず満面の笑みを浮かべ、幼い姪を愛情深く見つめる。このすばらしい存在を創り出すにあたって、マーシャルのような男がいったいどのように役目を果たしたのだろう。ほんの一瞬、自分が家族と外出していてジュリアが妻でエマが娘だと想像してみる。そして恥の痛みに貫かれる。ああ、とんでもないことだ。死んだ弟の妻と子供を使ってそんな空想にふけるとは。そこで咳払いをして、ジュリアに写真編集がはかどっているか尋ねる。

それを聞いてジュリアの顔が輝く。「キャシーの写真の編集が全部終わったところなんだけど、上出来よ！　四百枚以上撮った中でよく撮れたのが全部で二十七枚。感想を聞かせて」後ろポケットから携帯電話を出し、写真を探してからオリヴァーに電話を渡す。

オリヴァーはハイスクールのころから、ジュリアが本物の才能の持ち主だとずっと思っていた。マーシャルに憤りを感じたのはそのこともある。マーシャルがジュリアをうまく説得して写真の世界からやんわり遠ざけるのを見て、オリヴァーはある日マーシャルにそんなことはやめろと言い、それが原因でふたりはひと月以上も口をきかなかった。彼女に才能があるのは知っているが、それでもキャシーの写真を見て息をのむ。カメラのこちら側にいるジュリアが別の何かに変わっている。一部がカメラで一部が人間である何かに。

被写体の位置を調整して最も劇的なアングルをとらえる方法、被写体の魂を引き出すために光の加減を操作する方法、そういったことを彼女はなぜか本能的に知っている。

オリヴァーはキャシーに会ったことも、彼女の動画を視聴したこともないが、ジュリアが撮った写真を見ただけでキャシーを知っているような気がしてくる。ほんとうに本人の笑い声が聞こえるようだ――活気にあふれているが、その奥に少しはにかみが感じられる声だ。キャシーの目の中に炎が見え、決然とした顎の線が日没近くのカリフォルニアの夕日に照らされて、芸術的な味わいを帯びている。

「やばいな」オリヴァーは言う。「めちゃくちゃいいよ、リア」

ジュリアが目をぐるりとまわして笑みをこらえる。「やだ、やめてよ」

「本気で言ってるんだ。もう彼女に送ったのかい」

「いいえ、今夜送るわ。なんだか心配で。ちょっと先延ばしにしてたの」

オリヴァーは携帯電話を返す。「何が心配なのかわからないな。とても刺激的だよ。彼女が大よろこびするのはまちがいないね」

ジュリアが笑みを浮かべて電話をポケットにしまう。「はいはいわかったわよ。ありがと」

オリヴァーには言いたいことが山ほどある。ジュリアがまた写真を撮るようになってうれしい。ジュリアがいなくてさびしかった。そばにいてほしいとどんなに願ったことか。そう、恋人として、でも大部分は友達として。ランチや学校の行き帰りにしゃべっていたのがなつかしい。ジュリアがストラップに親指をはさんでバックパックを背負っていたのをまだ覚えている。こういったことを全部話したいけれど、この状況ではどれも適切でないのはわかっている。それに、いっしょにいられるだけでありがたいから、彼女をうんざりさせるような危険は冒したくない。だからうなずくだけにする。

そんなやりとりのあと、オリヴァーの父親に買ったものを全部持って、三人は父親の住まいまで歩いていく。オリヴァーはブザーを鳴らし、父親の声がブザー越しに耳障りな音で聞こえたので話しかける。「ハイ、バーバ、ぼくだよ。ジュリアとエマもいっしょだ」

沈黙があり、それから父親の声が返る。「だめだ。きょうは会えない」

「だけど、食べる物を持ってきたんだ」オリヴァーはジュリアとエマにすばやく目を走らせ、腹の中で何かが急降下していくのを感じてやりきれなくなる。自分の孫娘に会おうとしないのが信じられない。いったいどうしたんだ。たしかに父がマーシャルをひいきにしていたのは昔から知っているが、これはあんまりだ。エマはたったひとりの孫だ。たいていの祖父母ならば階段を駆けおりてきてエマを高く抱きあげるはずだ。幼くて状況が理解できないエマは、小さな指揮者よろしく人差し指を振りながら「ダ、ディー、ダ、ダン」

と小声で歌っている。オリヴァーはどうすることもできず、ジュリアを見る。ジュリアが肩をすくめ、それから身を乗り出してブザーに向かって話す。

「ハイ、バーバ」彼女が呼びかける。「ドアのそばに食べ物を置いとくけど、いいですね？　好きなときに取りにきてくださいね。それから、だれかに来てもらいたければわたしかオリーに電話して」

いつまでも返事がないので、ふたりはショッピングバッグを下に置く。立ち去ろうとしたそのとき、スピーカーの接続音が聞こえる。オリヴァーはすばやく振り返り、ブザーが鳴ってゲートが解錠されるのを待つが、バーバが言ったのはこれだけだ。「ここにはもう来るな」

30 サナ

二十二歳のカルアーツ中退者どころか、砂に絵を描くしか能がないカルアーツ中退者。もし人からそう言われたら、サナは身をよじらせておのれの不甲斐なさに涙を流したことだろう。でもじつは、描くのがこれほど楽しいのはひさしぶりだ。

毎日夜が明けるころに竹竿を持ってオーシャン・ビーチへ行き、太平洋の波が悠然と打ち寄せるそばで竿を砂に走らせ、押したり引いたり滑らせたりしながらその感触を味わう。砂はまったく新しい画材で、力の使い方に相当集中しなくてはいけないので、ためらっている余裕はない。竿の先で砂が分かれるときのやわらかくてざらついた感触も、線を描くたびにはげますように鳴るシュッという音もすごく好きだ。足の裏や足指のあいだにふれる砂の感触さえ心地よく、サナは大地に根をおろして自然とつながり、長いあいだ自分の全存在を掻き乱してきた不安を鎮めていく。毎日一、二時間、世界からほかのいっさいが溶けてなくなり、サナと竹竿と砂だけになる。

そのあとでヴェラとエマが、頼りになるヴェラのキャリーバッグとともにやってくる。サナはふたりに手を振り、あふれんばかりのよろこびで胸をいっぱいにしながら、おばあさんと小さな女の子が砂浜をこちらに向かって歩いてくる姿を見守る。ヴェラのキャリーバッグには食べきれない量の食べ物が詰まっているのはわかっている。ここに来る前にヘルシーな朝食を食べなくてはだめだとしつこく小言を言われるのも。エマが箸を一膳取り出して片方をサナに渡し、「お絵描きしよう、サナ」と言うのも。そして、ヴェラがふたりを追い払って描きにいかせ、そのあいだにピクニック用のブランケットと料理を広げるのも。

ひとりで砂に描くのは爽快だけど、エマといっしょに砂に描くのはまったくちがう体験だ。エマはなんでも半分人魚にするのにはまっていて、たとえばサナが馬の前半分を描くと、エマは舌先をのぞかせながら、そおっと人魚の尻尾を描き加えていく。エマの丸っこい手には上手に描くために必要な細やかな運動技能がまだそなわっていないので、たいていは描きそこなう。エマが癇癪(かんしゃく)を起こさないように、サナは言う。「それはすばらしい線ね、エマ。ほら、こうしてちょっと伸ばせば……お星さまになるでしょ！　うん、この人魚馬さんはおなかにお星さまがある。かわいいでしょ？」失敗したところも独特で美しいものにできるとエマに教えるうちに、いつのまにかサナも癒されていく。

やがてヴェラに呼ばれてふたりはピクニックのブランケットのところまで引き返し、ヴェラの料理を食べ、いつもながらあまりにおいしいので、全部食べずにはいられない。ときどきジュリアが参加するが、最近は肖像写真の撮影でいそがしいことが多い。サナが言ったとおり、ティックトックのインフルエンサーであるキャシーが自分の顔写真に感激し、ファンに向かってジュリアのことを褒めちぎったので、ジュリアが受ける注文はますます増えている。

あるとき、サナはエマといっしょに砂に絵を描いていてふと顔をあげ、遠くのほうにぽつんと立っている人影に気づく。知らない人がこちらを見ている？　遠くてよくわからないが、じっと立っている様子から、エマを見ているのはまちがいない。不安になったので手を振ってみると、その人影が急いで立ち去る。サナの胃が締めつけられる。「ヴェラ」サナは大声で呼ぶ。「あそこに立ってわたしたちをながめていた人に気づいた？」

もちろんヴェラは料理を広げるのに大いそがしだ。「どんな人？」

サナはためらったあげくに言う。「ビーチを散歩していただけかも」もちろんこれは、波乱のない日々の過ごし方を自分がよくわかっていないがゆえの、想像の産物だったにちがいない。

じつは、あらたに見つけたこの平穏をどう受け止めればいいのか、サナにはよくわからない。皮肉なことに、マーシャルが実際に死んでいて、ヴェラがあからさまにオリヴァーとジュリアを疑っているのに互いが深い友情で結ばれていて、それがとてもややこしい。たまにふと気づくと、なんという奇妙な人生を生きているのだろうと考えこんでいる。殺人かもしれない未解決の死のほか、何も盗られなかった謎だらけの押しこみ強盗まで発生している。押しこみ強盗と言えば、盗られたものがないというだけの理由で警察はなんの結論も出さないだろう、というのがヴェラの予想だ。いまのところそのとおりだ。サナは心のどこかでまだびくびくしていて、すぐにでも警察がやってきてみんなの中のひとりを殺人犯ないし強盗犯として糾弾するのではないかと思っているが、何日経っても新しい展開はない。

それはそうと、けさはビーチに来なくていいとサナはヴェラに伝えておいた。きょうはミュア・ウッズ国定公園へハイキングに行くからだ。言わなかったのは、リキといっしょのハイキングだということ。ヴェラに知られたら——ああ、その顔が目に浮かぶ——したり顔で大よろこびするのはまちがいない。

朝の七時半ごろ、リキがオーシャン・ビーチにいるサナを、砂まみれの竹竿ごと車で拾う。サナは竿をできるだけ拭いてから車のトランクへ入れ、最初に妙な緊張感を覚える。こうして会うのはマーシャルの事件やヴェラのことや何かを話し合うためではないのはじゅうぶん承知している。ただいっしょに過ごすために会うのはこれがはじめてのことで、それに気づくとなんて奇妙ですばらしい気分になるのだろう。笑みをほとんど隠さずに助手席に滑りこむ。

「やあ」サナに負けないにこやかな顔でリキが言う。「即興のお絵描きを楽しんだかい？」

「ええ、すごく楽しかった。日ごとによくなっていくの」サナは間抜けなにやけ顔にならないように口をぎゅっと結ぶが、だめだ、力を抜いたとたんにたちまち笑顔にもどってしまう。だめ、クールになって、お願いだから。リキの運転に注目せずにいられない——片手でハンドルをつかみ、おろしたウィンドウのへりにもう片方の肘を乗せている。なんだかすごくセクシー。

「あなたの朝はどうだったの？」リキに見とれる自分の気をそらそうと、サナは言う。

「うーん、じつははじまったばかりなんだ」リキが少し笑い声をあげる。「週末は美容のためにたっぷり眠ることにしてるからね。つまり起きたのはだいたい二十分前で、それからきみを迎えにきた」

ああ、〝きみを迎えにきた〟って言い方までなぜかすごくセクシー。

土曜日の早朝で交通量があまりないので、まもなくゴールデンゲートブリッジに着く。

その象徴的な橋を渡るとき、サナは窓の外をながめ、周囲のすべてを取りこんでつぶさに記憶に焼きつけようとする。以前はそんなふうにものを見て、あらゆるものに芸術の素地を見出したものだが、マーシャルの盗みによってそのよろこびが長いあいだ奪われていた。そしていま、あらためてまわりの美しさに気づき、純粋で果てしないよろこびに泣き出しそうになる。この街はなんというとてつもない魅力にあふれているのだろう。それに気づくのにどうしてこんなに長くかかったんだろう。復讐するためにここを通ったときは、まわりの色がまったく目にはいらなかった。ゴールデンゲートブリッジの圧倒的な大きさを言い表すのはむずかしい。橋全体を写した写真では、ほとんどおもちゃのように見える。けれども実物ではそれぞれの主塔がありえないほど高くて横幅が広く、それが天空を貫いている。ひさしく失っていたあの切望が、サナの中でふたたび疼く。美しい、この世のものとは思えない何かを創り出したい。

ミューア・ウッズに着くころ、サナはこれからのことや感じたばかりの興奮で身も心もざわついている。車からおり、伸びをして、国定公園のさわやかな森の香りを吸いこむ。リキがバックパックを後部座席から出し、ふたりはハイキングをはじめる。気安い会話がとめどなく流れる。

「アメリカ杉がこんなに巨大になるなんて信じられない」

「ほんとだね。輪切りにしたらぼくのアパートメント全部よりも広いな」リキが皮肉っぽく言う。

サナは笑う。「インドネシアではハイキングによくいってたの？」

「うん、それはもう。ボゴールってところがあって、ジャカルタから二時間ぐらいの距離でね。弟を連れて車で行って、棚田が広がる丘陵地帯までハイキングをしたあと、川で泳ぐんだ。インドネシアは蒸し暑いから、川に着くころには汗まみれでさ、冷たい水がすごく気持ちいいんだ」

「へえ、とんでもなくすごいハイキングみたいね」

「まあね。いつか連れてってあげられたらいいな」それはつまりサナが海外旅行をするということだと気づいたらしく、リキの頬も耳の先もうなじも真っ赤になる。「だからその、たまたまその地域にいたら」

リキが恥ずかしがるのを承知でサナは大はしゃぎしたい気分だ。「それってつまり、もしわたしが何か適当な理由でたまたまインドネシアにいたらってこと？」

リキが肩をすくめて笑みをこらえる。「そう、何か適当な理由で」

「最初のデートでインドネシアに誘うなんてなかなかやるじゃない」

リキが眉をあげ、とぼけた顔でサナを見る。「おや、これってデートかな？　そいつは知らなかったけど、でもオッケーだよ」

サナがリキの肩をぶってふたりは声をあげて笑い、豊穣な暗がりをかかえる森の奥深くへと歩いていく。男の人とのあいだにこれほど強い絆を感じたのはひさしぶりだ。カルアーツでは学生たちはみんな自分の創作活動に熱中していて、だれもがひそかに自分のことを天才だと思う一方、才能のない見かけ倒しだとわかってしまうのを恐れている。サナはほかのアーティストとぜったいにデートできなかった。サナに必要なのはリキのような素直で堅実な人だ。魂を鎮めてくれる人。

二、三時間後、ふたりは休憩して食べ物を口にする。リキがチーズとパンとミックスナッツを持ってきていた。「これは自分で作ったんだ」そう言ってナッツをボウルにあける。「アーモンド、カシューナッツ、ピーナッツ、パンプキンシード。蜂蜜と海塩を加えてローストしてある」

「ナッツアレルギーじゃなくてよかったわ」サナはいくつか口へほうりこむ。〝アレルギー〟と言ったことでふいにマーシャルのことが思い出され、口の中が乾くのがわかる。

リキの顔が曇ったので、やはり同じ思いにちがいない。

サナは水をごくりと飲んで深く息を吐く。「マーシャルのことだけど……いろいろあったのがいまだに信じられない。ここ数週間、頭がおかしくなりそうだったわね」

「たしかに。そのあげくに、死因は鳥アレルギーだった。まったくもって奇妙な話だよね」

「ほんとうにね」サナはためらう。「それで、ヴェラの言うことは正しいと思う？　だれかがマーシャルを殺したっていうのは」

しばらくのあいだリキは何も言わずに遠くを見つめる。「なんとも言えないな」

「だってね、押しこみ強盗があったのが偶然とはとても思えないから、これはやっぱり殺されたってことじゃない？」

「まあね、でもはっきりしたことはわからない。警察が証拠とか何も見つけてないんだから。どう考えるべきかわからないよ」

サナは下唇を噛む。「もしかして……」ためらい、顔をしかめ、それから思い切って言う。「もしかして、オリヴァーがやったんじゃないかしら。彼は鳥の上皮のアレルギーについて知っていた唯一の人間よ」

「そうだね。でもジュリアだって知ってたんじゃないかな。マーシャルと結婚してたんだから、知っていてもおかしくない。配偶者にはそういうことを伝えるものだろう？」

「そりゃあそうよね」サナはため息をつく。「あのふたりのどちらかが殺人犯だなんて、考えるだけでもいやだけど」

「こっちも同じさ。じつは、一時はぼくが——」声が震えるが、リキはひと息ついてからつづける。「ぼくがやったと思ってた。殴ったらその夜に死んだから、もしかしたらって……」

サナははらわたが捻じれるような苦しさを覚える。「そういうのって耐えるしかないから大変な重荷よね」

リキはうなずき、それから声をあげて笑う。「まあそうだね。ヴェラが言ってたけど、ぼくの腕はひ弱そうで一発でだれかを殺すなんて無理だから、そんなのはあり得ないって教えてあげたのに、だとさ」

「まったく、ヴェラらしいわ」サナはくすりと笑う。ヴェラがそう言っている姿がすぐに思い浮かぶ。「わたしもいっとき、自分が何か関係してるのかもしれないと思ってた。マーシャルが死んだ日、彼に会いにいって頬を引っ掻いたの。あんなふうにだれかに襲いかかったのははじめてだった。わたし、すごくこわくなって——」

「ぼくも同じだ」リキの声に深い同情がこもる。手を伸ばしてサナの手に重ね、そのぬくもりがサナのやりきれない思いをなだめる。「彼は人の最悪な部分を引き出す傾向があったんじゃないかな」

サナはうなずく。「だからこそ苦しみが半端じゃなかったのかもしれない。あのとき、わたしは世の中の残酷さに気づいて、当たり前のことなのにもっと早く気づかなかった自分が大ばか者に思えた。そして、ほかのだれでもなく自分が悪いという気がした。マーシャルのような人間はつねに存在してやることをやるのだから、わが身を守るのは自分の責任でしょう？　わたしはあいつの罠に落ちたことが恥ずかしくてたまらなかった」

「ごめん」リキが視線を落としてつぶやく。

リキがひどく悲しそうに見えるのは気のせいだろうか。胸が苦しくなったサナは、リキの手を強く握る。「ねえ」そっと声をかける。「あなたのせいじゃないわ。あなたもマーシャルに同じ目に遭わされたんだもの」

「そうだけど、でも——」うまいことばがなかなか見つからないらしく、リキが唇を嚙むが、ふたりがほんとうに素直になって自分の傷をさらけ出し合っているこの瞬間、何かがサナの心を動かす。

思わずサナは身を乗り出してふたりのあいだを詰め、唇と唇を合わせてやわらかな甘いキスをする。リキが何を言うつもりだったにせよ、それはたちまち忘れ去られ、リキの手がサナの背中にふれる。リキが彼女を引き寄せ、このすばらしい一瞬に、ふたりとも我を忘れる。

31 ジュリア

ジュリアは自分のスプレッドシートを開くたびにいまだに目を疑う。自分のスプレッドシート。そう、いまのジュリアはスプレッドシートを使う人たちのひとりだ。しかもクライアントの名前がびっしりはいったスプレッドシートを。〝スプレッドシート〟と言わずにすむときはない。日に最低七回は言う。「スプレッドシートに入れておきますね」とか「スプレッドシートを確認しますね」とか。

ジュリアはカレンダーも使っていて、いまではじつに立派なものだ。驚くほど速く埋まっていくカレンダーの書きこみ欄には〝エマの好きなシリアルを買う〟だけでなく〝エイプリル・ウールソン――マタニティー記念撮影〟や〝ヘザー＋リクト婚約記念撮影〟とある。新しい注文を受けるたびにジュリアがパソコンのところまで飛んでいってカレンダーに入力すると、ヴェラが後ろからけわしい目つきでスクリーンをのぞき、こう言い聞かせる。「もっと料金をあげなきゃ。だいたいの目安はね、値上げは三回の予約ごとよ」

ジュリアはぎょっとしてヴェラを見る。「え？　そんなの無理よ。良心的じゃないもの」

「は！　良心的よ。これはぼったくりじゃなくて、写真家としての自分を尊重するためなんだから」ヴェラがジュリアの胸に指を突きつける。「撮影のたびに腕があがってると思う？」

「まあ、そりゃあそうだけど、でも――」

「じゃあ三度撮影したあと、あなたはいままでと同じ写真家？　同じところに停滞してる？」

「そんなことはないけど、でも――」

「それならどうして料金が停滞したままなの？」

ジュリアは啞然としてしばらくことばを失っていたが、やがてヴェラの言うことはもっともだと認める。値上げをしていなかったのは、ほんとうはビジネスに則った判断ではなく、どちらかと言えば自信のなさから来るものだ。そこでヴェラの言うとおり、三回予約を受けたあとは十パーセントの値上げをすることに決める。キャシーの顔写真を撮ってわずか数週間だというのに、いまは十一件も予約をかかえている！　自分の幸運が信じられず、ジュリアはときどき自分をつねってみる。

「幸運じゃないのよ」たまたまジュリアがまちがった言い方をしたときに、ヴェラはきっぱりと正す。「ビジネスに幸運なんてものはやってこない。自分で自分の運を作るだけ」たしかにそうだが、それでもジュリアはキャシーと仕事をする機会にめぐまれたのをありがたいと思っている。キャシーのプラットフォームはバズるにはまだほど遠いが、彼女はティックトッカーとしてがんばり、毎日三回から五回、動画を投稿している。ジュリアがキャシーのプロフィールをチェックするたびに、フォロワー数が増えている。キャシーはジュリアにインスタグラムだけでなくティックトックのアカウントもぜひ作るように言ってから、ジュリアを絶賛するコメントをつけて自分の顔写真を投稿した。その投稿だけでジュリアにもう三人の顧客がつき、その三人が自分のティックトックで評判を広めたのでますます注文が舞いこんだ。ときどき、ジュリアは別のだれかの人生に迷いこんだのではないかと思うことがある。

エマでさえ、いままでとちがう。生真面目な顔は相変わらずだが、以前ほどべったりくっつかない。昼間はもうおっぱいをせがまず、ほしがるのは夜寝る前だけなので、ジュリアはとても助かっている。とはいえ、いまでも夜は幼い娘をあやしながらしっかり抱き締めて、小さな体のぬくもりを感じるのが大好きだ。でもそれ以外のときは、エマが手足をジュリアの体に巻きつけて赤ちゃんコアラみたいに四六時中くっつくことはなくなり、それはふたりに信じがたいほどの解放感をもたらしている。

それでも撮影で得るジュリアの収入ではローンの返済をまかなえない。いずれ生活水準を落とすしかないのはほぼ確実だ。ジュリアは気にならない。この家はマーシャルに抑圧された生活を思い出させる場所でしかない。といっても、立ち退きを考えると途方に暮れるので、いまのところ家を売りに出して手狭な引っ越し先を探すのは先延ばしにしている。

きょうの午後、ヴェラがエマを公園へ連れ出しているあいだ、ジュリアはダイニングルームのテーブルで最近撮った写真の編集をしていたが、そのとき家の奥で物音が聞こえたような気がする。

風の音だろうと思い、写真の露出を調整する作業にもどる。でもちがう、あれはぶつかったりきしんだりする音だ。腕の産毛が逆立ち、聞き耳を立てる。家の中にだれかいる。

喉がからからに渇いて、早くも手のひらが汗ばみ、ジュリアはまだ立ちあがってすらいない。木の床でこすれる音を立てないように、椅子を後ろへ押さずにゆっくりと立つ。武器になるものはないかと室内を見まわし、サイドテーブルにあった室内装飾の花瓶を選ぶ。乱れた呼吸のまま、ダイニングルームを出て廊下を進む。

いままで廊下がこれほど暗くて薄気味悪く見えたことはない。ジュリアは気絶しそうなほど頭がくらくらするが、汗ばんだ両手で花瓶をつかみ、どうにか前へ歩いていく。床板のひとつがきしみをあげ、ジュリアは凍りついて息が喉に引っかかる。だれかが同じように凍りつく音が主寝室から聞こえたような気がする。もしそんな音があるなら。というより、思いこみと恐怖のせいで息を止めたり目を見開いたりするときの無音が感じ取れるなら。

高まる緊張に押しつぶされそうになったとき、本能がとっさにすばやい決断をくだして、ジュリアを前へと駆り立てる。ジュリアはいつでも戦えるように花瓶をかかげて廊下を突進し、猛烈な勢いで主寝室へ飛びこむ。

だれもいない。ショックのせいでむせるような笑いが口から漏れ、ジュリアはぐったりと壁にもたれかかる。胸の激しい動悸がまだおさまらず、アドレナリンで体じゅうが震えている。だれもいないにきまっている。どうかしてるんじゃない？　息を深く吐き、ベッドの脚にもたれて呼吸を整えることに専念する。少なくとも、とても変な話として夕食のとき披露できる。

そのとき、窓が大きくあいているのに気づき、控えめな笑い声が喉元で止まる。主寝室をわがものとして数週間、ヴェラは窓を少しあけておくのが好きだ。それは空気の入れ替えにはじゅうぶんだけど、隣家のテリアがリスに吠えかかる声は聞こえない程度の隙間だ。でも、窓はいま全開で、透けたカーテンが風でふくらみ、ジュリアを骨まで凍えさせる。

両腕で体を抱き締めながら急いで窓へ向かい、ぴしゃりと閉める。けさヴェラがあけたにちがいない、と自分に言い聞かせる。それが一番納得できる。無理に息を大きく吸ってから、吐き出す。何も異常はない。何も――

ベッドの中ほどにある紙の束に視線が落ちる。ジュリアは眉をひそめてベッドに近づき、紙の束を手に取る。最初のページにこう記されている。

無題原稿

オリヴァー・R・チェン

うわ、そうなのね。ジュリアが持っているのはオリヴァーの原稿だ。ハイスクールにいたとき、オリヴァーがノートに始終何か書いていたのをいまになって思い出す。週末になると、ふたりはよくサンフランシスコじゅうの路面電車に乗って気の向いた駅でおりたものだ。オリヴァーがベンチを見つけてそこにすわって書くあいだ、ジュリアはその辺をぶらついて写真を撮り、そのうちまた路面電車に飛び乗ってつぎの駅まで行く。彼は書いているものをけっして見せず、完成したら見せると約束した。でもその後ジュリアはマーシャルとつき合うようになって、オリヴァーとすごすのどかな週末は完全に打ち切られ、やがてオリヴァーのノートのことは忘れてしまった。

本人のプライバシーを尊重してこれはベッドの上にもどしておくべきだろう。そうは思っても好奇心には勝てない。昔と変わらずオリヴァーが書いていたとわかり、ジュリアはうれしさを嚙み締める。ちょっと見るぐらいかまわないわよね。肘掛椅子に腰をおろし、めくって一ページ目を見る。


デイヴィッドはランドールの弟にだけは生まれたくなかった。しかも双子の弟に。人生で双子の劣ったほうでいるぐらい呪わしいことはない。幼少期からすでにデイヴィッドがランドールの出来損ないバージョンで模造品なのは明らかだった。ランドールが活発で、子供にありがちな屈託のなさで羽目をはずすのに対し、デイヴィッドはとても内気で、人にこんにちはと言うのさえむずかしかった。両親はいつもデイヴィッドの代わりにあやまっていた。「すみません、この子は内気なんです」「すみません、この子は知らない人が苦手なんです」。その一方でランドールはトレードマークの隙っ歯が見える大きな笑顔を見せるので、だれもが「こらこら」と言ってデイヴィッドの存在を忘れる。なんにせよデイヴィッドはそれでよかった。

オーレリアに出会うまでは。彼はひと目で恋に落ちた。好きにならずにいられない。

彼女みたいな人には一度も会ったことがなかった。

ジュリアは足もとの床が落ちていくような気がする。なんなのいったい――。どういう――

昔の様々な記憶が一気に押し寄せる。オリヴァーがとても身近にいたこと、長いあいだ親友だったこと、たびたび彼が自分を見るときの目つきに妙にお腹がざわついたこと。オリヴァーが特別な思いを寄せていたことになぜ気づかなかったのだろう。いま思えば、これほど明白なことはないのに。

さらに、マーシャルとつき合いはじめたころ、オリヴァーが友人関係をあっさり解消したことに思い至る。それは彼が腹を立てたから？　自分の思いが報われなくて？　怒りがこみあげる。恋心を向けられているのをどうやって察しろっていうの？　彼はそんな素振りをまったく見せず、行動を起こすとかもいっさいなかった。ときが経つにつれて相手を兄か弟みたいなものだと思っていたのに、ずっと特別な感情を寄せられていたといまごろわかるのは、ちょっとした裏切りだ。それに、友人関係をいきなり断ち切っていままでなんの説明もないのは、ふたりの友情は折を見てセックスするための手段にすぎず、その後弟に先を越されたとわかってあきらめたということだ。

もちろんマーシャルははじめから知っていた。オリヴァーがジュリアの哀れな下僕だという嫌味ばかり言っていた。でもジュリアはそれを兄弟同士の悪気のないジョークだと思って相手にしなかった。ああ、じつに愚かだった。マーシャルが悪気のない人間とはほど遠いと気づいたころにはもう遅かった。そのときにはジュリアは壊れていて、内部の羅針盤がめちゃくちゃにまわっていたので、何が正しくて何がまちがっているかの判断ができなかった。結局すべてがマーシャルによって決められた。だれが愚か者か、だれが価値のない人間か。ずっとつき合っていくに値する人間はだれか。

さらに数ページめくって流し読みをするうちに、ますます恐怖がつのっていく。

どれほど彼女を、彼女のすべてを愛しているか……

でもやはり、デイヴィッドは出来損ないだから、デイヴィッドは劣っているほうだから、彼女が興味を持つのはランドールだけで……

ランドールはオーレリアと歩いていくときに振り返って、離れて見ているデイヴィッドと目を合わせることがよくあり、そんなときはにやりと笑って手を小さく振った。オーレリアはまったく気づいていなかったが、ランドールが彼女の腰を抱く様子は、あたかも彼女はもう自分のものだとデイヴィッドにわからせるかのようだった。ほかにもいろいろ……。

ジュリアは吐きそうになる。オリヴァーの描写を読むと、自分が汚れたちっぽけな、取るに足りない物体のような気がする。いままでこんなふうに見られていたのだろうか。そしてマーシャルが死んだあと、なぜ自分の人生にふたたび現れたのか。この機会にジュリアといっしょになれるかもしれないと踏んだのか。そして、彼の支離滅裂な空想のどこにエマがはまるのか。さらにページをめくる。

彼は暗がりにすわり、彼らの写真を、完璧な家族の写真をクリックしていく。つらいのは自分とランドールが双子なので、ランドールとオーレリアの子供がデイヴィッドの子供のようにも見えるからだ。右の頬がほんの少し高くなるその笑みも、眉毛があがる様子もすごく似て……。

なんと。彼はエマが自分の娘だという空想にふけっていた。ああ、恐ろしいことだ。ジュリアはどうすればいいかわからない。読むのをやめたいが止まらない。指が動いてページをめくりつづけ、それを見つけたとき、何を探しているのかようやくわかる。

「哀れなやつめ」ランドールがデイヴィッドに唾を吐く。

〝哀れ〟生まれてからずっと彼を悩ませてきたことばだ。デイヴィッドは何も言わず、何もせずにランドールを見るが、ランドールが声をあげて笑うやいなや決断する。ランドールを亡き者にする。やり方はまだわからないが、それはこれから見つける。

そのとき玄関の呼び鈴が鳴り、締めつけられたようなあえぎ声がジュリアの口から漏れる。というよりそれは小さな悲鳴で、急に立ちあがって頭に一気に血がのぼる。心臓が強く速く鼓動を刻むので、耳の中でドラムが叩かれているみたいだ。また呼び鈴が鳴る。まったくもう、だれなの？　オリヴァー？　きょうは来るように頼んだかしら。廊下を急ぎながら、まだ原稿をつかんでいることに気づく。それをソファに置いて上にクッションをかぶせてから、息を切らしたままドアへ向かう。のぞき穴から見ると、なんとまあ。オリヴァーではない。グレイ巡査だ。いまはだれをより恐れるべきか、ジュリアにはもう判断がつかない。無理やり深呼吸をしてから顔に笑みを貼りつけ、ドアをあける。

「こんにちは、グレイ巡査」明るく言う。「どうしました？」

「はいってもいいですか？」グレイ巡査が言う。

「ああ、はい、どうぞ」ジュリアは巡査をリビングルームへ通すが、オリヴァーの原稿がその部屋のクッションの下に隠れているのを痛いほど意識する。グレイ巡査ができるだけ原稿から遠い位置にすわるように身振りでうながす。「どういうご用件でしょうか」

「お時間は取らせません」とグレイ巡査。「ご主人が亡くなった件なんですが、まあその、綿密に調べたところ、ご主人の死亡によってかなり高額な保険金があなたに支払われることがわかりました」

「え、なんですって?」いままでジュリアの脳内で鳴り響いていた雑音がぴたりとやむ。生命保険? そのあと、遅ればせながら事の次第を思い出す。「ああ」間の抜けた声で言う。そうだった。エマが生まれたとき、ジュリアはすやすや眠る小さな娘の顔をながめるうちにどうしようもなく不安になり、まっすぐマーシャルのところへ行って自分たちは生命保険にはいるべきだと言った。万が一何かが起こったときのために、自分たちの美しくて非の打ち所がないベビーが困らないための保証がほしかった。ジュリアが断固として譲らなかったのはそのときだけで、その一途な決意にマーシャルはたじろぎ、予想していたほどの反駁もせずに承諾した。ふたりはつつましいパッケージ保険を申しこみ、毎月三十ドル支払っていたが、そのうちマーシャルにすべての支払いをまかせるようになって、ジュリアはそのことをすっかり忘れていた。

その保険がいまや裏目に出ている。

「あなたの受け取り額は」グレイ巡査が手帳を見て眉をあげる。「七十万ドルをくだりません。かなりの金額です」

七十万ドル。人生が一変する金額だ。家のローンを完済してもエマの大学進学資金がじゅうぶん残るし、それに写真の仕事が軌道に乗るまでのあいだ楽に暮らしていけるだろう。しまった。さっそくお金の使い道を考えたりしてはいけない。グレイ巡査が文字通り真正面にすわって疑い深い目で直視してくる。だれがグレイ巡査を責められよう。これはどう見ても怪しい！　夫が奇妙な状況下で死亡し、妻が七十万ドル受け取る？　殺害の動機を持つ者はだれか、火を見るより明らかだ。ジュリアはなんとかして適切なことを思いつこうとするが、いまここでいったい何が適切なんだろう。

グレイ巡査の話は終わっていない。「近隣住民に聞きこみをしました。マーシャルが死んだ夜に叫び声が聞こえたと言ってます。怒っているようだったと。あなたが泣いてマーシャルが叫んでいたそうですね」

近隣住民？　ジュリアは彼らの名前すら知らない。リンダは別にしても。〝主婦同士のごたごたには巻きこまれるな〟といつもマーシャルから言われていたから、ジュリアは近所の集まりに顔を出すことは一度もなかった。けれども、自分が向こうの存在に気づかなくても、向こうが自分に気づかないことにはならないらしい。苦い思いで胃が焼ける。わたしとマーシャルのことを警察に話すなんて、ほんとうにこそこそしている。たしかに理屈を言えば、警察官が家に来て隣人の死について訊いたら、精一杯協力しようとするのが筋だろう。でも体の中で不安と怒りが荒れ狂い、それが白熱した結合体となれば、理屈はかなわない。

「はじめてお宅にうかがったとき」グレイ巡査がつづける。「ドアの後ろにゴミ袋がありました。かなりたくさん。中に何がはいってたんですか？」

ジュリアはそこそこスパイ映画を観ているので、人は追いこまれたら簡単に嘘をつけるものだと思いこんでいた。でも実際こうして警察官に質問されると、説得力のある嘘をつくのに必要なものが、自分に欠けているのがわかる。自分の口が開いて、真実が死んだ魚のようにぽとりと落ちるのが聞こえる。「マーシャルのものです」

グレイ巡査が眉をあげるが、この答に少しも驚いていないのは明らかだ。「くわしく説明してもらえますか？」

ジュリアはぐっと唾をのみこむ。「夫はわたしを捨てて出ていくところでした」はじめのうちは恥ずかしさもあって静かな声だったが、話すうちに怒りのほうがまさって大きな声になる。「夫は、これからようやく大儲けができるが、それをわたしと分け合うのはごめんだと言いました。わたしがその成功とは無関係だからだそうです。結婚して十年で、かわいい娘もいるのに、彼にとってはなんの意味もなかった。夫はわたしが泣くのもかまわずドアから出ていきました」

グレイ巡査がうなずく。「それから何をしたんですか？」

ジュリアは首を横に振って深く息を吐く。「わかりません、ええと……そういえば、エマも泣いていて、わたしは娘を落ちつかせて、それから娘が眠りました。そのあとわたしは義父に電話して、何があったか知らせました。だれかに話さずにはいられないでしょう？　要するに、ひどく混乱してました。そして夫の持ち物を全部袋に詰めた。まだ泣きわめいてた。よくわからないけど、全部ゴミ箱に捨てるか燃やしてもいいと思った。でも袋に詰め終わると疲れて何もできなくて、それにエマが目を覚ましたので面倒を見るしかなかった。朝になると、前の晩の出来事が現実とは思えなかった。夫が帰ってくる希望をまだ持っていたというか。だから彼のものを捨てなかった。そのあとあなたが来て、彼が死んだと言って……」

「ふうむ」グレイ巡査がまだジュリアを注意深く観察しているが、巡査の脳裏に何がよぎっているのか、ジュリアにはわからない。いまの話を信じるだろうか。ジュリアの耳にさえばかばかしく聞こえる。「それで、ヴェラのティーハウスに押しこみ強盗がはいった晩、あなたはどこにいましたか？」

ジュリアは藁にもすがる心境で答を探す。「それは――ええと、ここです！　幼い子をかかえてますから。何があっても毎晩ここにいます。わかりますよね？」ああ、こんなキレ気味に言うはずじゃなかった。「みっともないですね、こんな――」ジュリアがもじもじしながら姿勢を変えたとき、そばのクッションに肘が当たる。オリヴァーの原稿の上にかぶせたクッションだ。視線が原稿へ飛んでからすばやくグレイ巡査の顔へもどるが、ジュリアの顔つきにピンとくるものがあったのだろう、グレイ巡査が飛びかからんばかりに原稿をつかむ。

「これはなんですか？」

「あら、それはただの――」

グレイ巡査が原稿のページを興味深そうにめくる。「なるほど。オリヴァー・チェン。マーシャルの双子の兄ですよね。作家なんですか？　彼がこれをあなたに？」

「それは――」ジュリアは何を言おうかと考える。でも何を？　何を言うべきかほんとうは自分にもわかっていない。たしかにオリヴァーにはものすごく腹を立てているけれど、実際何があったか全部はわかっていないのに、グレイ巡査にあれこれ話していいものかどうか。そうはいっても、いま原稿は文字通りジュリアの手を離れ、グレイ巡査の手中にある。「ここで見つけたんです。彼がヴェラに渡したんでしょうね。それともヴェラが勝手に手に入れたのか、その辺はわかりません。ただの退屈な作り話だと思いますよ」ジュリアは世界一嘘くさい笑い声をあげて原稿へ手を伸ばすが、届かないようにグレイ巡査がしっかりかかえる。

「差し支えなければ少しのあいだお借りしますよ。たまには読書もいいですね。SNSをひと休みして」

だめ、やめて！

けれどもジュリアにできるのは、間抜けな作り笑いを浮かべてそこにすわっていることだけだ。ふたたびことばを発したのはグレイ巡査が帰ったあとだ。途方もない無念がこもることばをたったひと言。

「くそ！」

32 ヴェラ

エマはどんなに遅く寝ても毎朝五時に目覚めるので、それがヴェラにはぴったりだ。自分と同じ感性を持つ、早起きをして一日を楽しむ人間がついに現れた！というわけで、毎朝、静かにまどろんでいる世界にはヴェラとエマしかいない。ふたりは家の中をゆっくりと動きまわり、ジュリアを起こさないようにソックスを穿いた足で床をそっと歩く。ヴェラは濡らしたタオルでエマの顔の目やにをぬぐってやり、歯ブラシを渡す。エマが歯を磨くあいだ、ヴェラは前もって作っておいた粥をよそう。ふたりはゆっくり起き出したときと同じように静かに朝ごはんを食べ、それからヴェラはエマを朝のウォーキングに連れ出す。エマはヴェラのウォーキング法を踏襲している——肘を振り、顎をあげ、きびきびとテンポよく。エマを愛するようにだれかを愛したのがいつのことだったか、ヴェラには思い出せないほど遠い昔だ。

けさもまた、ビーチでサナと絵を描いて朝のひとときをすごす。サナはいつも笑わせたりキスしたり、人魚動物を描いてくれたりするので、エマはサナが大好きだ。そのあとでヴェラはエマを連れてチャイナタウンへ行き、いつもどおり食料品を買う。ティーハウスにも行くのかとエマが尋ねるが、ヴェラは首を横に振る。この前行ったとき、ティーハウスは見る影もなく壊れていたので、過去の亡霊をながめてすばらしい一日を台無しにしたくなかった。胸をよぎる不安がヴェラをさいなむ。そのうちわが家へ帰るしかないのは承知している。自分はジュリアの家の客にすぎず、それ以上ではない。でも、その日をできるだけ先へ延ばしたい――これってそんなに悪いこと？ともあれ、アレックスのところへは立ち寄るが、ブザーを鳴らして名乗っても返事がない。散歩に出ているのかもしれない。かわいそうなアレックス。毎朝のおしゃべりができなくても、つつがなく過ごしていればいいのだけど。特製ブレンド茶が詰まったバッグを取り出して門にぶらさげる。バッグにはこんなメモをつけてある。

これはアパートメントの3Dのアレックス宛てです。アレックス以外の人は取らないで！！！

それからふたりは路面電車の駅へ行き、ローレル・ハイツへもどる。目的の駅に着いて家に向かって歩きだすころ、見るからにエマの元気がなく、足がふらついて目がいまにも閉じそうになる。どこかでおやつを食べさせるか休憩するべきだったとすまなく思いながら、ヴェラはエマを励まして歩かせる。さいわい、エマが泣き出して抱っこをせがむ前に家に帰りつく。ヴェラは安堵のため息とともにドアの鍵をあけ、声をかける。「さあ、中へはいったらベッドへ行きましょう。ああ、ただいまジュリア、いま――」

ジュリアの顔つきを見てことばに詰まる。ジュリアのこんな顔を見たのは、はじめて彼女を見かけたとき――ティーハウスの外で怯えて途方に暮れていたとき以来だ。直感の導くままにヴェラはエマを指さす。「ほら、エマをお昼寝させてちょうだい。あたしは食料品をしまうから。そのあとで話しましょう」

ジュリアはうなずいて、すでに半分眠っている子供を腰をかがめて抱きあげながら、頭のてっぺんにキスをする。「ああ、ベイビー」エマにささやく。エマの頭がジュリアの肩にもたれかかり、ジュリアはエマの部屋へ廊下を歩いていくときもキスをやめない。

ヴェラは食料品を冷蔵庫へきちんとしまうが、気は休まらない。何がジュリアをあそこまで動顛させたのだろう。マーシャルのことにちがいない。百万通りの憶測が脳裏をよぎる。マーシャルの殺害について何かを発見したのかもしれない。もしかしたら、夫の殺害をついに告白する気になったとか！　まったく、縁起でもない。ヴェラはジュリアとオリヴァーを容疑者リストからまだはずしていないが、どちらかがマーシャル殺しの犯人かもしれないと考えるのは気が進まない。チッ。自分に舌打ちをする。さあ、シャーロック・ホームズみたいな人たちと自分をくらべるのよ。ほんとにばかげてる。

ちょうど手を洗っているところへ、ジュリアがそっとキッチンにもどってくる。

「あっという間に寝たわ」ジュリアが弱々しい笑みを浮かべて言う。「すごいお出かけだったみたいね」

「そうよ、あたしたちはいつだって冒険してる」ヴェラは手を拭いて、湯が沸騰したばかりのやかんを火からおろす。缶から特製のティーバッグをふたつ出してお茶をふたり分淹れる。熱いお茶を持ってふたりはダイニングルームへ行く。「ところで」とヴェラ。「もしかして、あなたも冒険をしたとか？」

ジュリアが目を閉じて息を吐き出す。「何から話せばいいのか。きょうグレイ巡査が来たの。マーシャルが死んだことでわたしはお金持ちになるらしいわ」面白くもなんともない様子で笑う。「そのおかげで、わたしはものすごく怪しく見えるけど」

「へええ、なぜお金持ちに？」ヴェラはお茶をひと口飲み、体があたたまってほっと息をつく。大好きな組み合わせのひとつ、冬瓜の皮の砂糖漬けと煎り米――カラメルの味が豊かで素朴だ。

「わたしたち、何年か前に生命保険にはいったのよ。それはともかく、話している途中でグレイ巡査が原稿に気づいたの」ジュリアが居住まいを正してヴェラの目をじっと見る。「そのことで何か知ってる？　オリヴァーが書いた原稿なのよ。あなたの部屋にあった。嗅ぎまわってたんじゃないわよ」あわててつけ加える。「寝室で物音がしたので様子を見にいって、そのとき彼の原稿を見つけたの」

「ああ、そうそう、あたしが読んでるのよ。でも正直言って、ちょっと話の展開が遅いわね。だから読むのに少し時間がかかってる」

ジュリアが下唇を嚙む。「それで、怪しいとは思わない？　彼が書いたのは、同じ女の子を好きになるふたりの兄弟の話で、片方が〝始末してやる〟と思ってるのに？」

ヴェラは眉をひそめる。「あれまあ、ずいぶん読むのが速いのね。あたしを追い越したみたいよ。きょう見つけたって言った？　どうしたらそんなに速く読めるの？」

「ヴェラ」ジュリアがため息をつく。「それはいいから。流し読みしたのよ。とにかく――」

「だめよ。そんなことしたら楽しめないじゃない。物語が台無しよ」

「ああもう、物語なんてどうでもいいの」とジュリア。「わたしが言いたいのは、実際に何かおかしいってこと。十代のときからオリヴァーはわたしに恋をしていたのよ！」

ヴェラの目が丸くなり、口がO（オー）の形になる。ほおーっ！　そういうことね。手をぱんと叩く。「まあ、すごくロマンチック」

「ちがう！」ジュリアが叫ぶ。「そうじゃなくて、もうめちゃくちゃってこと。だって、彼はわたしにずっと執着していて、それを物語にして、その話の中で登場人物がキレてマーシャルをどうにかしようって決めるのよ。ヴェラ、オリヴァーがマーシャルを殺したんじゃないかしら！」

ヴェラの口がさっと閉じる。一方では、ヴェラはオリヴァーとジュリアのロマンスが成就しそうにないのでがっかりしている。また一方では、これはひさしぶりに得たたしかな手がかりだ。またまた一方では、ジュリアがオリヴァーの原稿をさっさと流し読みしたことに少し腹を立てている。それは近道をするということで、ヴェラは近道をするのをよしとしない。なぜなら、それは形を変えただまし討ちだからである――オッホン。おまけに、ヴェラはゆったりしたペースで捜査を楽しんでいるのに、ジュリアときたら無理やり追い越し車線に乗り入れている。もうひとつおまけに、ジュリアはオリヴァーの物語の筋をヴェラにばらした！

それでも、臨機応変がヴェラの一番の取り柄だ。気に入るかどうかはともかく、新しい情報がはいり、どう見てもオリヴァーが犯人に思える。それでも、ジュリアはマーシャルが死んだせいで金持ちになれると自分で認めたばかりで、やはりジュリアをまだ容疑者リストからはずせないのでは？　とはいっても、おそらくジュリアが保険金目当てでマーシャルを殺したとして、その場合、大金が手にはいることをヴェラには言わなかったはずでは？　それとも、ヴェラをうまく丸めこんで、その場合ヴェラには言わなかったはずでは、と思わせれば――ああ、だめだ。ややこしすぎる。遠まわしに探りを入れたりせずに、だれもが思っていることを素直に言えば人生はもっとずっと簡単になる。ヴェラはいままでそう信じて生きてきた。

シャーロック・ホームズならどうするだろう。答は一目瞭然。容疑者全員を一部屋に集め、最初に仮説を披露してから、容疑者をひとりずつリストからはずしていき、最後に残った犯行可能な人間へとたどり着く。そのうえで堂々と説明する。その殺人がなぜ……〈ドラムの効果音〉……この人間にしか成しえなかったかを。

ヴェラにはいまのところ曖昧な仮説しかなく、関係者全員を好きになってきたことによって、その曖昧な仮説は支離滅裂で粉飾にまみれているが、ここでやめるつもりはない。どのみち、いまの若い人たちはそんなふうに人生を切り開けと言われてるんじゃないの？　曲がりなりにもなんとかやっていくうちになんとかなる、と。自分もそうすればいい。見込みのない就職の面接を受ける凡人よりはずっとうまくやれるだろう。よし、そうしよう。

そして、仮説を述べるあいだに容疑者たちをじっくりと間近で観察し、彼らの反応を見よう。話を終えるころにはだれが真犯人かきっとわかるはずだ。

あらたな自信に満ちあふれ、ヴェラは顎をあげる。「するべきことがはっきりわかったわ」

「そうなの?」ジュリアが期待に目を見張る。

「ディナー・パーティーを開くのよ」

つつしんでご招待申しあげます

世界に名だたる茶葉鑑定家ならびに新米探偵

ヴェラ・ワンとすごす夕べ

テーマ

すべてが白日のもとに

ドレスコード

ブラックタイ

余興の用意がございます。

ご招待は一名様のみ。お連れ様はご遠慮ねがいます。

33 オリヴァー

オリヴァーは携帯電話に届いた招待状を見つめ、少し楽しくなる。どう考えたらいいのかまったくわからないが、ここ数週間、自分やほかのみんなの生活にヴェラがいつのまにかはいりこみ、オリヴァーは正直言ってそれがいやではない。それに、ジュリアの家での正式なディナーのほうが、3Bの住人にまたつまらない難癖をつけられながらアパートメントでひとり過ごす夕べよりずっとよさそうだ。そうだ、スーツはいまも体に合うだろうか。最後にあれを着たのは――うーん――マーシャルとジュリアの結婚式か。

深い息を吐くと、寝室へ行ってクローゼットを引っ掻きまわし、一張羅のスーツを探す。クローゼットの奥のほうをまだ探っているとき、だれかがドアをノックする。オリヴァーは何かおかしいとすぐに気づく。水道や電気のことで助けてほしい隣人がするようなノックではない。いますぐドアをあけなければノックをやめて蹴破るぞという音だ。オリヴァーは急いでドアまで行くが、あけた瞬間、世界が崩壊する。

顔の前に一枚の紙を突きつけられ、グレイ巡査が言う。「オリヴァー・チェン、家宅捜索令状です。そこをどいてください」

だれかがオリヴァーをそっと、しかし有無を言わさず脇にどけ、警察官たちが狭いアパートメントへつぎつぎはいってくるのを、オリヴァーは呆然とながめる。「これはいったい――」自分がつぶやくのが聞こえるが、それ以上のことばは出てこない。リビングルームの狭苦しい空間では、警察官たちの体がとんでもなく巨大に見え、そこにいられるだけで完全に空気が吸い取られるようで、しまいにオリヴァーは必死で呼吸を整えている。まずい、パニック発作を起こしそうだ。だれかが声をかけている。

「息をして。十から一まで数えて」

言われたとおりに呼吸に集中するあいだも、警察官たちはオリヴァーの生活空間を蹂躙し、ソファから古ぼけたラグまでありとあらゆるものをひっくり返し、本を引っぱり出し、全部の戸棚を入念に探る。どの写真立ても手に取って調べられ、壁に掛かった写真も例外ではない。「でも――」オリヴァーはあえぎながら言うが、ふたたび息が切れる。めまいがする。すわるしかない。よろめきながら廊下へ出ると、恐ろしいことに隣人たちが自分の部屋から顔をのぞかせている。ぞっとする光景だ。屈辱だ。よろめきながら部屋へもどる。

「仲間が仕事をしているあいだ、署まで来て話を聞かせてもらえませんか、ミスター・チェン」グレイ巡査が言う。

「ど、どうしてですか？」

「弟さんの死について少しうかがいたいことがありまして」

オリヴァーはそのことばを頭の中でほとんど処理できない。「どういうことですか。事故だと言ってたでしょう」

「証拠を再検討しているところなんです」ついてくるように巡査に手招きされ、オリヴァーはぼんやりと、だまって、従順についていく。なぜなら、それこそがオリヴァーではないか。従順なやつ。情けないやつ。

だれとも目を合わせずに重い足取りで廊下を歩く。何見てやがる、と怒鳴りつけるタイプだったらいいのに。でもちがう。自分はオリヴァー・チェン、おとなしくてやさしい、人間ドアマットだ。

グレイ巡査は温情をかけ、オリヴァーが車に乗りこむときに腕をつかんだり頭を押したりしない。そういうのは映画の中だけかもしれない。あるいはオリヴァーに闘争心がまったくないのを感じたのかもしれない。警察署までの道中ふたりは無言で、到着してロビーを歩くときもまだ無言で、巡査はそこで署名して取調室へはいる。アパートメントの大混乱と警察署のざわめきのあと、取調室は聴力を失ったかのような静けさだ。

グレイ巡査はオリヴァーにすわるように身振りで示してから、自分はその向かいにすわる。そしてスピーカーをオンにする。「セレナ・グレイ巡査がオリヴァー・チェンの取り調べをおこないます。ミスター・チェンはみずからの意志で出頭しました。この取り調べを記録してもいいですか？」

オリヴァーはうなずく。

「記録するのでことばで言ってください」

「ああ、なるほど。はい、いいですよ」

「それから、あなたには弁護士を同席させる権利があります」

オリヴァーは口をぽかんとあけて巡査を見る。「それは……必要なんですか？」

「まあ、あなたは逮捕されたわけではありませんが、弁護士の同席は可能です」

オリヴァーの脳みそはスクランブルエッグかと思えるほど役立たずだ。グレイ巡査は何を言ってるんだ？　弁護士を呼ぶべきなのか？　そんなことをしたら有罪に見えるだけじゃないのか？「そのう。いまはだいじょうぶだと思います」いまはだいじょうぶなのか？

「わかりました。ではははじめます。マーシャル・チェンが死亡した夜、あなたはどこにいましたか？」

「ええと、家にいました。そのう。ネットフリックスを観てたんです」

グレイ巡査がメモ帳に書きつける。「どんなものを？」

「ええっと」なかなか思い出せない。「〈ナルコス〉（コロンビアの麻薬組織を描いた実話に基づくドラマ）です」

「なるほど。マーシャルについてもっと教えてください。彼はあなたの双子の弟でした。おふたりはいっしょにいることが多かったんですか？」

オリヴァーは首を横に振る。「別にそんなことはありません。一年に一、二度顔を合わせる程度で」

「それはめずらしいですね。双子というのはかなり濃密な関係じゃないんですか？」

「それは……」オリヴァーは肩をすくめる。「よくわかりませんが、ぼくたちは全然濃密な関係じゃなかった。子供のときでさえ」

「でも、あなたは彼が鳥の上皮に強いアレルギー反応を示すのを知る程度には身近にいた」

「何を――」オリヴァーは開いた口をまた閉じる。「まあ、そうですかね。でも」でもなんだ？

耐えられなくなるまでその一瞬をグレイ巡査が長々と引き延ばし、それからつぎの質問へ移るが、それはもっとずっといやな質問だった。「あなたがたは互いに反感をいだいていた、ということでしょうか？」

オリヴァーは口を開いてからためらう。「うーん、それはまあ、ずいぶんきつい言い方ですね」嘘を見抜かれるだろうか。やましさが顔じゅうに出ているだろうか。マーシャルを心の底から憎んでいたのが、マーシャルをマーシャルたらしめているすべてを憎んでいたのがばれるだろうか。

「あなたがたの共通の知人の何人かに聞いたところ、あなたとマーシャルは不仲だったとだれもが言ってました」

共通の知人？　共通の知人とはいったいだれだろう。オリヴァーとマーシャルが同じグループにいたことは一度もなかった。オリヴァーはつねに負け犬だった。マーシャルのグループに近づくことさえできないほど、オリヴァーはつねに負け犬だった。でも、まさにそういうことなんだろう。グレイ巡査はふたりのハイスクール時代の友人たちにひとりひとり慎重に電話をかけ、マーシャルとオリヴァーの関係がどのようなものだったかを訊いたのだろう。そして、もしそうだとしたら、事態はオリヴァーに不利だ。マーシャルの仲間がなんと言うか容易に想像できる。ハイスクールではこう言っていた。

キモいやつ。

負け犬さ。ストーカーみたいにいつもマーシャルにまとわりついてるんだ。

ジュリアに首ったけだった。彼女を見る目つきでだれだってわかる。

マジでアメリカン・サイコの雰囲気があったね。


オリヴァーの心を読んだかのように、グレイ巡査が言う。「ジュリア・チェンについて話しましょう。あなたは十代のとき、彼女ととても親しかった」

そう述べられても質問ではないので、オリヴァーはどう反応すべきかわからない。はい？ いいえ？ わかりません？ だから何も言わないことにする。

「実際、あなたは彼女にかなり強い思いをいだいていたんでしょう？」

血圧が急激にあがり、血管がまだ破裂していないのがオリヴァーには少し意外だ。

「ええと、それはちがうかな」思い切って言う。「つまり、ぼくたちはただの友達だった」

それを聞いたグレイ巡査の顔が無表情から歯を剝きだした笑みに変わり、オリヴァーは水中で血のにおいを嗅ぎつけたばかりのサメを連想する。「それはおかしいですね。なぜならこれによると――」バッグから何かを取り出すあいだ話を中断し、大きな音を立ててそれをテーブルに置く。「あなたは彼女にぞっこんだった」

世界が足もとで口をあけ、オリヴァーは底無しの穴へ落ちていく。遠くでグレイ巡査が言っているのが聞こえる。「これはあなたの原稿ですよね。デイヴィッドがあなた、ランドールがマーシャル、オーレリアがジュリア。この話ではランドールが少しいやなやつで、デイヴィッドは彼に嫉妬してオーレリアに執着している。彼の執着はランドールが彼女と結婚したあと何年もつづく。なぜなら、ランドールがオーレリアを虐待していると思いこんでいるから。ある日デイヴィッドは、いまこそ双子の兄を罰するときだと決心する。デイヴィッドがどのように実行したか覚えてますか？」

オリヴァーは現実に引きもどされる。「はあ？」

グレイ巡査がテーブルへ身を乗り出し、一語一語を慎重に言う。「あなたの登場人物はランドールに何をしたんですか？」

自分の口から出ることばがもたついて不明瞭に聞こえる。「ここからは弁護士に相談しようと思います」

グレイ巡査が姿勢をもどし、はじめから予想していたかのようにうなずく。「わかりました」

「それで、あのう、ぼくは逮捕されたんでしょうか？」

グレイ巡査が首を横に振る。

「じゃあ、理屈のうえでは……帰ってもいいと？」

グレイ巡査がうなずく。「そうです。でもほんとうは、自分から話してくれたほうがそうでないよりずっといいんですよ」

「なるほど」オリヴァーはよく考える。「今回は帰ろうと思います」

グレイ巡査が立ちあがってドアをあける。「街を離れないように」

外へ出たオリヴァーは、警察署と距離を置きたくて大股の急ぎ足で歩く。いったん角を曲がってから、前かがみになって吐く。

なんてことだ。これは現実なのか？　ほんとうに警察署の中で自分は取り調べを受けたのか？　弟が殺害されたことで？　いったいどうしてこうなるんだよ。

マーシャルにあんなことをしたのは本気じゃなかった。こんな結果になるとは思っていなかった。

それにしても、グレイ巡査はどうやってあの原稿を手に入れたんだろう。

その答が鉄床さながら両肩に落ちてきて、オリヴァーの情け深い心をことごとく叩きつぶす。ヴェラだ。ヴェラに持っていかれたのに、愚かにもほうっておいた。いったいなぜ。なぜ見過ごした？　ヴェラがあれを使って何かするとは思わなかったから。自分で読んだのはずいぶん昔のことで、重要な細部を忘れていたから。たとえば、デイヴィッドが最後にどうやってランドールを絞め殺すかとか。なぜあんなばかなことをしたんだろう。そして、なぜヴェラがこんなふうに裏切ったんだろう。母親のように頼りにしていたのに、こんなことをしてくれるとは。

疼いている不安が熱い憤りへと、ゆっくり入れ替わる。自分がこれからどうなるのかオリヴァーにはわからないが、たとえ刑務所に行くことになろうと、闘わずに降参するつもりはない。

まず向かうべきはヴェラのディナー・パーティーだ。

34 ジュリア

ジュリアはディナー・パーティーなど、しかもブラックタイ着用の格式高いパーティーなど、一度も主催したことがない。ハイスクールのときに何度かパーティーを開いたけれど、それは安いビールと鼓膜に一生傷が残るぐらい大音響の音楽があれば、楽しいことまちがいなしのパーティーだ。ヴェラがとりおこなうと言ったのは、まったくの別物だ。

三人は丸一日を準備にあて、ジュリアとエマが飾りつけを受け持つ一方で、ヴェラがキッチンで料理に打ちこむ。マーシャルの死にひそむ真実をパーティーの最中に明らかにするとヴェラから言われたが、ジュリアはどんな感じの飾りつけにすればいいのかよくわからない。最終的には黒と白のリボンとグレーと黒の少しばかりの風船に落ち着く。どちらかと言えば風船はエマのおもちゃになっている。夫の死を話題にするディナー・パーティーに風船を飾るのはいかがなものかとは思う。とはいえ、もはやどんなことにも確信を持てない。

今夜オリヴァーに会うと思うと、ジュリアはとても緊張する。ヴェラからは、折を見て話をするから原稿のことでオリヴァーとけんかをするな、と釘を刺されている。けれども、会ったとたんにそれを口走らずにいられるだろうか。オリヴァーに飛びかかって引っぱたき、**何考えてるのよ**、と叫ぶ自分が目に浮かぶ。考えてみれば、彼に対して何を怒っているのかさえ曖昧だ。たしかに、だれかに恋をするのは悪いことではない。十代ならなおさらだ。それでも、あの原稿のオーレリアとランドールへの彼の執着ぶりを思い出し、さらに、彼がマーシャルの死後に自分やエマと多くの時間を過ごしたのはマーシャルの後釜にすわりたかったからだとわかったいま、ジュリアは全身が粟立つのを感じる。

いいかげんにしなさい。ジュリアは自分を叱りながら、エマに黒いベルベットのワンピースを着せる。エマが鏡に向かって顔を輝かせ、あちこち向きを変えて自分の姿に見とれる。

「髪を結ばないで、マミー」エマが言う。「だって、もうすっごくすてきだもん」

自分をいとおしむエマを見て、ジュリアは胸を締めつけられる。少し手を休め、小さな子供がどれほど自分自身が好きか、自分の体を受け入れることがどれほど当たり前かを考える。そして、自分ではまったく気づかないほど狡猾なやり方でマーシャルに自信を打ち砕かれていたことに、あらためて思いを馳せる。何があっても守ってあげる、とジュリアは心に決める。何があろうとマミーとダディーみたいな関係にあなたを巻きこんでたまるものですか。

その思いが猛然と高まって自分でも驚くが、どこを取ってもこの気持ちは本物だ。エマのためなら人殺しだってする。しかも簡単に。ジュリアは幼い娘の後ろに立って小さな肩に両手を置き、ふたりで鏡に向かって微笑む。「そのようね、ベイビー。すてきにするものはこれ以上要らないわ」

ディナー・パーティーは大成功だ。と言っても、出席者が五人のときの大成功だが。オリヴァーが遅れているようで、ほっとするべきか失望するべきか、ジュリアはどちらとも決められない。しょっちゅうドアへ目を走らせては彼が現れるのを待ち、頭の中で繰り返し啖呵を切る。しかしそれ以外はすべてうまく運んでいる。

いつもながら、ヴェラの料理は予想を超えている。全員が驚いているようだ。ヴェラは何かの技を使って髪をいつもの三倍のボリュームに仕上げ、まるで小さな雲が舞いおりてヴェラの頭のてっぺんにとどまることに決めたかのようだ。ヒスイのペンダントをつけ、ツイードのジャケットを着ているが、本人はそのジャケットをシャネルの偽物だと全員に明かす一方でこうも言う。「でも全然わからないでしょ？　でしょ？」

「リキ、ずいぶんかっこいいじゃない！」やってきたリキにジュリアは声をかけるが、ほんとうにそのとおりだ。計算された髪の乱れ具合が思わず指でなでつけたくなるほど絶妙で、着ているスーツのおかげで——ほかのことばが見当たらない——小粋そのものだ。

一分後にサナが到着する。丈の短いシンプルな黒のドレスに身を包み、とてもエレガントだがなまめかしくもある。「ごめんなさい、ウーバーが遅れちゃって」

「だから車で迎えにいくって言ったのに」リキがそう言って彼女の腰に腕をまわしてキスをする。

「だめよ、あなたの職場は反対方向だもの。でも帰りは送ってもらうわ」

ジュリアの眉毛が吊りあがって髪の中へと消える。「待って、あなたたちって、そういうこと？」

サナがくすくす笑いながらリキにぴたりと身を寄せる。「そうよ。ヴェラが言わなかった？」

「聞いてない！　ヴェラ！」ジュリアが大声をあげる。「このふたりがこうなってるって教えてくれなかったわね！」

「ん？」ヴェラはダイニングルームのテーブルから顔をあげるが、この五分間はごちそうが完璧な見栄えになるように皿を並べ直すのでいそがしい。「そうよ、リキとサナはそうなってるの。それぐらい知っときなさいよ、ジュリア。エマだって知ってるわ。そうよね、エマ」

エマが生真面目な顔でうなずき、リキとサナを見る。「もう一回キスする？」

「うーん……」とサナ。「してほしい？」

エマが首を振っていやいやをする。

「そうか、じゃあしない」リキがエマにウィンクをする。「うわあ、ヴェラ、こいつはすごい。さらに腕をあげたね」

「あら、たいしたことないわよ」ヴェラが耳から耳へ届くほど大きな笑みを浮かべる。

「丸一日料理をしたけど、大騒ぎするほどじゃないから」

つぎの十五分間、みんなは気安くおしゃべりをしてシャンパンを飲み、互いに近況報告をする。ジュリアは手を広げつつある自分のビジネスについて興奮気味に語る。ずいぶん長いあいだ、エマのことではなく自分の人生の面白い話をしたことがなかった。サナとリキが心から幸せそうにしているところにヴェラが「そうだジュリア、サナとリキの婚約記念写真を撮ってあげなさいよ！」と言い、それを聞いたサナとリキが飲み物にむせてジュリアが声をあげて笑う。やがて話題が移り、リキがヴェラのティーハウスの家具類をどう修理しようと思っているかという話になる。

なぜかヴェラがこれにあまり熱心でない。「あら、そこまでしなくていいのに。面倒くさいじゃないの。ぼちぼちやってもらえればいいのよ」

「ヴェラはティーハウスへ帰りたくないのよね」サナがからかう。「ここで暮らすのが楽しくてたまらないんでしょう」

「ばか言わないで!」ヴェラは噛みつくほどではないがきっぱりと言い返す。「それはちがうわね! あたしは厄介者になるのが大きらいなの。わかるでしょう?」ジュリアに向かって言う。

「厄介者だなんてとんでもないわ、ヴェラ」ジュリアは片手でヴェラをハグする。「エマもわたしもあなたに心からここにいてほしいのよ。好きなだけうちにいてね。そうよね、エマ」

エマがうなずき、それから言う。「お腹すいた」

「そうそう、食べましょうね。お料理が冷めてしまう」

リキがドアをちらりと見る。「オリヴァーを待たなくていいのかい?」

オリヴァーのことを言われ、ジュリアの心臓の鼓動が速くなる。

「もう二十分遅刻してるじゃないの」ヴェラが不満げに言う。「いいから先に食べましょう。オリヴァーなら、来たときに大遅刻してすまなかったと思うでしょうよ」

そこで、全員ダイニングルームへ行っていっせいに食べはじめる。ヴェラの料理は天下一品だけど、ヴェラに出会ってから胴回りがとてもまずいことになった、というのがみんなの一致した意見だ。玄関の呼び鈴が鳴ったのは食事の真っ最中だ。ジュリアが席を立つ前に、また呼び鈴が鳴る。そしてもう一度。だれもが興味津々で目配せをする中、ジュリアは立ちあがる。

「あらあら、オリヴァーははいりたくてたまらないみたいね」サナが言う。

ジュリアはドアへと歩きながら、オリヴァーに言うことばを練習する。落ち着いて、冷淡な態度でいようと心に決める。今夜はヴェラが何か考えているはずだ。ヴェラが万事うまくことをおさめるはずだ。もしそうでなければ、ジュリアは自分の考えをオリヴァーにきっちり伝えるつもりだ。ドアをあける。

「ヴェラ！」オリヴァーが叫びながらいきなりはいってきて、ジュリアの横をすごい勢いで通り過ぎる。

「ちょっと何――」まあたしかに、これは予想していなかった。そして、予想外の不作法な態度がジュリアの内の何かを引き起こす。急いであとを追う。「勝手なことを――」

オリヴァーがダイニングルームで立ち止まり、ヴェラを指さす。「あなたがあんなことするなんて、信じられないよ」大声でわめく。

会話が途中で止まる。エマが驚いて、ブロッコリーを口へ持っていく途中で幼児用の椅子から顔をあげる。エマの驚いた様子がオリヴァーを動揺させたらしい。再度口を開いたとき、声はいままでより低く冷静になっているが、ことばの奥に怒りがまだくすぶっている。「ヴェラ、話があるんだけど、いいかな」

「こんなことは予定してないんだけどねえ」ヴェラが文句を言う。

「ぼくは真剣なんだ、ヴェラ」

ジュリアの胃がよじれる。怒りやら興奮やらでわけがわからないが、ヴェラのほうはあっさりうなずいてテーブルを離れる。そしてふたりはリビングルームへ移動する。ジュリアは幼児用の椅子からエマをおろしてしっかり抱き寄せるやいなや、サナやリキとともにあとを追い、ドアのそばで立ち聞きをする。

「ぼくの原稿を警察に渡すなんてあんまりじゃないか」オリヴァーが言っている。

「どうして？　あの中に隠し事でもあるの？」

「な──ないさ！　でも、あれを預けっぱなしにしたのは、あなたならそんなことは──わからないけど、あんなふうにぼくを裏切るとは思わなかった。友達だと思ってたのに！」

「いまも友達よ。でもあなたの物語は……」

ジュリアは唇を強く嚙み締め、血の味を感じる。ヴェラが原稿を読み終えたふりをして、結末をオリヴァーが言ってくれないかと、答を探ってつついている。腕の中でエマが身を硬くしているのを感じ取り、ジュリアはささやく。「ねえベイビー、ちょっとお部屋へ行かない？　少しのあいだくつろぎコーナーですごしてもいいんじゃない？」コーナーと言ってから、それを思いついたのはオリヴァーだと気づく。うっ。いまとなってはすべてが汚れている。でも、それはあとでどうにかするしかない。いまはエマを怯えさせないほうが大事だ。エマがうなずくので床におろすと、幼い娘はよちよちと寝室へ歩いていく。ジュリアは胸をなでおろし、言い争いのほうへ注意をもどす。

「架空の話だ！」オリヴァーが咆えている。「それ以上でも以下でもない、作り話だ。ありがたいことにあなたのせいで、警察はぼくがマーシャルの死に関与したかもしれないと見ている」

「どうして？」とヴェラ。「あなたの原稿ではどうなってるの？」

「なんだって？　読みもせずに警察に渡したのか。まったく、信じられないよ、こんなばかみたいなことって前代未聞――」

ひどすぎる。彼のヴェラへの怒り、なすすべもない高齢女性、繰り広げられている愚かな暴言。ジュリアはつかつかとリビングルームにはいってこう言う。「彼女がやったんじゃない。わたしがやったの」

　オリヴァーもヴェラもジュリアを見てぽかんと口をあける。長い沈黙があり、やっとオリヴァーが言う。「何を？」

「言っとくけど、わたしにそんなつもりはなかった。何かをしようなんて考えてなかった――というか、まだ決めてなかった。ざっと読んでいたら、そこにグレイ巡査がやってきた。そしてソファにあった原稿を見つけて持ち去った」

　オリヴァーがこの新事実にどう向き合おうか必死で考えているあいだに、ジュリアは力をたくわえて憤りをとがらせ、それをただひとつの鋭利な切っ先とする。「それに、よくも言えたものね、オリヴァー」ジュリアの声は穏やかだが揺るぎない。男にたわ言を許すのはもう終わりだ。

「何を？」とオリヴァー。

「この人はほかに何か言えないの？　物書きのくせに同じことばを何度もしつこく繰り返して。「あなたは十代のころからわたしに恋をしていたの？　そして、マーシャルとわたしが結婚してからも、まだ――なんというか、思いこがれていたの？　そして、エマが自分の子供だと空想していたの？」いまや毒々しい押し殺した声になっている。背後でサナとリキの静かなあえぎ声がする。

オリヴァーの顔から血の気が失せる。「ちがう、ジュリア、そういうことじゃなくて――」

「そうなの？　じゃあ、どういうことか教えて。生まれてからずっとあなたはマーシャルを憎んでいた。まあたしかに気持ちはわかる。だってあれだもの。マーシャルはくそったれのケツの穴だった。そうよ」ジュリアはその場の全員にうなずく。「いま言ったのは、ほんとうにわたしの死んだ夫のことよ。彼はどうしようもないクソだった。だからわかるわ、オリヴァー。あなたは彼を憎んでいた。いまはわたしもそうよ。でもね、まぎれもなくあなたは物語の中で、彼にかならず報いを受けさせると書いた。だから教えて。何をしたの？　だって、原稿を読み終える前にグレイ巡査が来たのよ。でもきっと、巡査があなたを尋問するぐらい恐ろしい結末だったんでしょうね」

「ちがう、ぼくはそんな――」

「あなたは」ジュリアは一語一語をはっきりと言う。「マーシャルに何をしたの？」

「あいつのかばんにこっそりドラッグを入れたんだ！」オリヴァーが叫ぶ。

オリヴァーの荒い息づかいのほかは、室内は静まり返っている。「アパートメントで水道設備の修理をしていたら、小袋に詰められた錠剤がトイレタンク内にテープでとめられているのを見つけたんだ。そこは空室になったばかりで、それをどうすればいいかわからなかった。その錠剤について調べた。エクスタシーだった。たぶんね。でもわからない。自分の部屋へ持ち帰り、捨てるか警察に届けるか考えたけど、そのときこう思った——そうだ、これは何かのしるしかもしれないぞ。きっとこの錠剤は天からの贈り物で、ついにマーシャルを窮地に追いこむチャンスが巡ってきた、と」オリヴァーは両手で顔をこすり、うめき声をあげる。「わかるよ、どう聞こえるか。ほんとうにばかみたいだろ。でもきみにはわからない。ぼくたちが子供のときから、マーシャルはまずいことはなんでもすり抜けてきた。万引きやカンニングなんかをして、見つかったらぼくのせいにして、そしてだれも——」こらえた涙のせいで声がうまく出ない。いつのまにかジュリアは彼の代わりに泣きたくなる。「だれもぼくを信じようともしなかった」

結局どういうことか、ジュリアは完全に理解する。なんといってもその場にいた。マーシャルの抗いがたい魅力にじかにふれてきた。だれもが心の底ではマーシャルが悪いとわかっていてもつい許してしまい、大目に見ずにはいられなかった。そして部屋を見まわしてサナとリキの表情に気づき、彼らも理解しているのがわかる。彼らも自分の目でマーシャルという人間を見てきたのだから。全員が知らず知らずのうちに、オリヴァーをものすごく気の毒に思っている。たしかにジュリアはマーシャルと結婚していたけれど、オリヴァーは子宮にいたころから彼といっしょで、子供時代と人格形成期を双子の兄としてすごし、弟とつながっていた。光り輝いて周囲を驚嘆させる人間の近くにいて、その輝きが恐ろしい放射線だと自分だけが知っている人生とは、どんなものだったのだろう。

「だから、あいつと会ったんだ。あいつが死ぬ前の日に、本人が見ていない隙にかばんにドラッグを滑りこませた。警察に連絡するつもりだったけれど、でもその一方で……怖気づいた」オリヴァーは鼻で笑う。「結局ぼくはその程度なんだろうな。ただの臆病者さ。もとにもどそうと思ったけれど、疑われずに取りもどす方法を思いつかなかったのでそのままになった。翌晩、あいつは死んだ。ぼくはびびりまくった。何が起こったのかわからなかった。マーシャルがかばんの中のドラッグを見つけて飲んだのかもしれないと思った。過剰摂取だったのかも。もしかして毒物が混じっていたのか？　そんなの知るか！　でもその後検死報告があって、まあ、あとは知ってのとおり。鳥の上皮だ」また鼻で笑う。

「いろいろあったあげく、あいつをぶちのめしたのは鳥の上皮だった」

ジュリアは口を大きくあけてまじまじとオリヴァーを見つめ、胸を熱くする。つまり、彼を信じる。ふたりがまだ子供といってもいいころから彼を知っている。ほんとうのことを言ってるときはわかる。ゆっくりと室内を見まわす。ほかのみんなも彼女に劣らず衝撃を受けているようだ。

「じゃあ、あなたは犯人じゃないの？」驚きによる沈黙にそろそろ耐えられなくなったころ、ヴェラが考えこむように言う。

「ちがう」オリヴァーが言う。そしてジュリアへ向き直り、憔悴した顔になる。「ジュリア、その——きみのことをあんなふうに書いてすまなかった。あれはぼくたちのことじゃなくて、あれは——」

ジュリアは首を振る。「聞きたくない。話さないで」マーシャルを殺さなかったとしても、彼のしたことすべてが問題ないわけではない。それに、感情が混乱しているせいで、いまのほうがある意味ずっとひどい気分だ。まだオリヴァーに憤慨している？　彼がマーシャルを殺したんじゃないのに？　じゃあ、いったいだれが殺したの？　もううんざり、手のつけようがない。「わけがわからない。じゃあ、だれがマーシャルを殺したの？　ヴェラ、あなたはこれを解決するって言ったわよね！　だれなの？　だれが彼を殺したの？　だれがあなたの店に押し入ったの？」

「だれがマーシャルを殺したかは知らない」ヴェラが静かに言う。「でも、だれがあたしの店に押し入ったかは知ってるわ」

「ええ？」全員がいっせいに言う。

「あたしが自分で押し入ったのよ」とヴェラ。

「ええ？」また全員が言う。

ヴェラは吐息をつく。「ある朝下におりたら、物が動かされているのに気づいたのよ。広口瓶がいくつかなくなっていた」

「どの広口瓶が？」リキが訊く。「ていうか、それってたしかなの？」

「ええ、もちろんたしかよ。自分の店のどこに何があるかは把握してる。ばか言わないで。それはそうと、あたしはこう思った。警察がまともに相手にするかしら？　マーシャルが死んだときもちゃんと捜査しなかったのなら、だれかがあたしの店に押し入ったと訴えても相手にしないにきまってる。どの程度の被害があったのか警察は訊くでしょうね。ええと、お金は盗られませんでした。じゃあ何が盗られたんですか？　わかりませんけど、広口瓶が動かされたのはたしかです。とにかく、犯人はぜったいUSBメモリーを探しにもどってくる。だから決心したの。いいわ、あたしが主導権を握ろうじゃないの、てね。犯人が狡猾に立ちまわってばれないようにしているなら、あたしがばらす。だれかが侵入したのを明らかにし、関係者全員が共通のゴールに向かうようにする。つまりマーシャル殺害事件を解決する。だからそうしたのよ」

「自分の店をめちゃめちゃにしたのは、だれかの侵入をもっとはっきりさせるためだったの？」サナが目をディナープレートのように丸くして言う。「あの広口瓶を全部――」

「あんなふうにすっかり壊すのはつらかった」とヴェラ。「でも犯人を見つけるためならなんだってやるわ」

「ちょっと」ジュリアは言う。「ちょっと待って。どういうこと？　犯人がUSBメモリーを探しにもどってくるって。なんのUSBメモリー？」

これを聞いたヴェラが妙にやましそうだ。

「ヴェラ」ジュリアはいさめるように言う。「なんのUSBメモリーなの？」

ヴェラが疲れのにじむ長いため息をつく。「マーシャルの死体を見つけたとき、その手にUSBメモリーが握られていたのよ」

「嘘、まさか、なんで？」いまだれが言ったのか、ジュリアはそれすらわからない。自分だったのか、ほかのだれかなのか。

「それを取ったってこと？」オリヴァーが言う。

「嘘だろ、ヴェラ」リキが叫ぶ。「それって──犯罪現場の改竄ってやつだ！　そんなことしたら刑務所行きかもしれないよ」

「でもね、警察がまともに捜査するはずないじゃない」ヴェラがとてもちっぽけで頼りなく見え、雲のような髪が首を振るのに合わせてあちこちへ揺れる。

「いや、証拠を持ち去ったりしなければ警察はちゃんと捜査したはずだ！」オリヴァーが言う。そして指で髪を搔きあげる。「それで、その中身は？」

「ええと、そのUSBメモリーはマーシャルのパソコンのロックを解除するための鍵だったの。そして、パソコンの中には例のNFTとか、そうそう、リキが作ったボットなんかがはいってたわ」

「ちょっと、どんなボットを作ったの？」サナがリキをにらみ、リキは逃げ出そうか迷っているようだ。

「だからその……」リキが気まずそうにサナに目を走らせる。「ええと。マーシャルにプログラムの作成を頼まれたんだ。だけど、あとになって彼が支払わなかったんだよ」一瞬、話が終わったかに見えるが、それから大きく息をついて一気にしゃべる。「それはスカルピング・ボットだった。マーシャルはNFT市場の人たちを欺くためのボットをぼくに作らせようとした」リキはサナへ向き直って彼女の両手を取る。「ぼくはやりたくなかった——やってるあいだじゅうクズになった気がした。それに、あのときはあいつが作品を盗んでるのを知らなくて、ぼくはそんな——」

「あなたもグルになって詐欺を働いてたの？」サナが言う。そのことばには、ジュリアでさえズキリとするほど激しい怒りがこもっている。

「ちがう！」リキが言う。「ちがう、ほんとうに知らなかった——マーシャルとは初対面で、そんなこととは——」

「知らなかったのは、知らないことを選んだからよ」とサナ。「いったいどういうNFTだって彼に訊いた？　訊かなかった。自分が作っているこのボットでだまされる大勢の人のことを考えた？　考えなかった！　あなたやマーシャルみたいな人間のせいで、わたしはキャンバスと向き合うことすらできなかった！」そう言うと、サナはリキの手を振りほどき、外へ走り出てドアを強く閉める。

「サナ、待ってくれ！」リキが叫んであとを追う。

悲鳴をあげたくなるほど頭の中が混乱したまま、ジュリアはドアを見つめる。いまわかったことをなるべく整理しようとする。「USBメモリーはいまどこにあるの？　それからパソコンは？　そういうのは——そうね、そういうのは警察へ提出しなくては——」

ヴェラが首を横に振る。「きのうから探してるんだけど、どちらもないのよ」

一瞬、ジュリアとオリヴァーはあいた口がふさがらない。そして、事態の恐ろしさがジュリアを叩きのめす。この女は、この見知らぬ女は、自分の店でジュリアの夫が死んでいるのを見つけ、最初にしたのは、犯人逮捕につながったかもしれない証拠そのものをくすねることだった。それからこの同じ女は、自分の店をめちゃめちゃにして押しこみ強盗がはいったかのように見せかけた。すべては、ここに来てジュリアやその小さな子供と暮らすためだ。

ジュリアは叫びだしそうになるのを必死でこらえる。ヴェラと目を合わせ、ドアを指さす。「出ていって」

いやだと言うつもりね、とジュリアはとっさに思うが、そのあと、ヴェラはジュリアの顔に浮かぶ表情を見てこくりとうなずく。そしてうつむいてドアへ向かう。この数分間でヴェラは縮んだように見え、肩を落としてしょんぼりうなだれている。その姿にジュリアの心は揺れるが、激しい怒りがほかのすべてを覆って燃えている。ヴェラは自分のハンドバッグを取るあいだだけ立ち止まり、それから外へ出てそっとドアを閉める。あとに残ったのは、けっして埋められないとジュリア自身がわかっている、がらんとした静けさだ。

35　ヴェラ

出ていって。

こんなふうに、ジュリアの家での居候は終わった。ヴェラは長居をし過ぎた。マーシャル殺害事件を解決しようとして無惨にもしくじった。いまとなっては、自分の直感がつくづくあきれるほどまちがっていたのは明らかだ。目当ての容疑者はだれひとり犯人ではなかった。だれが犯人？　人生の意味や目的を苦しまぎれに求めるうちに、自分で筋書きを仕立てあげてしまっただけでは？　店を壊したのは自分だ。たしかに、ある朝、下におりてきたら、店内の配置がいつもとちがっていた。でも、だれかが店に侵入したと百パーセント言い切れるのだろうか。

それとも、殺人犯がいてＵＳＢメモリーを取りにくるはずだと強く思いこんだせいで、自分で絵空事を作りあげてしまったのだろうか。それは老化した脳の作用ではないのか？　現実と空想が混ざりはじめている。そう、いまならわかる。おそらくヴェラは広口瓶をここ、缶をあそこという具合に置き場所をまちがえたまま忘れていたが、マーシャルの死で想像力に火がつき、何者かがティーハウスに現れたという結論に飛びついた。

そして、その思いこみをかかえて突っ走った。それはなぜ？　心の奥深いところで、ヴェラはティーハウスがいやになっていたからだ。毎朝店を開けても客はひとりきり、それさえも、アレックスがいつも店主を哀れんで来てくれただけなのはとっくにわかっていた。がらんとした店は、自分がどれほど失敗したかを示すものでしかない。ジュリアが自宅に身を寄せるようにと言ってくれたのは意外だった。驚いたけれど、ああ、なんとまあ信じられないほどすばらしいひとときだったことか。それがつづいているあいだは。

何ものにも替えがたい数週間、ヴェラは人生のあらたな目的に出会った。一日に何度もハグをされ、小さな腕が首に巻きついて、べとついたかわいい顔がヴェラの頬にキスをした。日の光の中に連れもどしてもらったのに、自分のおこないのせいでふたたび暗闇に投げこまれている。太陽のぬくもりを知ったいま、その暗闇を以前よりずっとわびしく感じる。

自宅まで長い道のりを歩いたことにヴェラはほとんど気づいていないが、着くころには足がまめだらけになっている。でもまめにも気づかない。日にさらされて色あせた看板〝**ヴェラ・ウォンの世界に名だたるティーハウス**〟には気づくが、それを見て目から涙があふれる。嗚咽をぐっとこらえ、ドアの鍵をあけてはいると、ドアが勝手に閉まる。まるで捨てられた古い殻、ティーハウスは空っぽだ。壁は剝がされ、椅子やテーブルはリキが運び出した。まるで捨てられた古い殻、幽霊しかいない家。そのとき携帯電話が鳴り、ヴェラははっとわれに返ってバッグからそれを取り出す。

「ジュリア！」電話に呼びかける。

一瞬の沈黙があり、それから声が聞こえる。「マー？」

「ティリー！」ヴェラは電話を耳もとから離し、画面を見つめる。たしかにティルバート・ワンと表示されている。「ああ、ティリー。電話をくれたのね」喉の奥で涙の味がする。母と息子の絆を通して、息子がなんらかの異変を感じたのにちがいない。

「まあね。ずいぶん長いことメッセージも電話もよこさないからさ。変わりない？」ヴェラはうなずき、顔をくしゃくしゃにして静かに涙を流す。「そうね」しばらくしてから声を絞り出す。暗くて何もない店を見まわす。「あのね、お店が——まあ、話せば長くなるけど、お店がちょっと閑散としてるのよね」

「そうなの？　じゃあ店を畳む？」

まさかそんなわけないでしょう、とヴェラが言おうとしたところへ、ティリーが言う。

「そろそろ潮時だよ、マー。そこに店があるのさえだれも知らないんだから。畳んでくれたらほっとするよ。売れば いいさ。チャイナタウンでは相場があがってるから、かなりいい値がつくはずだよ」

畳んでくれたらほっとするよ。とても気が楽になったと言わんばかりの声だ。この小さな店にはさまざまな歴史があり、ヴェラとジンロンはここに全身全霊を注いできたのに、いま息子は母親が店を閉めたがるのをありがたいと思っている。ほんとうを言えば、息子はまちがっていない。ヴェラにはそれがわかっている。電話が鳴ったときにともった小さな希望の火が消える。

「わかったわ、ティリー。電話をありがとう。そのとおりね。もう寝るから」電話を切り、明かりもつけずに重い足どりで階段をあがる。真っ直ぐ寒い寝室へ行くと、ベッドカバーの下へもぐりこみ、体をできるだけ小さく丸めてこのまま消えてしまいたいと思う。

36
ヴェラ

　また昼間になったらしい。灰色の光がカーテンの隙間からうっすらと差しこむ。部屋を明るくするほどではなく、ヴェラの眠りをさまたげる程度の光だ。ヴェラは顔の向きを変え、わずかな光を少しのあいだ見つめる。部屋が暗くなり、それから明るくなり、また暗くなるが、それが何度目かもう覚えていない。いまは明るいけれど、明るかろうが暗かろうがヴェラにはどうでもいいことだ。寝返りを打ってふたたび目を閉じる。

37　リキ

「リキ、駐車場のあのがらくたを片付けないなら、こちらで処分するわよ」ミセス・バリーが言う。

リキは口から出かかった不満のうめきをのみこんで、ただうなずく。ミセス・バリーが立ち去ったあとも、しばらくドアロに立って歯嚙みする。何がどうあれ、ミセス・バリーの言い分はじつにもっともだ。〝あのがらくた〟とはヴェラの店の家具類のことで、それをリキが愚かにもアパートメントに持ち帰って、修理が終わるまで駐車場に置かせてほしいと頼みこんだのだった。それがほぼ二週間前のことで、リキはちゃんと作業を進めていた。だいたい半数は完成し、自分で言うのもなんだがけっこういい線いってる。でも、それからあの恐ろしいディナーの一件があり、あれ以来、その備品を見るだけで胸がむかつく。

けれども、ミセス・バリーが正しい。店の備品を駐車場のあそこに置きっぱなしにして、場所をふさいで埃を積もらせてはいけない。あきらめのため息をひとつつくと、リキは重い足取りで駐車場へおりていき、雑然とした光景をながめる。それでもいったんここに来れば、自分が修理したものを見て満足感も覚える。形は昔風のままだが、やすりをかけて光沢のない黒に塗ったので、見た目はとても洗練された椅子だ。

出来あがったものを車に積んでヴェラのもとへ持っていくことにする。そうすれば、ヴェラは自分の店に少なくともいくつか置けるわけだし、そうしておいて残りに取りかかればいい。

かなりの工夫を要したが、最終的には修理済みの椅子七脚を車に積みこむ。まあたしかに、木の椅子のひとつが危なっかしい角度で助手席に鎮座して、その脚のひとつがリキのこめかみを狙っているから、そりゃあ、万が一事故を起こしたら木の脚に眼窩を貫かれて一巻の終わりになるのはまずまちがいないが、でも、想定内のリスクすらない人生ってなんだ？　それでもリキはチャイナタウンまでものすごくゆっくり運転するのを忘れず、街の非常に起伏がきつい場所にさしかかったときにはハッと息をのむ。

ヴェラが住むあたりまで来るとサナを思い出し、あのとんでもないディナーから三日経ったいまでも目が涙でかすむ。リキは四回メッセージを送ってから、本人のプライバシーを尊重すべきだと気づき、彼女に最後のメッセージを送った。

きみが話したくなるまで待つよ。もしそんな気持ちになってくれるなら。そんな気持ちにならなくても無理はないと思う。悪かった。〝X〟(キスという意味)。

ついこの間、サナとここに来て、笑って気軽におしゃべりしながらヴェラのティーハウスを掃除したことは考えまいとする。

「ヴェラ、ヴェラ」リキはつぶやきながら車からおり、ティーハウスを見つめる。店を壊したのがヴェラ本人だったとは、いまだに信じがたい。それを考えると思わず首を横に振ってしまうが、同時に笑みも浮かんでくる。いろいろあったのに、まだヴェラのことを気にかけている。あのおばあさんはどう見ても少し頭がおかしいのに。椅子を二脚持って正面ドアへ行き、ノックをする。ドアが開き、小さな鈴が気の抜けた音を立てる。さっそく店を再開することにしたのだろうか。でも備品が何もないのに?

しかしリキが中へ足を踏み入れると、ティーハウスが実際に営業していないのは明らかだ。外がまだ明るいのに店内は暗く、古い照明器具にも、オリヴァーが取りつけた新しいものにも明かりがついていない。空っぽの感じがする。でもそれなら、なぜ正面ドアがあいているのか。

「だれかいますか？」リキは大きな声で呼びかけ、椅子をそっと置く。店内を見まわしてもう一度言う。「ヴェラ？」

「ヴェラ・ワンを探してるの？」後ろから声をかけられ、リキはぎくりをする。振り向くと、背が低くて太り気味の、ヴェラとだいたい同年齢の女性がいる。

「あの、そうですけど。どこにいるかご存じですか？」

「いいや、あたしも知りたいと思ってましたよ。あたしはウィニフレッド。隣のフレンチ・パティスリーの者ですよ」この事実に仰天すべきだと言わんばかりの誇らしげな口調で言う。

リキは相手の意向にしたがい、目を見張って言う。「うわあ、すごいな、どうもウィニフレッド、お会いできてよかった。あなたのペストリーが大好物なんですよ」

ウィニフレッドが微笑んでピンクの頬が輝くが、その笑みは長くつづかない。「ヴェラのことを心配してたんですよ。何週間もいないし、知らない連中が店に出入りしてありとあらゆる騒音を立ててるし――」

「ああ、それはですね、ぼくとぼくの友人たちが店の修理をしてたんですよ」〝友人たち〟と言ったとたん悲しみがはらわたに刺さる。「ぼくたちが作業をするあいだ、彼女はほかの人の家に滞在していたんですが、いまは帰っているはずなんです」あの夜自分とサナが立ち去ったあと何があったかはジュリアから聞いていて、かなりまずい事態らしかった。もっと早くヴェラの様子を見にくるべきだったと気づき、いまごろやましさに胸がざわつく。

「帰ってきたような物音が三日前の深夜に聞こえてね。ところが、できたての〝プティ・パン・オ・タロ〟を持って来てみたらだれもいないんですよ。正面のドアがあいたままで、不用心ったらないわね」

リキの腹の中のいやな予感がしだいに強くなる。「三日前？　それで、彼女が出かけた物音とかは聞いてないんですね？」

「それはないわ。でもね、あたしは一日中観察してるわけじゃないのよ。すごくいそがしい――ちょっと、どこ行くの？」

リキはその声を無視して店の奥へ急ぎ、階段を二段ずつ駆けあがる。「ヴェラ！」駆けあがりながら叫ぶ。リビングルームは寒くて暗い。不安がますます強くなり、あと少しで逃げ出して、叫びながら日光の中へ引き返しそうになる。それでもまだ進んでいく。もうひとつ階段をあがり、寝室のある階へ行く。最初の寝室をのぞくが何もなく、長年使われていないらしい。二番目の寝室にはベッドの上に一カ所ふくらみがあり、それがとても小さくて、はじめは上掛けの下に人がいるとはとても思えない。

リキはゆっくりとベッドに近づいて軽く咳払いをする。「ヴェラ?」ああ、死んでるんじゃないだろうな。ここから逃げたくてたまらないのに、なぜか足が前へ進んでいく。そのふくらみをそっと叩くと、穏やかなうめき声が聞こえる。「ああ、よかった。ヴェラ、リキだよ」上掛けを剝がすと、心臓が喉もとまで跳ねあがる。これほど小さくて年老いて弱りきったヴェラを、リキは見たことがなかった。「ああ、ヴェラ」悲しみがリキを襲い、罪悪感が肺を貫く。リキは携帯電話を取り出して救急の九一一にかける。オペレーターにヴェラの住所を告げてから、電話を切ってヴェラの手を取る。ヴェラの目が開いても焦点は合わず、これほどまでに痛手を受けたヴェラを見て、リキは身も心も引き裂かれる。「よくなるからね」ヴェラに言う。「ぼくたちで面倒を見るよ。約束する」

38　サナ

病院のリノリウムの床に靴音を響かせながら、サナは廊下を急ぐ。受付で告げられたのは四号室、ありえないほど大きな病院のようだが、ついに部屋を見つけて飛びこむ。ベッドが四台あるが、使われているのはひとつだけだ。病室のベッドにその人がいるのを見て、サナの息づかいがすすり泣きに変わる。

「もう、ヴェラったら」声を詰まらせながらつぶやく。

リキが立ちあがる。「やあ、来てくれてありがとう」

ベッドにいる弱々しい姿から目が離せず、サナはリキにうなずくだけだ。ヴェラはいつも生命力と情熱と活気に満ちていたのに、こんな姿になるなんてありえない。老いさらばえて打ちのめされ、まるですっかり別れの準備ができているみたいではないか。サナは目に涙をためながらゆっくりと近づく。「それで――」

「だいじょうぶだよ」リキが言う。「脱水状態だということで点滴を受けている。気管支炎らしいけど、完治するって言われた」

サナはほっとして胸がいっぱいになる。ヴェラの手を取り――注射針が刺さっていないほうの手だ――やさしくそっと包みこむ。「ヴェラ、サナよ」ヴェラへ身を寄せてささやく。「かわいそうに。でも、もうわたしがいるから。それに、何もかもあなたの言うとおりだった」それを聞いたヴェラがどうにか笑ってくれないかと願うが、動きはなく、表情はちらりとも変わらない。

「眠っているそうだよ」

「そりゃあそうよね」サナは体を起こして涙をぬぐう。

ドアが開き、エマが走ってきて、あとからジュリアが入ってくるが、ここ数週間で一番急いでいるのは明らかだ。

「おばあちゃん！」エマは大声で言うが、ヴェラを見つけて急に立ち止まる。ぎこちなくジュリアを見て、ジュリアがリキとサナを見る。

「ヴェラならだいじょうぶ」リキとサナは同時に言う。ふたりは驚いて顔を見合わせ、それからサナがリキにこくりとうなずく。リキはサナに小さな笑みを向けてから、サナに言ったばかりのことをジュリアに伝える。またドアが開き、こんどはオリヴァーが駆けこんでくるが、ジュリアを見てぴたりと足を止める。それからヴェラのほうを見て顔を曇らせる。

「それで……」

「だいじょうぶ」リキが言い、知っていることをさらにもう一度繰り返す。

全員がヴェラのベッドのまわりに集まって、だまって病人を見つめる。やがて小さなエマが言う。「おばあちゃんがいなくてさびしい」それで空気がなごむ。それぞれがためらいがちに笑みを浮かべながら顔を見合わせる。

「わたしは朝のビーチでピクニックができなくてさびしい」サナが言う。

「目を覚ましてヴェラの料理がないのがさびしいわ」ジュリアが言う。「ヴェラのいない家に帰ってくるのもね」

「だいじょうぶだって言ってもらえなくてさびしいよ」リキが言う。

「こき使われなくてさびしいな」オリヴァーが言う。

これには全員が声をあげて笑い、そのとおりだとうなずく。「度を越したときも少しはあった」とジュリア。

オリヴァーが鼻で笑う。「いくつか法律を破ろうとしたりね」

またみんなで笑う。「でも、それこそが……」サナはぴったりのことばを懸命に探す。

「まさにヴェラだってこと」全員がうなずく。

「きみがいなくてさびしい」リキが思わず口走る。

全員が息を止めたようだ。「ごめん」とリキ。「なんでかな——その、ごめん、いまのは忘れて——」

こんどはサナからことばがこぼれる。「わたしもあなたがいなくてさびしい」サナはベッドをまわって両腕でリキに抱きつく。「あなたってほんとクソまみれのケツの穴だけど——あ、ごめんねエマ。こんなこと言っちゃだめよ」

「クソまみれのケツの穴」エマが言い、サナはうめく。

ジュリアがサナをにらむふりをする。「埋め合わせに少なくとも一回はベビーシッターをしてもらうわよ」

「了解」サナがリキへ注意をもどすと、救済者が現れたかのようにリキが見つめている。

「あなたがしたことについてよくよく考えたんだけど——」

「たしかに許されない行為だった。ぼくは——」

「静かに、そして話をさせて」

リキの口がさっと閉じる。

「あなたがやったことは実際よくないけれど、わたしは批判できる立場じゃない。わたしはずっと楽をしてきた。母は厳しいところもあるけれど、わたしにお金の苦労はさせなかった。そして、わたしはそれを心からありがたいとはけっして思わなかった。もしわたしがあなたの立場でそれほどの重圧をかけられたら、いったい何をしでかしたかしら。それが正しいとは言ってないけれど、でも……あなたがそれをした事情はわかる」やった。ついに言ってのけた。いったん胸のつかえがおりると、気分がずいぶん軽くなる。自分の世界に色がゆっくりもどってくる。ほかの人間に対してこれまでと同じ恨みを感じないのははじめてだ。母親にさえも。どうせすぐに娘の痛に障ることをやってのけるのだろうが、でも、いま母のことを考えると、実際あの人が母親で幸運だったと思う。

またドアが開き、二十代と思われるアジア系の男がはいってくる。人が集まっているのを見て立ち止まり、部屋番号を確認する。「あのう、ヴェラ・ワンの病室はここですか？」

「そうですが」オリヴァーが言う。

その男が一同を見つめる。「あなたがたは？」

「彼女の家族です」とジュリア。「あなたは？」

「あの……息子ですが」

サナの目がすっと細くなる。「あの有名なティリーね。お母さんに対するあなたの態度について、わたしたちは言いたいことが山ほどあるんだけど、ちょっといいかしら」サナはティリーが自分より年上かもしれないとふと思うが、いまそんなことは無視しようと決める。

ティリーの口がぽかんとあく。「ほんとうはティルバートです」

「ふーん」とジュリア。サナが思うに、その言い方はまさにヴェラそのものだ。「そういうことはあとでいいわ、ティリー」

その後しばらくして、サナは大ぶりの絵筆を手に〈ヴェラ・ウォンの世界に名だたるティーハウス〉の真ん中に立っている。オリヴァーが壁にやすりをかけてなめらかにしてくれたので、こんどはサナがそこに好きなように絵を描く番だ。自分だけのまっさらなキャンバス。いつもの恐怖がいまも心の奥に隠れ、飛びかかって打ち負かそうと待ち構えているのを感じるけれど、砂に描いていた数週間の日々が教えてくれた。恐れることは何もない、たとえいままで描いた中で最悪の出来だったとしても、それはそれでかまわない。不変のものなど何ひとつないのをいまは身をもって知っている。波が絶え間なくやってきて、失敗も瑕(きず)もことごとく洗い流す。そしてエマに教えたように、ときには失敗がすばらしい何かに変わることもある。

いま、体の中で何かが火花を散らしている――希望、興奮、わかっているのは、ずっと志していたことを、まさにこれからするのだということ。絵筆を使って美しいほんとうの何かを創造すること。

笑みを浮かべて容器の塗料に絵筆を浸し、サナは描きはじめる。

39　ジュリア

ジュリアにとって、エマを撮影するよろこびにまさるものはない。なかでも絵の具まみれのエマが、いつもの真剣すぎる顔でサナと並んで仕事をするところを撮影するのに格別だ。エマにまかされたのは、サナがヴェラの店の壁いっぱいに描いた豪華な壁画に、ところどころ小さなハートを描くという仕事だった。サナがたった二日でヴェラのティーハウスの壁を幻想的な上海の風景に変えたことにも、ジュリアは感動している。夜の川面（かわも）には空にちりばめられた小さな星々が映り、川の土手にある中国風の大きなティーハウスは無数の赤い提灯（ちょうちん）に飾られて、色とりどりのチャイナドレスとチャイナ服を着た常連客たちが店の外にあふれている。店の上にこんな看板がある。〝**ヴェラ・ウォンの世界に名だたるティーホース**〟。サナは〝ティーホース〟と書いてしまったのを睡眠不足のせいにし、ヴェラに文句を言われたら直すと言う。

書きまちがえはさておき、それ以外は想像を絶する出来栄えで、実物よりみごとなので唖然とするばかりだ。そこへリキが修理した家具調度とオリヴァーの新しい照明設備も加わり、ヴェラの店はどんな口うるさい客も感心しそうな場所に様変わりした。あくまでも理屈の上では。というのも、すばらしい変貌をとげたとはいえ、だれもヴェラのティーハウス（いや、ティーホースか）について知らないからだ。それでも、みんなが時間と労力のすべてをヴェラのティーハウスの改修に注ぎこんで、だれひとり後悔していないのはまちがいない。こんな短期間で全員の人生を変えてくれたのだから、それくらい当然だ。

ジュリアは入り口の鈴の音に気づく。工具一式を持ったオリヴァーだ。オリヴァーはヴェラの居住スペースがすごく寒くて湿っぽいとリキに言われ、電気系統の修理をしている。ジュリアに気づくと、オリヴァーは細い線になるまで唇を固く結び、かすかに顎を引く。

ジュリアはサナのほうを向いて言う。「サナ、ちょっとエマをお願いできる？」サナが引き受けたので、ジュリアはオリヴァーが通り過ぎるときに手を伸ばして腕にふれる。「ちょっと話せる？」

オリヴァーは気乗りしないみたいだが、それでもうなずき、あとについて外へ出る。

「ええと、だから……」まったく、こういうことってどうしてすごく言いづらいのかしら。「どうなってるのかちょっと知りたくて。ほら、グレイ巡査のこととか」ジュリアは自分とオリヴァーとのあいだで起こったことについてまだ少し気分を悪くしているけれど、彼がマーシャルの死の責めを負うのは不本意だ。そもそも彼を苦境に追いこんだことに責任を感じている。

「ああ、それは心配ないよ」オリヴァーが言う。「ティルバートがずいぶん助けてくれてね。あの一件に対する彼の手腕を見せたかったよ。どんな罪を問うにせよ証拠不十分で、いやがらせをつづけるなら苦情を申し立てる、とグレイ巡査に言ってくれたんだ。それが効いたらしい。さすがはヴェラの息子だね」

ジュリアは声をあげて笑う。初対面でティルバートにきつい態度を取ったのは、彼がヴェラの面倒をまったく見ていなかったからだが、騒ぎの一部始終を聞いてショックと恐怖に襲われたあとでは、実際に力を尽くして無料でオリヴァーの代理人をつとめているらしい。「それを聞いて安心したわ」心からそう言う。

「ありがとう。じつはその、どうしてもあやまりたくて……あのことを」

ジュリアはとっさに謝罪のことばを振り払って立ち去りたくなるが、そのときふと思う。いつもそうしてきたのは、自分が謝罪されるほどの人間とはとても思えず、人にあやまられると思うと落ち着かない気分になるからだ。でも、オリヴァーがどうしても言いたがっていることを聞きたいので、とまどいを押し殺してじっと待つ。

「ぼくは――」オリヴァーが息をつく。「ぼくは、子供のときにきみに一目惚れしたんだよ。ハイスクールにいるときもずっとそうだったけど、卒業を境に気持ちを切り替えた。ほんとうだよ、リア。ほかの女の子たちとデートをして、健全なつき合いをした。でも、たまにきみのことを考えた。自分のものにしなくては気がすまないと思ったわけではなく、どちらかというと気を揉んでいた。マーシャルがどんなやつか昔から知っていたから心配だった。きみたちがつき合いはじめたあと、きみと友達づきあいを断ったのでぼくは気がとがめた。ぼくのやり方はじつにまずかった」

「そうね」ジュリアは言う。「わたしに腹を立てているのかと思ったわ。それはあなたがわたしにこだわってるからだってマーシャルが言ってた」

オリヴァーが顔をしかめる。「ほんとうに？　ぼくは何よりもマーシャルにこだわってたと思うよ。人にひどいことをしても責められずにすんでいることに。ぼくはそれを受け流せなかった。ときが経つにつれて、ぼくはだんだんつらくなった。その後数年にわたって、お互い顔を合わせるだけであいつがきみにどれほどひどい仕打ちをしているかわかった。それがぼくの心の内を苦しめた。どうすることもできなかった。だからあの原稿を書いた。あれは――」長くて苦しげな息を吐く。「そう、大部分がぼくとマーシャルの関係がもとになっている。オーレリアのくだりは……」ふんと鼻を鳴らす。「出来の悪い二次創作小説と言われそうだな。なんて言ったらいいか、たしかにきみをモデルにしてオーレリアを書いたけれど、これだけは信じてほしい。ジュリア、この数週間ぼくはそんなつもりできみと過ごしてたんじゃなくて——当たり前だけど——もう一度親友になってほしかっただけなんだ。どんなことよりも、きみと友達でいられないのがさびしかった」

ジュリアは彼の目を真っ直ぐ見て、オリヴァーが真実を語っているのを心の奥で知る。マーシャルを殺していないと彼が言った夜と同じように。オリヴァーが正直に言っているときはいつもわかった。体の芯から湧き出る笑みが蜜のようにゆっくりとジュリアの顔にひろがる。こぶしを構えてからオリヴァーの肩をパンチする。

「いたっ!」

「いなくてさびしかったわよ、ポンコツ君」

オリヴァーがにっと笑う。「ぼくもさびしかったよ、コマッタさん」

そしてふたりはともにヴェラのティーハウスへもどっていく。自分たちが生涯の友として互いを支え合い、まさにいるべき場所にいる、そのありがたみを静かに嚙み締めながら。

40 ヴェラ

　ヴェラの回復には思いのほか長い日数がかかっている。「こんなのやってられないわ！」ヴェラは聞いてくれる相手にはだれにでもこう言う——主治医、看護師、それから……家族。ほんとうのところ——ヴェラはぜったいに認めないだろうけど——大好きな人たちに見舞いに来てもらえば、わくわくするような幸福を感じるものだ。ここはすごく不便な場所で、わざわざ来たがる人間などいないにきまっているから、そんなことをするまともな理由はただひとつ、大切に思われているということだ。だから、治療を受けて健康になるまでの期間がやってられないほど長くても、ヴェラは病院のベッドであれこれ世話を焼かれるのを少なからず楽しんでいる。

　それにしても、なんと様々な人たちがとっかえひっかえヴェラのベッドにやってくるのだろう。向かいのベッドにいるグラディスからそう言われたのは——ヴェラが愉快になるぐらい嫌味たっぷりに——少なくともこれで三回だ。「ほんとにいろいろな人たちがつぎつぎお見舞いに来るのねえ、ヴェラ」グラディスが言う。「何をやったらそんなに顔が広くなるのか不思議なぐらいよ」

「さあ、何かしらねえ」ヴェラは気取った言い方で返し、話はそれで終わった。

午前中にやってくるのはジュリアといとしいエマだ。エマがベッドにあがってヴェラに寄り添い、おばあちゃんはくさいから歯を磨いたほうがいいと言い、それに対してヴェラは、エマの息もたいしていいにおいじゃないと言い返す。するとエマが「くさいけど大好き」と言ってキスをし、ヴェラは「あなたは畑仕事をしてる人の腋の下のにおいがするけど、大好きよ」と言ってエマの額にキスをし、エマがにっこり笑い、ジュリアが不満の声をあげる。「まあすてき、これでこの子はきょう一日、自分は畑仕事をしてる人の腋の下のにおいがするんだって言いふらすわ。感謝感激よ、ヴェラ」

ふたりが帰ったあとヴェラは昼寝をし、サナがお茶の時間に来てようやく目を覚ます。サナはいつもヘルシーではないけれど面白いもの、たとえばサモサなどを持ってくるが、グラディスがそれに文句をつける。「あなた、そういうもので自分のコレステロールがどうなるかわかってるの？」ヴェラはサナにこんどはコカインを持ってきてくれと言う。もちろん吸引するためではなく、グラディスの反応を見たいだけだが、さすがにことわられた。近ごろの若い者はじつに退屈だ。

それからおよそ一時間後にリキが合流し、リキとサナはいやになるほど甘ったるい声で「あのさ」とか「ねえちょっと」とか言う。恋する瞳を長時間見せられてもこの歳の女にはありがた迷惑なので、ヴェラは早々にふたりを追い返す。「ちょっと未熟者みたいね、彼のほうは」グラディスが言い、その点はヴェラも認めざるをえない。でもサナといっしょならトラブルを避けられるはずだから、あまり心配していない。

夜にはオリヴァーとティリーが来る。スポーツや互いの込み入った親子関係をきっかけに友達になったらしく、ティリーは現在オリヴァーの代理人をしている。ティリーがヴェラに、証拠の改竄で警察に追及されたときのために同僚に代理人を頼んでおいたと伝えるが、ヴェラは取り合わず、やる気があるなら望むところだと言いはなつ。同時にグラディスをにらみつけるが、賢明にもほかの女性は狸寝入りをきめこむ。

ヴェラの気管支炎が治り、神に見捨てられたこの場所を離れられる日がついに訪れる。退院の手続きを手伝おうと全員が現れ、それをヴェラはばかばかしいと言うが、内心では至れり尽くせりの扱いにかなりご満悦だ。ベッドからおり、手早く服を着ながらグラディスを意味ありげな横目で見る。「これでお別れね、グラディス」

「さびしくなるわ、ヴェラ」

ふたりの高齢女性は目を細くして見つめ合うが、やがてヴェラは言う。「グラディス、あなたにはうんざりさせられるけど、あたしのティーハウスに来たらいいわ。この若い人たちの話では、店をよくするために何かしてくれたんですって。店を壊したんじゃないかしらねえ」その若い人たちの一団をじろりと見ると、全員が戸惑い気味の笑みを返す。

グラディスが大仰なため息をつく。「そうしたいところだけどねえ。悪いけど、風変わりな薬草をためすような危険は冒せないのよ。わたしの肝臓にどんな影響を――」

「つべこべ言わないで、グラディス。ここを出たらあたしのティーハウスに来るのよ」そう言うと、ヴェラはエマ、ジュリア、サナ、オリヴァー、リキとともに颯爽(さっそう)と病室を出て、そのあとをティリーが急いで追う。

「ああ、これは」何時間かのちにヴェラは言う。自分のティーハウスとはとても思えない。店の中央に立って周囲の光景を目に焼きつけるが、それはどこか異国のようであると同時になつかしくもある。

「あの、こんなのいやだった？」サナが蚊の鳴くような声で訊く。

「ばか言わないで」ヴェラはきつい声で言うが、ながめている目には涙が光っている。声を震わせずに話ができるまでいっときかかる。「これは……」だめだ、声の震えを止めきれない。息をついてもう一度言う。「これは――いいわね。とてもいいわ」

ティリーがひゅうと口笛を鳴らす。「母がそう言うってことは、これはスタンディング・オベーション並みの評価だよ」

ヴェラににらみつけられた息子はにやりと笑って母親をハグする。「いいじゃないか、マー。素直に認めなよ。サナの絵に度肝を抜かれたんだろ」

ヴェラは長い吐息をつく。「そうね、サナの絵はいままで見た中で一番よ」

「あらやだ、すごい褒めことばじゃない」ジュリアがそう言ってサナをつつくと、サナが顔を赤くして微笑む。

「気に入ったの？」とサナ。「ほんとうに？」

「ええ、ティリーを産んだときよりうれしいわ」

「うーっ」ティリーがうめく。その肩をオリヴァーが叩く。

「悪気はないのよ、ティリー」とヴェラ。「あなたがとても見てくれの悪い赤ん坊だっただけ」

「そうさ、そのことに悪気も何もないからね、マー」

ヴェラの口角があがる。それから新品同様に見える家具調度に目をとめる。長年使いこんだせいで、まだあちこちにへこみが見えるのはしかたがない。「おや、この椅子は……」

「ぼくだよ、ぼくが直したんだ」リキが意気ごんで言う。そのあとで口ごもる。「そのう、もしこれがきらいでなければね。気に入らない場合は、そうだな、オリヴァーがやったってことで」

「とてもいいわよ」

「よし、それなら全部ぼくの手柄にしよう」リキが得意げににんまり笑い、ヴェラはひたむきな少年のような顔を見てまた涙をこぼしそうになる。

こんなに濃密で重い感情に溺れるのにヴェラは慣れていないので、思いつくただひとつのことに取りかかる。「さあ、みんなすわってちょうだい。お茶を淹れるから」

全員が席に着くなり、ヴェラはいそいそとカウンターの奥へ行き、やかんを火にかけてから、特別なブレンドをするために様々な広口瓶をおろす。めったにないすばらしい機会だから、これ以上望めないほど前代未聞のお茶を考え出さなくてはならない。クコの実を取り出し、これに何が合うかを考える。そりゃあ、もちろん金木犀ね。金木犀を加えてから後ろにさがって考える。〝おいしい〟を〝この世のものとは思えない〟にするには、あとひとつ必要だ。高麗人参？　だめだ、金木犀とぶつかり合う。もっと穏やかなものがいい。蝶豆の花？　いや、蝶豆の花本来の青がブレンド茶の色を退色させ、一番まずそうな茶色に変えてしまう。揺るぎないもの、主張のあるものがいい。たとえば……

ツバメの巣。

そう、それだ！　ヴェラは右側の棚の前列に手を伸ばすが、その手が宙をつかむ。驚いてまた宙をつかむ。ツバメの巣の広口瓶がない。店でいくつか広口瓶を割った日のことを思い返す。あのときは一番安い材料がはいった広口瓶を抜け目なく選んで割ったのだった。品質の悪い烏龍茶や古くなった菊花。それにあのときはまちがって注文した芍薬茶もあった。結局ヤモリのような味の茶で、ヤモリがどんな味かは知らないけれど、ヤモリを思わせるような味だったのはたしかだ。いずれにしても、ツバメの巣の広口瓶を割るような真似はぜったいしなかったはずだ。ツバメの巣はこの店で最高に値の張る材料のひとつだ。ここを改装したときにだれかが動かしたのかもしれない。ヴェラは広口瓶をひとつひとつ調べるが見つからず、それが歯がゆくてならない。

ヴェラはあの朝に立ち返る。下へおりてきて、だれかが店に侵入してものの置き場所を変えたのをはっきり感じ取った朝だ。つまり勘違いではなかった？　だれかが来て、ツバメの巣の広口瓶を盗った？　あの広口瓶には数百ドル相当のツバメの巣がはいっていた。だからすごく注意深く少しずつ使い、一番大事なお客のためにとっておいた。たとえばアレックスのような――

ヴェラは息をのむ。それですべてがつながる。マーシャルが鳥の上皮への急性アレルギー反応で死んだこと。ヴェラがアレックスにツバメの巣のお茶を持ち帰らせたこと。マーシャルが死んだあと、アレックスがひどく老けてやつれていたこと。

「ヴェラ、どうかした?」ジュリアが言う。ほかのみんなも話をやめて心配そうに見る。

「すわったほうがいいんじゃ――」

ヴェラはそれどころではなく、払いのけるように手を振ってジュリアをだまらせる。そしてカウンターの奥から急いで出ると、飛びつかんばかりにオリヴァーのシャツの襟をつかむ。「オリヴァー。あなたのお父さんの名前は?」

「はあ? アレックスだけど。アレックス・チェン」

それはまるで、世界の重みが両肩にのしかかったと同時に足もとの床が抜け落ちるようなものだ。自分の正しさが立証されたと思うべきか、悲嘆に暮れるべきか、ヴェラにはわからない。ヴェラはやりとげた。みんながまちがっているのを証明し、不可解な事件を解決した。でも、いまはただ大声で泣きたい。一刻も早くアレックスと話す必要がある。

全員が走って追いかけてくるのを尻目に、ヴェラはアレックスのアパートメントの建物まで一気に通りを駆け抜け、そのあいだだれもが無意味な問いを発しつづける。「どうなってるの?」とか「ヴェラはまだ頭がはっきりしてないんじゃないか?」とか「ヴェラ、どうして行き先を言わないんだ?」とか。ようやくヴェラがアレックスがいる建物の前で立ち止まると、オリヴァーが言う。「あれ、ここは父さんのアパートメントだ。父さんを知ってるの？」

ヴェラはブザーを押す。「アレックス、ヴェラよ。すぐにあたしを中に入れたほうがいいわよ」返事がない。ヴェラはインターホンのほうへ体を傾けて言う。「ツバメの巣のことを知ってるわ」正面ゲートが解錠されたのでヴェラは中へはいり、一同があわててそれにつづく。

「何がどうなってるんだ」オリヴァーが言う。「ツバメの巣だって？」

上の階でヴェラがアレックスの部屋のドアをノックしようしたとき、ドアが開く。アレックスを見て、ヴェラは歯の隙間から鋭く息を吸いこむ。ひどい姿だ。やせ細り、前かがみで、背中がバナナのように曲がり、巨大な重荷に押さえつけられているかのようだ。自分の息子を殺した重荷だろうとヴェラは思い、アレックスへの悲しい思いで胸が締めつけられる。アレックスはヴェラとその仲間を見ても、ほとんど驚いた様子がない。

「きみがいつ突き止めるのかと思っていたよ」アレックスは標準中国語で言い、おぼつかない足取りでアパートメントの奥へ引き返す。全員があとにつづき、暗く薄汚れた場所へはいっていく。

「バー、どういうことだよ」オリヴァーが言う。

アレックスはうるんだ目で息子を無言で見つめてから、視線をジュリアへ移す。小さなエマに目をとめたとき、口もとが震え、すすり泣きが漏れる。「きみが話してくれ」ヴェラにささやく。

「話すって何を？」オリヴァーの声が甲高くなる。

「あたしからみんなに話す前に教えて」ヴェラは言う。「あたしがずっとまどわされてきたのは、母親は死んだとオリヴァーから聞かされたからよ。でも、あなたの奥さんのリリーは……」

アレックスの視線が寝室のほうへそっと動く。「リリーは死んだ」標準中国語で言う。「長年経ってもわたしはそれを受け入れられなかった。だからきみのティーハウスを安全地帯にしておきたかったんだよ、ヴェラ。行けば幸せでいられる場所、妻がまだ生きているかのような話をできる場所、きみの店がそういう場所であってほしかった。はじめのうちは妻が健康であることにした。昔のいきいきした彼女を思い出したかったからね。だがそのうち、きみは妻に会いたいと言いはじめ、なぜ一度も姿を見せないのかと訊くものだから、理由を考え出すしかなかった。だから、妻は病気だと言ったが、それでも彼女がまったくいないと思うよりはましだった」

「そうだったのね」ヴェラにはわかる。自分にもそんな場所があったらいいのにと思う。

マーケットで仕入れたパンや小さな噂話を持ち帰るのをまるで夫が待っているかのように、ジンロンのことをだれかと話せるような場所が。「あとひとつだけ訊かせて。マーシャルのノートパソコンとUSBメモリーはあなたが持ち去ったの？」

アレックスがうなずく。「あの家の鍵なら持っている。裏口からはいった。ただそうしたくて――息子を失ったのがつらくてたまらなかった。悲しくて頭がぼんやりしていた。息子の部屋へ行ってシャツや何かを持ち帰りたかった。たぶんそんなところだ。ベッド脇の抽斗をあけたら、ノートパソコンとその上にUSBメモリーがあった。そのパソコンに見覚えがあったので持ち帰った。たぶん……息子のことを、息子が何をしていたのかをもっと知らずにはいられなかったんだろうな」

「なるほどね」とヴェラ。ノートパソコンとUSBメモリーは何かの拍子にエマが動かしたのかもしれないと思っていたが、そうではなかった。「それから、なぜうちの店にあったツバメの巣を持ち去ったの？　証拠隠滅のため？」

アレックスの皺だらけの顔が一瞬苦痛でゆがむ。「ちがうんだ、ヴェラ。きみを守るためだ。万が一警察が疑いをいだいたとき……」

ヴェラはうなずくしかない。はじめから全部この人がやっていた。アレックスになんと言うべきかよくわからない。自分の中で荒れ狂う嵐をどこから説明したらいいかもわからない。

「こんどはきみからこの人たちに話してくれ」アレックスが言う。「ここにいる若い人たちに真実を」

ヴェラは深々と息をつく。いよいよだ。探偵ヴェラ・ワンが数週間夢にまで見た瞬間、マーシャル殺しの犯人をついに突き止めたとみんなに告げるときがようやく来た。けれども思い描いていたのとちがい、少しのよろこびもない。「アレックスがマーシャルを殺したのよ」

「**はあ?**」叫ぶような声で全員が言う。

オリヴァーが首を横に振る。「まさか、ありえないよ。バーバは何よりもマーシャルを愛してたんだ。あいつは昔からお気に入りの息子だった。マーシャルがいなかったらマーが死んだあと生きていく意味がなかったって、いつも言ってたじゃないか」

弱った体を引き裂かんばかりの悲痛な声でアレックスがむせび泣く。「マーシャルが生きているあいだずっと、わたしはあの子を太陽だと思っていた。わたしのすべて、わたしの放蕩息子だった。あの子があまりにも輝いていたせいで、おまえは陰に取り残され、わたしはたぶん――」声が詰まり、皺の深い顔を涙が濡らす。「あの子がわたしの目をくらませていたのがいまならわかる。おまえを悪い息子だと思いこませ、それから――」

オリヴァーも泣いている。「バーバ」そこでことばが止まる。こんなときに何を言えるだろう。

「おまえにはほんとうにすまないことをした。そしてあの日……」アレックスは目もとをぬぐってジュリアへ目を向け、ことばを英語に切り替える。「あの日、電話をくれたね。マーシャルがきみを捨てたという話だった。金持ちになったから、もうきみとの結婚をつづけたくないとか」

ジュリアがうなずく。

「わたしはこう思った。〝ありえない。どうしてそんなことを？ 息子は妻と子供を愛している。あっさり捨てられるものか。何かのまちがいにちがいない〟そこでマーシャルに電話して事情を尋ねると、彼が言った。〝バー、今夜外で食事しよう。祝杯をあげたいんだ〟よしわかったとわたしは洒落たレストランへ出かけた。店に着くとマーシャルが受付にいたので声をかけようとしたそのとき、だれかが――」アレックスは一同の中にいるリキに目をとめる。そして目を見開く。「ああ、きみか」

ほかの者同様、リキが口を大きくあける。「あの夜の……」そう言って息をのむ。

「そうだ。きみを覚えてるよ。店にいきなりはいってきて息子の肩をつかみ、それから殴った」アレックスは首を横に振る。「わたしは驚いた。事情がわからずにそこに突っ立っていた。それからきみが走り去り、マーシャルはわめき散らしていた。息子のあんな姿を見たのははじめてだったよ。脅し文句ばかりだ。わたしが近寄ると、あの子はわたしを見てはっとしたようだった。たちまち態度を変え、わたしが知っているマーシャルにもどった。あまりにもすばやい変わりようでね。じつに簡単に表情を変えるのでわたしは不安を覚えたよ」

オリヴァーがうなずく。「あいつはいつも気をつけて、バーには自分のいい面だけを見せてたからね」

「近くであの子を見ると、殴られてできた痣だけでなく、もう一方の頬に引っ掻き傷もあるのに気づいた」

ヴェラがサナへ目を走らせ、サナが小声で言う。「それはわたしです」

うるんだ目をサナへ向け、アレックスはうなずく。「そうだったんだね。なぜあの青年はおまえを殴ったんだとわたしは訊いた。そして、だれに引っ掻かれたんだと。気にしなくていい、つまらない連中だから、と息子は言った。でもわたしはうろたえた。なぜわたしの息子に腹を立てる者が何人もいるのか理解できなかった。ともかく、ジュリアのことはどうなってるんだと訊いた。マーシャルも殴られて動揺していたのだろうが、わたしはあの子の仮面が剝がれるのを見た。暴行を受けたためにバーテンダーが店のおごりでウィスキーをダブルで飲ませてくれたので、あのときはふだんより気が緩んでいたらしい。マーシャルはジュリアのことを足手まといだ、少しも愛してないと言った」

こんなことを言われてジュリアはとてもつらいだろうとヴェラは思うが、本人を見ると、悲しむよりもむしろ怒っているようだ。

「わたしはとてもショックを受けた」アレックスはつづける。「エマはどうなんだと言った」孫娘を見て、あらたな涙が顔を伝う。「なんとまあかわいい子だ。かわいそうに。この子の前では話したくないな」声が小さくなる。ヴェラの胸がずきりと痛むのは、これから打ち明けられる話が幼いエマに大きな打撃となるにちがいないからで、いまのヴェラの望みは、この子をさっと連れ去ってなんの心配もないよと言ってあげる、それだけだ。

「サナ、いいかしら——？」ジュリアが言う。

「ええ、もちろん」サナがエマの目の高さに合わせてしゃがむ。「クッキーを食べに行く？」エマがうなずき、サナは小さな女の子を抱きあげてアパートメントを出る。

話し声が聞こえない場所までふたりが行くと、ジュリアがアレックスに向き直り、鋼の声で訊く。「マーシャルはわたしの娘のことをなんと言ったの？」

「あの子は——」アレックスはまた声を忍ばせて泣く。「こう言った。〝あのちびは出来損ないだ。ほかのだれかともっと優秀な子を作るよ〟」涙がほとばしる。「自分の子をあんなふうに言う人間をわたしは見たことがなかった。息子は酔っぱらってるだけか、殴られたばかりで気が立っているのかもしれないと思った。でもそのあとマーシャルはどんなふうに金儲けをしたか話した。だからきみを捨てたんだよ。金をきみと分け合いたくないからだ。でもおまえは妻子を養わなくてはいけないとわたしが言うと、笑い飛ばされたよ。わたしはこう言った。しょっちゅう父親のことをいつも気にかけてくれるから、おまえがいい子なのはわかっている。食料品を買ってくれるじゃないか、と。するとマーシャルは怪訝な顔をした。食料品ってなんだい、と言った」

こんどはヴェラもわけがわからなくなる。マーシャルが毎週食料品を届けてくれるのを、アレックスはとても自慢していた。

「ぼくがやったんだ」オリヴァーが静かに言う。

アレックスはうなずく。「ああ、わかってるよ。何年ものあいだ、おまえと縁を切っていたが、なぜだろうな。いままでずっと、わたしはマーシャルだけがいい息子だと思っていた。マーシャルがトイレに立ったとき、携帯電話をテーブルに置いていった。メッセージをのぞくと、金を要求する人間からの連絡がいっぱいあった。それればかりか、一、二件はこんな内容だった。〝愚かなやつらめ、連中のおかげで大金を稼いだぞ〟マーシャルが何を手がけているのか知らないが、よくないこと、人をだますことなのはたしかだった。

「食事のあとで、わたしはお茶を飲みにうちに寄ってくれと言った。そして、頼むから自分の妻や子供にそんな仕打ちをするなと言った。マーシャルがわたしに対して不機嫌になったのはそのときだった。あの子は、わたしのようにはなりたくない、引きとめる連中をほっとけないという理由だけで、こんなむさ苦しいアパートメントに住んでいる人間にはなりたくないと言った。母親が死んでうれしかったとも言った。いつも自分を遠ざけてオリヴァーをえこひいきするからだ、と。そう言われてわたしは――」アレックスは声を立てずに泣く。「すべてが崩れ落ちる気がした。すべてが嘘だった。わたしはヴェラからもらった茶を取り出し、彼女が毎日とても親切にしてくれて、マーシャルがこうした、マーシャルがああした、と彼女にはかならず話していたのを思い返した。マーシャルはとてもいいやつだ、マーシャルはとても賢い、と。わたしはお茶のひとつにツバメの巣がはいっているのに気がついた。マーシャルが鳥の上皮のアレルギーなのは知っていた。なぜかわからないが――何を考えていたのだろう――わたしはそのお茶を選んだ。マーシャルに飲ませた。飲むのを見届けた」

少しのあいだアパートメント全体が静まりかえり、ヴェラは全員の心臓の鼓動が聞こえる気がする。

「わたしが殺した」アレックスは静かに言う。「自分の息子を殺した。息子の息が荒くなり、携帯電話を取ろうとしたが入力できなかった。視界がぼやけていたはずで、手はすっかりむくんでいた。息子が死んでいくのをわたしは見守った。マーシャルはここを飛び出し、よろめきながら通りを歩いていった。そのころにはどこの店も閉まっていた。もう口をきくこともできなかった。マーシャルはヴェラの店を見て、中へ侵入した。鳥の上皮がお茶にはいっていたというヒントを残したかったんだろう」

ヴェラは大きくうなずく。

「でも、USBメモリーを握っていたのはなぜだろう」リキが言う。

「疑惑をさらに強めるためかもね。ありきたりの死ではないとはっきり示すため」ジュリアがつぶやく。哀れみと怒りが入り混じった顔でアレックスを見つめる。「あなただったのかしら――」頭をはっきりさせようとするみたいに首を振る。「キャシーの撮影中、だれかに見られている気がしたんだけど……」

アレックスが一度だけうなずく。「それはわたしだ。マーシャルがいなくてもきみたちが無事に過ごしているか見届けたかったんだよ。ヴェラのあともつけた。彼女がエマを連れているときはとくにね。ほんとうに――自分があの子からバーバを奪ったなんて信じられない」声がかすれる。「わたしはきみたちの無事をたしかめずにいられなかった」

ジュリアの片方の口角がぴくりと動いてかすかな笑みになる。「だいじょうぶよ。とてもうまくいってる。わたしたちのことは心配要らないわ」鋼のまなざしのままで言う。いまやヴェラの目の前にいるのは、はじめて会ったときに洟をすすって怯えていたあの女性ではない。いまのジュリアは、何があろうとけっして傷つかない女性に見える。ヴェラにとってこれ以上誇らしいことはない。

一方オリヴァーは子供のようにすすり泣いている。「バーバ」うめくように言う。「こんなの信じられないよ」

「すまなかったな」アレックスはゆっくり近寄って、両腕で恐る恐るオリヴァーを抱く。「おまえにいろいろひどい仕打ちをして、ほんとうに悪かった。いままでずっと、おまえをだめなやつだと言ってきたが」標準中国語でささやく。オリヴァーがひたすらうなずいて、余計にひどく泣く。「だめなやつなんかじゃない。そんなことない」

「いなくなるなんていやだ、バーバ」

「わたしもだ。訪ねてきてくれたら、いっしょに話をしよう」アレックスは指の関節が白くなるほどオリヴァーの手を強く握る。「話をしよう」

ヴェラは、いつかオリヴァーがこのときのことを振り返って心を癒す道を見つけてほしいと願う。

その後、全員そろって外に出て歩道の端で待ち、オリヴァーが父親の華奢な肩に腕をまわす。手を借りて警察車両に乗りこむとき、アレックスはヴェラの目を見て言う。「いろいろありがとう、ヴェラ。きみは真の友人だ」

ヴェラは涙を流してうなずきながらも笑みを見せる。勾留中のアレックスへ差し入れするときはどんな弁当が許可されるだろうか、とさっそく考えているところだ。

エピローグ

ヴェラ・ワン・チュウチュウは豚だが、ほんとうは雄鶏に生まれるべきだった。朝の四時半きっかりにまぶたが開き、ベッドからすっと起きあがる。いつもの手順で猛烈にてきぱきと歯を磨き、それからキッチンへ行って朝食のしたくをはじめる。ヴェラはジュリアの家にうまい具合におさまっている。若い人たちが好きなだけ時間をかけてヴェラの家のがらくたを片付けているところなので、急がせてはいない。ジュリアが、自分もエマもヴェラにいつまでもこの家にいてほしいのだと何度も言い、そのたびにヴェラはいやいやと手を振って「あらまあ、どうせすぐに厄介払いしたくなるわよ」と返しているが、じつはここにいるのが何よりもうれしい。だから、差し当たりこのままいるつもりだ。

きょうはエマの希望により粥はお休みだ。オムレツを食べたいと言う。ヴェラはグーグルでオムレツのレシピを十個以上見て、オムレツの何がいいのかいまひとつ理解できないけれど、エマのためならよろこんで作ってみようと思う。どんな注文でもヴェラは抜群に臨機応変だ。

午前五時にエマが目を覚まして――じつはこの子が雄鶏だけど――指の付け根で目をこすりながら廊下をよたよたと歩いてくる。ヴェラはその足音を聞きつけ、歯を磨いてきなさいとやさしく小声で呼びかける。エマがダイニングルームに来るころには、種類のちがう四つのオムレツが待っている。チーズ入り、マッシュルームとチーズ入り、ハムとチーズ入り、中華風トマト入りスクランブルエッグ。エマが四つの皿を前にして考えているのをヴェラは目を細くして見つめ、意味ありげに沈黙を守る。やがて小さな女の子がトマトと卵の皿をさして「それにする」と言い、ヴェラはもったいぶってうなずくが、心の中ではうれしくて飛びあがっている。

ヴェラとエマが朝食を食べていると、けさはめずらしく、ジュリアがぼさぼさの髪でダイニングルームに現れる。「おはよう」あくび混じりに言う。

「あら、早いのね」ヴェラは言う。「もちろん批判はしないけど、でもいつもは午前中が終わってから起きるでしょ」

「〝批判はしないけど〟と言ってからとても批判がましいことを言うのは、批判してないことにならないって知ってる？」ジュリアがそう言って席に着く。「おーっ、オムレツ。おいしそう」

ヴェラとエマはこっそり笑みを交わす。

「それはそうと、きょうはあなたたちといっしょにティーハウスへ行こうと思ったのよ」ジュリアがマッシュルームとチーズのオムレツを頬張りながら言う。「オンラインにあげた写真がすごく反応がいいから、もう少し撮ろうと思って」

「ふーん」ヴェラは鼻で笑う。「そろそろモデル料を請求しなきゃね」といっても、ヴェラはジュリアのカメラの前に立つのが好きでたまらないから、もちろんそんなつもりはない。すでにジュリアは、ヴェラが多種多様なお茶を淹れている写真を数え切れないほど撮っていて、ヴェラは自分が孔雀並みの見せたがりなのに気づいている。でも、もしジュリアにそのつもりがあったのなら、ヴェラに料金をたやすく払えたはずだ。マーシャルの生命保険の一回目が支払われたいまでは、ジュリアはだれにでもたやすく払うことができた。そして、リキにはマーシャルから請け負った仕事の報酬としてかなりまとまった額を渡したので、リキは突然泣き出した。どうやらリキの弟アディは、近いうちにベイエリアでみんなの仲間入りを果たしそうだ。ヴェラはアディを目いっぱい甘やかしたくて待ちきれない。

リキがスカルピング・ボットの件で困ったことにならないかと、しばらくのあいだ全員が気を揉んでいた。けれども、ティルバートが明言するところによれば、NFTに関する法律はほとんど整備されていないらしい。今回の件も変わりつづけるテクノロジーの世界に法律が追いついてない一例で、そのうえリキとマーシャルのあいだで署名つきの契約書が交わされていないので、ボットの作成でリキを告発するのはだれにとっても並大抵のことではないだろう。現在リキとサナは、マーシャルの隠匿物を調べてほかのアーティストたちと連絡を取り、盗まれた作品を返しているところだ。

ジュリアは残りのお金で家のローンを返済して、両肩にのしかかっていた返済の重荷から解放されたので、存分に撮影に打ちこんでもっと芸術的な冒険もするようになり、今後注目すべき写真家としてまたたく間に評判を呼んでいる。

一方、アレックスの公判はまだつづいている。ティルバートが同じ事務所のアソシエイト弁護士に頼んで、無料でアレックスの弁護人を引き受けてもらった。ティルバートに言えるのは〝こういう事件にしてはかなりいい結果〟を望めそうだということぐらいだ。ヴェラはすでに二回アレックスとの面会を果たしたが、そのつど看守に食べ物を貢いでいるので、アレックスはよくしてもらえるだろう。面会者から食べ物を受け取るのは禁止されているとと看守たちはいつも言うが、連中がすぐに折れるのをヴェラは知っている。

ヴェラたちはのんびりとティーハウスへ向かう。路面電車を待ちながらおしゃべりをし、サンフランシスコがゆっくりと目覚めるときの美しくて物憂げな景色を味わう。角を曲がってヴェラのティーハウスが見えたとき、小さな人だかりにヴェラは眉をひそめる。うぇっ、ウィニフレッドの客ね。

しかしもっと近づくと、数人の人たちがじつはヴェラの店の外で待っているのだとわかる。その人たちがヴェラを見て、ひとりがほかのだれかを肘で突く。

「ヴェラよ!」

「勧誘はお断りですよ」ヴェラは厳しい声で言う。

「ちがうわ」その中にいた紫の髪の若い女性が言う。「わたしたち、お客よ」

ヴェラはあんぐりと口をあける。こんどばかりは何も言い返せない。

「おめでとう!」ジュリアが言う。「じつはオリヴァーがあなたとあなたのティーハウスとそれにまつわる豊かな歴史についてすばらしい記事を書いたんだけど、そうしたら《ベイエリア・タイムズ》がその記事を買ったのよ。それがきのう掲載されたってわけ」

「あら、わたしがここにいるのはあなたのティックトックのおかげよ」紫の髪の女性が言う。

ジュリアが顔を赤らめて微笑む。「言ったでしょ、ヴェラ。写真の反応がよかったたって」

「わたし、美大生なんです」その隣の女性が言う。「店内の絵を見たくて。美術の先生が授業でそれを見せてくれました」

こんどはヴェラが微笑む番だ。サナがこの場所でしたこと、照明のソケットのようなものまで絵に取り入れて、いたるところに驚くべき芸術性を発揮したことを、ヴェラは心から誇りに思っている。店内に足を踏み入れるたびに、この世とは思えない場所へ、現実の上海と夢の中にだけ存在する上海とのはざまへ、ヴェラは一瞬で運ばれる。そこではヴェラとジンロンが小舟に乗ってお茶を飲み、冷たい静かな水に浸した指先が水面に跡を残す。サナの仕事がしかるべき評価を受けているのを聞いて、ヴェラはうれしくてたまらない。このところサナはとてもいそがしい。ウィニフレッドがヴェラの店をひと目見るなり、自分のベーカリーに絵を描かせるためにサナを雇ったのだから、じつにものまね上手なことだ。しかもその仕事が終わらないうちに、早くもサナはもう二カ所で絵の注文を受けた——通りの先にある餃子専門店と、エンバカデロ地区でオープンする洒落たレストランだ。後者のレストランのほうは五万ドルの報酬を約束し、これにはサナの母親もよろこんだ。

「ぼくは実際にお茶が飲みたくて来たんだよ」顎鬚を生やした男が言う。「キャシーレッドが絶賛してたからね。ここのお茶はWだって」

「あたしのお茶が……W？」
「成功（ウィン）の略よ」ジュリアが言う。
「なぜ〝ウィン〟と言うだけじゃだめなの？　〝ダブリュー〟と言ったほうが長いのに」
「それはいいから、ヴェラ」ジュリアがため息をつき、ヴェラを店のほうへそっと向かせる。「さあ、みんながお茶を飲めるようにさっそく鍵をあけて。ほかの仲間もじきに来るわ」

ジュリアが言い終わらないうちに、ヴェラはティリーの高級車が通りの向かい側に停まっているのに気づく。オリヴァーが助手席にいて、リキとサナが後ろの窓から手を振っている。幸せがヴェラの胸を満たす。大勢の客を見て――といっても厳密に言えば見知らぬ人間がたった三人だが、よく言われるように三人いれば大勢だ――ジュリア、エマ、オリヴァー、サナ、リキ、そしてもちろんティリーを見る。看板を見あげると、こうある。

〝ヴェラ・ウォンの世界に名だたるティーハウス〟。世界に名だたる店にしたくてたまらなかったとはなんと滑稽な。もともと必要だったのは、いまここにいるような家族なのに。

錠に鍵を差しこみ、ドアをあける。

ヴェラは後ろの大勢に振り返り、笑みを浮かべる。「いらっしゃい！　何をぐずぐずしてるの？」

〈ヴェラ・ウォンの世界に名だたるティーハウス〉の営業開始だ。

謝辞

みなさん、本書はじつに驚くべき旅をしたとわたしが言っても、それはふざけているわけではありません。わたしはある晩、『ミセス・ワンのティーハウスと謎の死体』の話をなんとなくぼんやりした形で思いつきました。ほんとうにぼんやりとした思いつきです。ティーハウスを営む小柄な高齢女性が死体を発見して調査に乗り出す、たったこれだけ。わたしは友人に話し、友人が宣伝文を書いてみろと言うので、ふたりの小さな子供たちが眠っているあいだに暗がりにうずくまってそれを書きました（そうね、わたしは子供たちに添い寝しているけれど、どうかそれを批判しないで）。

わたしは宣伝文をエージェントのケイトリン・デトワイラーに送り、いつならバークレー出版へこれを送れるだろうかと相談しました。ぎゅう詰めの出版スケジュールと契約条項のせいで、ヴェラの話を書きはじめられるのは早くても二〇二三年の後半になりそうでした。ケイトリンが言うには、つぎに書くかもしれない話のアイディアだけでも編集者のシンディーに伝えるべきだということでした。そこでわたしたちがシンディーにその案を送ると、何がどうなっているのか把握もできないうちにシンディーがこう言ってきたのです。自分も含めてチーム全員がこれをすごく気に入ったから、ほかを全部あとまわしにしてつぎはヴェラを出版できるか、と。

〝泣き笑い〟ということばがこれほどふさわしかったことはありません。一方では、自分のちっぽけなアイディアが気に入られたと知って浮き浮きしている。もう一方では、プロットができていない。死んだ男はだれ？　関係のないティーハウスの中で死んでいるのはなぜ？　わからない！　残念ながらプロットという名の些細なものが欠けているとシンディーに打ち明けると、あなたを信じていると言われた気がします――そのころの記憶が曖昧なのは、わたしの脳細胞が崩壊してこう叫んでいたから。「なんてことをしでかしたの？」

それからの数日間、わたしはパニックに陥りながら、つじつまの合うプロットをまとめようと必死でした。カフェへ行って怪しいほど濃いコーヒーを淹れてもらい、ラテが落雷さながらの活を入れてくれたあとで、ようやくプロットが姿を見せはじめました。わたしはプロットらしきかすかな影を汗ばんだ両手でつかみ、絞めあげてしたがわせました。

（ラテがすごく濃かったと言ったでしょ？）

一週間後、わたしはシンディーにこう告げました。ええ、だいじょうぶよ。*Dial A For Aunties 3* と次回の大人向けサスペンスをワンシーズン遅らせれば、なるべく早くヴェラを出すことができる。わたしは *Dial A For Aunties 3* とそのサスペンスの不運を嘆きました。それらの作品を心から愛しているし、世の中の人と共有するのが待ち遠しくてたまりません。シンディーは仕事に取りかかり、わたしもそうしました。わたしがヴェラを書くあいだ、シンディーが道を舗装する。彼女が販売会議にそれを持っていき（〝それ〟とはちっぽけな広告文のことです。なぜなら――引きつり笑い――まだ本がないから！）、表紙の絵の制作を手配する。この分では本が書きあがる前に表紙が完成しそうだと友人たちに茶化されたものです。結局そのとおりになり、もういちどわたしは泣き笑いをする羽目になりました。なぜなら、それは非の打ち所がない表紙だったから。それなのに、ああどうしよう、わたしは本を期限内に書きあげなくてはならないばかりか、この美しい表紙に見合った内容にしなくてはならなかったからです。

最初の草稿を書く途中で、このほうが執筆が進むかと思い、わたしはホテルに三泊しました。籠りきりで書くのははじめてのことで、おかげで完全にヴェラの世界に没入できました。ヴェラの滑稽な行動に声をあげて笑い、サナがついに絵筆を手に取ったときは泣き、ジュリアとオリヴァーが友情を取りもどしたときは歓声をあげたものです。いままで経験した中であれほど摩訶不思議な三日三晩はなく（夫には内緒よ！）、The end の文字を入力したときはふたたび泣き笑いの瞬間でした。

というわけで、以上がヴェラの話が生まれるまでの目まぐるしい旅路です。頓挫していたかもしれない――当然頓挫していたはずの――個所がたくさんありましたが、ともに取り組んだ全員の熱意と献身のおかげで最後までやりとげることができました。わたしの気まぐれを大目に見るどころか、積極的にそれを促し、無理をしてでも魔法が生まれる手助けをしてくれる人たちと仕事ができて、わたしは信じられないほど幸運な人間です。

ティリー・ラティマー、わたしにヴェラの宣伝文を書くように最初に強く勧めてくれてありがとう。ユニコーン並みの魔法を使うエージェントのケイトリン・デトワイラー、わたしのばかげた夢を実現してくれてありがとう。編集者のシンディー・ウォン、ありがとう。編集者ではあるけれど、とても熱心で親切で寛大で臨機応変の編集者なので、こういう人が実在すること自体ほとんど不可能に思えます。万が一テレビでシンディーのようなすごい編集者を見たら、わたしは目をぐるりとまわして言うでしょう。「あんな驚異的な編集者なんていやしないわ！」でも彼女がそれなんです。

バークレー出版のチームとともに仕事ができたのはとても幸運でした。アンジェラ・キム、チン・ユー、エリン・ギャロウェイ、ダシェ・ロジャース、ダニエル・キールは *Dial*

A For Aunties に命を吹きこんだ人たちであり、本書『ミセス・ワンのティーハウスと謎の死体』でもいっしょに取り組むことができ、わたしはとてもめぐまれています。

いつもながら、ほかのみなさんにも感謝します。〈ジル・グリンバーグ文芸マネージメント〉のデニス・ペイジ、サム・フォーカス、ソフィア・サイドナー、出版における複雑な問題にすべて対処してくれてありがとう。

わたしがこれを書くやいなや、UTAのフィルム・エージェントであるメアリー・ペンダーとオリヴィア・ファナロがいまにもヴェラを世に送り出そうとしています。今後数週間のうちにヴェラにまつわる映像関連の面白いニュースを聞いたら、それはメアリーとオリヴィアのがんばりによるものでしょう。

わたしの作家仲間を抜かすわけにはいきません。ローリー・エリザベス・フリンは、わたしがホテルの部屋にこもっているとき、いっしょに全力で書けるようにものすごい早起きをしましたね。わたしの異色の友人たち――SL・ホアン、エレイン・アラメント、ロブ・リバモア、トリア・ヘジェダス、エマ・マレ、マドックス・ハーン、メル・メルツァー、ラニ・フランクはわたしの第二の家族です。そのほかのすこぶるすてきな仲間たち――ニコール・レスペランス、ケイト・ディラン、グレース・シム、サージニ・パテル、メイ・コッブ、執筆中にのべつまくなしの泣き言を聞いてくれてほんとうにありがとう。

夫のマイクは、人が望みうる中で最も勇気づけて支えてくれる人です。わたしのホテル滞在中に留守を守り、何も心配いらないよと何度もわたしに言い、ことばがよどみなく流れていたらもう一泊したらいいと勧めてくれた。夫は書くことにのめりこんでいるわたしをやましい気持ちにさせたことは一度もなく、これから先もわたしはずっと彼に感謝するでしょう。

そしてもちろん、豊富なネタを与えてくれた両親にも(笑)！ ヴェラの滑稽な行動の半分は、まちがいなく両親がもとになっています。えへへ。あなたたちからインスピレーションをいただいてとても感謝しています。とくにママへ。わたしの本のプロモーションに協力しようといつもビデオの準備をしてくれてありがとう！

すばらしい読者のみなさん、このだいそれた旅につき合ってくださってありがとうございます。何もかもみなさんのおかげなのは言うまでもありません。

訳者あとがき

この歳まで生きたのだから何をしてもいいと思っている。周囲にそんな迷惑な老人はいませんか。この物語の主人公がまさにそれ、傍若無人、猪突猛進、そして捧腹絶倒。よけいな手出しばかりする素人探偵ミセス・ヴェラ・ワンの世界へようこそ。

サンフランシスコのチャイナタウンの片隅に、猛烈にパワフルなおばあさんがいる。毎朝四時半に起床してウォーキングに出かけ、冷たいシャワーを浴びてから自分の店を開ける。その名も〈ヴェラ・ウォンの世界に名だたるティーハウス〉。ここは店主が独自に調合した薬膳茶を出す中国茶専門店で、昔は繁盛していたものの、常連客の高齢化によっていまではすっかりさびれてしまった。店が廃業寸前なのはさすがのヴェラおばあさんも認めざるをえず、朝に空元気を出しても夕方の閉店時にはすっかり気落ちする、そんな情けない日がつづいていた。ある日、自分の店で死体を発見するまでは……

アメリカのアジア系移民を中心にした本作『ミセス・ワンのティーハウスと謎の死体』は、二〇二四年アメリカ探偵作家クラブ賞（エドガー賞）の最優秀ペイパーバック賞に輝いたコージー・ミステリだ。著者は中国系インドネシア人のジェス・Q・スタントで*Dial A For Aunties* からはじまるコメディー・ミステリのシリーズでも注目を浴びている。そちらのシリーズは若い主人公とアジア系のお節介でたくましいおばさんたちがつぎつぎと騒動を起こすストーリーで、スタントはそのおばさんたちの魂を本作のヴェラにもこめている。どちらもアジア系の中高年女性が大活躍する作品で、映像化の話もあり、ネットフリックス及びワーナー・ブラザース・テレビジョンが著作権を獲得している。

著者スタントのルーツは中国で、インドネシアとシンガポールで育ったのち、オックスフォード大学とカリフォルニア大学で学んだ経歴があり、中国語とインドネシア語と英語を操るトリリンガルだ。小説の舞台はアメリカだが、現在はインドネシアを拠点に執筆活動をしている。ヴェラの愉快なキャラクターには自分の母親が七十五パーセント、父親が二十五パーセントはいっているということだ。

ヴェラが目をつける若い容疑者たちの出身も中国、インドネシア、インドとさまざまで、アメリカで生きるアジア人共通の事情や悩みが物語の端々で語られているのが興味深い。アジア人の親が子供に立身出世を強く望むのは、アメリカ社会で生きていくための闘いなのかもしれない。ヴェラをはじめ、故国を離れてチャンスをつかもうとする人たちのたくましさにふれて、あらためて背筋が伸びる。

それはさておき、迷探偵ヴェラは恐る恐る事件現場に現れた若者たちをとっつかまえてはお茶を飲ませ、おいしい中国家庭料理をふるまって真実を聞き出そうとするのだが、たびたび登場するこのお茶と料理のおいしそうなことといったら……。読んでいるうちに飲茶の店を探して行きたくなる。それに、人を容疑者扱いしながら強引に世話を焼くお節介ぶりときたら……。そもそも犯人捜しをしているのか、それとも人助けをしているのか。しかし、これは面白おかしいだけの話ではなく、正真正銘のミステリだ。最後にヴェラは名探偵ぶりを発揮し、同時に悲しい現実を突きつけられる。

本書が生き生きとした輝きを放っているのは、軽妙な語りやヴェラの常識はずれな行動のおかげなのはもちろん、そうした楽しさの裏側に心の痛み、老いの悲しみや孤独がさりげなく織り込まれているからでもある。

二〇二五年の春にはシリーズ二作目が刊行される予定だ。次回のヴェラがどんな迷走、いや、どんな明察をするのかとても楽しみにしている。これからもより多くのみなさまにミセス・ヴェラ・ワンが届きますように。

〈ミセス・ワン〉シリーズ

『ミセス・ワンのティーハウスと謎の死体』(*Vera Wong's Unsolicited Advice for Murderers* 二〇二三年)

Vera Wong's Guide to Snooping (on a Dead Man) 二〇二五年四月刊行予定

二〇二四年十二月

訳者略歴　上智大学文学部卒，英米文学翻訳家　訳書『とむらい家族旅行』ダウニング，『ブルックリンの死』コール，『ゲストリスト』フォーリー，『生物学探偵セオ・クレイ　街の狩人』メイン，『空軍輸送部隊の殺人』ドーズ，『傷を抱えて闇を走れ』クレイナー（以上早川書房刊）他多数

HM=Hayakawa Mystery
SF=Science Fiction
JA=Japanese Author
NV=Novel
NF=Nonfiction
FT=Fantasy

ミセス・ワンのティーハウスと謎の死体

〈HM525-1〉

二〇二五年二月十日　印刷
二〇二五年二月十五日　発行
（定価はカバーに表示してあります）

著者　ジェス・Q・スタント
訳者　唐木田みゆき
発行者　早川浩
発行所　株式会社 早川書房
郵便番号　一〇一 - 〇〇四六
東京都千代田区神田多町二ノ二
電話　〇三 - 三二五二 - 三一一一
振替　〇〇一六〇 - 三 - 四七七九九
https://www.hayakawa-online.co.jp

乱丁・落丁本は小社制作部宛お送り下さい。
送料小社負担にてお取りかえいたします。

印刷・中央精版印刷株式会社　製本・株式会社フォーネット社
Printed and bound in Japan
ISBN978-4-15-186451-3 C0197

本書は活字が大きく読みやすい〈トールサイズ〉です。